海軍

Bunroku
SHiSHi

獅子文六

P+D
BOOKS
小学館

目次

海軍

男ン子

一

ヴェルサイユ条約[*1]が成立したのが、大正八年で巴里《パリ》の市民は、ありとあらゆる窓から、ありとあらゆる紙片を裂いて、コンフェッチ[*2]の雪を降らせた。勝利の歓びよりも、平和の到来に感極まったらしいのだが、同じ年の十一月十八日に、鹿児島市下荒田町《しもあらたちょう》の精米商谷真吉《たにしんきち》方で、一人の男の子が生まれた。

谷山《たにやま》街道に面した店さきで、大きな箕《み》をふるっていた真吉は、告《し》らせを聞く前から、産声の高さと強さで、それと知っていた。

「男ン子や――そうじゃったや」

五十歳の父親は、顔色も動かさなかった。相変らず、米粉に塗《まみ》れた箕を、振り続けていた。

真吉は、商人に似合わず寡黙《むくち》な男だった。近衛《このえ》騎兵上等兵[*3]の肩書があって、日清日露《にっしんにちろ》の両役[*4]にも出ている。しかし、彼が男子の誕生を聞いても、林の如く静かだったのは、べつに、そういう経験や、性質のためばかりでもなかった。

早くいえば、彼も、彼の妻のワカも、子供の出生に、慣れているのである。今度産まれた子供は、十一人目だった。女五人、男五人の子供が、一人も欠けず、健かに育っている。そして、お産はいつも軽い。子供は、庭の柿の樹に実が生るように、自然に、また単純に生まれてくる。そこへ、また一人、男の子が殖えただけである。

真吉は、そのように、淡々として、わが子の出生を迎えた。土地の風《ふう》として、多産を恥じることも、嫌うこともなかった。もとより、裕《ゆた》かな家計ではないが、子供を授かりものとして考える風習であるから、何人生まれたところで、文句はないのである。況《ま》してや、今度は、男の子だった。大正八年になっても、薩摩《さつま》の国では、両性の間に、価値の懸隔が甚だしいのである。

(じゃッどん、男ン子が生まると……)

真吉が、ちょいと思案したのは、命名のことである。長女はハル、次女はミツ——女の子の名は、ラクラクと、命名したのに、男の子の場合はいつも苦労するのである。長男は真蔵《しんぞう》、次男は真一郎《しんいちろう》——それまではよかったが、続々と、後が生まれるので、ついに面倒になって、四男に四ノ吉《よきち》はまだいいとしても、五男に太郎は、すこし乱暴であった。

今度は、なんとか、気の利《き》いた名をつけてやりたい。なぜか、今度の子供の名は、等閑《なおざり》にできないような気がするのである。

（やっぱい、おいが名を頒《わ》けちゃりたい。真《しん》、真《ま》……真人《まさと》がよか！）

不思議なように、スラスラと美しい名が、頭へ浮かんだ。真人、谷真人――なにやら、薩摩義士八十三名のうちにでもありそうな、由々《ゆゆ》しい名である。そして真吉の家は、平民だった。

二

七夜《しちや》の頃には、産婦のワカは、平生に変らぬ元気で、褥《しとね》の上から家中を指図していた。今年四十四になるまで、十一人の子を生んだ女といえば、どんな精力的な肉体かと、想像されるが、至って小柄な、痩軀《そうく》だった。色も白く、肌目《きめ》もこまかく、土地の女の常として黒髪が豊かだった。といって、美人と呼ぶには、頰骨が高く、唇が巨《おお》きく、艶冶《えんや》の表情が、乏し過ぎた。ただ、眦《めじり》の下ってることと、声の柔和なことが、彼女の印象を愛嬌づけた。それに、彼女は、小売り商人の妻だった。白米の外に、煙草、荒物、焼酎の類まで商っているのだから、彼女の物腰は低かった。どこにも、賢婦風の面影はなかった。そして、彼女も亦《また》、平民の娘だった。理窟というものを知らず、権利ということを口にしない、平凡な、伝統的な薩摩女だった。働くことと、信心と、子を育てることとと、それ以外に、人生を求めない女だった――

「ハルどん……間《ま》も無《の》、正午《ひる》が鳴んど」

彼女は、またしても、産褥《さんじょく》から長女に命令した。

「はア」

父親に似て、寡黙なハルは、産部屋《さんべや》のすぐ前の、勝手の土間で、唐芋《からいも》*5を醤油で煮ていた。

彼女は、十七歳だが、母親が臥《ね》てる間の炊事は、一切、引き受けていた。十五歳の長男真蔵は無気力で、あまり手助けにならなかったが、十四歳のミツ、十三歳の真一郎は、家の掃除でも、店の品物の配達でも、結構役に立った。手のかかるのは、二歳の太郎ぐらいで、子沢山《だくさん》の家は、案外家事の整頓しているものである。お産の時は、いつも、人を雇わずに済ませた。

「ハルどん……加治木屋さアへ、焼酎届けたや」

「はア。一升……」

母親は、いうべき用事がなくなると、安心して、黒光りのする天井を眺めた。町家といっても、半ばは、農家の建築に近かった。土間が広いので、建坪の割りに、産部屋を入れて、三間——それと、物置風の小室があるが、子供の勉強部屋としか用途がなかった。夜になればその部屋々々へ、十三人の家族が充満するが、今は、ヒッソリとして、昼の鳶《とび》の声が、与次郎ケ浜《よじろうがはま》から聴えるだけだった。

ふと、隣りに臥てる真人が、高い声を揚げた。お産に慣れた母親は、それが便意でなくて、飢《うえ》を訴えることを、すぐ聴きわけた。

彼女は、胸を展《ひろ》げて、乳房を含ませた。齢に似合わぬ、瑞々しい乳房だった。だが、それよりも驚くべきことは、乳房をもち添える彼女の手だった。節《ふし》くれだった、古い野球グローブのような、大きな指と掌だった。二十四歳で嫁にきて、今日まで二十年間、あらゆる働きを働き続けた女の手だった。

三

真人は、健かに育った。

手のかからない子供が多かったうちにも、これほど、手のかからない子供はなかった。四ノ吉が、ずいぶん、温和《おとな》しい子供だったが、よく下痢をして心配をかけた。真人は、クリクリ肥ってるわけでもないのに、不思議と虫気《むしけ》もなく、腹も壊さなかった。乳がほしくなると、猛然と泣くが、満腹すれば、すぐにスヤスヤと眠った。眼が覚めれば、ひとりで手を動かして、遊んでいた。そして三月経たないで、笑い始めた。

よく笑う子供だった。色の白いことと、眼が細く、眦の下ってるところは、確かに母親譲りだった。唇が朱《あか》く、ポットリと、優しく閉じてるのは、父親に似ていた。誰が見ても、表情を崩さずにいられないほど、可愛い赤ン坊だった。そして、知らぬ人をみても、ニッコリ笑う愛嬌は、時として彼を女の子と間違えさせた。

「はら、なんち、可愛《むぞ》か赤子じゃんそかい。やがつ、よか嫁女《よめじょ》イないやんそ」

ミツが、真人を負って、往来で遊んでると、そんなことを話しかける、お内儀《かみ》さんもあった。三歳の祝いの時には、母親が抱いて、郷社《ごうしや》の八幡社《はちまんしや》へ参詣した。尤も、ワカは、その年に、十二番目の真彦《まさひこ》を生んで、いよいよ身辺が忙がしかったが、七五三の参詣だけは、欠かされなかった。彼女は、紋服に身を更《あらた》めて、古い、根元が六稜《ろくりよう》になってる石鳥居を潜《くぐ》った。丁寧に手を洗い、口を漱《すす》ぎ拝殿の前で、長い祈念を凝らした。べつに、なにをお願いするわけでもなかった。ただ、一心に拝むのである。男の子の場合は、いつも、そうして長く拝むのである。

荒田八幡宮は、由緒のある社で、現在の社殿は、島津十五代の貴久《たかひさ》*6の造営になってるが、奉祀《ほうし》は遙かに古いらしい。九月二十三日の祭礼には、浜下りの行事があって、鹿児島の名物となっていたが、今は廃《すた》れた。ただ、宝殿《ほうでん》の下の白砂を、蝮蛇《まむし》除けとする風習は、今なお続いている。

「当社は蝮蛇を悪《にく》み給うとて、荒田一村その虫絶えてなし」と、古記にあるが、この付近に長虫*7の少いのは、確かな事実である。この産土神《うぶすな》に対する郷民の尊崇はまことに篤く、真人が、後年海軍軍人となってからも、帰省の度に、社前に額《ぬかず》くことを忘れなかった。

真人は、五歳の時にも、木綿の紋付を着せられて、祝いの参詣にきた。真彦は、生後三カ月にして没したが、八男の末雄《すえお》がその年に生まれていた。しかし末雄の名が効いたのか、ワカの長い出産の生活もそれが最後だった。そして、真人が、七歳の祝いを迎えるまでには世間もだいぶ変ってきた。関東の大震災[*8]があった。東京で、ラジオ[*9]というものが、始まった。また、それより以前に陸奥《むつ》と長門《ながと》[*10]の二艦が、帝国の海上に泛《う》かんでいた。

四

「真人……遊ぼや」

真人のところへも、そんなことをいって、友達が誘いにくる頃になった。

「うん」

真人はそういう時に、決して断りをいわない子供だった。子供といえども、時には、心中平らかならず、対手《あいて》の選り好みをするものである。そういう時に、東京の子供は、〝後で〟と、恐らく母親が教えたにちがいない、巧妙至極な返事をする。鹿児島の子供に、そんな語法はないにしても、真人は決して友達の誘いを拒まなかった。

二、三人の友達ができたなかにも、一番仲がよかったのは、一番家の遠い、牟田口《むたぐち》という少年だった。同じ下荒田の町内ながら、その頃から、次第に発展してきた海寄りの新住宅地に、彼の家があった。父親は、市役所に出てるとかで、家の建築も、家族の様子も、万事インテリ風だった。つまり谷家の生活様式とは、正反対のわけであるが、子供同士の気は合った。二人とも、遅生まれで、八つにならなければ、小学校へ入れなかったので、自然、遊ぶ期間が、長かったのかも知れない。

「真人、おいが名は、西郷《せご》どんの名を貰うたとじゃッど……」

牟田口少年は、隆夫《たかお》といったが、そんなことを、真人に自慢した。南洲翁《なんしゅうおう》*11を崇拝する土地だから、隆《たか》だとか盛《もり》だとかいう名が、矢鱈《やたら》に多かった。だが、隆夫少年の場合は、些《いささ》か名前負けで、見るから脾弱《ひよわ》そうな、痩細った軀《からだ》に、頭ばかり、いやに巨きく、腺病質らしい子供だった。

「はア、そや、よか名なア」

それでも、真人は、本気で、友達の名の立派さに、感心した。

隆夫の家へ遊びに行けば、蓄音機なぞがあった。子供も、妹のエダと二人きりで、家の中は、いつも、キチンとかたづいていた。真人の家の混雑とは、雲泥の差だが、子供は、茶人でないから、そういう場所を好まなかった。

二人は、雨が降らないかぎり、浜へ出て遊んだ。天保山《てんぽうざん》海岸、与次郎ケ浜——一、二町歩けば、赭味《あかみ》を含んだ白砂と、老松と、飽くまでも青い錦江湾《きんこうわん》の海と、そして、悠久の煙を吐く桜島が、二人の眼の前に展けた。その頃は、まだ天保山温泉も発掘されず、観光道路というものも築かれず、島津斉彬《なりあきら》*12の水軍が栄えた時代と、少しも変っていなかった。砂浜はどこまでも広く、子供達がいくら転がっても、転がりきれなかった。浜木綿《はまゆう》と浜夕顔の花が咲き、石を投げ、松の枝を折っても、誰も苦情をいう者がなかった。子供達の対手《あいて》は、こよなく美しい自然だけだった。天下の美景といえる、薩摩潟《さつまがた》の自然だけだった。

五

ことの序《ついで》に、真人を生んだ下荒田というところの地誌を、語って置きたい。普通の小説なら、こういうことをせぬのだが、今度の場合は、その必要があるのである。

荒田という名は、七百年前の薩摩図田帳《ずでんちょう》にも見えてるそうで、古い土地にちがいないが、城下の端《はじ》の辺鄙《へんぴ》なところで、漁家と農家と、微禄の武士の家が、散在していたに過ぎない。例外として、川上、喜入《きいれ》なぞの名家の屋敷もあったが、他はいうに足りない陋屋《ろうおく》のみだった。維新後も、土地は一向発展せず、大正六年の戸口調査で、僅か六百余戸だった。現在は、温泉発掘のために、繁華となって、その三倍を算えている。

そんな場末ではあったが、明治の御宇《ぎょう》に輝ける人物を送った。松方正義《まつかたまさよし》、川村景明《かげあき》元帥らがそれである。

由来、鹿児島の名士は、西郷を首《はじ》めとして、城下の所謂〝下《しも》〟の地域の貧家から輩出したのだが、下荒田もその一部分である。松方家の貧窮なぞは、その最たるもので唐芋の粥さえ容易に啜《すす》り兼ねたことを、烈女的母堂の袈裟子《けさこ》が語草《かたりぐさ》にしていた。

そのように、浦の苫屋《とまや》の貧しい部落だったが、ここの海で漁れる魚を、荒田魚《あらたうお》といって、美味に鳴り、また、海浜は藩の塩田として、利用されていた。与次郎ケ浜の名は、農民平田与次郎の献身的な塩田開発事業によって、起ったのである。

しかし、下荒田の海岸が、日本史的に重要な意義をもつのは、なんといっても、御船手址《みふなてあと》その他の史蹟があるからであろう。御船手とはつまり、旧藩時代の海軍工廠《こうしよう》であり、海兵団であって、船渠《ドック》を中心に、船頭、水手《かこ》、船大工等が、集団生活をなしていたのである。幕末に蒸気式軍艦が採用されても、乗組員は、依然として、御船手組《みふなてぐみ》の者が任じられた。わが海軍と薩摩水軍の繋がりを想う時、この一郭《いっかく》は忘れられない土地なのである。

さらに、軍事に関しては火縄銃と洋式銃の競射、八十ポンド砲の試射の行われたのが、この海岸だった。また、かの島津斉彬が、断乎として旧套《きゅうとう》を脱ぎ、仏国式陸軍調練を採用し、三千の精兵を養ったのも、この海岸だった。彼はこの精兵を率い、幕府の専横を制するために、東上を決意し、安政五年七月の炎天下に、自ら演習を指揮したのであるが、ために病を発して、薨《こう》じたのである。数幹の老松に囲まれた陣屋址は、今も、薩人の悲涙を絞るのである。

だが、そんなことよりも、ここに築かれた砲台が、文久三年、かの前の浜の戦争で、英艦に対し、記念すべき第一発を放ったことは、今となって、回顧さるべき最大の史実であろう。砲座の跡が、雨に洗われて、砥石《といし》の如くなって、天保山公園に残っている。

六

真人は、八つの春を迎えて、町内の八幡《やわた》尋常小学校へ入学した。現在、吉田浜にある八幡国民学校は、その後身である。

「先生のいやるこちゃ、良《ゆ》う、頷《き》ッきゃいオ」

初登校の朝に、母親のワカは、そういって、新しい手拭を一本渡した。兄が多いので、鞄も、袴も、教科書も、お古で間に合うが、腰にさげる手拭と学帽は、真新しかった。

母親が、男の子の手を曳いて、学校まで送るというような、柔弱の風は、この土地になかった。真人は、三年生の兄の太郎に蹤《つ》いて、黙々と、最初の校門を潜った。鞄の中に、弁当をもってることが、何よりも、嬉しかった。

温和で、人見知りをしない子供だから、すぐに、友達と馴染みができた。それに、牟田口隆《むたぐちたか》夫《お》も、新入生の一人だった。隆夫は、紺ヘルに金ボタンのついた、新しい洋服を着てきた。

放課時間に、上級生達は、相撲をとる者もあった。新入生達も、怖々《こわごわ》、鉄棒にブラ下ったり、木馬に跨ったりした。

真人は、そういう騒ぎを、ニコニコ笑って、見物していた。色白の顔に、ポッと紅味《あかみ》がさし、可愛い糸切歯が覗いていた。方言でいう〝よか稚児〟そのものだった。

「谷の顔ア林檎《リンゴ》に似ちょらい」

眼敏《めざと》くも、一人の友達が、真人の顔の特徴を捉えた。南国の子供は、青い林檎を知らなかった。丸顔で、ツヤツヤと、頬の紅い真人は、童話の挿絵にあるように、林檎に目鼻だった。

「リンゴじゃ、リンゴじゃ」

そういわれても、真人は黙ってニコニコ笑っていた。その日から〝リンゴ〟とか、〝真人リンゴ〟とかいう綽名《あだな》が、彼の少年時代の終りまで、続いた。

だが、〝リンゴ〟は友達の遊びを、ニコニコ見物しているだけではなかった。誘われれば躊躇なく仲間に飛び込んだ。体が重いタチとみえて、器械体操は、臀《しり》が上らなかったが、相撲は案外強かった。小粒な軀ながら、腰が据わっていた。土俵際でよく堪えた。そこへいくと、隆夫は、駄目だった。前にも、横にも弱く、すぐ転んだ。

「隆夫……頑張イやんせ」

真人の方が、口惜しがって、声援した。

学校へ通うのは、愉《たの》しかった。弁当を持って、大勢の友達と遊んで——辛いといえば、受持ちの先生が厳しくて、出来が悪いと、頭突《ずつ》きを食わされるぐらいだった。〝頭突き〟とは指で頭を突かれることで、それほど、痛いこともなかった。

だが、一年生が最初の新年を迎える前に、学校は、黒布《こくふ》を垂れた国旗を掲げて、業を休んだ。

大正天皇が、おかくれになったのである。

七

その新年は寂しかった。松を立てず、餅を搗《つ》かぬ家もあった。

真人の家では、その上に、暗い不幸を迎えた。孟宗竹《もうそうだけ》のように、壮健だった父親が、突然、眩暈《めまい》を起して倒れたのである。医師は、中風の徴候があるといったが、まだ、五十八になったばかりの真吉に、そんなことがあろうとは、ワカは、信じなかった。

しかし、真吉の容体は、日増しに、医師の診断を裏書きした。家でたった一間、座敷らしい座敷の八畳へ、既に半身不随となった彼の軀が、横たえられた。虚ろな瞳が、瞬きもせずに、天井板を眺めていた。

（こや、なんちゅこっか……）

その寝姿を見ると、ワカは、降って湧いた災難に、気も茫然となった。一家の中心であり、働き手である良人《おっと》が、こんなに突然に、呆気《あっけ》なく倒れて、いいものだろうか――

だが、次ぎの瞬間に、彼女は、看護をハルに任せて、店の客と応対しなければならなかった。彼女は、良人の締めていた厚司《あっし》の前垂《まえだ》れを、自分の腰に締め直した。髪の毛まで、米の粉で白くするほど、働き始めた。

（子供な、十二人おる。気を落す時じゃなか……）

否も応もなかった。与えられた運命のもとに、彼女は、精根かぎり、奮闘する外はなかった。

そして、平素の倍だけ働くかたわら、八幡神社へ、病気快癒の暁詣《あかつきまい》りにいった。川内町《せんだい》の知人に頼んで、名物の鯉を取り寄せ、その生血を病人に服ませた。

しかし、真吉の容体は、良くも、悪くもならずに、正月から二月に入った。

「中風《なえ》は長げちゅでな――三年、五年、七年も臥《ふせ》っちゅこっじゃ」

見舞いの人で、そんなことをいう者もあった。ワカや子供達も、その覚悟をきめ始めた。

二月九日に、雪が降った。南の国でも、雪が降らぬことはない。西郷挙兵の時にも、雪中行軍のことが、歴史に出ている。昭和二年のこの時も、稀な大雪となった。その雪と共に、病人の眠りが深くなった。燈火《あかり》が点く頃になっても、大きな鼾声《いびき》が続いた。それが、やがて、異様な噦《しゃく》りと変ると、誰も、容体の急変を気づかずにいられなかった。医者がきて、致命的な脳出血のあったことを、いい渡した。

「誰か、真一郎ンとけえ走って……」

ワカは、声高く叫んだ。

二里も離れた谷山町に、次男が代用教員を勤めていた。この大雪に、何人か、父の危篤を知らせねばならないのである。

「おいが、行たッくって！」

真ッ先きに、真人が答えた。いつもの温和しさに似合わず、母の許しも待たないで、彼は、素早く、雪の谷山街道へ飛び出した。

八

折れた柱が、どんなに大きな柱であったかを、谷の家族は、ツクヅクと、思い当った。死んだ真吉が、家と店の内外を、一手に支えてきたのは、事実であるが、家族の感じた空虚は、米や雑貨の仕入れや販売の担当者がいなくなった——というような、そんな性質のものではなかった。

(父親《とと》がおらん)

五ツになる末雄が感じた空虚が、結局、家族の誰の心をも、語っていた。

わけても、ワカの受けた打撃が、大きかった。彼女は、どんな場合でも良人の前へ出過ぎる女では、なかった。手が、野球のグローブのようになるほど、働き続けたが、それは、飽くまで、良人の手助け以上ではなかった。寡黙な良人の心を、いわずかたらずに、身に体して子を育て、店で働いてきたのだった。それだけに、彼女は、舵《かじ》を失った舟も同様だった。

店はどうする？

二十六のハル、二十三のミツの身の振りかたは、どうする？

真人、末雄を、どうして育てる？

（如何《いけん》するちゅうたち、如何も仕様はなかが！）

彼女は、できてもできなくても、あらゆる重い現実を、負って立つ外はなかった。

士族の妻だったら、薩摩の国のことだから、ワカは、子供達を父の位牌の前に呼び集め、毅然として、何事かを、申し渡したかも知れない。彼女は、そんなこともしなかった。ただ、初七日を済ませた翌日から、良人譲りの厚司の前垂れを締めて、黙々と、そして、今までの何倍かを、働き始めた。

それを見て、鹿児島商業を出た会社員の真二郎や代用教員を勤めてる真一郎が、店の手伝いをしようかと申し出でたが、ワカは首を振った。

母親の本能で、彼女は、息子達の性質が、店の仕事に向いていないことを知っていた。彼らには、彼らの道を進ませたかった。同じ理由で、彼女は、四ノ吉の申し出でを受け容れた。兄弟中で一番温順な四ノ吉は、麑商《げいしょう》*13の二年に通っていたが、学校をやめて、店の稼業を手伝うことになった。真人と、よく顔の似た彼は、なんの不平もなく、制服を脱ぎ捨てて、精米機の側に立った。

女手の方は、余るほどあった。婚期を過ぎようとする長女から、十六のキタまで、それぞれ役に立った。こうして、谷の家の新しい体制が、始まった。

やがて、子供達は、父親のいない空虚を忘れた。なぜといって、いつか家の中に、新しい柱ができあがったからだった。ワカが柱だった。男優りでもなければ、才弾《さいはじ》けているでもない母親だったが、子供達のおのずからな信頼が彼女に繋がった。世間の信用も、それに準じた。

九

真人が十二歳の春を迎える頃には、谷の家の中も、スッカリ落着いてきた。誰も、父親がいないことに慣れてきた。ということは、誰もが、父親のいた頃の彼等でなくなってきたことでもあった。

真人の小さい胸のなかにも、やはり、そうした変化が起きていた。ニコニコと、糸切歯を出して笑う癖は、同じだったが、笑顔のうちに、案外な、強いゴムの弾性を潜めて、人を驚かせた。

「兄《あん》さア、何故《ないごて》、おいより早よ行きやっと」

或る朝、彼は、兄の太郎が、一足先きに学校へ出掛けたといって、後から駆け寄って、抗議した。言葉つきが、ひどく真剣だったので、太郎は返事ができなかった。

また、彼は、学校へ行くと、暇があれば、鉄棒にブラ下った。林檎のような顔を、いよいよ真ッ赤にして、重い尻を宙に浮かそうと、藻掻《もが》いた。

「海老《えび》が跳《と》ッごっあらい」

友達から、いくら、笑われても、彼は、器械体操をやめなかった。器械体操が好きになったのではなく、自分に不得手があるのが、嫌《いや》だったからだ。

心の奥底で、真人は、負け嫌《ぎら》いになった。

人に負けておられん——父親を喪《うしな》ってから、そういうことを、いつか、彼は考えるようになった。子供心にも、身を粉にして働いてる母親の姿が、映っていた。学業を途中でやめて、なんの不平もいわず、店の仕事をしてる四ノ吉兄の行いに、動かされていた。みんな、なにかと、闘《たたか》っているのだ。みんな、誰かの侮りを、禦《ふせ》いでいるのだ。

（おいも、人にァ負けちおられんど）

彼も亦、小さい胸の中で、決意した。土地の風で、どの子供も、一応は負け嫌いだったが、真人ほど、シンの強いのは、少なかった。その癖、滅多に友達と喧嘩をしなかった。喧嘩をしないのは、機会がないからだった。彼の負け嫌いは、柔かい微笑《ほほえ》みに包まれてるので、乱暴者も、知らずに通り過ぎるのである。しかし、薩摩名物の〝大将防ぎ〟や〝降参いわせ〟の遊戯——というよりも、模擬喧嘩の場合には、真人の負け嫌いが、友達の眼を惹かずにいなかった。

〝大将防ぎ〟は各自の〝大将〟を倒されまいと、二組の少年群が素裸に鉢巻の姿で、相闘い相防ぐのだが、他の都会の小学校では、禁止されるに相違ない、殺伐な遊戯である。

〝降参いわせ〟は、個人本位の闘争だが、団体的にも出来る。組打ちをして、一定の時間内に〝降参〟といった方が、負けとなる。どちらも、健児の舎以来の伝統遊戯で、小学校に継承されているのだった。

小柄で、非力な真人は、すぐに地面へ組伏せられるが、それから先きが、長かった。

「降参いわんか」

「いわん」

紅い頬を、砂に、グイグイ押しつけられて、呼吸《いき》も絶々《たえだえ》になっても、真人は、人に侮られたくなかった。

一〇

真人の負け嫌いがいよいよ、根を固めてきたのは、ひとつには、例の器械体操の影響なのである。毎日々々、鉄棒に跳びついていたら、いつか、重たい尻が軽くなって、懸垂でも脚掛けでも、ラクにできてきた。他の生徒のできることは、なんでもできるようになった。すると、これは——努力のお蔭なのである。負け嫌いのお蔭なのである。少年といえども、自己の力と、征服の喜びを、知らずにいられない。

（おいも、人にア負けん男じゃ）

そう思えば、いよいよ、負け嫌いの根性が、育ってくるのである。

そこで、真人は、鉄棒や横木《おうぼく》が急に、面白くなってきて、学校が退けてからも、牟田口隆夫なぞを誘って、校庭へ遊びに行った。

「真人……大車輪が、でくッか」

隆夫が、訊いた。

大車輪は、友達の間でも、滅多にやれる者がない。体操の先生が、時たま、やって見せるくらいなものである。

「でくる」

真人は、つい、いってしまった。

いった手前、実行せずにはいられない。いつか、秘かに試みて、半分は失敗したが、半分は成功したのである。彼は、軀に、できる限りの反動をつけて、大きく、一回転した。

（成功した！）

と、思った途端に、クラクラと、眩暈がした。危険だから、一回ぎりで、砂へ跳び降りた。

自分では、正則《せいそく》に跳び降りたつもりだったが、左肩の骨が、ガクンと音がした。

その時は、なんでもなかったが、帰り途に、左手の自由が利かなくなった。その上、夕方から疼《うず》き始めて、夜半には、眠られないほどの激痛になった。

「何故《ないごて》、そげな過失《まつげ》をしたとや」

子供が風邪をひいたぐらいでは、眉も動かさぬ母親も、男の子が不具になる心配のもとには、語気が荒くなった。そして、彼女は、夜徹《どお》し、真人の肩を、濡《ぬれ》手拭で冷やした。

翌朝、医者に連れて行くと、脱臼という診断だった。手を触れただけでも、飛び上るほど痛い患部へ、医者は容赦なく、薬を塗り、繃帯で締めつけた。

真人は、医室の白い壁へ、眼を外《そ》らしながら、ジッと、我慢した。いつもの負け嫌いばかりではなかった。

(お母《か》はんが、側におる!)

自分の過失から、母親に心配をかけるのが、ひどく辛かった。少しでも、容体を軽く見せねばならない——

その日から、真人は、一週間、学校を休んだ。倖《さいわ》いに、経過がよくて、母親に不当な嘘をつく必要のないほど、痛みが薄らいできた。

「も、後は、ひといで、癒《なお》らい」

彼は、わざと、肩をあげて、学校へ出掛けた。

春

一

「やっぱイ、二中へ入《い》ってよかったどなア」

新しい小倉服《こくらふく》に、鹿の角《つの》の徽章《きしょう》がキラキラ輝く、新しい大黒帽を冠って、牟田口隆夫は、真人に、話しかけた。

「きまっちょらい」

同じ服装の真人は、いつものように、ニッコリ微笑んだ。

二人は、県立第二中学校に首尾よく入学したので、照国《てるくに》神社から荒田八幡に、礼拝した帰りである。といっても、二人が少年に似気《にげ》なく、信心気が深かったわけではない。事ある毎に、藩主の社と産土神と、それから先祖の墓に詣るのが、土地の風なのである。

「よか天気なア。浜イ出て、遊ぼや」

真人は汗ばむほど強い陽光を、仰いだ。四月三日の神武天皇祭なのに、もう桜が散り、躑躅《つつじ》が咲き出していた。

「いいや、今日《きゅ》ア、おいが家《え》に来《き》やらんか――お母はん達が待っちょッで」

隆夫は、出掛けに母親からいわれた言葉を憶い出した。息子と親友の入学を祝うために、彼女は昼飯を準備してるのである。

「行ってもよかどん。わいが家《え》の人と一緒じゃ、窮屈《げんね》わい」

真人は、一種のハニカミヤだった。なるべく、家族と会わぬ条件の下《もと》に、彼は招待を諾《うべな》った。

海は見えないが、その方角から吹いてくる南の風を、真正面に受けながら、二人は、下荒田の住宅地を、大股に歩んだ。

「おいは、いけんしても、海軍に入《い》ッど」

隆夫は、昂然《こうぜん》として、未来を語った。まだ、中学に入学したばかりだが、兵学校受験の夢が、眼前にチラつくのである。

彼は、小学校五年頃から、急に、海軍熱に憑かれた。その理由で、彼は中学も、県立一中を選びたかったのである。一中は、秀才の集まる学校で、高校[*14]や海兵や陸士の入学率が高いので、評判だった。校制の白風呂敷包みを抱えた、一中生の姿は、少年の羨望の的だった。そこへいくと、二中は、腕白者の収容所のようにいわれた。最近、東京の学習院の教授をしていた河田校長が、新任してから、評判が更まったというものの、まだ、一中には及ばなかった。隆夫が、宿望の一中を捨てて、二中を受けたのは、親友の真人と離れたくなかったからである。それほど、二人は仲がよかった。

真人の方は、一中でも二中でもよかった。ただ、兄の真二郎が勧めるから、二中にしただけである。彼は、中学に入れて貰えるだけでも、有難かった。(四ノ吉兄は、商業学校を途中でやめたではないか)それに、卒業後、上の学校へ行けるかどうか、それも疑問である。母親が五十六にもなって、日夜、働いてる姿を見ると、一日も早く世間へ出て、負担を軽くしてあげたい。

いつか、二人は、牟田口の門の前まできていた。

二

「さ、どうか、真人さん……」

牟田口の母親は、手を執らえんばかりに、座敷へ導き入れた。いつもの隆夫の部屋ではなく、庭に面した八畳の客間で、ご馳走を列《なら》べた卓の前に、もう父親が待っていた。

「やア、おめでとうごあす……」

眼鏡をかけて、チョビ髭を生やした彼は、機嫌よく、真人や自分の息子に話しかけた。そこへ、今年十一になる娘のエダが、危い手つきで、茶を献げてきた。瞳のパッチリした、きかぬ気らしいが、可愛い顔立ちだった。

やがて、食事が始まった。鯛の刺身も、豚汁も、筍と海老の煮つけも、見るから美味そうだったが、真人の箸は進み兼ねた。彼はこんな仰々しい食卓で、馴染みの少い人達と食事するのは、生まれて初めてだった。心も、体も固くなって、

「そいじゃで、おいは、嫌じゃちゅうたんじゃ」

と、隆夫を責めたく思っても、彼は平気な顔で、父母や妹と、談笑していた。

「真人君、おはんな、中学出たら、なんが志望ごあすか」

真人が黙っているので、父親が話しかけた。

「はア、まだ、なんも、決めちおりもはん」

真逆《まさか》、家の内情まで話す気はしなかった。

「家《うち》ン兄《あん》さんな、海軍ッ……」

エダが小慧《こざか》しく、口を挿《はさ》んだ。

「海軍もよかどん、一人息子ごあんで、あたや、官吏か実業家が、良《ゆ》はごあんすめか。……」

その頃は、まだ、そんなことをいう母親が、多かった。

「お母はんが、なんち言やッてん、おいは、海軍にきめもしたど」

隆夫は、頰を膨《ふく》らせて、母親に食ってかかった。真人は驚いた。母親に、そんな態度をとる

なんて、彼の家では、夢にも見られぬことだったから——

「まア、よかが……。隆夫も、海軍に入りたかや、体を丈夫にするこッちゃ。そげん、細か国家の干城《かんじょう》は、何処《どけ》もおらんど」

父親が、声を立てて笑った。それで、一座が、また和やかになった。

食後に、イチゴを食べた。食後の果物などというものも、真人にとって、珍らしいことだった。立派な座敷、油絵の額、都会風な団欒《だんらん》、女中の給仕——すべては、真人の家にないものばかりだった。彼は、なんとなく、居辛かった。

「天保山で、遊ぼや」

折りよく、隆夫が提議した。

「ご馳走さんごあした」

真人は、痺れのきれた足で、立ち上った。

「兄《あん》さん、あたや、連れちかんの?」

エダが、二人の蹤《あと》を追った。

「女子《おなご》の来《く》ッとこじゃなか!」

麗《うら》らかな春の陽を浴びて、隆夫は、大人振った口をきいた。

三

上《うえ》ノ園町《そのまち》にある二中の校舎は、新築したばかりで、近代風様式の堂々たる三階建てだった。鹿児島というところは、学校や役所の建築に、妙に、金をかけるのである。

真人も、隆夫も、一年二ノ組に編入されて、同じ教室だった。窓から、楠《くす》を植え回《めぐ》らせた広い運動場が見えた。級友は、小学校とちがって〝カライモ〟――つまり、郡部からきてるものも、多かった。

彼等は、東京の中学生と同じように、よく騒ぎ、よく遊んだ。ただ、教師や上級生に対する態度がちがっていた。長幼の序のやかましい土地だから、自然、目上を尊敬するのである。それと、時局に対して、案外、鋭敏なところがあった。東京の中学生は、時局の刺戟があまり強過ぎるので、却って、無関心になるのかも知れない。

「上海事変《シャンハイじへん》[*15]は、如何《いけん》なっとや」

放課時間に、そんなことを話し合ってる生徒もあった。

前年の九月に、満州事変[*16]が始まって、奉天の北大営に響いた銃声は、大人よりも、少年の心を、遙かに強く躍らせていた。そのうちに、今年の一月になって、上海に戦火が移った。林連隊長の戦死と、空閑《くが》中佐の自刃は、彼等の頭に、深く滲透した。そして、なによりも、彼等を昂奮させたのは、あの爆弾三勇士のことだった。作江、北川、江下——三人の名を、彼等は、よく誦《そら》んじていた。青竹に詰めた爆薬筒を、三人で抱えて行く映像を、つねに、眼に泛《う》かべていた。

その上海事変が、先月三日に、仮停戦となったまま、まだ、結末がつかないのである。陰で、アメリカやイギリスが口出しをしてるということを、少年達は新聞で知っていた。

「そげん奴等、軍艦の大砲で、撃ッたくれ。生意気《きしこさつ》な」

隆夫は、もう、海軍士官になった気で、そんなことをいった。真人は、ニコニコ笑ってるだけで、なんともいわなかった。

やがて、授業のベルが鳴った。最初の英語の時間だった。丸顔で、小肥りの、短い髭を生やした緒方先生が、教室に入ってきた。土地が狭いので、生徒達は、顔を見る前から、緒方先生のことを知っていた。緒方家は、レッキとした城下侍《じょうかざむらい》だということだった。だから、どんなに厳《いか》めしい先生かと、思っていたら、その頃、米国漫画の影響で生まれた、ノンキナトウサンの若い時みたいな、長暢《のどか》な、悠然たる顔と、声だった。

「わたしが、英語を受持つ緒方です……」

教壇に立つ時は、どの先生も、標準語を使ったが、アクセントは、純然たる薩摩訛《なま》りだった。

「今日は、最初の時間じゃから、稽古はやめにしとこう。その代り、爆弾三勇士の話を、聞かせてあげる……」

生徒達は、ワッと、喊声《かんせい》をあげた。

四

ところが、緒方先生の爆弾三勇士の話は、少しばかり、ちがっていた。

「わたしの話すのは、今から、三百三十四年前の爆弾三勇士です。つまり、慶長三年十月のことであるが……」

生徒達は、開いた口が、塞《ふさ》がらなかった。餅菓子が食べれると思ったら、乾《ひ》菓子を出されたような気持である。

「諸君は、豊臣秀吉の韓国征伐を知っちょるでしょう。これほど、大規模な大陸出兵は、明治以前に一度もなかった。――十三万の大軍ですからな。太閤《たいこう》の雄図《ゆうと》、以《もっ》て知るべしです。この戦いは、韓国征伐となっておるが、対手《あいて》は、実は、明国《みんこく》*17です。敵軍の主力も、明軍です。昔から、戦争というものには、いつも、尻押しをする奴がある。今度の事変だって、やはり、そうだ。英米という尻押しがある……」

英語の教師でありながら、緒方先生は、生粋《きっすい》の地五郎《じごろう》（土地ッ子）だけあって、慷慨家《こうがいか》だった。しかし、雄弁家には縁が遠く、熱すれば、いよいよ、吃々《きつきつ》として、不精錬な言葉を、乱発する――

「十三万の日本軍は、忽ち、鶏林八道《けいりんはちどう》*18を席巻したのであるが、この戦いに、わが薩摩の将兵が、加わっておった。十七代の藩主義弘《よしひろ》公が、自ら陣頭に立って、軍神と呼ばるるほどの闘いをなさった。世間では、加藤清正ばかり働いたようにいうが、ありゃア、講談師の捏造ですな。どんなに、わが島津部隊が強かったか、チャンと、敵方の文書に残ってる。若《も》し一人の石曼子《せきまんし》なかりせば、倭寇《わこう》をして一人も生還せしめざりしを――明人が、そう書いている。石曼子というのは、島津公のことです。

義弘公は、全羅慶尚《ぜんらけいしょう》*19の二道を突破して、泗川《しせん》というところに、陣を構えられたが、太閤はそこを前進基地として、築城を命じた。泗川新寨《しんさい》というのが、それです。そこを、明の二十万の大軍が、攻めてきた。義弘公の手勢は、五千です――四十分の一の寡勢《かせい》で、これを防いだというのも、わが勇猛なる薩摩兵児《へこ》なればこそです」

国自慢は、習性となってるから、語る先生も、聴く生徒も、一向訝《あや》しまない。

「雲霞《うんか》の如く攻め寄せた明軍は、島津勢が手強いと見て、城の下に火薬を装塡《そうてん》して、一挙に城を焼こうと試みたのです。当時、既に、火薬が使われておった。天文年間に、わが薩摩で、日本最初の鉄砲戦が行われたくらいです。

これには、わが軍も、大いに参った。白兵戦なら、自信があるが、火薬の前には、剣術も役にたたない。一同は、蜂の巣のように、焼き払われるかと、歯噛《はが》みをしてると、その時に、敵陣の後方に当って、大爆発が起った。敵が命と頼む火薬の元庫《もとぐら》へ、どういうわけか、火が入ったのです。今度は、反対に、敵軍が、火に焼かれて、大混乱を起した時に、義弘公は、ソレと下知《げじ》をなされた。城門から繰り出した軍勢は、当るをさいわい、敵を薙《な》ぎ倒したので、勝敗忽ち地をかえてしまったのです……」

五

緒方先生は、そこで、ちょっと語調を変えて、

「戦いは、わが軍の大勝利に終ったが、不審なのは、敵の火薬壺の爆発が、何によって起ったか……。当時の火薬は、現在とちがって、衝撃なぞでは、発火しない。わざわざ、点火でもしない限り、容易に、爆発なぞせんです。

その不審が、誰にもわからない。真逆、敵が、自分で自分の火薬に、火をつけるわけもない。

諸君……誰がやったと思いますか」

と、教壇から、呼びかけたが、話に惹き込まれた生徒達は、無言の溜息を洩らすだけだった。

「それは、狐がやったということになってる」

緒方先生は、呆けたような顔をした。昭和七年の中学一年生は、無論、そんなことを信じな

い。

「三疋《びき》の狐が、やったということになってる。赤い狐が二疋、白い狐が一疋――城の中から、飛び出して、敵中に駆け入ったのを、大将の義弘公が、確かに、見届けたというのである。それから、間もなく、大爆発が起ったというのである。

諸君も知ってのとおり、島津家の守護神は稲荷サンで、稲荷町にあるあの社が、それである。集成館へ行けば、藩公所持の金狐《きんこ》の兜がある。だから、泗川の戦いにおいても、稲荷サンが奇瑞を顕《あら》わしたのじゃ――と、何人も信じていた。

ところが、それは、宣伝だったのです。狐どころではない――立派な、忠誠な、三人の若武者が、敵陣深く忍び入って、火薬壺に火を放ち、共に爆死したのです。瀬戸口《せとぐち》、佐竹《さたけ》、市来《いちき》という三勇士――中でも、瀬戸口弥七郎《やしちろう》の如きは、まだ十九歳の若武者であった。そんな、壮烈な事蹟を、なぜ狐の仕業なぞといって、宣伝したかというと、当時は、個人の勲功よりも、軍全体の利益を重んじたのですな。神明の加護われにありと、考えれば、全軍の士気百倍するわけではありませんか。義弘公としても、それが白狐と赤狐の仕業ではなくて、白糸縅《おど》しの武者一騎、赤糸縅しの武者二騎の働きであることを、知っておられたが、わざと、そう仰有《おつしや》ったのでしょう。恐らく、三勇士の霊も、個人的な勇名を後世に残すよりも、軍全体の利益のもとに、犠牲となることの方が、本望だったに相違ない。当時の武士道は、実に、そのようなものだったのです。

諸君、廟行鎮《びょうこうちん》の三勇士に劣らざる泗川新寨《しせんしんさい》の三勇士のことを、覚えていて下さい。そして、昔の爆弾三勇士が、わが薩摩から出たことを、忘れんで下さい。瀬戸口弥七郎の如きは、本校の付近――下荒田郷中の出身だったですぞ」

下荒田と聞いて、真人と隆夫は、グッと唾を呑んで、先生の顔を瞶《みつ》めた。

六

満州国建設[*20]のことが伝えられた。また、五・一五事件[*21]というものも起った。しかし、それらは、十四歳の真人にとって、充分に意味を汲みとるには、あまりに、内容が深かった。彼は、中学新入生としての生活を、嬉々《きき》として、愉しんでいた。

緒方先生は、此間の三勇士の話以来、スッカリ、好きな先生になった。受持ちの篠原先生も、いい先生だった。それから、剣道の大島先生が、ずいぶん変っていた。眉が太くて、眼がグリグリして、五尺八寸、二十三貫の巨体だった。ムッツリして、怖いような先生だが、案外、穏かなところがあった。一人で柔道部長と剣道部長を兼ね、剣道が五段、柔道の方が、それより一段多い六段と聞いては、少年達の畏敬は大いに募るのである。

「大島先生は、西郷どんの孫じゃちお」

そんなことを、聞き込んできて、自慢そうに、吹聴する生徒もあった。

人気のある大島先生の剣柔道部へは、新入生の志望者が殺到したが、どういうものか、剣道志望が、大多数だった。設備の関係上、学校では振り分けに苦心したが、真人は、最初から、柔道部を望んでいた。相撲に自信があったからでもあったが、武具をつけない、地味な柔道の方が、彼の性分に適った。その上、なんとなく慕わしい緒方先生が、柔道部の理事だったのである。隆夫の方は、いろいろ迷った挙句、剣道部へ入部した。

俊敏の噂の高い河田校長には、入学の月の終りに、訓話を聞いただけだったが、

「わたしは、唐芋士族で……」

と、城下生まれでないことを、謙遜されたにかかわらず、キビキビして、垢抜けがして、外の先生達と、まるで、態度がちがっていた。

「校長先生の洋服は、東京仕立てじゃで、スタイルがよかごちゃる」

と、隆夫が鑑定したが、東京の学習院で、永く西洋史を講じていた面影は、今も、残っていた。漱石の〝坊っちゃん〟に出てくる狸校長なぞとは、およそ縁の遠い人柄だった。

教頭の井口先生も、一風変っていた。なんでも、井口先生は、学校で式や運動会のある場合には、決して雨が降らないという信念をもっているという話だった。従って、決して雨支度をしないから、時として、ズブ濡れになる結果を招いたが、それでも、断じて所信を枉《ま》げないと

いう噂だった。

それから、もう一人、生徒の眼に、焼けつくような印象を与える先生がいた。配属将校の菊池少佐だった。まだ、来任したばかりだったが、精悍《せいかん》で、隼《はやぶさ》のような眼光と、引き緊《しま》った浅黒い顔とは、誰でも一瞥《ひとめ》見て、この人の異常な情熱と闘志とを、感じずにいなかった。

七

菊池陸軍少佐は、三年間、真人の学校に在勤しただけだったが、彼に与えた感化は大きかった。

少佐は熊本県の人で、その頃齢は四十を過ぎていたが、軀が引き緊って、口髭が濃いので、いかにも元気に、若々しく見えた。胃の持病があって、配属将校勤務に回されたが、本来は野戦に号令することの似合わしき武人だった。奇矯《ききょう》といえるほど、操志が堅く何人にも遠慮をしなかった。剛毅《ごうき》な河田校長に食ってかかるのは、この人だけだった。

「あんたも、少しは、我慢されたらどうかね。郷《ごう》に入れば郷に従えちゅう諺《ことわざ》もあるからね」

教員室の同僚が、忠告すると、少佐は、平然として、答えた。

「いや、わしゃア、郷に入って郷を従わせる主義でね」

そんな調子だから、新任匆々《そうそう》から、お構いなく、生徒の気風改革運動を始めた。ラッパ部、射撃部、詩吟部、国防恤兵会《じゅっぺいかい》等を、校内に起して、着々、所信を断行した。他人の風評なぞ、恬《てん》として、耳を傾けなかった。菊池少佐の自信力については、今なお、語草が残っている。

高橋三吉大将が、艦隊を率いて、鹿児島湾に入港した時だった。菊池少佐は、河田校長に申し出た。

「ちょうど、いい機会ですから、高橋司令長官に、訓話をして頂きましょう。生徒を、運動場へ、集めて置いて下さい」

「そりゃア、結構ですが、大将の承諾を得てあるんですか」

校長は、不審そうに、訊いた。

「いや、まだです」

「そんな、君、乱暴な……」

「とにかく、生徒を、運動場へ集めて置いて下さい」

というや否や、少佐は、校門を飛び出して、通りがかりの円タクを、呼びとめた。

一時間後には、高橋大将の姿が、運動場に設けられた演壇の上に、現われた。

「まことに、突然のご依頼で、纏《まと》まったお話もできませんが……」

大将は、可笑《おか》しそうに、ニコニコ笑いながら、訓話を始めた。

そうかと思うと、菊池少佐は、情に脆《もろ》い一面があった。落第ときまった不良生徒を、不憫《ふびん》がって、自宅へ呼んだ。少佐は彼に、早起きということだけを命じた。翌朝から、彼は、少佐の家で朝飯をたべて、学校へ行くようになった。一月経たないうちに、不良生徒は、人間が変って、落第の憂目《うきめ》を免れた。

「断じて行えば、鬼神も亦避く……」

これが、菊池少佐の口癖だった。信条だった。真人の頭に、その言葉が、深く食い込んで、九年後に至っても、消えなかった。

八

春の学期とはいっても、バナナの花が咲いたり、枇杷《びわ》が熟したりする頃には、もう完全に、夏の気候だった。

「最早《もへ》、俺《おお》や、与次郎ケ浜で、泳いだど」

そんな、友達の話を聞くと、真人も泳ぎたくて耐《たま》らなくなるが、小学校時代に、中耳炎をやって、それが、水泳が原因であると、母親が知ってるので、なかなか、許しが出そうもなかった。

仕方がないから、真人は、柔道の稽古に、精を出した。柔道は、性に合ってるとみえて、進歩が早かった。その他、スポンジ野球、テニス——一通りは、なんでもやったが、得手といっては、柔道だけだった。

柔道着が、浴室のマットのように、汗で濡れてくる頃に、冷水で体を拭いて、武道場から出てくる気持は、忘れられないものだった。楠の木の影も、長くなる時間で、海の方から、涼しい風が吹いてきた。運動場に、人影もなく、校舎は、シンと静まり返っていた。

仲よしの隆夫は、剣道部なので、稽古の時間がちがって、一緒にいなかった。真人は、柔道着を担《かつ》いで、運動場の隅を、歩いていた。

ふと、彼は、日陰に掩われた片隅に、石碑のようなものが、建ってるのを見た。

（こげんもんな、今まで、知らんじゃった……）

古い石碑ではなかったが、モノモノしく、礎石が組んであって、自然石の碑面に、中原猶介《なかはらなおすけ》翁宅址碑《おうたくしひ》という字が、彫ってあった。

（中原猶介ちゅうは、誰な……）

真人は、小首を傾けた。

鹿児島は、址碑《しひ》の多いところで、加治屋町へ行くと、西郷南洲や大久保利通や東郷元帥の誕生地碑が建ってる。その他、乃木静子夫人、大山公なぞも、それぞれの場所に、それぞれの碑がある。だが、それらの碑の主は、鹿児島人でなくても、日本人なら誰でも知ってる名である。つまり、そういう偉い人が、碑になるのである。

中原猶介なんて人は、聞いたこともない。西郷どんの配下で、城山《しろやま》で、討死《うちじに》した人でもあるのだろうか。しかし、桐野、村田、別府以下、名を繰ってみても、そのうちにはない。どこで、なにをした人なのだろうか。母校の校庭に建ってる碑の主を、てんで、知らないなんて、少しきまりが悪い――

真人は、碑面に彫ってある細字を、片眼を小さくしながら、読み始めた。

「翁字《あざな》は尚勇、通称は猶介《なおすけ》、鉄心斎と号す。鹿児島藩士中原尚通の次子なり。資性英邁《えいまい》夙《つと》に文武に志し、最も砲術に通ず。照国公に擢《ぬきん》でられて御製薬方となり、専ら舎密学《セイミがく》*22を研究す……」

碑文は、それから、まだ長く続いたが、真人は、舎密学という字で、閊《つか》えてしまった。

（なんじゃろかい？　こん人《ひた》ア、医者どんかや？）

九

「牟田口ッ」

と、あまり、高くない声で呼んで、真人は、門から庭伝いに隆夫の部屋へ行った。もう、中学生になったのだから、お互いに、名よりも、姓を呼びあった。

隆夫の部屋は、妹のエダと同居ではあるが、東京の中流家庭の子供部屋と、容子《ようす》が変らなかった。エダは外出して、机の前に、きれいな座布団が置いてあった。

「こん雑誌、知っちょッか」

隆夫は、天文館通りの本屋で、取り寄せて貰った〝海軍〟という雑誌を、真人の鼻先きに、つきつけた。

「そいよか、わや、中原猶介ちゅう人を、知っちょッか」

真人は、疑問が起きると、追求せずにいられない性分だった。

「知らん」

「そッでん、学校の運動場の隅に、そん人の碑が、建っちょい」

「碑が？　そげなもん、俺《お》や知らん」

隆夫は、なんにも、知らなかった。それよりも、彼の興味は、雑誌〝海軍〟にあるらしく、勿体をつけて、頁《ページ》を繰りながら、

「見れ！　こいが、長門じゃ、新式の戦艦じゃ。おいも、将来、こげん太か軍艦の、艦長になっど……」

と、写真版に、見惚れていた。彼の海軍熱は、中学へ入って、一層、昂《たか》まったようだった。

その時、玄関が開いて、靴を脱ぐ音がした。隆夫の父親が、市役所から帰ってきたらしかった。中廊下を通ってくる足音が聞えたが、そこの襖が、閉めてあった。真人が、家の人と会うのを、羞《はず》かしがるので、彼がくると、隆夫が、早速、閉めるのである。

その襖が、ガラリと、開いた。

「唐紙、閉《た》てきって、暑か……。おう、真人君、きちょッか」

六月というのに、もう、純白の夏服を着た父親は、眼鏡を光らして、笑った。彼の息子の親友の温良な性質が、気に入っていた。

ふだんの真人なら、赧《あか》くなって、お辞儀をするところだが、今日は挨拶をしてから、ハキハキと、

「小父《おじ》はんに、訊《たん》ね上げもすが、中原猶介ちゅう人ア、如何人《いけん》ごあすか」

「あア、中原どん――有名な人ごあすよ。斉彬公時代の学者ごあしてなア」

「医者どん、ごあすか」

「いいや、学者で――科学者で、確か、写真や瓦斯《ガス》燈を、薩摩へ輸入した人ごあしょう」

真人は、ふと、舎密学というのは、化学のことではないかと、思い当った。

「いいや、待っちくだはいよ……あや、軍人ごあしたかなア、薩摩海軍の……」

父親の言葉も、些かアヤフヤだったが、海軍と聞いて、隆夫が、鎌首を擡《もた》げた。

一〇

学期試験も、まず、無事に済んだ。英語と数学は、真人自身にも、自信のもてる成績だった。

国漢文も、苦手ながらに、普通の点がとれたと、思った。ただ唱歌だけは、手の出しようがなかった。優しい、美しい声であるのに、音痴というのか、小学校以来、ロクな点をとったことがないのである。

試験の終った日に、河田校長の講話があるから、一年生は、大講堂に集まれという、告示があった。

白い日覆《ひおい》を、帽子につけた生徒達が、続々と、大講堂へ繰り込んだ。本校舎と、別棟になってる大講堂は、ヒンヤリと、清潔な空気が流れていた。雪のように白い、正面の壁に、菊の御紋章が、輝いていた。生徒達は、誰も、入口で脱帽して、最敬礼の姿勢をとった。

デップリした河田校長の軀も、深く、腰を屈《かが》めてから、演壇に着いた。

「今日の話の題は、海軍の先覚者中原猶介についてであります。諸君の全ては、わが校庭にある、あの碑の碑文を見て、既にご承知のこととおもうが……」

一年生達は、顔を見合わした。誰も、隆夫と同じように、碑の存在すら気づかなかったのである。

「ちょうど、あの碑のあるところに、屋敷があって、天保三年四月八日に、そこで産声をあげた鉄心斎中原猶介は……」

校長の講話は、約一時間続いたが、それを要約すると、猶介は科学者であり、教育家であり、また、壮烈なる軍人でもあった。十八歳にして、長崎で蘭学を学び、二十二歳で藩公斉彬の許可のもとに、薩摩水軍の造兵造船造機の職に当り、近代海軍の創設に献身したのである。彼は、真に憂国の士であって、来るべき時代の戦争に、国家も藩も、何事を欠いてるかを、痛切に知り抜いて、固陋《ころう》な思想と闘ったのである。帝国海軍が旺盛なる精神力と共に、比類なき科学的優秀性を誇る現在こそ、実に中原猶介の夢であったのである。

猶介は江戸に留学して、江川太郎左衛門[*23]や安井息軒《そつけん》[*24]の門に入ったが、安井塾に在る頃、偶々《たまたま》薩摩の蒸気軍艦が品川へ入港した。朝野《ちようや》の見物人が堵《と》をなしたが、息軒も猶介を案内として、艦内を一巡した。猶介はその軍艦は自分が建造したことを、一言も師に語らなかった。後にその事実を知り、息軒は太息《たいそく》して、猶介の人物に膝を打ったという。この恭謙《きようけん》さこそ、東郷元帥に継がれた、一つの郷土精神ではなかったか。

猶介はわが国最初の機械水雷《すいらい》を造って、薩英戦争に備えた。また砲術の大家であるために、鳥羽伏見の戦いに出陣、新政府から、海軍参謀に任ぜられた。さらに、北陸の戦いを応援して、河井継之助と対陣するうち、敵弾を右脚に受け、それが因《もと》となって、三十七年の生涯を終った。その最期も亦、常人と異るものがあった。あれほど科学を信仰していた癖に、天命と知るや、一切の医薬と治療を却《しりぞ》けたのである――真人は、この講話を、瞬きもせずに聴いていた。

少年志を立つ

一

暑中休暇になると、生徒達は、天保山浜や与次郎ケ浜で、盛んに、水泳を始めた。

真人も、浜へ行ったが、口惜しそうに、下唇を噛んで、砂に寝そべっていた。彼も、平泳ぎぐらいはできるのだが、母の許しが出ないから、水へ入らないのである。しかし、褌《ふんどし》一つになって、朝から、甲羅《こうら》を干してるのは、せめての心遣りというわけでもなかった。

「諸君は、休暇中に、誰も彼も、色ば黒うなっちこい。俺は、色の生白《なまじろ》か奴は、大好《でえす》かん。新学期の初めに、黒ン坊競争をやるけん、諸君、負けずに黒うならんば、いけんぞ」

と、熊本訛りを丸だしで、菊池少佐が、最後の時間に訓示したのである。真人の胸に潜む負け嫌いは、人一倍、甲羅干しする決心を起させた。なぜといって、彼は自分が〝色の生白か奴〟であることを、よく知ってるのである。

隆夫も、初めは、甲羅干しの交際《つきあ》いをしてくれるが、暑さに茹《うだ》ると、透徹《すきとお》るように青い波頭めがけて、跳んでいってしまう。真人はひとりで、頭がクラクラするのを、我慢しながら、背を焼き、胸を焼き、自分の軀をビフテキのように、裏返すのである。

(中原猶介どんが、そげん偉か人ちゅうこた、知らんじゃった……)

校長の講話の感激が、再び、胸へ甦ってきた。校長の話では、電気を学理の実験として取扱ったのは、平賀源内や佐久間象山であるが、軍事に応用したのは、中原猶介であるということだった。猶介は、電線の絶縁に油紙を用いるような、原始的な工夫をしたにせよ、とにかく、亜鉛と銅板と稀硫酸の電池をつくり、その電流をもって、機雷や地雷の爆発に、成功したのである。彼の科学研究は、利用厚生の道にも役立ったが、殆んど、軍用を目的としていた。例えば、硝子《ガラス》を製造しても、薩摩赤ビードロの製品よりも、軍艦の窓に用いる厚硝子の工夫を第一とした。石炭酸を消毒剤に採用したのも、軍陣傷痍《しょうい》に備えるためだった。

(おいも、科学者になッかなア……)

燃えるような、熱砂の匂いを嗅ぎながら、真人は、ウットリと、わが将来を夢みた。数学と語学が満点に近い成績であることを、通信簿で知ってるので、そういう希望も、見当外れとは、思われなかった。殊に自分が級友中第一にあの碑の存在に気づいたのは、中原鉄心斎に肖《あや》かることを、天が命じたようにも、考えられた。

(じゃッどんが、おいが家《え》は……)

一瞬間に、彼の希望は、千仭《せんじん》の谷へ、突き落された。長女のハルも、ようやく縁づき、商売も、いくらか繁昌してきたとはいえ、真人が、高校から大学への長い学生生活を、保証するまでには、家の経済が容《ゆる》しそうもなかった。

（中学出たや、銀行員でんなッか……）

寂しく潤む眼で、彼は、沖ノ小島の青い影を眺めた。

二

秋の学期になると、苦心の甲羅干しが、酬《むく》われて、真人は、菊池少佐から褒められた。その代り、友達からは、揶揄《ひやか》された。

「見い。リンゴが黒うなったで、全然《がっつい》、焼き林檎じゃ」

その頃、喫茶店が市中にでき始めて、焼き林檎《ベーキング・アップル》などというものを、食べさせたのである。

「フ、フ……」

真人は、含み笑いをして動じなかった。動じないのも、尤もで、彼は焼き林檎なるものを知らないのである。彼は外で、一切、買い食いということをしない少年だった。恐らく、いつも、蟇口《がまぐち》の中が乏しかったのでもあろうが、母親が、そういう行いを、好まなかったからでもある。

新学期匆々《そうそう》に、真人は、副級長に選ばれた。唱歌の点は悪くても数学と英語の成績が、圧倒的だったので、そういう結果になったのである。

「そや、よかった……」

母親は喜んで、春駒という駄菓子を、祝いに買ってくれた。

母親——こんないいものが、世の中にあるだろうか。真人は、この頃になって、いよいよ母親への愛慕を、昂めてきた。子供と家のこと以外は、何一つ考えようとしない母親の心が、わかってきた。母親が、いつも、襤褸のような着物をきながら、太郎や真人には、小ザッパリした風をさせる謎が、解けてきた。恐らく、父が生きていたら、こうまで、母親の心が身に沁むこともなかったであろう——

「お母はんの飯ア、おいが盛る……」

或る朝、一家が円くなって、食事してる時に、真人は、そういって飯櫃を引き寄せた。

「男ン子が、そげんこつ、せんでもよか」

母親は、軽く、窘めた。実際、マツエでも、カヨでも、キタでも、女の給仕人の数は多いのである。

真人は、激情を抑えられぬように、赤面して、

「そいなら、一杯だけ……」

そういわれると、母親も拒み兼ねて、茶碗を出すと、真人は、愛情の容積を示すように、大

盛りに盛り上げた。

「ホッホッホ、こや、魂消《たんが》った……」

母親は、茶碗をもてあましながらも、嬉しそうだった。

その頃から、真人は弁当の菜《さい》に文句なぞいわなくなった。国分大根の漬物だけでも、不平をいわぬのみか、洗ったようにキレイに、飯粒を余さなかった。それは、後始末をする姉達の、手を省く心遣いらしかった。また、時としては井戸端へ踞《しやが》んで、自分の汚れ物を洗濯していることもあった。手付きも、なかなか上手だった。

一口にいえば、真人は、感心な少年になった。しかし、その感心なところが、必ずしも、母親を悦ばさなかった。

（あげな子供は、早死すッとやなかとや……）

三

しかし、真人は、柔道の稽古に、いよいよ、身を入れていた。あの温和しい子が、よく、そんなに武道を――と、人を不審がらせるほど、熱心だった。

（谷は、筋がよか……）

ふと、道場へきた大島先生は、巨体に腕組みをしながら、真人の稽古振りを眺めて、そう思った。

真人の柔術は、技を張らなかった。体を柔かくして、対手の力を受ける天賦《てんぷ》を、おのずから備えていた。それが、柔道の本質であるが、真人の対手は、そうとも知らず、いつも受身になってくれる彼と、稽古するのを悦んだ。

真人は、柔道を励んでいるうちに、同級の部員の小森と、親しくなった。親友の隆夫ほどではないにしろ、小森との交際も、かなり深くなった。

小森は、少年ながら、筋肉隆々として、性格も、真人や隆夫と、異っていた。謂わば、鹿児島人の一つの型——西郷型に属する方で、小事に拘泥せず、負け嫌いも、陽性だった。彼は、隆夫の海軍志望を聞いて、

「俺《お》や、陸軍じゃ。幼年学校[*25]へ入ろうと思うちょったが、親父が、東京へやってくれん。まあ、二中で我慢して、そん代り、四年で屹度《がっつい》、陸士へパスして見する！」

と、黒い顔を、昂然と、揚げるのだった。

真人は、級友が皆、そんな風に、将来の設計を立ててるのが、羨ましかった。彼自身は、寂しく鹿児島へ残って、銀行員にでもなるのか——

そのうちに、薩摩の秋も老けて、妙円寺《みょうえんじ》詣りの日がきた。陰暦九月十四日は、義弘公が関ケ原で敗北した日である。その日を記念して、古来薩摩の青少年が、公の菩提所《ぼだいしょ》伊集院の妙円寺

へ、五里の道を、徒歩で参詣するのである。負惜しみの強い薩摩人が、敗北記念日を設けたのは、おかしな話だが、これは〝ちぇすと、関ケ原！〟という土地の慣用語と、深い関係をもってる。その言葉を、標準語に翻訳すれば〝あの時を忘れるな！〟という意味になる。日清戦争の三国干渉[*26]を、日本全国民は決して忘れなかったが、関ケ原の屈辱を、今以て薩摩人は忘れまいとするのである。

「しかし、近頃の青少年は、惰弱《だじやく》になって、妙円寺詣りをサボる奴もある。慨嘆に堪えんことじゃ」

と、その日に、山形県人の武山先生が生徒を戒《いまし》めた。他国の人も、薩摩へ来れば、薩摩気質になるのである。

二中の生徒は、ラッパ隊を先登に、妙円寺詣りの進軍歌を唱いながら水上坂《みなかみざか》を越え、参詣を済ませた。帰校したのは、夕刻だった。だが、その翌朝、ビッコを曳きながら、武山先生の前に、報告をした生徒があった。

「あたや、昨夜《ゆうべ》行きもした」

と、不眠に膨れた瞼の下から、キッと、先生を睁めた。

武山先生は、その言葉の意味を、諒解に苦しんだが、やがて、真相がわかった。その生徒は、学校の参拝から帰って、さらに、一人で出掛けたのである。二往復二十里の道を、昼夜強行したのである。それが、小森だった。真人は、それから、小森が一層好きになった。

四

小森に比べると、真人の負け嫌いは、陰性だった。人に目立たぬように頑張るのが彼の癖だった。もし、真人が、妙円寺詣りを二往復したとしても、教師には語らなかったにちがいない。しかし、彼は、小森の豪傑風な、率直な態度が、寧ろ、羨ましかった。そして、小森は、級長で真人と同姓の谷与平や、軍人の子でやはり陸軍志望の万代や、幼年時代からの親友隆夫と共に、一群の仲間となるようになった。

真人は、誰からも、好かれた。といっても最初は、彼の端正な態度と沈黙癖を、〝ブッてる〟と誤解する者もあった。だが、交際ってみると、案外な朗かさと、素直さが、人を惹きつけるのである。彼等のグループの、友誼《ゆうぎ》は好もしく続いていった。

彼等が、二年生となって匆々に、松岡全権が悲壮な顔をして、ジュネーヴから帰ってきた。それまでは、何事も、外国と協調するのが、政府の方針と思っていたのに、今度は、国際連盟というものから脱退したと聞いては、少年達の胸にも、なにか異様な衝撃を、感じたのである。

「戦争でん、起《おく》ッとじゃなかか」

頭のいい与平が、情勢を察して、そういった。

だが、いつまで経っても、戦争は起らなかった。そして、短い薩摩の春が徂《い》って、夏休みがきた。

この夏は、母親が水泳を許してくれたことで、真人は幸福だった。クロールの真似事をして、鹿児島商船学校の隼人丸《はやとまる》へ、泳ぎ着いたこともあった。彼等の仲間は褌一つで、甲板を駆け回ったり、檣《ほばしら》に登ったりして、船員に叱られた。

「船はよかなア」

隆夫は、ドブンと、海に跳び込んで、平泳ぎを始めてから、真人に語った。

「よ、ほんとい、よか！」

真人も、同感だった。船というものが、あれほど魅力があるとは、知らなかった。隼人丸は、補助汽鑵《きかん》のついた、中型の帆走船《スクーナー》で、もとより、浮城なぞと呼ぶには、遠いものだったが、それでも、少年達の夢を満足させるに充分だった。況してや、軍艦となれば、どれほどの乗心地《のりごこち》だか、想像するまでもなかった。真人は、海軍士官になるだろう隆夫に、羨望を感じた――

「なア、わいも、海兵を受けんか」

覚束《おぼつか》ないクロールを始めながら、隆夫がいった。

「いいや、おいは……」

真人の声は、ガブリと潮水を飲んで、半分しか聴えなかった。

五

三年生になる時には、真人の成績は、二百三十一人中で、十六番だった。そして、彼の齢も、十六だった。

「じゃッどん、来年《れねん》は、十七番に下らんごつ、頼んど」

四ノ吉兄が、珍らしく、洒落をいった。

しかし、十六歳ともなれば、少年も、既に少年といえない。昔なら、元服をして、青年《にせ》の仲間へ入れられるのである。真人も、声変りがしてきたと共に、自分の将来を真面目になって考えずにいられなかった。

（サラリー・マンちは、如何《いけん》してても、性に合わん……）

彼は、そんなことを、考え始めた。しかしそれは、一つの弁解に過ぎなかった。本音を吐けば、中学を出ただけで、月給取りになるのが、嫌になったのだ。

その頃、谷の家では、長女も次女も嫁ぎ、長男の真蔵も妻帯して上京したので、母親も、ホッと一息ついていた。店の方も、電話を引くほど、ラクになってきた。そうした一家の余裕が、十六歳の少年に、感じられない筈はなかった。

（おいも、上ン学校い行ッとうなった……）

級友の誰もが、上の学校を志しているのに、自分だけ、この土地に燻《くす》ぶっていたくなかった。といって、かりに家に余裕ができても、自分だけが莫大な学費をつかって、いわゆる高等学校教育を、受けたくはなかった。子供に偏頗《へんぱ》を嫌う母親は、恐らく、許してはくれないだろう。すると、官費の学校だが、高等師範は、なんとなく、気が進まなかった。

(軍人がよか。陸士でん、海兵でん……)

算術の答えのように、軍人志望が、彼の胸に蟠《わだかま》った。陸軍がいいか、海軍がいいか、それは、今後に考えればいいが、とにかく、自分は軍人になる。いや、是非なりたい。それだけは、不動の決意にしたい。もし、陸士にも、海兵にも入れない事情が起きたら、徴兵で入営の時に、隊へ残っても、いいではないか——

彼は、そう決意すると、二中入学以来の胸のモヤモヤが、霽《は》れたようで、嬉しかった。勉強にも、目標が立った。得意な代数や幾何に、今までよりも、馬力をかけた。物理や歴史や語学にも、興味が加わってきた。苦手の国漢文さえも、どうやら、苦手でなくなってきた。

だが、真人は、その決意を、母親に明かそうともしなかった。なんだか、羞かしくて、いい出し兼ねた。もっと、時期が経ってからでも、遅くはない。

母親に打ち明けないくらいだから、隆夫にも、小森にも話さなかった。彼等は、真人が二中を出て、銀行員になるものと、きめていた。それに、真人は、勉強の方法が、一風変っていた。

昼間は、誰が誘いにきても、すぐ、それに応じた。母校の八幡小学校で、野球をやったり、相撲をとったりして、遊び暮した。ただ、夜になると、屋根裏の四畳半へ入って、鼠の騒ぐのも耳に入れず、ひどく、集中的な復習と予習をした。彼の勉強方法も亦、人目に立たなかった。

六

その頃、真人は、日曜になると、よく図書館へ出掛けて、郷土の文献を読んだ。これは、明らかに、河田校長の影響だった。校長は、史癖があるというよりも、その道の専門家なのだが、この頃では、スッカリ、郷土史に没頭して、中でも、南洲と薩英戦争の研究は、世間に知られていた。

「諸君は、生まれた故郷の歴史を知らんといかん……」

口癖のように、校長は、生徒にいっていた。校則にも、そのことが書いてあった。

真人は、唱歌に音痴のように、文芸にも興味がなかったので、図書館でも小説本を借り出す必要はなかった。小説は、閲覧者が多いが、郷土資料なぞは、いつでも借覧ができた。

その日も、彼の借り出したのは、〝薩英戦争余話〟という、明治頃の古い本だった。発行所は鹿児島で、著者も土地者らしい姓だった。平易な文語体で、史論というよりも、見聞談が多かった。

——戦争の原因となりし生麦事件[*27]の折りも、われに於て、決して不法の振舞いありしに非ず。非礼の英奴《えいど》を奈良原喜左衛門が斬りしも、リチャードソン他二名の男にて、婦人は免じ遣《つか》わせしなり。また、藩主久光公が、ヤレヤレと、駕籠《かご》中より嗾《け》しかけしという英人側の申立ては、真赤な嘘《いつわり》にて、藩公は顚末を聞くや、ウン左様かと宣《のたま》いて、静かに右にあった腰の物を、左に置き換えられたるなり。やがて、事件終れりと聞くや、無言にて、左に置かれた腰の物を、右に置き直されたるなり。

しかし、これが天下の大騒動となり、英国は支那艦隊を横浜に回航せしめ、英国将校の面前にて下手人の首を刎《は》ね、賠償金二万五千ポンドを支払うべき旨、幕府へ談判せり。幕府大いに狼狽して、十万ポンドの償金を支払い、英奴の機嫌を取りしも、薩摩は知らぬ顔の半兵衛にて、下手人も償金も、幕府へ差出す気色なく、大いに国威を発揚せり。されば、英国は薩摩憎しと思いけん、文久三年六月二十二日、横浜を発して、旗艦ユリアラスを始め六隻の艨艟《もうどう》を鹿児島湾に回航せしめ、威嚇一喝《いかくいっかつ》のもとに、わが藩を屈服せしめんと試みたり。

されども、その威嚇一向効かず。何となれば、当時わが薩人は英国人に少しの知識もなく、或る者は英奴後尻《あとじり》を持たずと思いいたり。アトジリとは踵《かかと》のことにて、踵なければ、棒で突倒すことに容易なる道理なり。豈《あに》、軽蔑せざるを得んや。また、或る役人は、英旗艦に往きし際、英士官のうち長髯《ちょうぜん》を蓄えたる者を見て、「わいが髯長《ひげな》げ」といいて、これを曳き、彼を周章せしめたり。

さらにまた、藩主久光公の如きは、旗艦ユリアラスの偉容を見て、あの白壁艦《しらかべかん》だけは、砲撃を加えず残して置けと、命じ給えり。その理由如何というに、公は白壁艦を分捕りて、江戸へ参覲交代の際、自用に供する心算《つもり》なりし如し。

戦前既に敵を呑むとは、このことに非ずや――

七

実際、薩英戦争というものは、壮烈なる一面に、よほど暢気なところがあったようだ。

例の西瓜《すいか》船の計略が、そうである。英人を斬った奈良原の発議で、決死の勇士八十余名が七艘の西瓜船に分乗し、各々商人に化けて一刀を懐中に呑み、英艦に登ったら、斬死《きりじに》をする覚悟――同時に、陸の砲台から射撃して、味方諸共《もろとも》艦を沈めようという計略である。ちょっと聞くと、大名案のようだが、一体、欧米人は西瓜を黒人の嗜好物として、擯斥《ひんせき》しているのであるから、そんなものを、買う道理がない。その上、決死隊の面々、自分では商人に化けたつもりでも、眼光炯々《けいけい》として、胸や裾から、大刀が覗いていたというから、英艦が警戒する筈である。

この計画も、見事失敗に終ったが隊員中に、後の大山元帥《げんすい》*28や、殊に帝国海軍と関係深い西郷従道《つぐみち》元帥[*29]、仁礼《にれ》景範《かげあき》大将のいたことを、忘れてならぬのである。そしてまた、東郷元帥[*30]は十七歳の初陣で、砲台で奮戦していたが、海より来《きた》るものは、海にて防がざるべからず——という信念を固めたことは、有名な話柄《わへい》となっている。

いよいよ、本格的に火蓋の切られたのは、七月二日の正午で、烈しい風雨の中だった。由来、鹿児島は外国の船がくると、暴風雨があると伝えられているが、この時もそうで、篠《しの》つく雨に裸身となった将兵は、まず南端の天保山砲台から、第一発を射ち出した。これが開戦の号砲で、各砲台が相次いで発砲した。

英国側はわが方に戦意なしと、誤算して、恫喝のために、攻勢をとっていたが、本気で戦闘準備をしてはいなかった。そこへ、各砲台が必死となって射ち出したから、耐らない。バーサス号のごときは、慌てて錨を切って、逃亡した。どこの国でも、海軍が錨を捨てるなんて、他人の家へ褌を置き忘れた以上の醜態である。旗艦ユリアラスは、倉皇《そうこう》として、海岸から八町ぐらいの点へきて、砲撃を始めたが、そこは練習用の標的のあったところなので、味方の砲台は正確極まる応射を酬いた。旧式な円弾ではあったが、三弾が甲板で破裂して、艦長も副長も、その場で斃《たお》れ、列外に逃げ出したのである。

しかし、味方の損害も、相当のものだった。薩摩の大砲は、射程十町に過ぎぬのに、対手のアームストロング砲[*31]は、四十町も効いた。その上に、薩摩の総砲数が八十九門に対し、軍艦側は百一門だった。祇園洲《ぎおんのす》の砲台なぞは、損害最も甚だしく、大砲が飴の如く曲ったり、砲座が吹き飛ばされたり、まったく用をなさなくなった。しかも、士気少しも怯《ひる》まず、風雨の中に、号令の太鼓が高く鳴り響いた。その時の少年鼓手《こしゅ》が、後の伊東元帥だったのである。

八

兵器工廠の集成館も毀《こわ》され、民家の一割が焼かれた。市中大混乱のうちに、七月二日が暮れて、翌日となると、風雨の力も漸く衰えてきた。

その時、英国艦隊は、遂に退却を始めたのである。その針路が、ちょうど、真人や隆夫が、毎日のように親しんだ天保山と、沖ノ小島の間だった。

沖ノ小島にも、砲台があった。そこを守る将士は、昨日の戦闘に一発も撃っていないので、髀肉《ひにく》の嘆に堪えなかった。砲台長は青山愚痴という面白い名の人で、古風な天山流の砲術家だったが、英艦が島の方に向ってくるので、円い砲丸の頭を撫ぜながら、

「今日《きゅ》は、気張ってくれやい」

と、砲丸に頼んだという話である。

その上に、もう一つ、喜ばしい期待があった。沖ノ小島と桜島の燃崎《もえざき》の間に、かの中原猶介が製作した、電気仕掛けの敷設水雷が、三個沈めてあった。英艦隊の針路は、まさに、その方

を指しているのだから、暫らく我慢してればいいのに、気に逸《はや》る沖ノ小島砲台から、砲火を切った。英艦は急遽転針して、神瀬《かんぜ》の方へ退きながら、猛然と応射した。着弾した一発は、砲台にあった井上直八に重傷を負わせた。直八後に良馨《よしか》と改めて、元帥の位を獲た人である。

薩英戦争を顧みてみると、実に、この戦争が元帥と名将の孵卵器《ふらんき》であったような気がしてならない。大山、川村、野津、西郷、東郷、伊東、井上の諸元帥がそれだが、そのうち三人を除けば、悉く、海軍出身である。また、仁礼景範、赤塚源六、伊集院兼寛なぞ、帝国海軍に貢献した人物が、悉く参加している。山本権兵衛大将の如きも、齢《よわい》十二歳で、出陣は許されなかったが、弾《たま》運びとして働いている。そういうところを見ると、薩英戦争は、単に薩藩に刺戟を与えたのみならず、日本人としての海軍思想に、なにか重大な振蕩《しんとう》を起したように、思えてならぬのである。

それはさておき、英艦隊は小根占の沖へ退いて、応急修理を済ませてから、横浜へ回航してしまった。これで、戦争が終ったのであるが、両軍の死傷者は、案外寡《すく》なかった。英側死者十三、傷者五十名であり、薩摩軍の死者はたった一人、傷者六人に過ぎなかった。

この結果からみると、薩摩側の完勝のようだが、事実は、決してそうではなかった。各砲台も、集成館工廠も、大損害を蒙っているが、秘蔵の蒸気商船が、三隻も焼かれている。

つまり、どっちが勝ったともいえない戦争であった。少くとも、軍艦対砲台の戦争としては、薩摩にもっと分があるべきだった。その上に、精神的にも、或る圧倒に蹌《よろめ》かざるをえなかった。それは、英国の艦《ふね》と砲に対する、のっぴきならぬ開眼だった。二千三百余トン、速力十一ノットの軍艦と、円錐弾を速射するアームストロング砲の威力に対する、劣等感だった。

九

真人は、読み了えた本を、パタリと伏せて、窓の外を見た。

閲覧室は、見晴らしがいいが、いつか、掻き曇った空は、大粒な雨滴《しずく》を、ガラスに叩きつけていた。柳の巨木が、緑の髪を、振り立てるのが見えた。

山腹まで、雨雲に掩われた桜島は、いつもになく、凄惨だった。沖ノ小島も、影が薄れていた。天保山、大門口《でもんぐち》、弁天波止場、祇園洲——砲台のあったあたりは、雨に煙った甍《いらか》が、火事の余燼《よじん》の立つようだった。

真人は、なにか、新しい風景でも眺めるように、それらを眺めた。天候が、薩英戦争の第一日に似ていたばかりではなかった。歴史を含む風景は、常の風景ではなくなるのである。十六年間見馴れた風景が、こうまで新しく見えるのが、不思議だった。

この暗澹たる風景が、日本海軍へ多くの名将を送ったのだという気がした。その本に書いてあるとおり、あの戦争で、わが郷土は、悶え苦しんだのだ。斉彬公を和蘭陀《オランダ》カブレと称して、公の没後、火縄銃を再用した老人達は、風雨で火薬が湿って、役に立たなかったことを自認せざるをえなかった。円弾と椎《しい》の実《み》弾の威力は、比較の余地さえなかった。そして英国は、またいつ攻めてくるかわからない。それなら、どうする？

その時、郷土の先輩が、見栄にも意地にも捉われずに、翻然と、イギリスと結んだのは、尊敬すべきだと、考えられた。英国に屈伏したのではない。当時、西欧の軍事科学の優秀性の前に、師の礼をとったのだ——と、あの本の著者も書いている。英側も、フランスに対する牽制《けんせい》上、その友交は、忽ち成立したらしい。

慶応三年に、プリンセス・ローヤル以下三隻が、鹿児島湾に入港した。水師提督キングと、公使パークスが乗っていた。薩摩の砲台は火を吐いたが、それは祝砲だった。藩公の催した歓迎会には、四十余種の料理と、シャンパンが出た。英客は鶏と豚の料理の外は、手をつけなかった代りに、シャンパンとビールは、大いに飲んだそうだ。その頃にシャンパンとビール——どこで仕入れてきたか、苦心察するに余りある。同時に、先輩達は、儀礼と示威と半ばした目的で、かの中原猶介の実弾射撃を観覧させることを、忘れなかった。黒羅紗《ラシャ》、赤裏の外套に、袴を穿《は》いた彼は、まず藩公に向って一礼して、六門の野砲に号令をかけると、悉く、遙かな沖の標的に命中した。英人達も、儀礼でない拍手を、送らざるをえなかった。

それが、真人の先輩達の気魄《きはく》だった。陸海軍に英式を採用し、英国に留学生を送っても、彼等の気魄は、衰えなかった。やがて、幕府の海軍伝習所も、英人教師を雇い入れた。その後身たる海軍兵学寮は、殆んど、英国海軍兵学校の観を呈した。そして、その結果は？

（陸奥長門は、世界で一番強か艦《ふね》じゃと、隆夫が言《ゆ》ちょった……）

真人は、もう一度、暗澹たる風景を眺めた。

一〇

（決断が、大事《でじ》じゃ……）

薩摩や江戸の海軍先覚者が、断乎として、英式を択んだ決断が、国家百年の後に輝いてきたことを、真人は感激したが、自分自身を反省すると、面目次第もなかった。

（俺《お》や、まだ、陸士とも海兵とも、きめちょらん）

軍人になると、決意はしたが、具体的な決断ではないのである。ただ軍人というものは、日本にない。錨の軍人か、星の軍人か、どっちかである。

（よし、今日《きゅ》くさ、きめちくるッど……）

便々として、日を送るべき齢ではない。東郷どんは、十七歳で初陣に出たと、あの本にも書いてあったではないか――

彼は、図書館の係員に、本を返すと、ひどく、肩を突っ張って、閲覧室を出た。校服に下駄を履いてきたので、下足場で、草履と穿き替えねばならなかった。

「谷君、おはんも、図書館イ来ちょったか」

あまり懇意でない、級友の尾崎が、出口で呼びかけた。

「うん……おはん、そこで、何しちょっとや」

「雨の降《ふ》しょるに、傘もっちょらん」

なるほど、外は、ひどい降りだった。

「そいなら、おいが傘イ、入らんせ」

要慎《ようじん》のいい真人は、蝙蝠傘《こうもりがさ》をもっていた。

烈しい吹降りの中を、二人は相合傘《あいあいがさ》で、照国《てるくに》神社前から、天文館通り[*32]へ歩き出した。

「こや、酷《ひ》で！」

尾崎は、ズブ濡れになったズボンを、膝まで捲り上げると、雑巾を絞ったように、脛《すね》に水が流れた。

真人は、それに眼も呉れずに、昂然と歩いていた。実をいうと、雨も風も、忘れていたのである。

(中原猶介どんは、薩摩から出た……赤塚、伊東、仁礼、川村、樺山《かばやま》、山本、そして東郷どん……みんな、薩摩から出た)

そんなことを、一心に、考えてるのである。

「谷君……どこへ、行くんじゃ」

尾崎は、天文館通りの電車道へきても、同じ速力で歩き続ける真人に、声をかけた。そこで待てば、二人の住んでる地域の方へ、乗換えなしの電車がくるのである。

真人は、ふと気づいて、荒天の往路を、見回した。暗澹たる空から、薩摩独得の強い雨が、花が咲いたように、鋪道に跳ね返っていた。ヒュウと、電線が鳴るほど烈しい風だった。すべては、薩英戦争の第一日を、彷彿させた。

「尾崎さア、歩《ある》ッせえ——電車なぞ、乗いやんな」

真人は、決然として、電車道を歩き出した。その時、彼の心にも、ある発足が始まったのだが、なんにも知らない尾崎は、些か不平な顔で、真人の蝙蝠傘を追った。

軍人組

一

その年の暑中休暇に、菊池配属将校は、軍事見学団というものを組織して、志望者六十余名を自ら引率の下に、九州と中国を旅行した。真人も、既に決意を固めた後であるから、その一員に加わった。隆夫《たかお》や小森は、無論のことだった。

一行は、菊池少佐の故郷、熊本の留守師団見学から、始まった。炎天の下の練兵は、もの凄いばかりだった。タオルのように濡れた、軍服の背を見て、彼等は眼を円くした。

満州事変の傷兵を、陸軍病院に見舞ったり、戦死者の遺族の家を慰問したり、一行の行動は多端だったが、その上に、少佐の車中教授というものがあった。行く先々の見学場所の予備知識や、それに結びつけた軍人精神の薫陶だった。列車の快い動揺のために、居睡りを始める者もあった。それも、不心得とばかりいえないのは、この見学団は、殆んど旅館というものに泊らず、車中で夜を過ごす仕組みになっていた。従って、生徒の疲労も甚だしいが、それを堪えさすことが、少佐の目的でもあった。

「自分を鍛えるんじゃ、鍛えるんじゃ」

口には出さないが、少佐の眼がそう語っていた。

最後の見学地は、江田島の海軍兵学校だった。呉《くれ》へ朝の六時頃に着いて、川原石から汽船に乗った。朝陽《あさひ》に照らされた大小の軍艦が、清々しい姿で、碇泊していた。隆夫は夢中になって、舷《ふなべり》へ乗り出したが、真人も、ジッと、友達の背の間から、瞳を凝らしていた。

島へ着いて、三十分ほど歩くと、兵学校の門前へ出た。菊池少佐は、門衛のところへ行って、何事か話していたが、門衛が電話で上司に通告し始めた。

やがて、少佐は、生徒の方へ帰ってきて、

「諸君、まことに残念ばってんがア、当校は、昨日から、暑中休暇じゃそうじゃ。しかし、当直教官が、校内の案内をして下さるそうじゃけん、行儀よう見学すること……」

生徒達はガッカリしたが、この学校の暑中休暇が、僅か十日間と聞いて、ビックリもした。

海軍少佐の白服を着た教官が、門内に現われて、一同を導いた。休暇中とはいっても、塵《ちり》一つ止めずに、清掃された校内は、松と杉と桜と、そして、紺碧《こんぺき》の海とを背景にして、学校とは思われぬほど、清浄な雰囲気を漲《みなぎ》らせていた。

全部を見て歩くには、二時間ほど経《かか》った。それほど広い校内と校舎だった。その上に、新築中の校舎さえあった。最後に、養浩館《ようこう》という生徒酒保で、弁当を開く前に、教官の〝帝国海軍と兵学校について〞という講演があった。

「よかなア、海軍は――おいが、入校する頃は、あん新校舎イ入れらるッか知れんど」

隆夫は、真人の耳に、囁いた。真人は微笑して、何とも答えなかった。

二

軍事見学団から帰った真人は、残った休暇を、天保山の浜で暮したが、やがて、新学期が始まると、精神がピチピチ緊張してるのに、なんとなく、肉体の倦怠を感じた。それに打ち克つために、柔道の稽古を励んで、帰宅すると、母親は、驚いた顔で、

「おまんさア、熱でんあッとや」

真人は、真ッ赤な顔と、ギラギラ輝く眼つきをしていた。

「いいや」

と、否定する息子に、強《し》いて検温計をかけさせると、果して、三十八度を越していた。

真人は、すぐ、臥《ね》かされた。医師がきて、診察すると、チフスらしいといった。二、三日すると、四十度以上に昇り、熱型が、完全にチフスであることを示した。

母親の心配は、いうまでもなかった。看護は主として、マツエが当ったが、少しでも、店の

仕事の手が明くと、母親が枕許に坐った。

「如何《いけん》して、こげな、恐ろしか病《やめえ》に罹《かか》ったとや……」

母親が、嘆くのも、無理はなかった。伝染病なぞ、一度も一家から出したことはなかった。

真人の病因は、見学団の旅行中に、暑さに耐え兼ねて氷水や冷し飴を、鱈腹《たらふく》、飲んだからに相違なかった。菌の潜伏期二、三週間が、それに符合していた。

だが、浄らかな、若々しい肉体は、普通の場合より恢復力に富んでいるのか、二週間もすると、平熱に降った。そして、後の一週間を、静養に費した。

チフスの恢復期といえば発狂的な食欲を感じるものだが、真人はその点では我慢強く、自分を抑えた。子供の時からの負け嫌いが、役に立った。ただ、彼は、退屈を辛抱するのが、一番辛《つら》かった。隆夫たちは、度々見舞いにきてくれたようだが、もし伝染しては申訳ないといって、母親が面会を断った。静養期になれば、マツエもカヨも、枕許に坐ってはくれなかった。真人は、天井や壁を対手に、いろいろのことを語り、いろいろのことを考えた。

或る日、思いがけなくも、兄の四ノ吉が、ウエファースを持って、病室へきた。

「退屈しつろう……こんな菓子なや、食《く》うてもよかちゅこっじゃ」

優しい兄は、米の配達の序《ついで》に、その菓子を、買ってきてくれたのだった。

真人は、身に浸みて、嬉しかった。ふと、彼は、この兄なら、胸に秘めた素志を、打ち明けるべきだと、感じた。

「兄《あん》さん……おいは、海兵な受けちみとうごあんが、如何《いけん》ごあすな」

病後の疲れた声で、幽《かす》かにいった。すると、四ノ吉は、忽ち喜色を浮かべて、

「そや、よか……。おいは、麑商《げいしょう》を中途で止めたどん、わいだけア、上ン学校イやりとう思うちょッた……。よか——おいがお母はんに、頼んじあげもそや」

「あいがと」

真人の眼から秘かに涙が滴たった。

三

もう、腹がきまった。今度こそは、不動の決意だ。桜島が爆発しようが、甲突川《こうつきがわ》が逆に流れようが、志は翻さない——

「お前《まん》さアが、そげん決めたや、そッでよか……。お父《と》はんも、真一郎も、陸軍に徴《と》られたどん、海軍は一人もなかで……」

母親は、苦もなく、許してくれたのだった。尤も、遠い明治十七年とやらに、伯父の一人が、水兵になったことがあるが——と、いい添えた。

こうなった以上、もう秘すべきではないから、真人は、隆夫にも、打ち明けた。その時の隆

夫の喜びようといったら、抱きつかんばかりで、海軍士官として、将来、生死を倶《とも》にしようと誓いあった。そして、隆夫は、その年の五月三十日に亡くなった東郷元帥の額面写真を、二枚買って、一枚を真人に与えた。

真人は、郷里の大名士として、東郷元帥のことを考えていたが、今は、自分の志す海軍の大先輩として、考えざるをえなかった。しかし、深い考えもなく、ただ、

(東郷どんな、偉か……)

と、思うに過ぎなかった。彼が元帥の真価を知るようになったのは、もっと後のことである。

考えてみると、彼が海軍志望を決した遠因は、あの暴風雨の日に、〝薩英戦争余話〟を読んだことにあるが、近因としては、軍事見学団で江田島に行った時に、白服を着た当直士官から、講話を聞いたことにあった。

「諸君は、わが軍艦の艦首に輝いてるものを、ご承知でしょう。なぜ、わが軍艦のすべては、十六弁菊花の御紋章[*33]を、戴《いただ》いているか――それは、日本海軍は、天皇の海軍であるからであります。法律上にも、事実上にも、そうなのであります。この、誰でも知っていなければならぬことを、案外知らない人が多い。況《いわ》んや、わが海軍の建設者が、何人に在《おわ》せられたかが、周《あまね》く知れていないのは、洵《まこと》に、畏《おそ》れ多い極《きわ》みです……」

白服の士官は、帝国海軍が明治時代に建設され、明治時代に大海軍の根幹を築き上げた経過

を述べた。明治元年の観艦式で、大阪港に集まった軍艦が僅か六隻、総噸数《そうとんすう》二千四百五十二噸——それが、四十年後の十一月、明治聖代最後の神戸観艦式には、艦数百二十三隻、総噸数四十万四千四百六十噸に達していたと聞いては、少年達もその数字の差に、驚異の溜息を洩らさずにいられなかった。

「明治御一代の間に、それだけの大海軍ができ上ったのは、偏《ひとえ》に、明治天皇の御偉業によるものだったのです。その一例を申上げれば明治二十五年、海軍省は戦艦二、巡洋艦一、通報艦一の建艦予算を、議会に提出したのであるが、否決の情勢が、頓《とみ》に高まってきました。明治天皇におかせられては、その時、いたく宸襟《しんきん》を悩ませ給い、以後六年間、毎年三十万円宛《ずつ》、宮廷の御費用を省《はぶ》かせ給いて、帝国海軍に……」

白服の士官の声は、未だに真人の耳朶《じだ》に残ってる。

四

その年も、無事に暮れて、やがて、三学期がきた。チフスで衰えた真人の軀も、メッキリ元気が恢復して、勉強にも、力が入った。従って、試験の成績もよく、一体に鰻《うなぎ》上りだった席次が、また一段、飛躍した。

十七歳四年生——彼も級友も、愚図々々していられなくなった。成績がよければ、四年生を最後に、上の学校へはいれるのである。誰も、将来を口にしない者はなかったが、真人が、海軍志望を明らかにした頃には、同級生に、陸海軍人たらんとする者が、非常に多いのに驚いた。こんなことは、二中始まって以来の現象だと、いうことだった。

真人の級は、四年五組だったが、主任教師は例の緒方先生だった。新学年の最初に、先生は非常なご機嫌で、

「こんなに、軍人志望があるのは頼もしいぞ。そこで、校長先生とも、相談したんじゃが、それらの組を、軍人組と名づける。ただ、名づけただけじゃ、仕様がない。是非、難関をパスして県下最高の入学率を、挙げにゃならん。いや、九州第一の入学率を、挙げて欲しい。やがては、日本第一の――ほんのこつ、二中を、日本一の中学にすッか、せんか、わいどんが双肩にかかっちょッ」

しまいの方は、土地訛りが飛び出すほど、緒方先生の意気は、旺《さか》んだった。

こんな風で、二中の歴史に残る軍人組なるものが、成立した。真人も、隆夫も、小森も、万代も、勿論、それに加わった。なんといっても、陸軍志望が一番多く、他の組を合わせて総数四十一名だった。数学、英語、物理化学は、それぞれ、受持ちの教師が付いて、教師の自宅や教室で、真剣な準備教育が行われ、鞭撻《べんたつ》が厳しかった。

教える教師も夢中、教わる生徒も夢中だった。自分が入学の栄冠を獲ることが、母校の名を

揚げるということを、生徒の誰もが、胸に刻んでいた。これくらい、気合いのかかった試験準備は、全国でも、寡なかったにちがいない。

その頃から、真人は、軍人組の仲間と共に、よく、緒方先生の自宅を訪ねた。英語は得意であったが、疑義は遠慮なく、先生に質問した。先生は、難解なイデオムでも、納得のいくまで、ジックリと説いてくれた。

真人は、緒方先生の自宅に出入りするうちに、飾らずして、珠《たま》の如き先生の人格に、打たれてきた。寛厚《かんこう》で、気品のある、城下侍らしい家風を、尊敬せずにいられなかった。老いた母堂と、奥様と、六人の子供さんがいたが、いかにもノンビリとして、静かな家庭だった。子供好きの真人は、十三歳の先生の長男から、二つになる四男まで、残らずお馴染みになった。

先生は、どうやら、酒好きのようだった。それなのに、月に一度は精華堂という洋菓子店へ、真人達を連れてってくれた。彼は〝恩師〟というものを、シミジミと、緒方先生に感じた。

五

隆夫も、この頃は、必死になって、勉強していた。真人のように、数学は得意でなかったが、国漢文や図画は、彼以上だった。英語の力も、真人に負けなかった。

その年の暑中休暇は、軍人組だけにはないようなものだった。隆夫も、両親が心配するほど、机の前を離れなかった。

或る晩、海風が涼しく、月が美しかった。それでも、隆夫は、電燈の下で、細字の辞書なぞを、読んでいた。

「一時《いっとき》ア、散歩でんしやいな」

母親が心配して、そういった。

隆夫は、不承々々、散歩に出たが、一人では詰まらないので、真人を誘った。真人も勉強していたようだが、快く応じて、二人は、天保山の浜へ、足を向けた。途中の町家では、六月燈の名残りを点じていた。古風な切子燈籠《きりこどうろう》に素人にしては巧い絵が、描いてあるのが、涼風に揺れていた。

「よか風景なア」

浜へ出ると、隆夫も、試験のことを忘れた。いつも見馴れた桜島が、藍紫色に霞んで、沖は月光が澱《よど》み、砕ける波は、磨いた銀の輝きを放った。

「俺《お》や、こん頃ア、桜島向っせえ、号令をかけちょる——士官になった時イ稽古になッでや」

真人も、近頃は、公然とそういうことがいえるようになった。

「やっち見い!」

隆夫が、嗾《け》しかけた。

「聞いちょれ……。マイエー、オイッ」

力一杯叫んだが、声変りがしきれない、不思議な声で、とても、桜島まで、届きそうもなかった。

「ハッハッハ、聞いちゃおれんど。第一、海軍士官は、そげな号令かけんじゃろう。軍艦に〝前へおい〟ちゅうてん、動きゃせんど。〝両舷前進微速！〟こげん、いうもんじゃ」

隆夫の海軍知識も怪しかったが、それにしても真人に比べれば、一日の長があった。

鼻を明かされた真人は、今度は、相撲を挑んだ。

「来《く》ッか！」

二人は、ヒンヤリと湿った砂の上で、組んず解《ほぐ》れつした。相撲では、真人に分があって、三番とも勝ち続けた。

二人は、笑い合って、疲れた体を、砂の上に伸ばした。夜風は、涼しく吹き渡って、十三日頃の円い月が、真人の白い肌を、浮き上らせた。

「こや、不思議じゃ」

隆夫は、皎々《こうこう》たる月を指して、呟いた。

「真人……月を見ッみろ、月が、三つや四つイ見ゆッど」

「バカな。月ア、複数ごあはんど」

「そッでん、おいにア、そげん見ゆッと……。如何《いけん》したじゃろかい」

隆夫の声は、妙に、寂しかった。

六

その後、二、三日して、真人の家を、思い掛けなくも、隆夫の妹のエダが訪れた。

「兄《あん》さんが、悲観しとって、遊びイきたもはんか」

今年、十四歳でも、大柄な彼女は、大人のように、ハキハキと、口をきいた。従順《すなお》な薩摩女としては、彼女は、確かに、変り種に相違ない。少女ながら、気が強くて、父や母にも、敢然と、論争を挑むこともあった。この春に、女学校へ入学する時も、両親は県立高女を望んだのに、彼女は、鹿児島で一番モダンな、聖母女学院を主張して、遂に入学してしまった。そのカトリック教の女学校は、遠い山手の丘に建ってるのだが、雨でも降って、登校が難儀な場合でも、自分が好きで入学した以上、痩我慢を張って、欣然と出掛けて行くのは、薩摩女というよりも、寧ろ、薩摩男の気性なのである。

「はア、そげんごあすか。そいなら、一時《いっとき》してかア、罷《まか》んそ」

真人の方が、却って、顔を赧らめながら、答えた。

「即時《いっき》、来やったもんせな。あたや、心配ごあんで……」

彼女は、真人と連れ立って、家へ帰りたい意を仄《ほの》めかした。飛んでもないこと——若い青年《にせ》と少女《おごじょ》が、一緒に街を歩くなんて、甚だしき風俗違反である。

「おまんさア、先イ行ッたもんせ」

「何故《ないごて》?」

「何故ちゅてん……」

真人は、真っ赧《か》になって、口籠もった。エダは真人の顔を、暫らく眺めていたが、

「弱虫《やくせんぼ》!」

と、一言いうと、お河童髪《かっぱ》を振りながら、駆けて帰った。

それから、三十分ぐらいして、真人は、ソッと、門から庭へ入って、隆夫の部屋へ上った。

「如何《いけん》したとや?」

「真人……おいは、近眼のごつあッど」

隆夫は、吐き出すようにいって、首を垂れた。

海軍士官になるに、眼の悪いのは、致命的な打撃である。隆夫が悲観するのも、無理はなかった。

「じゃッどん……まだ、初期じゃッどが。眼鏡せえかけたや、何事《ないごつ》でんねが」

「いいや、そげんこつすッと、なお近眼になッ」

「そいなら、浜イ出っせ、遠《と》えところを、見ッみやい。霧島山でん開聞岳《かいもんだけ》でん……」

兵学校の体格試験は、もう目前だが、努力次第で、癒らないとは限らない――

その日から、二人は、海岸に立って、遠い高千穂の峰や、反対の側の薩摩富士に向って、瞳を凝らした。近い景色が眼に入ると、慌てて瞼を閉じた。真人は、お相伴《しょうばん》に過ぎないが、良い眼を、もっと良くするに、越したことはなかった。

七

八月の五、六日に、海軍兵学校入学志願者の、体格検査が行われた。場所は、母校の講堂だった。

隆夫は、朝から、蒼い顔をしていた。そして、二中の校門を潜ると、ドキッとしたように、足を留めた。見も知らぬ、県下の応募学生が蟻の群のように、校庭に集まっていた。再び、大きな不安が鎌首を擡上《もちあ》げた。この多人数のなかを、パスするのは、容易なことではない――

「隆夫……探《たん》ねちょったど」

真人が、駆け寄ってきた。熊沢も、東山も、伊地知も……その他軍人組の海軍志望者が、後から集まってきた。

仲間達の体格を、ソッと竊《ぬす》み見て、隆夫の悲観は大きくなった。近眼の心配どころではない

——体格においても、彼自身のように細長いのは、一人もいないのだ。

真人も、決して、体格に自信があるわけではなかった。母校の春の体格検査では、身長が一五八センチ七、体重が五三キロ、胸囲が八二、栄養甲、形態正、視力は左右とも一・二だった。身長と体重に、どうやら、不安があった。

「おいも、軀が小《ち》ンけでや」

しかし、真人は、ニコニコ笑っていた。なぜといって、彼は、自分の体位が、次第に向上してることを、知っているからだ。今年駄目なら、来年を待てばいい、四年入学ということは、千人に一人の難事で、体格に関する限り、断じて行っても、鬼神が避けてくれない——

やがて、時刻になって、係員から注意があって後、番号を呼び上げられた。

真人の番号は若かったので、さきへ、試験場へ行った。注意があったとおり、猿又《さるまた》も除《と》って、素っ裸になった。周囲を見ると、隆々たる筋肉の持主ばかりだった。

真人の驚いたのは、検査の方法が、学校の体格検査の時なぞと、比較にならぬ綿密さであることだった。

ところが、彼の案じていた身長も、体重も、苦もなくパスした。次ぎに、視力検査だったが、これは、非常に長くかかった。

(俺《お》や、眼でハネられやせんどかい)

一時は、そんな心配をしたほどだった。そして、彼は隆夫の運命を、考えずにいられなかった。

だが、真人は、第一日を無事にパスした。彼は出口で友人達を待っていた。

やがて、涙を一杯、眼に溜めて蹌《よろ》めくように、隆夫と伊地知が相抱《あいいだ》いて、出てきた。二人の結果は聞くまでもなかった。

「隆夫ッ……来年もあッが！」

真人は、拳を固めて、隆夫の背を打った。打ちながら、彼の眼からも、涙が零《こぼ》れた。

真人は、第二日の検査にも合格した。しかし、十二月に、学術試験という大暗礁が、控えている。

八

秋がきた。新学期が始まった。

隆夫は、近眼自療器というものを買ったり、遠い景色を眺めたりして、眼の養生をしていたが、眼医者には行く気になれなかった。

「こりゃアいかん。だいぶ、進んでいる……」

もしそんなことをいわれたら、彼は気が狂うかも知れないのである。

快活な隆夫が、沈み勝ちになるのを、真人は強《し》いて励ました。柄《がら》にない、冗談までもいった。それが、なかなか巧妙なので、隆夫も噴笑《ふきだ》す時もあった。そういえば、彼のニコニコ顔は、近頃、魅力が加わってきたようだ。どうやら、彼は、河田校長も賞めている橋本左内を、気取ってるようにも見えた。外面婦女子の如くして、内に鉄石の腸《はらわた》を蔵するかの英雄が、彼の理想に適《かな》ったのかも知れない。

そして、その頃から、彼の母校に対する愛が、勃然《ぼつぜん》として、興《たか》まってきた。ものを愛したい本能が成育する年齢ではあったが、掟《おきて》の箍《たが》が厳しく嵌《は》められた土地だから、花や星や少女を、愛し得なかった。彼は、菊池少佐創案の、針金入りの校帽と校章に、愛を見出した。気宇を浩《こう》大《だい》にして、剛直明、以て事に当るべし――という校訓の一節を、いつも愛誦《あいしょう》した。

その秋の、まだ残暑の消えやらぬ頃、二中の上級生は、東郷元帥の墓域を、新しく設けられるについて、土運びの役を命じられた。今なら、勤労奉仕というところで、各学校の生徒が順番で仕事に当った。元帥の墓が、東京多磨墓地と発表されて、大いに悲観していた地元は、郷土にも分霊されることとなって、沸騰する喜びだったが、その感激は生徒にも伝わっていたのである。

「一中にア、敗《ま》けッならんど！」

二中生は、土起しと、畚担《もっこかつ》ぎに、必死となって、奮闘した。殊に、軍人組は、その名にかけても、頑張らねばならなかった。シャツ一枚になった真人の肩が、山盛りの畚の重量で、赤く剝けてきた。シャベルで、土掘り役に回った隆夫は、気息奄々《えんえん》として、顎をつき出していた。

「隆夫……頑張らんなア、駄目《やっせん》ど！」

真人は、容赦のない声をかけた。隆夫も、歯を嚙んで肯きながら、作業を続けた。しかし、脾弱《ひよわ》な彼は、今にも眼が眩んで、倒れそうになった。

その時、休止の号令が掛った。学校から、小豆飯《あずきめし》の握飯《むすび》が、到着したのである。彼等は牛のように、手桶の水を飲んだ。馬のように握飯を貪った。

隆夫は、傷々しく、豆の潰れた掌を、真人に見せた。

「そいが、二中魂《にちゅうだましい》じゃッど」

いつか、大浜先生が側に立っていて、声を励ました。先生は、二中軍人志望者会の主任で、菊池少佐に次ぐ剛気な性格の持主だった。

しかし、二中魂というのは、大浜先生の造語ではなかった。漢詩で作られた校歌の題が、それだった。脈々《みゃくみゃく》伝承《でんしょうす》兵児慨《へいじのがい》、刮目《かつもく》待《まつべし》西郷東郷《さいごうとうごう》——それが、長詩の結句《むすび》だった。

九

秋が深くなると共に、軍人組の勉強も、加速度をもって進んだ。しかし、十一月八日以来数日間、彼らの魂も、大いなる感動のもとに、机の前から離れ勝ちだった。

八日の正午に、檣頭《しょうとう》高く、天皇旗を翻した軍艦比叡《ひえい》が、桜島南水道に、雄姿を現わしたのである。街には、大臣、知事を始めとして、奉迎の軍隊、郷軍、各学校生徒が、溢れていた。二中生は、石燈籠《いずろ》通り付近で奉迎した。

大元帥陛下には、翌日より四日間、宮崎の山野に行われた陸軍特別大演習を、御統監なされた。大演習後には、宮崎県地方に行幸を賜《たま》い、十五日には、鹿児島県地方行幸を仰出《おおせいだ》されて、再び、行在所《あんざいしょ》の第一高等女学校に、着御《ちゃくぎょ》遊ばされたのである。

鹿児島の市中は、沸くが如き有様だった。行幸ということも稀な地方民は、実に欣喜《きんき》雀躍《じゃくやく》の感情が、奔騰《ほんとう》するのである。既に、その夜、市中各学校の男子生徒一万二千余名の提燈行列が催された。真人も隆夫も、大島先生の指揮する一隊に、加わっていた。

そして、十七日には、県下外五県の代表生徒は、郷軍、消防組と共に、伊敷《いしき》練兵場で親閲《しんえつ》があった。二中の上級生は、この栄に浴した。

前日の雨が霽《は》れて、染みつくような秋日和《びより》だった。伊敷村は市外北方にあって、農家の柿は赤く菊は黄に、そして、各戸の日章旗が白かった。この美しき日の印象を、真人自身が、二中校友会雑誌の行幸記念号に、書いている。

御親閲を拝受して

四年　谷　真人

「気を付け」のラッパは鳴り響き、数万の赤子《せきし》は漲《みなぎ》る赤誠を秘めつつ、姿勢を正して鳴りを静むれば、玉座後方の国旗は午後の日に輝きつつ、昇って行った。（中略）やがて御車は、君が代の奏楽のうちに、滑るが如く式場に着御《ちゃくぎょ》なされた。（中略）目前に、陛下を拝し奉《たてまつ》り、心からなる最敬礼を行った。間もなく軍楽隊の奏する行進曲と共に分列は開始され、我等若人《わこうど》の意気を、御前に披瀝《ひれき》する時はきた。我等は大地も割れるばかりに足を踏み行進した。御前に至り、「頭右《かしらみぎ》」の号令が掛った。至尊を咫尺《しせき》の近くに拝し奉るの光栄、その上に、お答礼さえ賜《たま》わり、その光栄に涙が出そうになるのを感じた。

「陛下の忠良な軍人になります」と心に誓いつつ、玉座の前を通過した。斯《か》くして分列を終え元の位置に帰った。そして……（後略）

一〇

真人達が、あの日の光栄を回顧しつつ、再び、軍人組の猛勉強にかかった時に、一事件が起きた。

「河田校長が、一中に転任しやッちゅど……」

この噂は、野火のように、全校に拡がった。一、二年生は、それほどでもないが、四、五年となると、学校の一大事として、衝撃と悲憤を感じずにいられないのである。

「先生、ほんのこつごあすか」

真人は緒方先生に訊いた。いつもにない、険しい表情を湛えた先生は、無言で、頷いた。

真人は、その日から、ニコニコ顔の愛嬌を失った。事件の真相は、一中の校長が転任になったので、その後を順繰りに二中校長で埋めようという、極く常識的な、県当局の人事に発していた。真人には、その理窟がわからなかった。そして、ものを愛する心の唯一の対象になっていた〝母校〟が、一層切実に、彼の前に迫った。

「おいは、そげんことち、肯《き》かんど！」

いつにない、暴《あら》い言葉を吐いて、彼は級友を驚かせた。

しかし、驚いたその級友も、すべての生徒も、同窓生も、父兄会も、やがては教師達まで悲憤慷慨《こうがい》の渦に、巻き込まれるようになってきた。

由来、鹿児島は、師の恩を感ずることの篤い土地で、私学校と西郷挙兵の関係が最大の例証だが、今回はそれほどでないにせよ、血の気の多い人情は変らぬとみえて、教師や生徒のうちには、早くも、退校を宣言する者ができてきた。事実、河田校長がきてから、校風も、学績も大いに揚ったのは、十目の視るところだったのである。

この騒ぎは、遂に、東京在住の薩摩長老の耳にまで、届いた。長老達が、東京の当局と交渉を始めたという、噂も立った。

真人は、遂に我慢しきれなくなって、校長宛に手紙を書いた。その全文が、今なお残っているが、要するに、それは、悲憤慷慨の手紙に過ぎないとしても、ただ、一カ所、他の嘆願状とちがうところは、既に校長を失った一中生に、同情の意を述べていることである。自分達は飽くまで、所志を貫徹したいが、一中生も〝父〟を失って、気の毒である。早く、良校長がきて欲しい――という意味だった。

教科書を包むにも、一方が白風呂敷に他方が黒風呂敷で、なにかにつけて対抗的な学校に、同情を惜しまないというのが、真人がヨイコであった証拠である。彼は、小学校からそうであった如く、やがて一人前の男になってからも、大きなヨイコだった。感心な青年といえても、偉大だとか、英邁《えいまい》だとかいう風は、微塵もなかった。少くとも、後年、大事を決行するまでは、誰の眼にもそう映った――

事態急を告げた校長転任問題も、やがて、落着の時がきた。県知事の適宜な計らいで、留任になったのである。全校が歓呼の声を揚げたが、その日から軍人組は、澄み渡る秋の燈火に親しみ始めた。

一一

遂に来るべきものが近づいた。

健児の舎《しゃ》で義士伝輪講が行われる頃には、鹿児島もメッキリ寒くなるが、その夜から、旬日《じゅんじつ》ならずして、海軍兵学校の学術試験が、来るのである。

真人は、二階の物置のような部屋で、夜更けるまで勉強した。暗い電燈でも、机の上は明るかったが、壁の上に、真一郎兄が遺していった南洲肖像の額は、目鼻もわからなかった。ただ〝必勝〟と書いた真新しい半紙が、仄《ほの》白く浮き上っていた。

十時を過ぎると、姉のマツエが赤々と火を盛《も》った火桶《ひおけ》と、番茶をもってきた。

「あいがと。火桶ア、要《い》らんがア」

彼は、熱い番茶だけを貰った。男の子は火桶の側に寄らんというのが、土地の風だったが、近頃は、だいぶ廃れているのである。

体格検査で半数は振り落され、学術試験で大部分が篩《ふる》いにかけられるのだから、どんな秀才でも、この試験に自信のある者はなかった。真人は〝人事を尽して天命を俟《ま》つ〟の大西郷主義と、〝断じて行えば鬼神も避く〟の菊池少佐主義との間を、ウロウロしながら、結局、机に獅《し》嚙《が》みついた。

当日の十二月二十日がきた。試験場は、母校の講堂だった。

第一日、代数、英語。

第二日、幾何、物理、化学。

第三日、日本歴史、国漢文、作文。

第四日、口頭試験。

第一日の前夜は、わざと、勉強を休んで、早寝をした。翌朝、わりに落着いた気分で、母校へ行くと、秀才面をした受験生が、山の如く集まって、些か不安を感じた。やがて、試験官の命令で、入場すると、自分の番号の机に自分の半身写真と、裏返しになった試験問題の紙が置いてあった。一同が着席して、場内がシンとした時に、

「掛《か》かれ！」

と、大きな号令が聴えた。その声が、真人の腹に、ピンと響いた。そして、彼は、ドキンドキンと脈打つ、自分の心臓の音を聴きながら、試験問題紙を裏返した。

午前の英語、午後の代数——どれも得意の学科だったが、今は、得意どころではなかった。彼は、無我夢中で答案を、書いたようなものだった。

〝試験成績著シク不良ナル時ハ、爾後《じご》ノ受験ヲ停止ス〟と、志願心得にある如くに、その日の成績はその日のうちに発表された。

真人は、軍人組の友達と共に、夕刻頃、発表板を見にいった。彼と熊沢の番号だけは、朱線が引いてなかった。

第二日も、無事に済んだ。

第三日も、どうやら越した。

第四日は口頭試験で、易しかった。その晩、真人は泥酔者の如く、寝てしまった。

一二

昭和十一年の新年がきた。真人は十八になった。

年暮《くれ》の学術試験のことは、食べ過ぎた餅のように、腹の底に残ってるが、彼は、大西郷主義専門になって、天命を敬まおうと努めた。といって、なかなか、妄念《もうねん》の去らないのは、第四日まで無事にパスしても、落第した例が、稀でないのを知ってるからである。

正月二日に、彼は、隆夫の家を訪ねた。隆夫の容子《ようす》は、案外、落着いていた。

「俺《お》やア、眼医者イ掛ッたど」

隆夫は、静かに語った。彼が、眼医者へいく気になったのは、視力に異常があっても、海軍士官になれる方法を、発見したからだと、述べた。眼科医は、果して、隆夫に近視と、軽い乱視のあることを診断した。しかし、隆夫は、予期したことだから、驚かなかった。

「眼鏡《めがね》なかけてん、海軍士官になれんこつアなかでや……。おいア、兵科を諦《あきら》めたどん、経理学校を受くッ心算じゃらい。真人……おいア、如何《いけん》してん、軍艦に乗らんなア、肯《き》かんど！」

彼の顔は、激情を漲《みなぎ》らせて、震えていた。隆夫が、かくまでに、海を愛してることを、真人は知らなかった。彼は、寧ろ、自分自身を恥じた。

やがて、正月も済み、紀元節[*34]を迎えた。真人は、学校の式を終えて、家へ帰ってから、隆夫の家へいくために、門口を出ようとした。そこへ、電報配達夫が入ってきた。

「谷真人さん、電報！」

自分宛の電報なぞ、生まれてから、受け取ったことがなかった。彼は、恐る恐る、用紙を展げた。

——カイヘイニゴウカク」イインチヨウ

海軍省教育局からの電報だった。瞬間、真人の頭は空白になって、眼は何物をも視《み》なかった。

「お母はん……」

彼は、帳場にいた母親に、それを見せるのが、やっとだった。

「四ノ吉兄さんに、伝言のしッたもはんか」

真人は、速足で外へ出たが、ふと、落第した隆夫にこの通知を見せるのは、気の毒だと思った。それよりも、紀元節の祝賀会で、まだ学校に残ってるだろう諸先生に、この吉報を伝える必要を感じた。

教員室では、赤飯の折詰を前にして、諸先生が、ズラリと列んでいた。

真人は、真ッ先きに、校長先生に、電報を渡した。そのうち、同じ電報を受けた熊沢も、駆けつけた。緒方先生が立ち上って、二人を抱いた。

軍人組は、四年生として、二名の海兵、一名の陸士入学者があった。例の勇猛な小森が、後者だった。しかし、翌年の分と合すると、陸軍二十一、海軍八、合計二十九名の入学者を出した。これは全国的に輝ける成績だった。河田校長、緒方先生の鼻が、二、三寸伸びたのである。

谷四号生徒

一

「入学祝賀会やらんか」

隆夫が、朝の十時頃、誘いにきた。経理学校志望に更えてから、彼の煩悶も去り、親友の栄冠を、心から祝ってやりたい気持になっていた。

「いいや、そげんこつ、要《い》りもはんど」

真人は、笑いながら、手を振った。

「とんかく、天文館通りイ、出ッみよや」

隆夫は飽くまで、真人を引っ張り出す気らしかった。

二人は、二月の末の、もうスッカリ春めいた街へ、歩き出した。梅は咲き尽し、若桜の蕾が大きく膨らんでいるのが、塀越しに見えた。

「おいが家《え》のラジオは、朝から、毛頭《むつ》聴《きこ》えんで、体操もできもはんじゃった」

「機械の故障じゃッつろ」

隆夫の問いに、真人は、そんなことを、答えた。

天文館通りは、東京なら銀座、大阪なら道頓堀《どうとんぼり》だった。鈴蘭燈《すずらんとう》が両側に列《なら》んで、映画館があり、喫茶店があり、本屋があった。鹿児島の学生だって、木や石で出来てるわけもなく、よく、この通りへ姿を現わすのである。

「正午にゃ、ちっと早かどん、山形屋のランチでん、食わんかや」

隆夫が誘いかけた。

「おいは、なんも、食いとなか」

真人は、強情を張った。山形屋デパートの洋食堂は、七高生[*35]なぞも出入りするが、真人は、中学生の足を踏み入れる場所でないように、思った。

「じゃッどん……おいは、空腹《ひも》じゅなった」

「そいなア、なんを食うか」

「三勇士饅頭《まんじゆう》でん、買おや」

隆夫は、名案を出した。その頃、そんな名の饅頭を、路傍で売っていた。大きな袋一杯それを買い込んだ。

「今日《きゆ》は、ラジオが止まっちょッす様子《よす》ごあんな」

饅頭屋の爺さんも、そんなことをいっていた。

二人は、気にもとめずに、天保山の方へ歩き出した。人前で、饅頭も食べられないから、お馴染みの海岸へ、行こうというのである。

松の下の砂に坐って、二人は腹一杯、饅頭を食った。ずいぶん、風変りな、祝賀会だった。

「大隅《おおすみ》の山が、良《ゆ》う見ゆッ……おいな、近眼の療法に、遠景の絵ばっかい、描《け》いちゃろか」

隆夫は、図画が得意で、油絵の道具なぞも、持ってるのである。

日が低くなってから、二人は、家路についた。真人の家でも、ラジオ不通のことを、母や姉が話していた。その沈黙のラジオが、突然、夜の八時過ぎになって、話しだしたのである。

「二月二十六日[*36]午後八時十五分陸軍省発表――本日午前五時頃、一部青年将校等は……」

二

全国を震撼《しんかん》したその大きな事件について〝何故〟を考えるべき年齢に、真人も、達していた。

勿論、いくら考えても、わからなかった。東京の堂々たる評論家さえも、近頃になって漸くわかった人もいるくらいだから、南僻薩摩《なんへきさつま》の中学生に理解される筈はなかった。

しかし、考えてみれば、近頃は〝何故〟続出のようなものだった。先月の十六日に、日本が第二次ロンドン会議[*37]を脱退したのも、その一つだった。この〝何故〟は、半分わかりそうな気がするだけに、真人は、苛立った。また、問題が、自分の志す海軍のことなので、一層気にかかった。

「先生、こや、国際連盟脱退と関係のごあすか」

日曜日に、緒方先生の家へ伺った時に、彼はそんなことを、訊いた。

「さア……」

学生が、政治問題に関心を持つのを好まない緒方先生は、むつかしい顔をしていたが、ふと、真人が海兵の合格者だと考えると、別な気持になった。

「わたしにも、良《ゆ》うは、わからんが、事重大であるのは、確かじゃね。三年ほど前に、予備会議があって、山本五十六《やまもといそろく》中将[*38]が全権になって、ワシントン条約[*39]の存続に反対を主張したが、あや、慥《たし》か、国際連盟脱退の翌年で、そん時既に、暗雲が漲《みなぎ》っちょったのじゃね……」

「はア」

山本五十六という提督の名を、真人は、この時初めて知った。

「こげんこつは、わたしは不案内だが、校長は歴史家じゃから、注目しちょる。万事、校長の受売りじゃが……」

ワシントン条約の五・五・三比率という奴が、そもそもの癌であるが、その痛みを些かでも軽減しようというのが、第一次ロンドン会議に於ける、わが方の態度だった。補助艦対米七割以上、潜水艦自主的現有量確保、大型巡洋艦対米六割以上——というのが、帝国の主張だった。ところが、これがワシントン条約に毛の生えた程度で、成立してしまった。一つにはこの条約が暫定的で、今年（昭和十一年）一杯で満期になるから、わが方も隠忍自重したのであろう。

だが、満期になっては大変だから、英米が組んで、第二次ロンドン会議を開くことになった。この時の日本の態度は、既に従前のものではなかった。過去の軍縮会議を清算して、各国保有量の最大限を定め、各国は各々不脅威不侵略の事態を確立する——という積極的な発言である。ここに、大きな転換が見られるではないか。

英米は、勿論、反対した。そこで、日本は決然と本会議を脱退したのである。人間にすればいよいよ腹を据えたといえる。

「じゃから、今後は、無条約時代――谷君は、無条約時代の海軍軍人になッのじゃ」

真人の〝何故〟は、きれいに解けた。

三

三月二十五日の午前七時頃に、真人は、ボロボロになった二中制服を着て、学校に行くより は少し大きい風呂敷包みを抱え、西鹿児島駅の三等待合室へ入った。兄の四ノ吉と太郎が、母親を護《まも》るようにして、ベンチに腰かけた。四月一日は、いよいよ、江田島入学の日で、真人のポケットの奥には〝生徒採用予定者着校に関する心得〟という印刷物が、秘められてあった。

「なんも、いうこたアなかどん、体の大切に、気張《きば》って……」

母親は、こういう場合に、普通の母親のいう以上のことを、語らなかった。それなのに、その言葉が、ひどく、真人の身に沁みた。

そのうちに、隆夫とエダの姿が見えた。

「なんかア……も、来んでよかと、昨夜《よんべ》、言《ゆ》たに……」

真人は、わざと、強《きつ》くいった。昨夜、隆夫の家で、送別会を開いてくれたのだった。真人の言葉を耳にもかけずに、隆夫は、

「手紙、忘るッな」

と、友情に溢れた声だった。

エダは、どういうものか、ツンと澄ましていた。

「やア、おめでとう」

そこへ、大浜先生と緒方先生が軍人組の主な生徒を率いて、待合室へ入ってきた。校長を始め、諸先生には、数日前から暇乞《いとまご》いに回っていたが、見送りまでされるのは恐縮だった。先生も級友も、七時三十五分の発車を見送って、急いで学校に駆けつければ、始業時間に間に合うと、真人の心配を打ち消した。

「真実《ほんとね》、あいがとごあす」

母親も、兄達も、心から礼を述べた。

やがて、改札の時間になった。いくら断っても、先生達は、列車まで送るといって肯かなかった。

鹿児島本駅を発した普通列車が、長々と、フォームへ入ってきた。真人は、先生方に、鄭重に礼を述べてから、後尾の三等車へ、乗り込んだ。

五分間の停車時間があるので、真人は、窓から身を乗り出して、友達と話し合った。

「夏休みにゃ、忘れんで、戻れや」

軍人組ではないが、見送りにきていた谷与平が、話しかけた。

「うん……天保山で、また、泳ごや」

真人は、ニッコリ笑った。栄冠を贏《か》ち得て、その首途に上るのだから、彼の笑顔も、いつもより、軒昂《けんこう》たるものがあった。

遂に、発車前のベルが、鳴り渡った。

隆夫が、耐《たま》り兼ねたように、窓際へ寄る前に、跳び出したエダが口を切った。

「自分一人《ひとい》、海軍に入《い》って、偉《よ》かばしのごっ……」

電光のような、一言だった。同時に、発車の汽笛が鳴った。

四

菊池少佐に引率されて、一度来た道だけに、真人はマゴマゴせずに済んだ。しかし、下関なぞで、乗換えを待つ間の所在なさに、彼は、エダのいった言葉と、そして、エダという娘のことを考えずにいられなかった。

（小娘の癖に、胆《きも》ン太か奴じゃ。あげな女子を、見たことがなか。よっぽど、おいがことを、憎んじょる様子《よす》じゃが……）

真人は、その理由に合点がいかなかったが、なんで憎まれるにせよ、反感は起きなかった。結局、面白い娘があるものだと考えて、笑いたくなってくる——

呉《くれ》へ着いたのは、未明だったが、弁当を買って、待合所で朝飯を食った。それから、心覚えの道を辿《たど》って、川原石波止場まで歩いた。もうその時は、エダのことが、念頭になかった。一番の定期船で、彼は江田島へ渡った。春の瀬戸内海は、夏とはちがって、美しい色を湛えていた。ふと、気がつくと船内に、風呂敷包みやズック鞄を提《さ》げた、お仲間らしい連中が、軍艦の姿に見惚《みと》れていた。

小用《こよう》に着くと、バスが待っていた。しかし真人は、先年きた時のように、徒歩で行くことにした。道路も、立派に補修されていた。

高千穂峰を小型にしたような山が、道の右側に、巓《いただき》を現わした。それが、有名な古鷹山《ふるたかやま》であることを、真人は、一昨年の見学の時に知っていた。遅れ咲きの椿や、桃の花が、到るところに見えた。

(朝晩、古鷹山を眺めッごつ、なッとなや、よかどんが……)

彼は、ふと不安を感じて、慄然とした。彼は、まだ、江田島の村民がいうところの〝生徒さん〟ではなかった。生徒採用予定者に過ぎなかった。入校の前に、再び、厳重な体格検査があって、入学資格を取り消される者が、多い時は、八人もあったという噂を、聞いていた。

彼は、天の加護を祈りつつも、海軍兵学校の慎重さに、嘆息を洩らした。こんなに、何遍も、篩《ふる》いにかける学校は、外にはないであろう。ちょうどそれは、真人の家の商売に似ていた。精米機が据えられる前に、亡き父や母親が粗い箕から、細かい箕へと、毎日、篩いをかけていた姿を、憶い出さずにいられなかった。しかし、最後の箕に残った者が、帝国海軍の欲する江田島健児なのだ。そう考えると、真人の赤い頬に、一層、血がのぼらずにいなかった。

いつか、人家が見えてきた。写真屋と洗濯屋の多い、そして、料理店のない町だった。

真人の足が、速くなった。低い校門を潜って、門衛のいるところへ、到着届を出した。そこに生徒を待ち受けていた士官が、入校までの宿舎を指定してくれた。

宿舎へいってみると、ただの大きな農家だった。

五

農家といっても、薩摩の田舎にあるような、茅屋《ぼうおく》ではなかった。家も巨きく、畳も新しく、便所も清潔だった。毎年、宿舎を仰付《おおせつ》かるので、設備が整っていた。真人の後から続々と、仲間が入ってきた。定期のポンポン船が、着く度に、宿舎の若者が殖えた。中には、母や兄に送られてくるものもあった。付添人は別な宿舎へ泊るようだった。一番遅く、軍人組の熊沢が入ってきた時は、嬉しかった。

謂わば、同志の青年達なので、彼等はじきに挨拶を始めたが、真人は自分の言葉が、人に通じないので驚いた。これからは、標準語を使わなければいかんと、覚悟をきめた。しかし彼よりも、もっと難解な言葉を、話す入校予定者がいた。東北出身の人達だった。彼等の方でも、真人の言葉が、最も難解な様子だった。

なんといっても、東京出身者の言葉が、誰にも通用した。そして、東京人の数が、最も多いのに、真人は驚いた。東京の柔弱青年なにするものぞと、思っていたのに——

（全国の秀才が、集まっちょるんじゃ。こや、気張らんといかんど……）

出発の時に、母親のいった言葉を、憶い出さずにいられなかった。

若者達は、宿舎にゴロゴロしているわけではなかった。期指導官という士官——教官が、頻繁に現われて、質問や課題を出すので、油断はできなかった。

「谷真人……」

その教官は、彼に向って、名を呼んだ。一度も会ったことがないのに、どうして名を知ってるのかと、真人はビックリしながら答えた。

「はい、教官殿」

「海軍では、上官に対しても、殿は要らん」

真人は、最初の注意を食って、顔を赧くした。

「海軍志望の動機について、述べよ……」

その課題に、真人は一所懸命にありの儘を語った。

「よし。次ぎは、中村三郎……」

教官は、実によく、入校予定者の名を知っていた。後でわかったことだが、教官は、提出の写真や出身校からくる所見書その他を睨み合わせて、本人に会わぬ前から、本人の印象を知ってるのだそうだ。

二十八日に、体格検査があった。校内の病室だった。ここで、レントゲンにでも回されるようなら、万事休すの一つ手前で、蒼くならねばならぬが、真人は無事に通過した。東京出身の中村三郎は、三日間も検査を受けたが、遂に駄目だったそうだ。往復の旅費を手渡されて、スゴスゴ、校門を出ていく姿は、見るに忍びなかった。また、不合格をいいわたす軍医官も、思わず横を向いて潤み声になるそうである。しかし、幸いにして、今年は、中村一人だった。

六

四月一日は、麗らかな春日和だった。

いよいよ入校ときまった若者達は、午前七時に校門に参集して、所属の分隊を決められた。真人は熊沢と同じく十六分隊へ配属された。

分隊監事は髯がなく、いかにも沈着な態度のS少佐だった。S少佐は、新入生徒を浴場に導いてから、冗談のようなことをいった。

「よく、娑婆《しゃば》の垢《あか》を、洗い落すんだぞ」

〝娑婆〟という意味が、真人には、よくわからなかった。

湯から上ると、初めて、軍服に着替えるのである。短く、腰の切れた、所謂ジャケットの服は、どれほど、隆夫の憧憬《あこがれ》の的だったかと思って、真人は悲しかった。

着了《きおわ》った彼は、ふと、ズボンに異状を見出して、側の熊沢に話しかけた。

「このズボンな、ポケットがついちょらん……」

二中の校服にも、付いていたものが、見当らないのである。それが、寒い時に手を突っ込む不作法を、禁ずるための用慎《ようじん》だとは、まだ知らなかった。

「も、国言葉やめんと、人に笑わるッど」

熊沢は、その方が、気になった。

それから、新入生達は、宏壮《こうそう》な生徒館に案内された。その中に、自分の分隊の自習室があった。普通の学校の寄宿舎とちがって、教室のように、多くのデスクが列んでいた。正面中央の壁に、立派な木函《きばこ》が掛っていた。その中に、分隊名簿というものが、鄭重に納めてあるということだった。

彼等は、次ぎに、三階の寝室に連れて行かれた。清潔な白毛布が、キチンと畳まれた寝台が、整列していた。白毛布に青色の筋が入っているが、それが何の目的に使われるということも、彼等は知らなかった。ただ、各自の寝台の側に、巌丈《がんじょう》な函が添えて、開けてみると、種々の衣類の上に、短剣が置いてあるのが、嬉しかった。真人は、金の飾りのついた短剣を、腰に吊る前に、ソッと、半分ばかり、抜いてみた。玩具《おもちゃ》ではない——利刃《りじん》の光りが、キラリと、眼を射った。そして、その鉄函の名は、〝チェスト〟というのだと、教えられた時に、真人は〝ちぇすと！〟という国言葉を憶い出して、可笑しかった。

やがて、初めて、食堂の飯を頂いた。ライスカレーだった。鹿児島の洋食屋よりも、美味かった。そして、食堂の広さと、先輩生徒の行儀のいいのに、驚いた。

午後一時から、入校式があった。新入生代表が、各自の宣誓書を纏めて、校長に捧げた。校長は中将で、眼鏡をかけた、慈愛の深そうな方だった。それから軍人に賜わった御勅諭の奉読があった。続いて、御真影[*40]の奉拝があった。なんともいえぬ、崇厳さを感じた。真人は、この時初めて、自分が海軍兵学校生徒となったことを、切実に感じた。

海軍兵学校生徒は、所謂学生ではないのである。既に、軍籍に入ったのである。それ故、判任武官の待遇を賜わるのである。谷真人も、一少年ではなくなった。

七

兵学校では、学級の呼方《よびかた》が世間と逆である。最上級の四年生が一号生徒で、どん尻の一年生を四号生徒という。数が多いからハバがきくなぞと思ったら、大間違いで、四号生徒とくると、叱られる相手は教官から上級生全部だが、叱る相手は一人もいない。尤も、兵学校では、叱るという言葉を、あまり用いない。〝鍛える〟という。してみると、四号が鍛える相手なぞは、自分自身以外にないわけである。

とにかく、谷真人は、海軍兵学校六十七期生の四号時代を、経験しつつある。期の数字は、号の数字が減っても変らないのみか、一生涯続くのである。一生涯、同期生の交わりは、到底、世間の想像の許さない真情と緊密さをもって、続けられるのである。士官になってから、かりに、同期生の一人が死んだとする。世間のクラス会なら、連名の花環《はなわ》でも贈るのが関の山だが、兵学校の期会は、葬儀全部の世話はおろか、遺族将来の計まで、樹《た》ててやるのである。結婚の場合にしろ、不慮の借金ができた場合にしろ、まず、期生のうちの誰かに、相談するのである。それは、君子の交わりの水の如きよりも、骨肉の情の濃さに比すべきものだった。

その第二の肉親関係が生まれるのも、源を尋ぬれば、四号時代に、〝鍛えられる〟この艱難《かんなん》を、頒《わか》ち合ったことから、発するという話である。

あれほどの窄《せま》き門を、ようやくにして潜ったのだから、新四号生たるもの、意気揚々として入校するのは、無理もないが、一日経たぬうちに、悄気《しよげ》気味になってくる。なぜといって、ここは、別天地なのである。清浄にして、規律正しき世界だとは、前から聞いていたが、イザ入ってみると、西も東もわからぬような、文字通りの別天地に踏み迷う感じがするのである。日がな一日、今までの生活態度は一切通用しないのである。行儀も、言葉使いも、歩き方も、食べ方も、寝方も――すべてが、今までとは違うのである。劃然《かくぜん》たる一線が、世間とこの別天地の間に、引かれている。最初の入浴の時に〝娑婆の垢を洗い落せ〟と、いわれたことが、真人にも、朧げにわかってきた。そして、〝娑婆〟とまるで違った生活を、日常茶飯の如くに行ってる上級生達が、一種の超人のように、畏敬されてきた。

或る晩に、分隊自習室で、自己紹介というものがあった。これも、一つの娑婆気抜きの作法だった。

「あたや、谷真人と申しまして、鹿児島二中の出身であります」

真人は、一心に、標準語を使ったが、分隊伍長は、容さなかった。

「あたやとは、なんだ。海軍生徒は、そんな言葉を使わんぞ。〝ワタクシ〟というのだ」

分隊伍長とは、最上級生――一号生徒の優秀なる者が、任じられるのだ。そして、分隊が四号から一号までの生徒の混合であるところに、特別の意義があった。それは、鹿児島の健児の舎の組織に近いので、真人には、その意義が他人より、少しは早く諒解された。

八

白堊《はくあ》の参考館前に、見事に桜が咲き揃う頃には、真人の四号生活も、ちっとは、イタについてきた。

敬礼の仕方も、腕を高く振って歩調とることも、十三時が午後一時であることも、書物入れのズック鞄が、バッグでなくて〝ベグ〟であることも、シャツが〝襦袢《じゅばん》〟で、ポケットが〝物入れ〟であることも——従って手を突っ込む場所でないことも、次第にわかってきた。

ただ、朝五時半に、総員起しのラッパが鳴る時は、眠いよりも、胸がドキドキした。よく寝台車のボーイが、手早く寝具を片付けるのを見て、感心する人があるが、兵学校では、あの半分の時間で、あれに倍する整頓の美を、示さなければならない。これが、真人のみならず、すべての新四号の悩みなのである。畳んだ毛布に、皺があっても、傾いていてもいけない。隣りのベッドの毛布と、一直線にならなければならぬ。意地の悪いことに、毛布の折返しのところに、例の三本の線が出るようになってる。一瞥で、乱れがわかる仕組みになってる。しかも、グズグズしてれば、顔も洗えず、便所にもいけない。整床《せいしょう》から整列まで、十五分の時間しか与えられない。そこで、少しズルを極め込もうものなら、江田島地震というものが起きて、当番の上級生が、毛布全部を引ッくり返してしまう。勿論、その後始末は自分でやらなければならない。

真人は慣れる外に途《みち》なしと観念して、念入りに、整床を行うことにした。あまり、ノロいので同期生にも笑われ、洗面所へ行けば、既に立錐《りっすい》の余地なしであった。その洗面の仕方も風変りで、伝染病予防のために、洗面器を使わず、流れる水道で、口を嗽《すす》ぎ、顔を洗い、冷水摩擦《まさつ》をするのである。洗面所だけで、既に時間が一杯で、便所の方を節約したことは、何遍だったか知れない。その代り〝地震〟の方は、免れるようになった。

整頓と敏捷――これは、真人の感じた、二つの大きな行動原理だった。彼は、御紋章の輝く新生徒館へ配されたが、その窓の開き方に、夏、酷暑、冬、厳冬と、それぞれ規定の寸法があることを聞かされて、驚いた。なるほど、そういわれてみると、赤煉瓦の古い生徒館も、近代的な新生徒館も、定規で線を引いたように、窓の開き方が一致しているのである。

整頓は、キレイ好きのお婆さんの趣味でもあるが、江田島のそれは、軍紀風紀に基いている。だから整頓の方法は、入念な上に、敏捷と気力を欠かしてはならない。真人の寝台整頓は、二つの条件に適っても、一つを逸しているのが、新四号の悲しさである。

敏捷の掟は、すべての生徒を、生徒館や教室の出入りに、駆足《かけあし》をさせる。整然たる駆足をさせる。

「なにを、ボヤボヤしとるんだ!」

これぐらい、生徒にとって、不名誉な叱言《こごと》はない。

九

真人は、この学校では、先生よりも、上級生の方が怖いような気がした。上級生は兄と思え――と、分隊監事のS少佐に教えられたが、なかなか怖い兄さんも、いないではなかった。伍長や副伍長も怖いが、週番生徒というのが、一番怖かった。週番は、軍艦の甲板士官に相当するものだそうで、一号生徒が毎週輪番に数名指名され、生徒隊全般の軍紀風紀の維持を受持つのだから、袖に腕章を巻き、眼を電光の如く閃《ひら》めかせ、少しでも違反があると、

「待てーッ」

と、大音声を発するのである。

真人達も、最初の二週間は、ちっとも叱られなかった。生徒の心得、生徒館の仕事と作法を、むしろ冗《くど》いくらいに、教わった。その期間を、準備教育というのだそうだ。

しかし、その二週間の翌日――十五日目から、ガンと叱られた。釦《ボタン》を一つ外しても、靴の紐が解けていても、ガンガンと、雷が落ちた。それも、考えてみれば、準備教育の間に教わっていたことだが、中学生気質《かたぎ》が抜けきらないので、それくらいはと高《たか》を括《くく》っていたのである。それに敝衣《へいい》破帽、服装を顧みずというのが、真人の故郷の学生風俗だった。

「待てーッ！　貴様の靴は、どうした？　磨いてないじゃないか」

分隊伍長に、真人は、ひどく叱られた。二中時代には、靴を光らせる奴なぞ、一人もなかった。


（兵学校ちゅうところは、よほど、お洒落じゃな）

真人は、そう思ったこともあった。服装、容儀、姿勢、動作のことを、厳《やか》ましくいうのみか、生徒館の通路に、理髪店にもないような、大きな鏡が掛っている。まるで、女学校みたいだ。

しかし、そのうちには、真人も、それらの躾けの真意がわかってきた。整頓と清潔ということは、お洒落どころか、軍紀に重大な関係をもっていたのだ。整頓が、戦争を勝たしむるのだ。清潔が、艦内生活の軍事的効率を高めるのだ。服装や容儀を、バカにしてはいけない。釦一つ外れていることが、気力の弛みの証拠になる。海軍軍人の品位に関係するのみか、やがては戦闘動作にまで影響してくる——

教官上級生に対する敬礼も、同じことだ。これが乱れれば、ひいては、命令系統の乱れにもなる。そんなことで、戦闘ができるか。上官は絶対に尊敬し、絶対に服従すべきである。しかし、その躾けだけは、真人にとって、さほど苦しくなかった。長幼の序ということが、薩摩ほど厳格な土地はないので、子供の時から慣れていたから——

それから、海軍の五分前主義ということも、真人は、性格的な同感をもち得た。彼は暢気な鹿児島人に似あわず、時間のカタい男だった。しかし、正確な時間を目指すより、五分早く現場に在れば、絶対に遅れないわけだが、それよりも、心に大きな余裕がもてる。これが大切である。

真人は入校してから、時間の価値というものを、痛切に知った。起きてから寝るまで、この学校ぐらい、時間が生かされてるところはない。

一〇

時間の活用に慣れてくると、真人は、朝の僅かな時間を割いて、八方園神社に参詣することにした。

八方園は、生徒の労作によって拓かれた東方の丘にあって、亭々たる松と、可憐なる若桜が植えられた平地には、正面に、伊勢大神宮を奉祀してある。そして、左方の一隅に大理石の方位盤というものが置いてある。宮城を初め、日本全国の方位を、白い石面に黒く彫み込んだものである。

真人は、まず神社に参拝し、宮城を遙拝し、しかる後に、鹿児島と記された方角に向って、静かに、頭を垂れるのである。

(お母はん、お早よごあす……)

心にいう言葉は、それだけだったが、想いは千万無量だった。彼の頭には、今年六十一歳になった母親の映像が、絶えなかった。母親は、その齢になっても、痩せた軀に鞭打つように、働き続けてる。それを考えると、酒保《しゅほ》なぞに行けた義理ではない。彼は、四カ年の在学中に、二回ぐらいしか酒保へ足を踏み入れなかった。生徒への送金が、毎月十円平均となってるのを、四、五円で我慢したのも、母を煩わすまいという心遣いからだった。

尤も、小遣銭なぞは、通信費ぐらいで、他は殆んど要らぬ学校でもあった。教科書やノートは勿論、被服や靴も、上等の品が、フンダンに貸与されるし、食事とくると、軍医官と糧食委員が、栄養と鮮度を充分に吟味したご馳走だった。朝の味噌汁にしても、スープ入りで、飯こそ麦入りだが、魚のフライや、豚カツや、ビーフ・シチューや、主として洋食風の副食物が、昼も晩も出た。真人は、粗食で育ったから、こんなものばかり食べたら、却って体を悪くしやしないかと、心配したが、結果は反対で、メキメキと、体重が殖えてきた。その他に、牡丹餅《ぼたもち》や羊羹や汁粉の類も、度々出た。汁粉の時には、竈《かまど》でも違うとみえて、別の煙突から青い煙が出た。生徒達は、目敏《めざと》くそれを発見して、食べぬ前から舌鼓を打った。

その他に、クラブという設備がある。入校の時に泊った農家もその一つだが、学校当局が、よく家庭を調査した上で、江田島村の各所に民家を借りる。同じ分隊の生徒が、日曜日に集まって、将棋をさしたり、スキ焼を食べたり、家庭的な一日を送って、郷愁を忘れるのである。

しかし、中には、雑談の席を外して、井戸端で、溜った汚れ物を洗濯するような、感心な生徒もいた。真人もその一人で、洗濯代の倹約のために、四角い石畳の井戸端へ蹲《しゃが》むのである。

「谷……貴様は、洗濯の名人だな」

同じ四号の仲間がいった。

「フフン」

真人は、独得の含笑《ふくみわら》いを洩らしたが、故郷でも、度々、洗濯をして、姉に褒《ほ》められたことを、憶い出した。マツエ姉さん、カヨ姉さん、今頃、なにをしているか――

どん亀

一

「谷の姿が見えん時は、八方園か参考館を探せばわかる」

そんな噂が、分隊の中でたつほど、彼は八方園にも行ったが、参考館通いも、頻繁だった。

教育参考館は、以前からも、生徒館内にあったが、真人の入校した頃に、東京の海軍館ほどの、美しい新古典派の石造建物が、新築されたのである。これだけの設備は、英のダートマスにも、米のアナポリスにもないそうである。

真人は、教育館の前をいつも、教官が、敬礼して過ぎるのを見た。館内には、鮮血に塗《まみ》れた戦死者の衣服や、卒業生戦公死者の名を彫んだ大理石の名牌《めいはい》や、広瀬中佐[*41]や佐久間艇長[*42]の遺筆や、往古の水軍や兵法の史料や――その他、帝国海軍の名誉と伝統を語る資料で、充満しているが、真人は、教官が敬礼する時の注目が、どこに向ってるかを知るようになった。

それは、玄関中央の階段を昇って、すぐ正面にある、東郷元帥室だった。中央に、元帥の遺髪が納められ、その側に、全身の肖像が壁に嵌込《はめこ》んであった。曾ては、墓域の土を搬《はこ》んだことのある郷里の大先輩は、厳粛な慈顔をもって、真人を見降していた。

この部屋へ入ると、真人は、なにか、魂に浸み入るような、シンとしたものを感じて、立ち去り兼ねるのである。なにか、真人の索し求めていたものが、悉く合成されて、一つの珠になって、ここに安置されるような気がするのである。

「元帥は、帝国海軍の伝統精神を、生涯を通じて、具現された方である。海軍精神のすべてが、元帥の言動の隅々に溢れておられた。勇猛無比の提督、明知神の如き名将、いずれもわが海軍に数多いが、海軍軍人の理想と典型を一身にして体せられたのは、古来元帥お一人である。元帥はわが海軍精神の象徴である。海軍軍人の絶対な規範である。われ等は、いつ、いかなる場合でも、元帥を学ぶことを忘れてはならない……」

初めて、参考館を見学した時に、教官からいわれた言葉——そしてその時の気持が、ともすれば、参考館へ足を運ばせるのである。

真人は、陳列函の元帥の若い頃の美青年的な写真、夥しい勲章、また英国留学時代の整然たる英文物理学のノートなどを、綿密に眺めたが、もうそれだけでは気が済まなくなった。日曜の外出時間に、館内図書館に籠って、東郷元帥詳伝という本を、読み耽った。

真人は、高陞号《こうしようごう》事件[*43]や、日本海海戦[*44]の丁字戦法《ていじせんぽう》で、元帥の果断を知ったばかりではなかった。初瀬、八島の沈没を知ってビクともしなかった沈着さ、また、決して馬の後脚に近寄らなかった細心さ、日本海海戦の翌日にも訓練を行った慎重さ、そして、あの沈黙と、謙譲と質素と——すべては、真人の理想し得る限りの名将の条件だった。元帥がこれほどの人だとは、真人も具体的には知らなかったのだ。

「おれは、元帥の生きた道を学びたいが、しかし……」

無条約時代の海軍生徒は、元帥になる齢まで生き延びるつもりはなかった。

二

なんでも、ハヤノミコミはいけない。一知半解は、絶対禁物となってる。

そうは知っていても、校歌となってる〝江田島健児の歌〟を、四号生徒に覚えさせるために、呉から軍楽隊がわざわざ出張するのは、真人も、些か驚いた。

夕食後の軍歌の時間は、初夏の夕空も、運動場の芝生も、まだ明るく、軍楽隊の白服が、クッキリと浮き上ってる。

まず、奏楽だけが、数回繰り返される。それから歌手が正しい謡《うた》い方――音楽的にも、気力的にも、規準となるべき正しさを示す。高等学校あたりのように、蛮声さえ張り上げればいいというわけにいかない。

澎湃《ほうはい》寄する海原の
大濤《だいとう》砕け散るところ

最初の一節が始まったが、唱歌とくると、小学校以来苦手となすところで、真人は、思い切って声が出せずに、弱った。しかし、最早、生半解の謡い方で、容される時ではなかった。彼は、恥も外聞も忘れて調子外れの声を張り上げた。

見よ西欧に咲き誇る

文華の蔭に憂いあり
太平洋を顧みよ
東亜の空に雲暗し
今にして我勉《つと》めずば
護国の任を誰か負う

第五節のその歌詞が、真人には、最も気に入っていた。そこを謡う時は、われ知らずに、気力が籠った。この歌は、大正八年の兵学校創立五十周年記念に、五十期生の某生徒が作詞したものだった。

真人は生まれて初めて〝唱歌〟に熱中したので進歩も早くなった。軍楽隊なしに、上級生指導で校歌練習が始まるようになっても、正しい謡い方を忘れなかった。ただ、一カ所だけ、不思議と、文句を間違えた。〝今にして我勉めずば〟というところを、どうしても、〝今にして我立たずんば〟と、謡ってしまうのである。

(今にして、われ立たずんば……)

真人は、八方園へ詣る時にも、軍艦旗降下の厳粛な瞬間でも、きっと、その文句が頭へ浮かんだ。

（立つではない。勉めるんじゃ）

すぐ、そう思うが、忘れてしまうのである。

愉《たの》しい就寝前十五分間の雑談が終って、ラッパが鳴り響くと、生徒達は啞《おし》になって、眠り始めるが、真人は、胸の上に手を置いて、信者の如く、黙禱した。

（今にしてわれ立たずんば……）

三

不得手の軍歌は、どうやら克服したが、水泳の方は、急に進歩しよう筈もなく、級外の赤帽組に真人の顔が見出された。

夏期日課は、朝の体育時間に、水泳が行われた。相撲も、夏期に盛んに行われるが、これも、水泳と同じくスポーツではなく、訓練であり、成績を問われるのである。

真人は水泳で、せめて、有級者になりたかった。或る時、三号生徒から、進級は跳込みが標準になると聞いて、それから、跳込み専門の練習をした。朝の日課時間は固《もと》より、午後の有志練習にも、跳び込んではまた跳込台へ昇った。真白い胸が、水に打たれて、葡萄酒を浴びたように、赤くなった。それでも彼は跳込みを繰り返した。行為に於て、小野道風の蛙と逆であるが、精神に於ては、兄弟分である。

「手荒く、根気のいい奴だなあ」

水泳の教官が、真人の練習振りに気付いて、側の一号生徒に語った。

「自分の分隊の者でありますが、よくネバる男であります」

「しかし、姿勢が悪いな。亀が、池へ落ちる時のようだ。それで、胸を打つんだよ」

「注意してやりましょうか」

「いや、捨てて置け。あの根気なら、今に、自分でモノにするだろう」

その時分から、次第に、真人の特徴が、周囲の人々の眼を惹いた。小柄で、色白で、いつも、ニコニコしているところは、未来の海軍士官として、些か頼りなく、それに、酒保にも行かないのが、どうやら、武人金を愛する如き態度にも思われ、蔑視の眼で視られることもあったが、無類の根気のよさが、彼に対する再認識を、要求してきたのである。

なぜといって、この学校ほど、〝頑張り〟ということが、尊重されるところはないのである。広瀬中佐が在学中に、古鷹山《ふるたかやま》へ三百回登山したことは、あらゆる尊敬をもって、生徒に回想されるのである。

しかし、真人の頑張りは、天の成せる性格ではなかった。少年の時から、負け嫌いの根性はあったが、熱し易く冷め易い薩摩人の生理を、自分も享けてることを知っていた。校内の県人会でも、そのことがよく語られた。彼は、自分にネバリがないから、ネバリを強くする努力を、続けてるに過ぎないのである。従って、彼の頑張りは、まだ自然でなかった。ムキになり過ぎるところがあった。

彼は、柔道と相撲には、自信があったが、銃剣道の方は、弱かった。それだけに、例の頑張りを、露骨に発揮するのである。突かれても怯《ひる》まず、死身になって、突いて、また突くのである。

「谷……貴様、あんまりシツコイぞ」

彼の対手は、しまいには憤慨した。

四

そこで〝どん亀《がめ》〟という綽名《あだな》が、いつとはなしに、分隊の中に拡がった。〝どん亀〟とは、初期時代の潜航艇に対する海軍隠語で、単殻式の小さな、不恰好な艦体で、旧式なガソリン機関を焚いても、不屈の気力で水へ潜るところが、どうやら、真人の水泳練習振りに、似ていたからでもあった。しかし、ほんとに、その綽名の確認されたのは、例の棒倒しの時からである。

棒倒しは、江田島の名物で、毎週土曜に行われるが、四号生徒は、最初は参観するだけだった。真人は、この競技が故郷の〝大将防ぎ〟の大将を、棒に代えただけであることを、看て取った。尤も、故郷のそれのように、力と力との較《くら》べ合いばかりでなく、所謂チーム・ワークの神謀奇略の用いられるところが、大いに進歩してると考えた。とにかく、鹿児島で腕に覚えがあるから、出陣の機会を待っていたのであるが、遂に時節到来したのである。

だが、いよいよ、用意のラッパが鳴ると、真人は、武者振いといえば体裁のいい軀の震動を起し、先刻便所に行ったばかりだのに、小便が出たくなった。なぜといって、棒倒しが兵学校の諸競技のうちで、言語に絶する壮烈なものであり、必勝精神の権化みたいなものであることを、今まで、度々拝見しているからだ。敵方であれば、上級生たりとも、殴り、投げ、蹴飛ばすこと勝手次第で、早くいえば、団体的喧嘩である。喧嘩とくると、臍の緒切って、味を知らない真人には、競技には出たいが、不安も起って、胸騒ぎがしずにいなかった。

やがて、あらゆる分隊が、奇数偶数に二分され、紅白の旗のついた長い棒を中心に、六尺の大男組が、本陣といった形で内圏をつくり、その周囲を真人のように小兵の者が、スクラムを組んで外圏を護り、遊撃隊は途中で敵の攻撃を阻むのである。これが、防禦部隊であるが、味方の攻撃隊は、いずれも、剣道柔道の高級者揃い、驀地《まっしぐら》に敵本陣を突いて、人垣を攀登《よじのぼ》って棒を倒すか、下へ潜って棒の根を引き抜くかが役目である。敵味方とも、ズックのような、厚地の棒倒し服に、無帽素脚の勇ましい扮立《いでた》ちだった。

「棒倒し始め!」

軍扇を持った運動長の号令と共に、ラッパが鳴り響いた。味方の攻撃隊が、脱兎の如く飛び出すと、いつか、同距離まできた敵攻撃隊を、味方の遊撃隊が、ラグビーのタックルどころではない、猛烈な妨害を始めた。

（やっちょる、やっちょる……）

真人は、横眼でそれに見惚れていたが、その時、誰か、彼の頭をグワンと殴りつけた。

「何すッか！」

温順《おとな》しい彼も、怒気心頭に発して、振り向くと、もう、敵の印の胸章をつけた一人が、迫っていた。真人は復讐の念に燃えて、スクラムの手を抜いて殴り返そうとしたが、ハッと思い止まった。そんなことしたら、外圏陣地の一角が崩れる——

五

五分間の勝負時間に、哀れや、真人の偶数組は、棒を三十度以上傾斜されて、判定敗けとなった。

だが、おかしいのは、それ以前に、〝待て！〟のラッパが鳴った時の、両軍の容子である。正五分に至った瞬間に、ラッパが鳴って、一挙に競技動作を終らねばならぬが、軍令神の如し——殴った生徒はそのままの動作、投げられた生徒もそのままの姿勢である。だから、全体を見渡すと、昔流行った活人画か、さもなければ、映画の故障みたいな観を呈する。他所目《よそめ》には非常に滑稽だが、生徒達は慣れているのか、両軍寂《せき》として声なしである。

三回戦が定則だから、両軍はまた定位置に戻るが、この時、味方の陣に編成替えが起きる。誰だって、棒の周囲で守勢専門というのは、面白くない。殴られても、蹴られても、手出しができぬのは、愉快でない。今度は、真人も、攻撃軍の一員に加えられた。たぶん、彼の柔道が認められたからであろう。

「貴様、四号だから、まだ戦いに慣れんだろう。一番最後から、蹤《つ》いてくればいいぞ」

違う分隊の二号生徒が、優しく真人にいった。その生徒は、湯浅といって、剣道で鳴らしていて、攻撃の中堅だった。

「はい」

真人は、湯浅生徒の友情はわかったが、ドン尻に回るのは、些か不満だった。

なぜといって、一回戦に、初めて人に殴られたり、蹴られたりしてから、胸騒ぎが止まるどころか、勃々《ぼつぼつ》として敢闘精神が湧き上ってきたのである。

「ちぇいよウ、ちぇいよウ……」

知らずして、薩摩人の勇み声が彼の唇に上ってきて、芝生を踏む足が、鞠のように弾んだ。

再び、開戦となると、湯浅生徒は先登に立って、柔道部員の新田《にった》生徒と共々に、敵の遊撃隊と、取組み合ってる。真人は、もう我慢ができずに、一騎討ちのつもりで、斜走を始めた。忽ち、鉄拳の一撃を食ったが、その敵に腰投げを食わせて置いて、また一走りすると、眼の前に敵陣である。外圏陣の背中へ跳び乗ったが、強《したた》か撥ね飛ばされて、芝生へ転がり落ちた。四、五本の脚が、鼻先きに行列してる。彼は咄嗟に決心して、脚の林の中へ、潜り込んだ。脚には眼がないから、盛んに、同士討ちの蹴飛ばし合いをやってる。勿論、真人の顔も背も、酷く蹂躙《ふみにじ》られたが、彼は、乱立する脚の奥に、棒の根元を発見した。それを掴んで、精根限り、手繰り込むと、後は、もう夢中だった——

かくて、第二回戦は、真人の軍の完勝になった。終戦は、またしても判定敗けになったが、戦い了って、浴場へ行く頃には、鼻血を出したものも、瘤のできたものも、もう敵味方の区別はなかった。浴場の壁が揺れるほど、笑いの歓声が上るのである。誰かの一声で、また笑いの渦が巻いた。

「谷ア、どうしても、どん亀だね。今日も潜って、手柄を立てやがった……」

六

七月一日から、兵学校は、酷暑日課になった。

先月から始まった学期考査が、五日で終った。真人は、ホッとして重荷を卸した気持だったが、自信はなかった。兵学校の学科は頗《すこぶ》る多端で、軍事学だけでも、ウンザリとするほど多いのに、普通学がまた相当あって、朝から晩まで机に齧《かじ》りついて、やっと処理できるほどなのに、その間に諸訓練――兵術と体育の猛訓練がある。しかも、試験勉強が効くといいのだが（一高の蠟燭《ろうそく》勉強のように）、一糸乱れざる日課割当時間が、それを許さない。考査にマゴつかないようにするには、どうしても、平素が大切である。ところが、学科の前には必ず体育訓練があるから、その疲れが、ちょうど授業中に、頃合いに発してくる。姿勢を崩すほど不覚は演ぜぬにせよ、心眼も肉眼も朦朧となって、極めて行儀のいい居睡りが始まる。真人は、どういうものか、他人よりもその癖が激しく、従って、講義を聞き落した箇所が、少くなかった。

「一ッ……至誠に悖《もと》るなかりしか」

夜の自習が終って〝五省〟が始まると、真人は、居睡りのことを恥じない日は、稀だった。五省とは今日一日の自己を顧みて至誠、言行、気力、努力、不精の五項目を、反省するのであるが、各分隊の伍長が、粛然としてそれを誦《しょう》すると、生徒達は眼を閉じ、窓外の松風が聴ゆるばかりの、清浄な沈黙が、起こるのである。

しかし、真人は、子供の時からの習慣で、夜の自習時間には、眠気もささず、集中的な勉強をしたから、考査の成績は、彼が思うほど悪くはなかった。彼の不安は、恐らく、居睡りに対する道徳的不安が、主だったのであろう。

しかし、朝になれば、なにもかも忘れた。

朝は、短艇掃除《たんていそうじ》があった。兵学校の短艇はボートではなく、所謂カッターで、各分隊が一艘《いっそう》宛《ずつ》もっている。各分隊の名誉にかけて、カッターを大切にしなければならない。従って、その掃除も、入念を極める。一体、兵学校の掃除は、生徒館の大掃除でも、カッターの手入れでも、四号生徒が主として働くのである。少くとも、雑巾掛けは四号の受持ちとなってる。雑巾といっても、麻縄《あさなわ》を崩したソーフという、あまり手触《てざわ》りのよくない代物で、厳冬になると、四号生徒を泣かしむるに充分である。しかし真人は、小学校時代に、掃除番に当るときっと、先生から賞められた。腕に覚えがあるし、時季は夏だし、一度も叱られるようなことはなかった。午後の訓練には、相撲があって、真人は機敏な手を連発して、対手を倒した。相撲だけは〝どん亀〟ではなかった。

(おれも、どうやら、新四号でなくなったかな)

真人は、過ぎた一学期を、そんな風に顧みた。

七

真人は、酷暑日課になると、腹が減って困った。

南の国の生まれだけに、暑気には強く、却って、食が進む傾向があるのである。いつも、腹が減ってるが、殊に、朝から昼までの間が、待ち切れなかった。なぜといって、朝の食事は、パン食だからである。

朝食前に、水泳訓練があって、いい加減、腹が減ってるから、食堂へ駆足も一層敏速だった。尤も、食堂の前に到れば、静歩にならなければならない。既に、芳ばしい味噌汁の匂いが、そこはかと流れてくるのだから、静粛に食堂へ入るのが、待ち遠しくて耐らなかった。白い作業服の生徒達は、広い入口へ、緩慢な渓流のように、吸い込まれて行くのである。

やがて隅が見えないほど、宏大な食堂に、白服の姿が満ちると、

「着け！」

と、号令が掛かる。

生徒達は、一斉に、テーブルに着くが、そのまま、箸をとるような不作法は、許されない。心を静め、姿勢を正し、軍人に賜わった五箇条の御勅諭《ごちょくゆ》を、誦するのである。

一ツ、軍人は忠節を尽すを本分とすべし
一ツ、軍人は礼儀を正しくすべし
一ツ、軍人は武勇を尚《とうと》ぶべし
一ツ、軍人は信義を重んずべし
一ツ、軍人は質素を旨とすべし

これくらい静かな瞬間は、一日のうちになかった。とても、夜の〝五省〟の時の比ではなかった。早い朝の光線に、作業服の白さが、一層浄らかに、眼に浸みるような気持だった。

奉誦が済んで、水を打ったような沈黙の中に、

「掛かれ！」

と、号令が響き渡る。

この時初めて、生徒達は、静かに食事を始めるのである。勿論、ガツガツしたり、セカセカしたりすることは、法度である。帝国海軍軍人として、恥かしからぬテーブル・マナーは、この食堂から養成されたのである。昔は、食事中、話もできなかったそうだが、今では、喧騒に渡らぬ限り、それも許されている。

真人は、ニコニコしながら、半斤《はんぎん》のパンを千切って、砂糖をつけていた。どうやら、その容子が、不断とちがっていた。

「貴様、いやに、嬉しそうな顔してると思ったら〝アーマー〟に当ったな」

隣席の生徒が、真人のパンを覗き込んで、眼を円くした。

誰も彼も、同じ半斤のパンながら、端の部分に当ると、容積重量共に、些か優るところがあるのである。生徒はこれを呼んで、〝端つき《アーマー》〟という——

それほど、食物にサモしくなるのも、四号時代のうちだけだった。一号となると一度のパン食は腹工合がいいなぞと、悠然たることをいってる。

八

――夏も近づく、八十八夜……

ちょうど、あの歌の軽快なリズムで、生徒の心は、夏期休業の近づく歓びを、謡っていたが、日一日と、その日が迫ってきた。まだ十八歳の真人が、どんなに休暇と帰郷を待ち兼ねたかは、いうまでもない。

休暇の前日には、宮島《みやじま》から商人が出張して、養浩館《ようこうかん》で土産物《みやげ》の店を拡げた。真人は杓子《しやくし》だの貝細工だのを、母のために、厳島《いつくしま》の絵葉書を、隆夫のために買った。

それから、熊沢と二人で、分隊監事のS少佐の官舎へ、ご挨拶にも行った。

「明日、休暇でありますから、帰郷致します。では、行って参ります」

玄関へ出て来られた奥様に、二人は、キビキビと揃った動作で、礼をした。四カ月間の江田島生活が、いつの間にか、それだけの躾けを、彼等の身につけさせたのである。

それにしても、日曜日の教官官舎訪問は、忘れられない憶い出だった。クラブへ行くよりも、教官のお宅でご馳走になる方が、家庭へ帰った気持を起させた。それほど、教官も奥様も、生徒を厚遇してくれた。勿論、S少佐のお宅ばかりでなく、教官官舎のすべてがそうだった。その気風は伝統的なもので、やがては、入港時の艦長と士官、士官と兵との家庭的団欒にまで、伸びて行くのである。

遉《さす》がに、その夜の寝前《しんぜん》十五分間は、生徒館の寝室も、賑やかだった。一号生徒は、これを最後の休暇に、風雲急な太平洋へ出て行く時が近づくのであるし、四号生徒は純白の第二種軍装に短剣を吊って、初めて故郷へ帰るのだから、胸が躍って、ガヤガヤと、話声が渦を捲くのである。

初夜巡検が終って、電燈が消えても、真人は、なかなか寝つかれなかった。

（戻ったら、一気、東郷墓地へお詣りすッど……）

そんなことも考えた。

（お母はんは、おいが姿を見たや、魂消《たんが》ろうてな……）

そんなことも考えた。

（隆夫にア、色の黒いところを、見せちゃろう……）

凜々《りり》しい軍服姿が、母を悦ばせるのは確かだが、隆夫には気の毒だった。炎天の銃隊教錬と水泳で、休暇前から真っ黒になった体は、隆夫のみならず、諸先生にも、誇りたいのである。

真人は、闇の中で、ニコニコと、顔を綻《ほころ》ばせた。四カ月前の自分と比べて、彼自身に格段の相違ができたことを、心秘かに、誇らずにいられなかった。もう自分は、〝娑婆〟の人間ではない。鍛えを受けた人間だ。確乎たる未来をもつ人間だ——

明朝六時に、颯爽《さつそう》と校門を出て行く姿は、もう、彼の瞼に浮かんでいた。

兵学校論

一

谷真人が留守の間に、筆者は、海軍兵学校について、短い感想と論議を行ってみたいのである。筆者のプランを白状すれば、真人の江田島生活を描くことによって、兵学校の全貌を示すという目論見だったが、どうして、そんなことは、拙腕《せつわん》の遠く及ばざるを知ったのである。それほど、兵学校の肉体は厖大且つ複雑であり、内包するところ極めて深く、また特異なのであるる。小説の形式を以てすれば、百回を与えられて未だ足りそうもなく、それではキリのない話になるので、かかる手ッ取り速い方法を、とらざるをえないのである。

一体、この学校を正式に訪問しようと思えば、海から来るべきである。学校の正門は海に直面している。但し、それは門なき門であって、桟橋と木柵あるのみである。だが、真にこの学校を訪問すべき資格ある人は、海軍の艦艇に乗ってその表門から入るのである。筆者の如きは、勿論、バスを利して、銀行と向い合わせの裏門から訪問したに過ぎない。

とにかく、その裏門から校内に入れば、朱と白の生徒館、緑の大芝生、遠く鬱葱たる松並木を透かして、能美島の山影――まず、その環境の美しさに驚く。その環境の塵一つ止めぬ清浄さに驚く。その中に、誰一人佇んだり、逍遥《しようよう》している者のないのに驚く。やがて、白い作業服を着た生徒達が、汚れなき童貞の挙止を以て、一糸乱れざる規律を行動していることに驚く。その時、人々はここに聖地を見出し、どこやらか、鐘の音が聴えてきそうな錯覚を起す。戒律的なもの、童貞的なもの、没我的なもの――環境と人間のすべてに亘って、トラピストの院内に入ったような印象を、受け勝ちなのである。

しかし、それが裏門から入った者の感傷であることを、すぐ悟らねばならない。ここには信念はあるが、信仰はないのである。また、生徒達が宗教の愛と献身を学ぶ必要が、どこにあろうか。彼等は既に軍人なのである。身命に私なきものとされて彼等には迷いも悟りもある筈もなく、ただ一筋の信念を鍛え、磨くべく、定められてる。

尤も、その方法として、難行や荒行に似たものがないことはない。宮島の弥山登《みせんのぼ》りや総短艇《そうたんてい》の行事が、それに当る。前者は三十町の長い石段を、一気に駆け登る競技である。いかなる元気者も、中途にして蹌踉《そうろう》たる難路である。しかし、分隊の名誉にかけて、倒れる者も担ぎつつ、決勝点に達するのである。総短艇も同様で、玄冬《げんとう》の頃に、号令一下、あの重いカッターを自ら卸し、自ら二千メートル漕ぎ、自ら元の位置に揚げる競技を、各分隊で行うのである。これも、泣きたい程の苦行だそうだが、広瀬中佐在学時代は、弥山登りも総短艇も、一気に併せ行ったということだ。洵《まこと》に、文覚上人《もんがくしょうにん》*45どころの沙汰ではない。

二

勿論、この学校は、普通の意味の学校ではない。普通の学校にはない精神的なものが、漲《みなぎ》ってる。しからば、塾か道場かというに、生徒達は決して個人の人格の光りや威力によって、指導されていない。しかも、精神的なものと渾融《こんゆう》して、科学が尊重される。科学の学と術を学ぶのに、生徒に与えられた時間と設備は、莫大なものである。そこに、この学校が僧院や道場と趣きを異にする点がある。徳育偏重とか、知育偏重とかは、他所の学校の問題である。要するに、兵学校は特別な学校なのである。ことによったら、真の学校といえるかも知れない。

しかも、この峻厳なる学校において、自治が行われ、自律精神が高く要求されてる——といえば、不審がる人が多いのではなかろうか。自治自律自啓ということは、この学校七十年の伝統なのである。

死ぬまで続く同期生の交わりが、横の結合としてある側ら、在校中の分隊制度という縦の結合が行われる所以も、そこにあるのである。四十人ほどの各分隊が、上級生を中心として営まるる自治によって、軍紀も風紀も、伝統も誇りも、生徒の間で保たれ、生徒の間で継がれて行く。〝分隊の名誉にかけて〟生徒達は、競技に勝たねばならず、身を修めねばならず、秩序を紊《みだ》してはならないのである。上級生と下級生を混合した分隊制度は、洵《まこと》に微妙なる智慧でなされた発明と考えられる。教官は深い愛と注意をもって、この制度の後見者となるに過ぎない。惟《おも》うに、兵学校は艦隊であり、分隊は艦艇であろう。分隊は自治を行うことによって、大きな統率の下に融け込むのである。

それ故、この学校の上級生と下級生の差違は、他に見るを得ざる特色をもってる。上級生なる故に偉いばかりでなく、実質的に上級生が偉いのである。鍛錬の年月がモノをいうのである。例えば、春秋の頃に兵学校見物の子女が、呉、広島あたりから堵《と》をなすが、遉がに四号生徒は、なんとなく態度が落着かなくても、一号生徒は、どこに風が吹くかというように、眉も動かさぬのである。禅堂における青道心《あおどうしん》と兄弟子の相違が、ハッキリとそこへ出てくる。世間を〝娑婆〟と呼ぶ海軍隠語は、ここにおいて、面白い意味をもってくるのである。

なによりも、女々しいことが、この学校で排斥されるのは謂うまでもないが、それは必勝の信念の保持ということのみに限らない。やる時はやり、遊ぶ時は遊ぶ――といったような集中主義、意志と理性の行動も、つまりは、男らしさの自律である。ベチャクチャ弁解をするのは、女々しいこととして自啓されなければならない。体力知力の限りを尽して頑張るのも、服装容姿を正しくするのも、悉く、真の意味の男らしさの発揚にある。

三

この精神、組織、制度に亘って、黄金の伝統が輝いてることを、誰も気づくのだが、いつ何人がそれを築き上げたかと、過去に溯ってみると、杳《よう》として霞《かすみ》の中に消えてるのである。

本校の沿革を辿ると、明治二年、東京の築地《つきじ》に創《はじ》められた海軍操練所が発祥であり、それが海軍兵学寮となり、海軍兵学校と改められ、明治二十一年に至って、江田島に移転したのであるが、初代の校長川村純義《すみよし》が、伝統の礎を置いたかというと、必ずしもそうではないらしい。では、江田島時代の最初の校長有地《ありち》品之丞がそうかというと、これも違うらしい。移転当時は、汽船東京丸に全員が乗って、江田島に来《きた》り、校舎のできるまで、船内で教育を行ったそうで、なにやら、新世界開拓の意気に燃えた如くに想像されるが、その時既に、現在の如き伝統が確保されていたのである。例の分隊制度の如きも、兵学寮初期時代にも存《そん》していたのである。自治精神の面影も、その頃既に仄《ほの》見《み》えている。棒倒しや総短艇の行事の如きも、よほど起源が古いとみえて、現役の大将、中将に訊いてみても、ただ俺の時代にもあったと答えるのみで、いつ何人が発明したことだかわからない。それでは、伝統徒《いたず》らに古く、兵学校七十年の歴史は、ただこれを守るに汲々《きゅうきゅう》たりしかというと、これがまたちがう。例えば、前に書いた〝五省〟の如きは、現在少佐級の人々の全く知らぬ日課である。作業簿に週末の感想を書くことも、近く始まったことらしい。長い間には、いろいろの改廃があり、添削があった。しかし、根本は不動だった。それは大河が細流を合わせて、いよいよ太るようなものだった。

これを要するに、兵学校の伝統は、古くて新しいのである。初代の校長から今日の校長に至るまで、特に何人が大旆《たいはい》を掲げたとか、大改革を行ったとかいうわけではない。ただ、時に応じて、永代燈に新しい油が注がれたのである。そこに、伝統のもつ神秘と、正しい取扱い方があったことを、首肯《しゅこう》される。強いて、伝統の由来などを、索る必要はないのである。その源は恐らく海軍操練所以前に、遠く発するであろう。しかし、兵学校になってからの伝統の保持者と継承者の主体が、過去においても現在においても、生徒自身にあることを、特筆したいのである。また、初期の兵学校が英国のそれに範をとり、ドーグラス以下多数の英国人を聘《へい》して、軍事を学んだのは事実であるが、当時の海軍当局者は、意外なほど、見識が高かった。それは、いわば、謡曲か碁の先生の如きものである。〝先生〟とはいうが、稽古が済めば、用なしである。習ったものは〝術〟であって、精神ではない。この、〝術〟を教わったのも、短い期間で、その後英人は語学教師として、兵学校にいたのである。そして、最後のたった一人の語学教師も、戦争の二年ほど前に、江田島の官舎から姿を消した。

風と波

一

夏の軍服に短剣を吊って、故郷の土を闊歩《かつぽ》したのは、着いた日一日だけだった。それも、東郷墓地や八幡神社や祖先の墓に、お詣りした時だけだった。

「何故《ないごて》、軍服を着ッきゃアはんか」

姉の縁づき先きや、伯父のところへ挨拶に行った時も、真人は、同じような文句をいわれたが、例の微笑を酬いるだけだった。

実際、なぜといわれても、返事ができない。ただ、なんとなく、羞かしかっただけだ。もしも、多少の顧慮があるとしたら、四年の時に入り遅れた軍人組の同志に、対してだったかも知れない。彼等は、まだ、五年生として、二中に残っているではないか——

「色が黒なって、軀も肥えて、見違ゆるようじゃ」

緒方先生をお訪ねした時も、二中時代の霜降服に、麦藁帽を冠って行った。先生は、服装のことなぞ、気づかないらしかった。その代り、先生も、休暇中のことで、白薩摩《しろさつま》の胸をはだけながら、焼酎を聞《きこ》し召してるところだった。

ただ、隆夫だけが、承知しなかった。

「軍服を、見せッくれ！」

彼は、真人の部屋の、あの暑苦しい屋根裏まで上ってきて、強請した。そして、真人が入校した日のように、短剣を抜いてみたり、錨一つの肩章に、眺め入ったりした。しまいに、隆夫は、どうしても、一度着せてくれといって、頷かなかった。

「良《よ》う、似合うた。どんから、眼鏡かけちょッで、軍医官のごっ見ゆッど」

軍服姿を見て、真人が揶揄しても、隆夫は大真面目で、

「こん軍帽に、白筋が二本入《い》ちょッたや、そッでよかが……」

白筋入りは、海軍経理学校生徒の軍帽だった。そして、その学校の体格検査も、旬日のうちに迫っているのだった。真人は、ニコニコ笑いながらも、去年の今頃のことを身に引き較《くら》べて、憶い出さずにはいられなかった。

借着を脱いでしまうと、隆夫がいった。

「俺《お》や、海軍の夏服見ッと、あん士官さア憶《おめ》え出《だ》すが……」

「誰《だい》な？」

「江田島を見学した時イ、訓話をしッたもった士官……」

「あ、あん教官……」

真人も、肝《きも》に銘じたあの訓話の主を、忘れたのではなかった。入校当時、それとなく、全《すべ》ての教官の顔を、物色してみたが、遂に発見されなかった。兵学校では、汐気《しおけ》の抜けないうちに、教官を交替させるとかで、任期は長きに亘らないのである。

「汐気の抜けんうちに——」

隆夫は、ひどく感心したように、首を振った。

二

帰郷すると、時間を持て剰《あま》すということを、かねがね上級生から聞いていたが、果してそうだった。一分一秒も活用される江田島生活が、今更のように、憶い出された。

「お母はん、あたや、米の配達をしもすで」

真人は、或る日、母親に申し出た。

「そげなこっ、せんでもよか」

「休暇に戻ったら、ちったア、体を休めんとなア……」

兄の四ノ吉も、側からいった。

だが、真人は、肯かなかった。白い運動シャツに、二中の霜降りズボンを穿いて、店の土間へ降り立った。

「まア、好《し》いたごっ、やいやんせ」

そうなると、母親は、強いて止めるような、女ではなかった。

真人は、兄から配達先きを聞いて、一斗入りの米袋を、三個ほど、自転車の荷物台へ結びつけた。丸刈り頭で子供らしい顔と、粗末な扮立《いでた》ちが、どう見ても、米屋の小僧さんだった。

「行《い》たッくッで」

と、ペダルに足を掛ける姿を、四ノ吉が、笑って見送っていた。

届先きのうち二軒は、顔を知らない家だったから、却って、都合がよかった。だが、最後の一軒では、遂にバレた。

「真人どん、お前《まん》さア、海軍の生徒さんになってん、配達なんどをしやっとなア」

「はア」

真人は、例の笑顔を赧らめたが、別に動ずる様子もなく、判取帳《はんとりちょう》に判を貰った。

空荷になって、軽い自転車を、いい気持で、二中通りを飛ばしてくると、今度は、

「おうい……谷!」

と、熊谷が敦盛《あつもり》*46を呼びとめるが如く、後の方から大音声だった。

真人は、静かにハンドルを回して、町角まで戻ると、そこに、白絣《しろがすり》に黒い袴を穿いた小森が、立っていた。彼も、陸軍士官学校が休暇で、帰省したのであろう。

「久しか振《ぶ》いじゃったな。貴様、いつ、戻った?」

相手が軍人なので、真人も、つい、〝貴様〟と呼びかけてしまった。小森も同様で、自分のことを〝おい〟とはいわずに〝おれ〟といった。そして、互いに心の底で軍人になった衿りを頒け合った。

「今、貴様ン家《え》へ、行く途中じゃった——二中の軍人組がな、貴様とおれと熊沢と三人を中心に、磯のジャンボ屋で、明日の晩、スキ焼食おうちゅうこっちゃ。そッで、貴様ンとけえ、知らせに行くとこイじゃった」

小森は、元気よく、用向きを語った。

三

会食といえば、隆夫の家からも、帰省中に是非一度——と、招きがきているのだが、真人は、どうも、気が進まなかった。二中入学の年の神武天皇祭に、午飯《ひるめし》に招かれた時の窮屈さが、まだ忘れられないばかりでなく、エダという少女の存在が、気になって仕様がなかったからだ。

江田島では、ただの一度も、憶い出したことのないエダが、飽くまでも青い鹿児島の夏空と、桜島の山影を見ると、再び、真人の胸に帰ってきた。

(なんとん知れん、少女《おなご》じゃ)

帰省して最初に、隆夫を訪ねた時に、折悪《おりあ》しく、彼女は兄と共同の勉強部屋にいたが、スッと立ち上って、奥へ引っ込んで行った。その時の顔といったら、人間、これ以上にスマすことの不可能のような、お能の面を氷で冷やしたとも、なんともいいようのない、人間離れのしたものだった。兄の隆夫も、口を開いて、後を見送ったくらいだった。

曾ては、〝弱虫《やくせんぼ》!〟と罵《ののし》ったり、〝自分一人偉振《えらぶ》って……〟と鋭い皮肉を浴びせかけたりした彼女が、今度は、絶対沈黙で、奈良あたりの仏像のように、スマし返ったのは、なにがなんだか、サッパリ、意味をなさない――

どうも、エダに会うと、ヘンな気持になってくるので、真人は、軍人組の会へ出た時も、隆夫を誘わなかった。

夕方、バスで田の浦へ行くと、いつに変らず、いい景色だった。その辺から島津別邸あたりを、磯というが、ジャンボ屋は、見晴らしのいい街道沿いに、幾軒もあった。ジャンボとは、数個の丸い餅に二本串をさして、蜜醤油《みつしようゆ》を塗ったものだが、名の起りは、両棒餅《りやんぼもち》が鹿児島訛りで、ジャンボとなったでもあろうか。その餅屋で餅を食べ、持参の牛肉でスキ焼をするなどは、学生を書生といった頃からの風習だった。

ジャンボ屋の二階へ昇ると、軍人組のほとんど全部と、万代や谷与平なぞの顔も、集まっていた。

「やあ……」

「よ……」

友達は、みんな、相変らずの調子だった。ただ真人と熊沢と小森の三人は、袴を穿いてるせいばかりでなく、光って見えた。真人は、閉口したような笑いを、頬に浮かべていた。

ジャンボ餅を食い終ると、お内儀さんが七輪を運んできた。大皿の餅を平げた上に、山のような牛肉を、鱈腹《たらふく》食べようというのだ。

勿論、酒は飲まなかったが、一同は酔ったように、母校、海兵、陸士のことを語った。

「明日は、海軍志望者の体格検査日じゃッで、受験者は、沢山《ずんばい》、牛肉を食うて、精力をつけんないかんなイ」

と、誰かがいうと、一同、ドッと笑った。隆夫は、笑いごとではないという顔で、セッセと、鍋へ箸を運んだ。

四

その日、真人は、米の配達で暇がないので、日中は、隆夫に会えなかった。尤も、体格検査のことだから、激励するといっても、法がないからでもあった。

勿論、その結果が、気にならないことはなかった。しかし、問題の第一日の検査を、隆夫は見事に合格してるのだ。兵学校とちがって、経理学校は、弱い近視なら採用するということが、実際にわかった。その難関さえ通れば、今日の第二日の内臓検査その他は、まず大丈夫と、見越してよくはあるまいか。それに、昨夜の隆夫の喜びは、天にも昇るばかりで、もう、経理学校へ入ったような意気込みだった。実際、学校の成績は、隆夫の方が、真人よりも上だから、経理学術試験に自信をもつのも、無理はなかった。

そんなわけで、真人は、胸に想いつつも、隆夫を検査場の母校講堂へ、訪ねるほどの気になれなかった。

「戻《もど》いにア、わいが家《え》に、寄ッど」

と、隆夫自身もいっていたことだし――

暑い日だった。海から風は吹いてくるが、鹿児島のカンカン照りは、また、特別だった。

真人は、配達から帰ると、井戸端で、猿又一つになって、汗を拭っていた。そこへ、姉のキ夕が呼びにきた。

「真人どん、友達《どし》が来ちょいやんど……」

真人は、急いで、シャツを引ッ掛けて、店の方へ飛んでいった。隆夫にちがいないと、思ったからである。

「やア、無事ン合格したで、ちょっと、知らせンきもした……」

二中の夏服を着た、東山やその他、七、八人の軍人組が、いずれも不敵な面魂《つらだましい》を、ズラリと、店先きへ列べていた。

「そや、よかった……」

真人も、心から、喜びの微笑を浮かべた。

「なんが、谷……。十二月の学術試験ちが、あっでや。体格検査なア、いつでん、自信があっが」

小さな豪傑連は、大声に笑ったが、真人は、彼等の中から隆夫がいないのを、発見せずにいられなかった。

「牟田口ア、如何したとよ?」

と、真人が訊くと、彼等の笑いは、ピタリと止まった。

「あん奴一人、可哀《むいね》こっじゃった。呼吸器がいかんちゅこっで」

真人は冷水を浴びせられたような気持だった。そして、悪いとは思ったが、友達を店先きで帰して、急いで、自転車に飛び乗った。

例によって、玄関に入らずに、隆夫の部屋の前まで行くと、彼は声を絞った。

「隆夫ッ……」

すぐ聞えるべき返事がなかった。再び呼んだ時に、櫺子窓《れんじまど》から、エダの顔が現われた。

「兄《あん》さんな、誰《だい》とても会《え》もはんど……」

五

兵学校の休暇は、短いのが名物で、真人は、間もなく、帰校準備にかからねばならなかった。しかし、その短い休暇の間にも彼は、なにやら、軀の箍《たが》が緩んだような気持で、寧ろ、早く、江田島へ帰りたかった。それに、母親も案じたよりも丈夫であり、四ノ吉兄の努力で、店も工合よく行っていた。長兄は東京に、次兄の真一郎も、台湾の高雄へ在職して、家の基礎が、いよいよ固まってくる様子だった。真人にとって、家郷になんの心残りもなかった。

ただ、彼の心に重たい荷となったのは、親友隆夫のことだった。

その後、彼は、数回、牟田口の家を訪ねたが、いつも、隆夫に会えなかった。涙を溜めた母親が、

「も、狂人《きつげ》のごっないもッせえ、家のもんとも口をききもはんと。食物《たもいもん》も、食《た》もあんじなア……。ほんに、酷《ひ》でごあしとオ」

と、愬《うつた》えられた時には、慰める言葉もなかった。

実際、隆夫の胸のうちを考えれば、隆夫が、どれほどとり乱したところで、無理とはいえなかった。小学校以来、あれほど夢に描いた〝海軍〟ではないか。しかも、去年失敗して、兵科の夢を捨てても、なお、一縷《いちる》の望みに縋《すが》ろうとした彼ではなかったか。その最後の綱が、断ち切られたのだから、彼が、どんな狂態を演じようとも、不審はないのだ。どうして運命は、隆夫にのみ、苛酷であるのか。海軍に志したのは、彼の方が先きだったではないか。銀行員になる筈だった自分が、海軍生徒となり、あれほど〝海軍〟に憧れた隆夫が、こんな絶望に突き落されるなんて――

（なんちゅ、運《ぶ》の悪りい奴じゃろかい！）

真人は独り居る時、隆夫のことを考えて、手の甲で、涙を拭った。

いよいよ、明日帰校となった日に、東郷墓地と南洲神社へお詣りした帰りに、彼は、市役所の人事課長室に、隆夫の父親を訪ねた。隆夫が彼に会わぬ以上、せめて父親に会って置きたかった。

「やア……お蔭さアで、ちったア、落着ッきた風ごあす」

その言葉を聞いて、真人は、どれほど嬉しかったか知れなかった。隆夫は、破れた心と体を養うために、霧島温泉あたりへ行きたいと、父親に申し出たそうだった。

「一時の打撃ごあんで、一カ月も静養したや、旧《もと》ンごっないもそ」

真人は、それほど手軽く、親友の受けた傷痕が、癒ろうとは思わなかったが、あの静寂な霧島山の空気が、隆夫に反省と希望の緒《いとぐち》を与えることを祈った。そんなことを、自らいい出すのが、既に絶望の峠を越した証拠だとも考えられた。

「子供ン時やった肺炎が、まだ祟《たた》っちょッとは、思《おめ》えもはんじゃした……」

父親は、真人を送り出しながら、そういった。

六

真人は、宮島駅で汽車を降りて、学校指定の場所に集まり、多くの生徒と共に、学校の汽艇で帰校した。

古鷹山と、繋留《けいりゅう》練習艦と、生徒館の姿を見た瞬間に、キリリと体が緊って、〝娑婆〟の憂さも愉しさも、遠く、どこかへ飛び去ってしまった。

翌日から、再び、魂と規律の生活が始まった。九月一杯は、まだ、夏季日課であるが、静かな江田内の海が一際《ひときわ》青く、朝の冷水摩擦の水が、ヒヤリと感じる朝もあった。しかしあまりに明るいこの島の風光は、忍び寄る秋の気配も、露わに見せなかった。

真人達も、もう一学期を経《へ》たのだから、新四号ではなかった。教官や上級生に対する敬礼も、半ばは、反射的に行えるようになってきた。〝貴様、俺〟の言葉使いも、平気でできるようになってきた。そして、秋の学期には聞き及ぶ弥山登りや、原村演習も行われると知って、心が躍った。

真人は、新学期から、特に、柔道の稽古に、身を入れた。中学時代から、柔道が一番得意だっただけに、これだけはなんとかしてモノにしたく、卒業までに、是非、初段を貰おうと決心した。兵学校の道場は、柔剣道ともに、非常に広大なもので、生徒は〝世界一〟を誇っていた。そこに行われる稽古も、恐らく、世界一の烈しさだった。稽古などという言葉では想像されない、必死の気魄が籠っていた。その中でも、真人の真剣さは、目立ったらしく、当時の柔道担任教官、講道館から聘《へい》せられた臼淵《うすぶち》七段は、そのことを記憶している。真人は、常に自分より上位の者を対手に選び、指導を受ける態度が、頗る積極的だったという話である。

九月の或る日にまだ、白帯の真人が、汗みずくになって、稽古を終り、道場を出た時のことだった。

「谷生徒……お前のところへ、電報がきとるぞ」

わざわざ、分隊監事のS少佐が、電報を手渡されたのは、真人にとって、どれだけ恐縮だったか知れなかった。

真人は、教官の前で用紙を展《ひろ》げた。

タカオシツソウスソチラヘイツタラシラセタノム——隆夫の父からの電報だった。

失踪という文字が、烈しく、真人の胸を撃った。恐らく、顔色が変ったであろう——

「どういう事情なのか」

S少佐が訊ねた。分隊監事は、陸軍の中隊長のように、部下の私事に亘ることにも耳を藉《か》すのである。

真人は、何事も包み隠さず、教官に話した。親友の隆夫が、少年時代から、どれほど海軍に憧れていたか、この夏の体格検査に不合格だった時、どれほどひどい絶望に落ちいったか、そして——

「そうか……気の毒な男だな」

聞き終った少佐の言葉は、短かったが、感情に溢れていた。

七

三日経っても、一週間待っても、隆夫の姿は、江田島に現われなかった。

真人には、失踪したくなった親友の気持が、わからないことはなかった。また、一人息子がそんな風になった牟田口の両親の気持も、想像にあまった。だから、もし隆夫が訪ねてきたら、村で一軒の旅館に案内して、ああも慰め、こうも忠告しようと、待ち構えていたのだが、なんの音沙汰もないのである。

彼は気が気でなくなって、遂に、隆夫の父親に電報を打った。

——タカオコヌイサイシラセ

その返事は、手紙できた。

それによると、隆夫が真人の許を訪ねるだろうということは、父親の想像に過ぎなかった。隆夫は、霧島の硫黄谷《いおうだに》温泉に滞在しているうちに、姿を消したのである。その直前に、旅館の月末支払いと称して、多少、分に過ぎた送金を要求してきたそうである。彼は、その金を持って失踪したのだが、それが、出来心でなかった証拠には、霧島へ行く前に、彼自身の貯金が全部引き出してあり、衣類も、冬シャツのようなものまで、持ち出していることが、後でわかったというのである。

——何も海軍に入るばかりが、国民の御奉公にもある間敷《まじ》きに、中学卒業を眼前にして家出なぞ致すとは、如何なる不量見かと痛嘆に不耐《たえず》御座候。併《しか》し、唯一人の男子のことなれば、荊《けい》妻《さい》の嘆き一方ならず、貴地《きち》に参らずとせば、何処の果に彷徨《ほうこう》いたしおるやと、老生も懸念なきに非《あら》ざる次第にて……。

父親の文面は、切々として、真人の胸を打った。真人の家なぞと違って、収入も財産もあるのだから、どんな上の学校へも入れるのに、中学も出ないで、家出するなんて、暴挙も過ぎると、隆夫を叱りたい気持になってきた。それと同時に、また、あれほど海軍に憧れていたのだからと、自暴自棄になった親友の胸のうちに、同感も湧いてくるのである――

（あん奴ア、一刻者《いっこくもん》じゃったで……）

神経質で細かい気遣いをする癖に、カッとなったり、われを忘れてしまう隆夫の性質は、およそ、真人とは反対だったが、それだけに、また、彼にとって親しみ深いものだった。八幡小学校へ行く前から、天保山の浜で遊び合った昔馴染みだから、隆夫の今の気持も、ハッキリとわかってくる。そして、その気持を考えれば、〝海軍〟に失意の彼が、兵学校の校門を潜《くぐ》って、自分に会いにくるはずもないと、推論しないでいられなかった。

「いつかの電報の男は、その後、どうしたか？」

思いがけなく、或る日、S少佐に訊かれた時に、真人は、涙ぐんで答えた。

「はア、もう来んでありましょう」

八

秋が、深くなってきた。

生徒達の通称する蜜柑《みかん》山に、蜜柑やネーブルの実が、色づいてきた。江田島は柑橘《かんきつ》類と甘藷が名物だが、その丸々と肥った赤芋が、兵学校の食堂にも現われた。

「谷……貴様の国でも、薩摩芋は、やっぱり、薩摩芋というか」

と、真人は、級友から訊かれた。

「いいや、唐芋というのだ」

「唐芋は、よかったな。じゃア、唐へいったら、なんという？」

「いいや、天竺芋というのだ」

と、他の一人が、真人の口真似で混ぜッ返したので、大笑いになった。

真人は、ニコニコ笑って、それを受けていたが、心の中は寂しかった。国言葉を嗤われようが、嗤われまいが、そんなことはどうでもよかった。薩摩芋——唐芋を見れば、冬の日の天保山浜で、隆夫と、それを焼いたことが、憶い出されるからだった。砂を掘って、焚火をして、その中で焼いた唐芋は、外だけ焦げて、シンは蒼白かった——

（一体、どこへ行ってしもうたのか、隆夫の奴……）

真人は、この頃、自選時間や消燈後に、よく、そう考えた。その度に、なんともいえない、寂しい憂鬱に囚えられた。

（自殺？）

ふと、そんな考えが浮かぶと、真人は慌てて、打ち消した。そんなことはない。そんなことは、あってはならない――

その後隆夫自身からは勿論、彼の父親からも、音信がなかった。父親が、なんともいってこないのは、隆夫の消息が知れない証拠にちがいなかった。それを思うと、暗澹たる心が、最悪の場合さえ、描き出してくるのである。

男の十八、九――生涯のうちで、最も浄らかな友情をもち合う時代だった。親の次ぎには、親友を顧みる年齢だった。況して、真人は朋友の誼《よしみ》を尚《とうと》ぶ郷土に生まれていた。隆夫の運命は、自分自身のそれのように、重く、暗く圧し掛ってくるのである。

この頃では、土曜日の棒倒しにも、初陣の時のような手柄が樹てられなかった。日曜にも、クラブの団欒に加わらず、裏山に散歩したりした。

「谷生徒は、体が悪いのではないか」

S少佐から、そう訊かれて、慌てて、元気な調子を見せようとしたこともあった。

「シッカリ、歩調とるッ」

週番生徒から、呶鳴られたこともあった。

(これでは、いかん!)

真人自身も、女々しくなった自分に気がついた。気力ニ欠《か》クルナカリシカ――と、〝五省〟

の一つに、完全に愧《は》じなければならない自分を、烈しく叱った。

九

それから、一年経った。

再び、秋が江田島を訪れたが、もう真人は、去年の彼ではなかった。その夏に、彼は郷里へ帰って、隆夫の行方が、依然として知れないことを聞いても、それによって、感傷に陥ることはなかった。隆夫との友情を忘れたのではないが、それに拘泥《こだわ》る彼ではなくなっていた。なぜといって、真人の軍人意識が固まってきたばかりでなく、世の中が、何人にも、私情に纏綿《てんめん》することを容さなくなってきたのである。現に、その年の兵学校の暑中休暇は、前年よりも、短縮された。その短い休暇中に、真人は、次男の真一郎が、台湾の任地先きから応召したことを、母や四ノ吉と共に、聞き知った。

七月七日に、蘆溝橋《ろこうきょう》事件[*47]が起った時には、それほどのこととも思わなかったのに、やがて、通州《つうしゅう》の惨劇[*48]と大山大尉の虐殺《ぎゃくさつ》[*49]が起ると、情勢はガラリと変ってきた。息をつく間もなく、上海陸戦隊の敢闘《かんとう》や、渡洋《とよう》爆撃[*50]や、――八月九月にかけて、国民の血は、沸《わ》きたつばかりだった。臨時議会で、二十四億四千万円の事変追加予算が、たちどころに可決されたのも、その証拠だった。

真人は、もう〝素人〟ではないから、戦争に対する血の湧《わ》き方も違っていた。それは、ジッと腹へ溜めとくような、感じ方だった。徒《いたず》らに昂奮するのは、恥かしいことであった。彼のみならず、すべての兵学校生徒は、そういう躾けを受けていた。彼等は、分隊監事から、戦況を聞かされることと、大講堂でニュース映画を観る時の外は、行われつつある戦争について、何も知らなかった。彼等は、黙々として勉強し、作業することに自分達の本分を見出していた。

しかし、腹の底を打ち割ったら、〝娑婆〟の人と、よほど違うところが、あったかも知れない。大きい声ではいわれぬが、自分達が卒業するまで戦争が続いてくれますよう――と、祈らぬ者はなかったろう。

十月の下旬に、また、ネーブルが色づく頃を迎えたが、真人は、もう、自ら気力を愧《は》じる必要はなかった。原村《はらむら》の陸戦演習も、元気一杯で終えて、一週間明けた生徒館へ、懐かしい気持で帰ってくると、彼は、相撲大会へ出場するための猛訓練で、夢中だった。

その日は、廟行鎮《びようこうちん》と大場鎮の陥落の報があって、生徒達の顔も、晴れ晴れとしていた。

「谷……貴様のところへ、速達便がきてるそうだ。教官室へ行って、貰ってこい」

と、伍長補から聞いた時に、真人は、ふと、隆夫のことを思い浮かべた。隆夫が、呉あたりにきて、手紙を寄越したのではあるまいかと、心が躍ってならなかった。

だが、予想は大きく外れた。四ノ吉兄からの速達ハガキで、真一郎兄が十月四日に戦死したと、原隊から通告があった旨を、走り書きしてあった。

一〇

いい兄だった。次男ながら、長男のような威望があった。兄弟中で、一番男振りが悪かったが、一番快活で、腕力が強くて、その癖、世話好きで、下荒田の研明舎《けんめいしゃ》(健児の舎)の幹事をしたり、二中時代には応援団長になったり――ほんとに、薩摩隼人《さつまはやと》らしい気性の兄だった。そして、真人を誰よりも可愛がってくれた。母親も、この兄を、最も頼りにしていたのだ。

(お母はんも、どんなに……)

真人は、潤む眼で、もう一度、速達のハガキを眺めた。真一郎兄の戦死の場所は、上海郊外の羅店鎮《らてんちん》だった。どんな場所で、どんな戦いだったか、真人にはわからないけれど、あの兄ならば、きっと、目覚ましい働きをして、潔い死に方だったに違いないと、思った。あの色黒な、眼の巨きい真一郎兄が、鉄兜の首を低くして、銃剣を構えながら、敵陣へ突ッ込んでいく映像が、瞬間に、真人の眼に浮かんだ。

真人は、涙が流れたが、と同時に、キッとなるような、強い衝撃を感じた。

(おいも、負けられんど!)

父を喪ってから、小学校時代に、度々、心の中で叫んだ声が、あの時とは比べられない、必死な、激越な調子で、耳の側で、高く鳴った。

江田島一年半の生活が、彼にそう叫ばせるのだった。いつの間にか芽ぐんだ軍人意識が、そう感じさせるのだった。なぜといって、真人は、真一郎兄が上等兵であることを、考えないわけにはいかなかった。台湾高雄の税関吏であったことを、考えないでいられなかった。勿論、兄は忠勇な軍人だったに相違ないけれども、生涯の軍人ではなかった。それに反して、真人自身は、生徒の身分ではあるけれど、既に、一生を海軍に捧げた者だ。兄とは立場がちがうのだ。それなのに、兄は真っ先きに、戦死した。谷の家で、戦死者を出すとしたら、誰よりも、自分自身であるべきではないか——

それは、兄に抜け駆けをされたというような、小さな功名心ではなかった。しかし、真人が、もう、軍人心理でものを考え始めたことの、証拠にはなった。

（おいも、負けられんど！）

彼は、強く、唇を嚙んだ。兄に済まんと思い、兄に愧《はず》かしく思い、そして、兄を限りなく、愛しく、哀しく思い——彼の胸の中は、複雑な波で、大きく揺れた。

とにかく、真一郎の戦死は、真人に、由々しい影響を与えた。国と、家と、自分に対する考えが、それによって、グッと、前に押し出されたような気持だった。人こそ知らね、その後の真人の言動は、変ってきた。

真人の日記

一

真人は、生来、筆不精の方で、手紙なぞも、義理を欠かさぬ限り進んで書こうとしなかった。従って、日記というものも、あまり誌《つ》けていないようだが、どういうものか、昭和十三年には、一月一日から年末まで、略《ほぼ》毎日書き続けたものが残っている。

この年に、彼は二十歳を迎え、学級も二号から最上級の一号となって、意気冲天《ちゅうてん》の時代である。

日記帳は、当時五十銭ぐらいの、有りふれた当用日記だが、文章や文字は、なかなか克明に書いてある。消字《けしじ》や書き入れの少いのは、江田島生活で養われた習慣であろう。兵学校では、作業簿記入や、週末感想を書く時に、一字の抹消も添加も許されないからである。

一月一日の欄には、年頭の感想として〝元気、意気、根気、正直なれ〟と、書いてある。一年分全部を掲げれば、兵学校生活の細部もよくわかり、興味あることだが、紙面が許さないから、以下、要所を抜萃《ばっすい》するに留める。

一月六日（木）晴。

観兵式行わる。士気旺盛、十三年度初頭を飾る。一歩一歩踏みしめて進まん、本分に。行幸当日（注、鹿児島にて御親閲《ごしんえつ》を受けし時のことか？）の感激をもって。分隊訓育、世界情勢に肉躍るの感あり。完遂せん、帝国の大使命を、見よ、皇国の厳《げん》たる光りを、日本を背負う若人我等、英米の海軍何ならず。断然世界一海軍たらしめん。

居眠りするな、新年より。

一月七日（金）曇時々雪。

厳冬訓練開始さる。先ず銃剣術。何だか調子悪し。課業中眠きこと甚だしく、年頭より居睡りせり、面目なし。

大いに、元気を出せ。まだ気力不充分。

一月十三日（木）雪後晴。

朝の訓練銃剣術、粉雪の中に汗を流すも亦愉快なり。一段の努力が必要。

航海気球をあげ、高層気象実測も亦寒し。練兵場の真中、雪の中に立つも少々つらし。

柔道訓練元気に行い得て、気持よし。何事も真面目に行えば、面白さを感ず。万事これで行かん。

一月二十一日（金）晴。暖。

相変らず雨かと思ったら、晴。朝、武道訓練気持よく、何より熱なり、課業にはまだ熱不足す。

自選時、分隊監事に御印《ごいん》を戴きに行きしに、よく捺してなかりしため思わぬ失敗をなせり。

人を信ずるは可なるも、自分が責任を有する場合は、点検すべきなりと痛感す。信ずる可なるも、過信するは不可なり。

未だに居眠りをする。不可なり。

二

二月九日（水）曇。寒。

実に寒き日なり。父の命日。八方園に参拝す。感慨無量なり。既に十二年の月日を経た。

父の死なれた時は、わずか小学校一年生なりしも、今は天下の海軍兵学校に身を置くことを得。果してこれは誰の恩ぞや。大君の恩、父母の恩、恩師の恩これなり。この恩に酬いるは正に吾人最大の務めなるべし。安心されよ、不肖大いに頑張るなり。

母上は兄上と台湾に旅行中。つつがなく兄の遺骨を守りて帰郷を祈る。

二月十一日（紀元節）晴。

四時半起床。直ちに古鷹登山。東の白む頃、皇居を拝し、皇国の万歳を叫ぶ。雲の彼方帝国の前途は洋々たり。今にして我《われ》立《た》たざれば、皇国の非常時を誰が負うか。必忠を期して下山。

（注、我立たざれば――という文句は、日記の中に十回ほど出てくるが、これが最初である。校歌の文句の影響が考えられる）

三月十日（木）雨後曇。

考査終了の影響にて、勉強に身が入らず、ボンヤリ課業を終る。人は緊張ゆるむ時に過ちをなすとは、よく聞くことなり。大いに努力せん。

射撃訓練あり。落着かず。成績不良。引金の引き方に注意を要す。引かんとして引く時は必ず悪し。虚心坦懐なれ。

三月十三日（日）晴。

考査終了後の日曜は、実にのどかである。

自習時、G少佐の航空戦に関する実験談あり、殊に海軍航空隊の攻撃精神たる、弾《たま》尽《つ》き燃料尽くも、なお追撃して十数倍の敵に突入して行くことは、以て範とすべし。

次ぎに、指揮官たるも須《すべか》らく部下を心服せしむる必要ありと。自ら陣頭に立つは、海軍の伝統なるも、それが出来ぬ場合、部下に喜んで死んで貰うだけの人格を要す。

四月四日（月）雨後晴。

監事長定時点検。その時降り出した雨は、咲き誇る桜を流すが如し。午後カラリと晴れ、期訓育あり。感ずるところあり。即ち余の一歩の向上は、帝国海軍の一歩の向上なりと。道は近きにあり、現在において、最善を尽せ。

四月十五日　六号艇記念日。晴。

短艇帆走訓練。少しの風にも処置に窮するは、研究不足、海上における敏捷性の必要を認む。

佐久間艇長遭難記念日にて、参考館参拝と軍歌あり。佐久間艇長も亦、江田島の空気より生じたる華《はな》なるを想え。

四月十七日（日）曇後雨。

日曜なるも午前中〇九〇〇まで（注、九時のことなり。海軍は二十四時制なればなり）養《よう》浩館《こうかん》にて、候補生寄贈のカステーラを食す。それより被服手入れ機関自習。日曜日は午前中最も効率ある勉強をなし、午後は大いに外出が可なり。

三

四月二十日（水）曇。

定時起床。釣床をくくる。〇九〇〇生徒隊監事訓示。学校発小用《こよう》（注、波止場の名）より「大井」に乗艦。（注、本日より乗艦実習なり）一三〇〇出港。一路大阪に向う。

夜航海の自信なき吾人にとり、大いに役立てり。〇八〇〇——一〇〇〇まで当直に立つ。

海軍士官は眼が大切なることを痛感す。

四月二十一日（木）晴。

〇四〇〇より当直に立つも霧ありて、明石海峡なぞ全く霧中なりき。かかる時に当直将校はまず沈着にして周到なる手段を尽すべきを感ず。入港の節、パイロットを傭われしも、繋留作業相当困難なり。

大阪在泊。午後電気館見学。自由散歩。

桟橋集合の時、一名だけ遅れたるは、実に残念なりき。将校生徒の面目何処にかあらん。

四月二十二日（金）晴。

大阪在泊。

〇四三〇起床、楠公史蹟見学に出発す。南海鉄道により千早城趾《ちはやじょうし》及び千早神社参拝。

忠節そのものの楠公父子の史蹟を尋ね、その忠と知謀とは大いに吾人の鏡とすべきを感ず。久しく尊敬したる楠公の生地を尋ね、身に沁むものありき。（注、この実習八日間にして帰校）

五月二日（月）雨。

一号、艦隊修業にて不在の第一日なり、（注、二号たる真人等が指導に当る）要は熱と意気とを以てせよ。然れども御達示《おたっし》（注、この場合は上級生が下級生を叱る意味）たるものは、心に確乎たる信念を持するを要す。唯、おどかすのみにては不可なり、先ず、身を以て範を示すにあり。

五月二十五日（水）晴。

水雷教科書を紛失し、八方探すも見当らず。心落着かずして何事をもなさず。本日、O教官の所持されしを知れり。自選時に教官室にて教科書を受け取り、やっと安心したるも、余一人の不注意にて生徒全体に迷惑をかけ、全く面目もなし。これが償いは、何を以てするや。

五月二十七日、海軍記念日。

総船艇《そうせんてい》出動訓練より〇六三〇帰校。〇九一五、講評訓示。終って記念式。参考館名牌《めいはい》参拝。

一一〇〇、外出点検。

五月三十日（月）雨。

小銃射撃競技あるはずなりしも雨にて待機の姿勢にて午前を終りしも、雨やまず。午後は課業二時間ありしのみ。

本日は東郷元帥命日なり。参考館を参拝し、聖将として、わが大先輩として仰ぐ時、この非常時海軍を負うの責任を痛感せしめらる。

六月三日（金）晴。

「楢《なら》」にて、航海実習。天測も全く飽きたり。夜の天測は水平線がすぐ見えなくなるから、迅速を要す。ゴタゴタした艦内にては特に精神集中が必要なり。

四

六月八日（水）雨。

昨日来の雨、今日もソボソボと降る、梅雨ならん。

航海と造船の講義、眠し。考査の結果は、云々せず。先ず実力養成を旨とせん。誰か実力なき士官に追従する者あらんや。

六月十一日（土）晴。

久振りに晴れ、今日より二種軍装のすがすがしき姿となりて、気持よし。

大掃除後、カッター手入れにて、爪手《つめて》紛失に気づく。小生が係りの留守中にいた時に、紛失せしは残念なり。

陸戦訓練あり。陣地攻防にあるに拘らず、攻撃軍の我々より、防禦軍の攻撃転換早く、遂に乱戦に陥る。中隊長の指揮が不充分なるが一因なるも、要するにまだ戦闘気分が、少きによるべし。

七月六日（水）晴。

考査終了したるも、時正に非常時なり、安閑とすべからず。自己の本分に邁進あるのみ。

夕食後、映画「海の護り」あり。終って、ラジオを聴取。海陸大臣の時局に就ての講演なり。終って監事の注意あり。「明朗なれ」「物資の節約」「禁煙」等。生徒隊監事大勢の前にて禁煙を誓われたるは、実に敬服す。

七月二十日（水）晴。

水雷工廠見学。

用兵科たる吾人も亦、造兵の苦心を知ると共に、常に兵機改良に留意を要すと感ず。

水泳訓練は要するに頑張りなり。通信（注、通信訓練）今少し努力せば可ならん。

八月二十三日（火）晴。

今週より頑張らんと、大いに緊張せしも「航海」の時間に眠り、残念。教官曰く「われわれの課業も亦、御奉公である。眠るが如きことはできぬ筈」と、全く然り。大いに改心せん。

九月十八日（日）晴。

開校記念日。八方園例祭。一〇三〇外出、三州人会（注、鹿児島県人会）あり。M少佐より兵学校の成績も必要だが、それは海軍生活の一部分に過ぎぬ。卒業後の努力が大切。そして上の人から注意さるる間は、まだ有望なりと。

九月二十七日（火）晴。

御名代《ごみようだい》宮殿下の御成りを仰ぎ奉りて、六十六期生の卒業式施行さる。卒業式後、軍令部総長の言として、御訓示あり。唯感泣して一死奉公を誓う。この感謝を以て、明日より邁進せん。

九月二十八日（水）晴。

命課《めいか》告達式にて伍長に任命。我々愈々《いよいよ》一号となりぬ、二年半待望の一号となりては、唯その重責に感ずるのみ。鉄拳禁制も可なるも、元気の抜けた生徒館となさざるには、大いに研究を要す。

五

十月七日（金）晴。

ヒットラー・ユーゲント[*51]来る。

軍艦旗制定五十周年記念日を迎え、朝日に輝くわが海軍旗を仰ぎ今事変下にあるを思い、意義深きものを感ず。

候補生よりの便りにて、生徒中に努めて知を博めるに非ざれば、なんと困難多きかを知る。所謂猪武者にては不可なるを感じ、今後の努力を期す。

十月十六日（日）晴。

秋としては寒冷なり。考査を目前に控え、皆自習室にて頑張り居れり。

便所にて使丁が手入れ中、知らずして用便せんとせり、考えれば実に情けなきことなり。人は知らぬうちに過りをなす。

十月二十九日（土）曇時々雨。

考査終了。午前中「千早」訓育作業準備。

一五三〇、出港。一路高松へ。

夜航海なり。当直二時間。Always on the deck! といわれる如く、常に上甲板《じょうかんぱん》にあれば見聞すること多し。

十一月八日（火）晴。

昨日よりヒットラー・ユーゲント一行再び来校。彼等と共に朝食。彼等の態度キビキビしたる所は感心す。棒倒し、総短艇《そうたんてい》を見せる。

彼等の帰るを見送りて後、竹下大将の講話あり。神となれる広瀬中佐も、生徒時代から鍛えられて、男をつくりたるを知り、大いに感ず。

十一月十二日(土)曇後晴。

十一月に雪を見るとは、全く珍らしきことなり。短艇訓練、水雷艇は実に寒し。雪に向いて進む時は全く身を切る感あり。然れども、吾人将来の海上生活には、これらが常態となるを知らざるべからず。

総短艇、出発遅れ、十一番なりしは残念。

十一月二十七日(日)晴。

クラス会を行う。指導官よりS大佐F大尉戦傷のことを聞き、我々も亦安閑とすべからざるを感ず。後一年ならずして第一線に立つべき吾人なり。死して後悪名を残さざるよう努めんと期す。

十二月九日(金)晴。

訓練武道。柔道も今一段の努力せざれば一人前になれず。しかし、卒業前には必ず二段を得ん。人一倍二倍の努力は、覚悟の前なり。

十二月十九日(月)晴。

朝訓育時、日本刀に関する講話あり。日本刀にこそ武人の心ありと感ず。

四号の小銃に錆ありたれば、大いに怒れり。此《かく》の如きは、断じて許すべからず。

十二月二十三日（金）雨。

昨日の予防注射にて朝から左腕痛む。負傷を押して戦線に立つ勇士のことを思い、大いに精出す。雨中観兵式予行あり、褌まで透《とお》るには非ざれど、冷雨を浴びて腕の痛みを堪ゆるはよき修練なりと感ず。何事も責任を以てやらんとする時は、困難なきを痛感す。

広い海へ

一

日記の終りから、約半歳後に、真人等の六十七期生は、栄ある卒業式を迎えた。情勢の逼迫が彼等の巣立ちを早めたのは、いうまでもなかった。支那事変が三周年を迎えたのみならず、ノモンハン[*52]の空に烈しい砲音が轟《とどろ》き、ワシントンでは、日米通商条約破棄が発表された。その時に校門を出るのは卒業生にとって、文字以上に、栄ある卒業式でなければならなかった。

谷真人は、廿一歳の夏——小柄な軀にも、ガッシリと肉がつき、眼つきが鋭くなり、そして態度に裕《ゆと》りができ、入校の時とは別人の面影があった。彼は、既に鍛えられた刀だった。そして、これから磨かれる刀でもあった。

（広い海へ、乗り出すんだ。広い、荒い海へ……）

今朝、これが最後の生徒軍装を着た時に、突然悲壮といっていい感激に襲われた。住み慣れた生徒館に対する惜別と、広い海への勇躍とが、喜びとも悲しみともつかない感情の渦となって、一滴の涙を、彼の眦に浮かべたのである。

暑い、しかし、心往くばかり晴れた日だった。大講堂は紅白の幔幕《まんまく》と彩旗《さいき》で飾られ、正装の教官の勲章の輝き、文官教官のやや不似合いなシルクハット、紋服丸帯の諸教官夫人。そして、新卒業生と、すべての生徒は、粛然と整列していた。

御差遣《ごさけん》の殿下には、御召艦《おめしかん》から桟橋へ御着きになって、皇礼砲の間に〝君が代〟の奏楽が起った。殿下は、米内《よない》海相、侍従武官等を従えられて、各員最敬礼の中を、大講堂へお入りになった。

やがて〝気をつけ〟のラッパが鳴り響くのは、殿下が御座席にお着きになった証拠であるが、それから行われる厳粛な卒業式については、寧ろ、読者の想像に任せた方がいい。

ただ、真人が校長から、卒業証書を戴いたが、侍従武官の手から、恩賜の短剣を授けられなかったことは、事実である。彼は劣等生ではなかったが、優等生でもなかった。彼のせめての心遣りは、卒業の前に、講道館から二段を許されたことだった。

式が終ると、殿下は、直ちに御帰艦になった。各員は、御召艦の姿が見えなくなるまで、奉送した。次いで、号令一下、新卒業生は脱兎の如く、生徒館へ駆け込んだ。そこに待ってるものは、少尉候補生の新しい軍服である。幅こそ細けれ、結び蛇の目の金筋一本が、袖に光っていた。軍帽に抱茗荷《だきみようが》の徽章が、ズッシリと、重い金光を放っていた。

着換えを終った新候補生は、些かテレた微笑を、満面に浮かべて、続々と、生徒館から出てくる。

「おめでとう!」

教官も、生徒も、教官夫人も、子供さんも、口々に囃す時に、どんな強者も、汐焼けした顔を、ドス紅く染めるのである。

二

なんといっても、江田島生活の最大の祭典は、この日に相違なかった。軍楽隊が、絶えず奏楽する間に、天幕の大食堂が開かれた。あの広い生徒食堂でも、これだけの人数は収容できなかった。学校関係者全部から、卒業生の父兄まで列席するのである。尤も、真人は、誰にも来て貰わなかった。

「谷候補生、今日は、一盃飲んだらよかろう」

最初の分隊監事S少佐が、お酌をして下さった。

「はア。ありがとうございます」

真人は、赤飯と鯛の塩焼きに、箸をつけていたが、ニコニコしながら、猪口《ちよこ》を持った。生徒館在学中は、厳然たる禁酒の掟であるが、卒業式の日に限って、酒もビールも、許されるのだが、ソッと唇をつけた酒は、禁断の果実というほど、美味いものではなかった。

「S教官、長い間、お世話になりました」

最初に指導を受けたこの教官が、真人には誰よりも懐かしかった。

立食場の中は、至るところに歓声が湧き、笑声が聞え、陽気さ此上もなかったが、その底に一脈の哀しさと、慌しさの流れてるのを、否めなかった。送られる卒業生は、一旦家庭へ帰るとか、就職を待つとか――そんな余裕を持っていなかった。この祝宴が終れば、すぐに、彼等は練習艦隊に乗って、大洋へ出て行くのである。既に、八雲《やくも》と磐手《いわて》の二艦が、江田島の海に、彼等を待ってるのである。卒業――服務、即日に行われて、間髪を容れない。これも、海軍の微妙な智慧の一つであろう。

食堂を出ると、真人は、校長を初め、各教官、そして、S少佐夫人、クラブの小母さんにまで、お別れの挨拶をして回った。

「おめでとう、谷さん……これは、ほんのお印《しるし》ですけど……」

S少佐夫人は、水引きをかけた餞別を、下さった。

「じゃア、元気でやれよ」

「お達者で……通信を忘れんで下さい」

下級生との別離が、一番辛かった。

最早、練習艦のカッターが、桟橋へきていた。それへ、生徒達が候補生の荷物を積み込んだ。候補生達も、白手袋の手を挙げて、敬礼してから、続いて乗り込んだ。

乗り際の握手、万歳、別辞――梭《おさ》の往来の如く、遑《いとま》がなかった。

真人は、磐手の乗組みを命じられていた。着艦して、点検が終ると、直ちに〝出港用意〟のラッパだった。錨を巻く音だった。

今日は手をとり語れども

明日は雲居のよその空……

見送りのカッターから、送別の歌が起った。〝螢の光〟のフシだった。舷《ふなべり》に整列した候補生は、夢うつつで、挙手の礼を返した。やがて、ハンカチを眼に当てたクラブの小母さんの姿も、見えなくなった。津久茂の浦まで送ってきた学校のカッターも、〝総櫂立《そうかいだ》て〟の礼を行って、最後のサヨナラをした……。

三

在校中に、何遍も練習艦に乗り込んで、近海航海をしたことがあったが、それとこれとは、比較にならなかった。瀬戸内の多島海《たとうかい》航海は、技術的にはむつかしいか知らぬが、なんといっても、あれは海ではなかった。その上、乗艦の気持が、大違いだった。真人達は、辞令を戴いて、この艦に乗り込んだのだ。候補生とはいうものの、最早、奏任待遇の高等武官である。練習艦隊とはいうものの、練習だけで済むわけではなく、かりに国籍不明の飛行機が襲い掛ってきたとすれば、直ちに戦闘配置に着いて、応戦の火蓋を切らねばならない。しかも、真人の乗組んだ磐手は、日露戦争当時、第二艦隊第二戦隊の旗艦で、蔚山沖《うるさんおき》や日本海海戦に奮戦した名誉をもっている。艦齢老いたりと雖《いえど》も、艦歴の輝きのせいか、気品と味があった。かかる艦に潑剌たる候補生を乗せるのは、古き革嚢《かわぶくろ》に新しき酒を盛るの気味があって、艦容まで変ってくるようだった。それだけに、名誉と責任は、つねに真人達の胸になければならぬのである。

航海の第一日に、主任指導官から、士官室及び士官次室の各士官の紹介を受けた。主任指導官のH少佐は、短軀ながら、円顔の、元気溢るるような人だった。磐手乗組みの候補生達は、約半歳の長い航海の間に、すべての指導を受けるのである。海軍軍人は、遠洋航海の指導官を、一生を通じて懐かしく思うらしく、後に指導官が予備となり、昔の候補生が上の階級に登る場合があっても、上席に坐ることを避けるような風がある。つまり、指導官は父のように有難く、士官室――殊に士官次室《ガン・ルーム》の士官達は、謂わば兄であって、主任指導官を補佐し、言行共に候補生の範たるの責務をもってる。士官達の身になったら、ずいぶん窮屈なことに相違ないが、中には横紙破りの士官もいて、豪放磊落な逆療法を施す人のなきにしも非ずと聞いている。

真人達は、再び、四号時代に返ったような気持を起したが、事実は大いに違っていた。四号時代に持たないものがあった。それは、部下だった。下士官、水兵という部下があった。しかも部下は、海兵団選《え》り抜きの精兵だった。指導官、各士官が、残らず慎重な人選でなされてる如く、下士官、水兵も、初めて部下をもつ候補生に対して、深い考慮が払われているのである。真人達の首途《かどで》は、良き〝上〟と良き〝下〟をもつように、幸福に設計されていた。

第二日は、配置教育、戦闘諸訓練、無燈航行等が、既に行われた。

第三日は、最初の寄航地舞鶴へ入港作業があった。半舷陸泊[*53]で、真人は艦に残り、候補生室の燈下で、手紙を書いた。卒業挨拶状を、正式に、筆墨を用いて書いた。河田二中校長、緒方先生、その他の旧師と、旧友に宛てて書いた。ただ、牟田口隆夫にだけは、依然として書くべき術がなかった。

四

舞鶴、鎮海《ちんかい》*54、旅順、馬公《まこう》、高雄《たかお》――内地巡航が、九月中旬まで続いた。それから、待望の遠洋航海に移るのであるが、その前の二カ月で、候補生達は、大体、艦馴れと海馴れがしてくるのである。

それにつけても、兵学校生活のありがたさが憶い出された。艦内生活のすべての雛型が、江田島にあったのである。土曜の大掃除、月曜の点検――みな、同じとおりであった。ただ、真人達は、指導官から教わるだけでなく、教わったことを、水兵に命令して実践しなければならなかった。その責任が、彼等を一人前にする素養を与えた。

まったく、艦内の候補生達は、生徒扱いでも、お客扱いでもなかった。彼等の勤務は、当直部と作業部に分れるが、前者は士官次室《ガン・ルーム》士官と何等異《こと》ならなかった。配属も、航海士、砲術士その他諸々から甲板士官まで、順当に、一通りの勤務を覚え込む仕組みになっている。なにからなにまでやって、既に巣立ちした雛が、若鳥になっていくのだ。

とはいっても、水兵に号令をかけるのは、なかなか度胸が要《い》った。部下といえども、相手は、海の古強者《ふるつわもの》だった。

「気をつけ！」

と、号令をかけても、腹の底から響いてこないで、ずいぶん、こっちが気をつけねばならなかった。しかし、気力の入らぬ号令でも、彼等はキビキビと動いてくれた。そういう模範兵のみが、練習艦隊に配されてることなぞを、候補生の大半は、気づかなかったかも知れない。勤務や作業をしてると、江田島で習ったことが、こうも即座に役に立つかと、驚くことが多かった。

ただ、天測だけは、兵学校でやっていたことが、陸の水練だった。校庭の地面とちがって、艦《ふね》というものは、動くのである。

六分儀《ろくぶんぎ》で太陽を捉えることが、既に生易しい仕事ではなかった。況して、夜の星となれば、僅かの動揺でも、飛鳥のように、六分儀の視界を遁《に》げてしまう。

ようやくにして、それを捉《とら》えて何時何分何秒の高度が、何度何分何秒ときめれば、それを三、四回繰り返して、平均を出すのである。それで、艦の位置を知るのだが、その計算が、また、ひどく厄介だった。慣れないうちは、三時間も掛って、まだ誤謬《ごびゅう》があった。

真人は、号令には自信がなかったが、天測の方は、衆に優れた才能があった。天体を捉えるのも巧みだったが、計算が非常に速かった。二中以来、得意の数学が、モノをいったのであろう。一時間ぐらいで、彼は作業を終り、涼しい顔をしていた。

「谷、貴様ア、気象台へ転勤しろ！」

口惜しまぎれに、他の候補生が、悪口をいった。

五

黄色く、泥水のように濁った海を見た。南洋の入口の濃い藍碧《らんぺき》の海も見た。上海や旅順の戦跡や、異風な台湾の風光も見た。

酒保のラムネの味も、四人一室のケビンの匂いも、もう、よほど慣れてきた。軍艦に鼠と油虫が多いことも、驚かなくなってきた。

「もう、たいていの時化《しけ》でも、驚かんだろう」

同室の中野候補生が、相当の船乗り振ったことをいった。

「なにをいうか。まだ、ひどくガブったことは、一度もないぞ」

加藤候補生が、反駁した。実際台風季に際しながら、彼等は幸運にも、支那海で、ちょっとした時化に遭っただけだった。

「古参の水兵でも、吐くことがあるっていうからなア」

岡山候補生は、既に一、二度、船酔いの経験をもっていた。

「なアに、酔う酔わんは、結局、心のもちよう一つだよ」

中野は竹刀を大上段に振りかぶるような調子だった。

「いや、あれは、生理的現象だからな。要するに、慣れるよりほか、仕方がないよ」

岡山が、穏かに受け流したが、中野は、なかなか承知しなかった。しまいには、加藤が、声を荒らげた。

「中野、あんまり大きなことをいうと、遠航になってから、ベソを掻くぞ」

元気者揃いの同室者だから、度々議論が沸騰することがあったが、そういう時に、黙ってニコニコしてる真人の態度が、不思議な鎮静剤になった。彼は艦内新聞を読んでいたが、

「兵曹がヘソを出してる帆布《はんぷ》風呂——面白いな、この川柳は」

と、口を入れたので、議論は笑いに終った。

艦内新聞は、二頁《ページ》の夕刊だった。文章や絵に腕のある士官達が、発行兼印刷人となって、美《み》濃紙《のがみ》大の用紙へ、謄写版で刷り込むのだが、なかなか、隅に置けない編集振りである。まず〝磐手新聞〟と、日本の新聞特有の標字があって、明治天皇御製《ぎょせい》が日毎に掲げられ、次ぎに内外ニュース、正午の艦位航程、翌日の作業日課等が出ている。裏のページになると、ガラリと調子が変って、寄航地案内とか、漫画川柳なぞがあると思えば、ヴェルレーヌの詩が出ていたり、近代的なコントがあったりする。投稿は士官もするが、下士官水兵にも腕達者が多い。挿絵やカットも、手際がいいが、美人画が頻繁なのは、蓋《けだ》し、読者が青年揃いのせいだろう。そして、面白いのは新聞の価格で、士官室以上が毎月三十銭、候補生は二十銭、水兵にな

ると十二銭という、融通自在の公定価格だった。

六

その艦内新聞で、平沼内閣[*55]が辞職したのも、日英会談が決裂したのも、真人達は知っていたが、忘れもしない、九月四日――艦隊は、高雄から帰航に就いて、廈門《アモイ》[*56]に在泊中のことだった。

〝磐手新聞〟は一頁総抜きの標題《みだし》で、英仏が独逸《ドイツ》に対して、宣戦布告をなした旨を、報じた。

「やったなア」

夕食後の休憩時に、甲板の煙草盆の回りに集まった候補生のうちで、一団《ひとかたま》りになった同室の四人は、まず、加藤から口を切った。亜熱帯の港は、赤々と夕陽に燃える入道雲を背景にして、紫色に暮れかけていた。

(やったなア)

という言葉は、彼等四人のみならず、艦隊全部の将兵の感慨であったろう。

「大きくなるぜ、こりゃア」

中野が、それに答えた。

「なるとも――勿論」

断然と、岡山がいった。

「既に、第二のジュットランド沖海戦が、始まっとるかも知れんぞ」

加藤が、煙草のけむりを、長く吐いてから、いった。真人は、まだ、煙草を喫わなかったから、黙って、微風に吹かれていた。

「いや、今度は、独逸も艦を大事にするだろう。まず、空中戦と潜水戦だな」

「ロンドンとパリの爆撃は、必至だろう」

「フランスのマジノ・ライン[*57]てやつは、ほんとに手強いのかな」

「それよりも、〃キング・ジョージ五世〃や、〃プリンス・オブ・ウェールズ〃の威力が、どの程度だか、知って置きたいよ」

「四万噸の〃ライオン〃て奴も、今年、秘密に起工しとるじゃないのか」

彼等の興味——というべく、もっと熾烈な感情は、英国海軍に向っていた。

「しかし、アメリカは、起《た》つかな？」

「さア、急には、参戦せんだろう」

それは、一同の観察だったとみえて、肯いただけで、言葉がなかった。すると、中野が小さな声で、

「早く、参戦しねえかな」

その囁きは、一同の感情に触れる或る物があって、期せずして、ドッと笑った。だが、その

笑い声は、すぐ消えた。

「帝国は、どうする？」

と、岡山がいったからである。兵学校の生徒館とちがって、今は、そういうことも、彼等の口にのぼるのである。

「複雑怪奇[*58]だの、なんのと、いってる時じゃないぞ」

「太平洋にだって、必ず、波及してくる」

「今から準備せんと……」

「いや、準備はできてる。決行如何の問題だ。なア、谷？」

と、中野が問いかけると、真人は、初めて口をきいた。

「万事、命令のあった時さ」

七

廈門から佐世保まで一路の航海は、それまでのうちで、一番長かった。途中で、いろいろの訓練があった。主砲が轟然と、火を吐いたこともあった。溺者救助の作業で、真人が指揮するカッターが、最も早く、模擬溺者の醤《しょう》油《ゆ》樽《だる》を拾い上げたこともあった。

すべての候補生の心はやがて来るべき遠洋航海の方へ、飛びつつも、佐世保軍港を、意味なく通り過ぎることもできなかった。彼等の何分の一は、将来、この軍港を母港とする身になるだろうからである。そして、日清日露の戦役にこの軍港が勤めた役割を、回顧するからである。弁天島の島影も、栄町の賑わいも、彼等の眼に、浸みて、忘れ難かった。

この艦隊の母港は、横須賀であったが、そこへ帰る前に、二見《ふたみ》へ寄航して、伊勢へ参拝したことも、彼等にとって大きな意義があった。百の国体明徴の議論よりも、一度の参拝が意義があると――少くとも、真人は考えた。そして二見在泊中に、一年一度の恒例《こうれい》検閲があった。

二見から横須賀までは、内地航海の最後のコースだった。真人にとっては、生まれて初めての東海の旅だった。そして、薩摩武士の祖先は、鎌倉からきたことを憶い出すと、藍鼠色の海原も、シミジミと懐かしかった。

ちょうど、艦が清水沖を走っている時だった。真人は、夕食後、唯一人で、後甲板の方へ行った。もう、白と緑と赤の航海燈が、輝きだす時分だった。ふと、彼は暮れゆく陸の方に、目覚ましいものを発見した。

(あ、富士山だ!)

雲の多い日だったが、倖《さいわ》いに、そこだけ吹き晴れてきた。写真と絵よりほか、見たことのない山の姿だったが、遠い昔から、知り抜いてるような、山の風情《ふぜい》だった。雪はあるのか、ないのか、影絵になって、わからなかったが、ただ、拝みたくなるような、山の品位だった。富士山を見て、真人は、日本の中心へきたような気持がした。そして、明日で終る内地航海のことを、考え直さずにいられなかった。

二カ月の航海で、彼は日本の広さを知った。また、艦内生活が、どういうものであるかを知った。士官次室《ガン・ルーム》士官の勤務と責任と、気風を知った。指導官の情《なさ》けというものを、シミジミと知った。

(しかし、そのうちで、最大な経験は何か?)

真人は、首を捻った。

(そうだ、部下をもったことだ)

彼は、下士官や水兵と、今度初めて、親しんだのだ。部下への愛情というものを、初めて知ったのだ。上官の責任ということも、初めてわかったのだ。それが、真人の結論だった。

鱶《ふか》

一

入港から遠洋航海出港まで、約半月の間があった。艦内新聞も、〝甚だ勝手ながら母港在泊中は、休刊をいたします〟と、広告を出した。

真人達は、横須賀の水交社で、久振りに、淡水の風呂を浴びてから、街を散歩すると、土の上を踏んでるということが、ひどく愉快だった。二見で上陸してから、二、三日目なのに、そんな気持が起きるのが、不思議だった。ふと、真人は、これが〝母港〟の味というのではないかと考えた。

横須賀の街は、呉や佐世保よりも、せせこましくて、何処へ行っても、じきに鼻がつかえるような気がした。彼は、まだ見ぬ帝都へ早く行ってみたかった。

東京には、長兄の真蔵が住んでるが、江東区とやらで、とても道がわかりそうもないので、手紙で打合せをすることにした。

ところが、九月二十五日に、艦隊の候補生特務士官以上は、図らずも、無上の光栄に浴するために、上京することになったのである。

真人は二重橋が眼に入った時、既に、身震いをしたが、雲居《くもい》の奥にわけいってからは、何事も夢心地だった。

退出後、真人は礼装のままで、明治神宮と靖国神社に参拝して、その日は、ただちに帰艦した。

その翌々日に彼は、改めて帝都見物をするために、横須賀から、省線電車に乗った。同室の加藤と二人連れだった。まず、上野公園を見物するつもりだったが、上野駅へ着いてから、道がわからなくなった。

「さて、どう行く？」

「貴様、道を訊け！」

「貴様が、訊け！」

二人は、押問答をした。候補生第一種軍装の手前、行人に道を訊くなんて、業腹《ごうはら》だった。だがブラブラ歩いて行けば、自然に、公園らしいところへ出た。

博物館を隅々まで観ると、二人は、スッカリ腹が減ったが、海軍士官たるものは、ヘンな場所で、ものを食ってはならなかった。茶店のようなものはあるが、上野の森は庖厨《ほうちゅう》の匂いに遠かった。

二人は、遂に兜を脱いで、交番で訊いた。すると、すぐ背後に、精養軒があった。

「東京というところは、不親切だな。こんなレス（料理店の意）があるのに、人に知れんようにしてある……」

加藤が、フォークを動かしながら、文句をいった。

二

銀座の夜景を見て、帰艦してから、候補生室で、東京風俗について議論をしたのも、昨日の夢になってしまった。

出港準備の命令が下らぬ前から候補生達が新しい夢と緊張をもって、待ち侘びていた日が、遂にきたのである。

昭和十四年十月五日に、練習艦隊は、嚠喨《りゅうりょう》たる出航ラッパの声と共に、遠洋航海の首途《かどで》に登った。薄曇りで、波の色は冴えなかったが、見送りの港務部の汽艇には、花束のような色彩が溢れていた。さすがに、東京に近いだけあって、士官や候補生の肉親や知己の女性が、華美な粧いを凝らせて見送りに来てるのである。

「ご機嫌よう！」

汽笛のような声を張り上げて、目標の人にハンカチを振る、勇敢な令嬢もあった。

やがて、その汽艇が帰っても甲板の候補生達は、挙手の礼を解くわけにいかなかった。港内の各艦が、登舷礼式で、見送りをしてくれているのである。

〝安全なる航海を祈る〟

〝御好意を謝す〟

信号が、交換された。

しかも、見送りは、それだけではなかった。飛行機も上空で、翼を動かしてくれた。三隻の駆逐艦と、二隻の水雷艇とが、観音崎まで蹤いてきてくれた。

すべての艦隊出航が、いつも、この手厚い歓送を受けるわけではなかった。特別任務に着く艦隊の場合か、さもなければ、練習艦隊出港の時である。以て、練習艦隊が、どれほどの愛情と期待を注がれてるかが、知れるのである。

艦内は新しい活気に溢れていた。殊に、候補生達の顔は、洗濯の利いた白布のように、ピンと、輝いていた。この航海こそ、彼らの待望だったのである。ホノルル、ヒロ、ヤルート、ポナペ、トラック、パラオ、サイパン——外国と南洋の遠い旅だった。いや、正体の知れぬ雲が動いている、太平洋の旅だった。この海こそは、若い候補生にとって、大きな夢が描かれねばならなかった。

内地航海で、太平洋の一部を通ったわけだが、今度こそ、ほんとの太平洋だという気持を、真人達は抑え兼ねた。

この航海から、真人の乗ってる磐手が、旗艦になった。檣頭《しょうとう》には、将旗がはためいていた。

そして、磐手の衝角《ラム》*59は、東へ、東へと海波をわけていた。だんだん、陸地が低くなっていった。

やがて、それも、見えなくなった。

「天気がよければ、まだ、富士山だけ見えるんだがなア」

甲板にいた士官が、真人に教えてくれた。

もう、夕暮れに近かった。どこを見ても、錆《さび》色の海ばかりだった。そして、悠揚たる大きなウネリが、盛り上ってきた。

(太平洋だな)

真人は、頷いた。

三

もう、三日経った。

出港の時の曇天が、ズッと続いていたが、昨夜から、気圧がグングン下ってきた。波のウネリも、大きくなってきた。

「こりゃア、相当、ガブるぞ」

士官次室士官が、候補生を嚇かすように、ニヤニヤ笑った。

「なアに、支那海で経験がありますからな」

「ところが、太平洋の時化は、あんなもんじゃない。なんしろ、太平洋だからな」

頻りに、太平洋を振り回されても、候補生達は今度が初めてだから、文句がいえない。

「そうですか。それほど、ガブるですか」

と、心細い声を出す者もいた。

そのうちに、時化がホンモノになってきた。風信儀の示度が、次第に上ってきた。遂に、荒天準備の命令が出た。

当直部の候補生達は、甲板を駆け回って、移動物の固縛を行わさせてると、思わず蹌《よろ》めくような大きな縦揺れ《ピッチング》が、始まってきた。ウネリの山を見ると、本艦の煙突ぐらいまでありそうだった。

しかし、甲板候補生は、まだ幸福だった。任務をもってる間は、不思議と、船酔いを感じないのである。作業部候補生は、そうはいかない。この烈しい動揺の中で、座学の時間が、始まっていた。

艦内には、教室用というような、広い部屋はない。ギッシリ詰め込んだ若者の体臭は、荒天準備で密閉した舷窓《げんそう》を曇らせるほど、ムンムン籠ってる。そこへ、天まで衝き上げるような、それから、水底へ引き込むような、揺れ方である。スーッと、尻が軽くなる時に、生唾が湧き出して、やがて、胃袋が逆様になって、咽喉へ押し寄せるような気持になる。

（糞ッ！）

そこを我慢して、指導官の講義に、耳を傾けようとするが、誰の顔も、菜のように、青かった。

真人も、青菜組の一人だった。だが、他所目には、そうとも見えなかった。端然と、姿勢を正して、講義の要綱を書き留めたりしていたからである。

そのうちに、横揺れ《ローリング》も加わってきた。ミシッミシッと、気味の悪い音がした。今まで、縦揺れの方に、必死になって抵抗していた彼等にとって、正に不意打ちの強襲である。それと同時に、口を押えて、艦室の外へ跳び出した者があった。辛抱の堰が切れたように、後から後に、退席者が続いた。

真人の額からも、冷たい汗が垂れてきた。呼吸が、ひどく早くなってきた。

（もう、いけない……）

と、思った時に、指導官の〝休め〟の声を聴いた。夢うつつで、彼は便所に走った。

四

時化が過ぎれば、文字通りの太平洋だった。翌日、艦内大掃除が済むと、青い海原に、キラキラと、太陽が反射していた。

「谷、貴様の艦《ふね》に強いのにゃア、驚いたよ」

中野候補生は、最初に逃げ出した組だけに、真人を褒めないわけにいかなかった。

「ほんとだよ。昨日の講義を満足に聴いた奴ア、英雄だぞ」

加藤候補生も、側から、口を添えた。

真人は、例の片眼を細くする癖で、ニコニコ笑いながら、

「実は、おれも、吐いたんだよ」

「貴様も、吐いた?」

二人は、呆気にとられたような顔をした。

「いつ?」

「いつッて、貴様達の後にさ……」

彼は、ありのままを、同僚に語った。

「なんだ、貴様も、吐いたのか」

中野や加藤達も、大いに笑った。しかし、真人が、最後まで頑張ったことを、誰も知らなかった。もう一分、講義が長く続いたら、真人も指揮官より先きに、艦室を飛び出したかも知れなかった。ほんとに、危機一髪のところではあったが、真人は、頑張り通した。その代り、便所へ辿りつくまでの気持といったら——

「おりゃア、決して、艦に強くはないんだよ。支那海の小さな時化の時だって、白状すると、相当、参っていたんだ……」

真人の笑いは、浄らかだった。

「しかし、こうなると、吐き方の遅速というやつが、問題になるな。最後に吐いた谷は、やっぱり偉いよ」

岡山が、淡泊に、真人を認めた。とにかく、誰も彼も吐いたのだから、威張ることもできず、また、面子《メンツ》も損わなかった。

「要するに、座学は、凪《なぎ》にかぎるよ」

それで、時化の話は、打ち切りになった。

「ホノルルまで後五日か？」

中野が、呟いた。

「アエ」

と、岡山が、不思議な返事をした。

「なんだ、アエとは？」

「イエースということだよ、ハワイ語で……」

「貴様、いつの間に、ハワイ語を研究したんだ？」

「江田島時代からさ。一朝有事《いっちょうゆうじ》の際に、必要だからな」

と岡山は、作業服の胸を、叩いてみせた。

「嘘をつけ！　此間、艦内新聞に出とったハワイ語集で、覚えやがって……」

加藤が、素《す》ッ破《ば》抜いたので、一同は、声を揃えて笑った。真人もこういう時には、大いに笑うのである。

五

——ハワイが航海者の地図の上に認められたのは、一七七八年、キャプテン・クックによって発見されて以後である。それまでは各島に住むポリネシアン系の原住民は、太古人の如き生活をし、各自酋長を戴いていた。然るに、一七九五年、カメハメハ一世が、各島を席巻して、王国を建てたのである。南海のナポレオンといわれたカメハメハ大王の銅像は、ホノルルの政庁前に建っているから、諸君も市中見学の際一見されたい。

王朝は八代で滅び、一八九八年米国に合併されたのであるが、爾来《じらい》、産業に貿易にまた軍事に、著しい発達を示して、オアフ島の一角に、その繁栄を築き上げたのである。昔は、捕鯨船の安息所に過ぎなかったハワイも、真珠湾が軍港となり、乾ドックの完成を見てからは、米国海軍根拠地となり、その重要性は、よく諸君の知るとおりである――

ハワイの歴史について、そんなことが、艦内新聞に出ていた。その他、ハワイの地理、風俗、見学案内などが、連日、紙上に掲げられた。そして、航海士から寄航地講話があり、分隊長から上陸後の注意があった。

「いよいよ、ホノルルか」

候補生達の胸は躍った。それは、彼等にとって、最初の〝外国〟だった。好奇心が、波打たずにいないのである。しかし、それは、必ずしも、太平洋の楽園という名に対してではなかった。アロハの塔に対してでもなかった。椰子の木と、月と、フラ・ダンスに対しては、無論なかった。仰々しく、口に出してはいわぬまでも、彼等が見たいもの、感じたいものは、他にあった。なぜといって、彼等は、昭和十四年の練習艦隊乗組員だったからである。

十月十七日の夕方になると、艦橋にいた航海長付候補生達は、昂奮した眼つきで、涯《はて》しない大洋を睨んでいた。そろそろ、ハワイ群島のうちの、カワイ島の影が、発見される時刻なのである。

気のせいばかりでなく、海の色が変ってきた。群青色をしていた波が、柔かい緑色を含んできた。気温は、二十五度ほどだったが、向い風の微風に、なんとなく、樹や土の匂いがするような気がした。今まで、こんな長い航海をしたことがないから、土が恋しいのであるが、早く陸地を発見することは、艦の名誉にも係《かか》わっていた。二隻の軍艦は、かつて候補生達が江田島にいた時に、〝分隊の名誉にかけた〟ように、〝本艦の名誉にかけて〟さまざまの競争が、行われるのである――

「陸地見ゆ、方位南！」

やがて磐手の桁端《ヤードアーム》に、逸早《いちはや》く信号旗が上った。発見者は、やはり候補生ではなかった。しかし、その報を聴くと、艦室に居た古参の士官も、若い候補生も、双眼鏡をもって、ドヤドヤと艦橋に、上ってきた。

「ああ、見える、見える」

六

あくる朝の総員起しの後で、

「候補生は、総員前艦橋に来れ！」

と、命令があった。

何事かと思って、真人達は、艦橋に駆け上ると、行手の左に、朱紫色の朝靄《あさもや》を破って、大きな島影が見えた——肉眼で見えた。

「あれが、ダイヤモンド岬《ヘッド》だ……」

双眼鏡を覗いてる、指揮官がいった。

ホノルルの桜島——といってはおかしいが、港と切っても切れない関係の山が、すこし欠けた煉瓦のように、横たわっていた。あれが見えれば、ホノルルへきたようなものだった。オアフ島は、左舷に　だんだん拡がってきた。

「あんまり、愛嬌のない山ですね」

「そりゃア、砲台が、隠れとるもの……」

ダイヤモンド岬の評判は、あまり芳しくなかったが、真珠湾あたりに、重畳《ちょうじょう》たる翠巒《すいらん》は、美しかった。

(おや、どこかで見た景色だぞ)

真人は、心の中で、呟いた。暫らく考えて、ようやく思い当った。それは、二中時代に、大隅《おおすみ》だか、何処だかへ行って——とにかく、汽船に乗って、鹿児島へ帰る時の眺望に、似ていた。

ただ、波の色だけが、まるで、違っていた。ここの海は、三色版の絵ハガキにあるような、鮮明な緑色だった。エメラルドを水に溶いて、器に充たしたようだった。

眼の下の海を眺めているうちに真人は、その中を、黒い幻影のように往来するものを認めた。

「なんですか、ありゃア」

候補生の誰かも、気づいたとみえて、叫んだ。

「鱶《ふか》だよ、この辺の海には、非常に多いんだ」

E中尉が、教えてくれた。

やがて、候補生達は、朝飯のために、下へ降りたが、軍装に着換えて、再び甲板へ出るころには、パイロットを迎えるために、本艦は、まったく、速力を落していた。そこは、もうホノルル港外で、ダイヤモンド岬は、その全姿を眼前に曝していた。そして、エメラルド色の海面に、発動機漁船や、モーター・ボートが、夥しい数で、こちらへ、進んできた。

「見ろ。ありゃア在留邦人の歓迎船なんだ」

と、E中尉がいった。

「すると、先刻の鱶も、歓迎にきたんでしたか」

冗談をいってるうちに、小船の姿が、大きくなってきた。どの船も、鈴なりに、人を満載していた。パナマ帽を、千断れそうに振ってる男もいた。浴衣の袖を、ヒラヒラさせて、手招きしてる女も見えた。やがて、〝万歳、万歳〟と叫ぶ歓呼も、耳へ入ってきた。艦上でも手を振って、それに答えた。すべての船は、大小の日章旗と米国旗を掲げていた。それを見て、R大尉が、不審そうにいった。

「おれの遠航の時と、アベコベだ――今度は、日の丸よりも、米国旗の方が大きいぞ」

七

礼砲の轟きのうちに、静かに入港したホノルルは、案外、貧弱な外貌だった。音に聞くアロハ塔も、格別のこともない時計台だった。神戸あたりより、人家が少くて、樹木の緑が全市を取り巻き、街の中へ流れ込んでいた。しかし、眼を凝らして眺めると、貧弱というより、瀟洒《しょうしゃ》という方が、当っていた。大都会の威圧の代りに、海浜都市の多彩な、明るい雰囲気が、埠頭に近づくに従って、艦上へも流れてきた。そして、溢れる緑の諸所に、巨大な建物が点在して、それぞれに、大きな星条旗が、はためいていた。

(やっぱり、外国にちがいない……)

甲板に列んでいる真人達は、そう思った。

海が深いとみえて、二隻の軍艦が、倉庫の列んだ岸壁へ、横着けになるのである。その岸壁の上は、自動車と人と小国旗で埋められていた。遠目には外国人のようだったが、どれもこれも、日本人だった。よくも、こんなに日本人がいると思うくらい夥しい、人数だった。和服を着た女――下駄を履いた女の姿まで、その中に混っていた。

「万歳！　バンザーイ！」

中には、お神楽《かぐら》の踊子のように、手足を振ってる者もあった。

やがて、岸へタラップが渡されると、その夥しい日本人の先登が、逆流する水のように、艦上へ上ってきた。

声と、足音と、外国臭い香料の匂いが、忽ち、甲板に溢れて、真人達が呆気にとられるような混雑になった。

「鹿児島県出身の候補生さん、おいでですか——鹿児島県出身の……」

と、まるで、旅館の出迎人のような、大きな声で、呼び回ってる男があった。薄地の、鼠色の背広を着た、立派な、中年の紳士だったが、額に汗を輝かして、そう呼んで歩いていた。

真人は、気の毒のような気持になって、思わず声をかけた。

「僕、鹿児島です……」

「あなた、鹿児島ですか」

紳士は、鸚鵡《おうむ》返しに答えたかと思うと、真人の肩へ、大きな、軟かい数珠のようなものを、スッポリと、掛けた。数珠の玉は、匂いのいい、黄色い花だった。これが祝福の印のレイというものかと、真人は覚ったが、晴れがましくて、顔が赧くなった。

「よう、お着きでした。わたしア、こういう者です——十五年も、ここにいます」

紳士の出した名刺には、英字で、医師の肩書があった。

「外に鹿児島県の方は？」

「候補生では、熊沢というのが、八雲《やくも》にいます」

「その方も、ご一緒に、是非わたしに案内させて下さい。毎日自動車をもって、お迎えにきますよ」

八

六日間の碇泊《ていはく》中、真人達は、見学と歓迎に、寧日《ねいじつ》がなかった。実際、在留邦人が、どうしてこんなに、自分達を歓迎してくれるのかと不思議におもわれるくらいだった。例の鹿児島県人ドクターは、毎日、自分の自動車を運転して、市内外の各所を案内してくれた。

「実に、日本人と、日本人の店が多いなア」

キング街《ストリート》を、車が走っている時に、真人は熊沢にいった。その中央街にも、山手の街にも、ワイキキの浜へ行ってさえも、日本人の顔と、日本人の経営の商店や料理店の見られないところはなかった。その店の一つで、真人は、郷里の姉の土産に、ハンドバッグを三つ買った。

「なにしろ、全ハワイで、十五万からおるですからなア」

車を運転しながら、ドクターが語った。そして、慶応年間に最初の移民が渡ってから、出稼ぎ時代、定住時代、土着時代を経て、今日に至るまでの経路を、掻いつまんで、話してくれた。

「元年者――つまり、明治元年渡来の組で、まだ生き残っている爺さんが、いますがね、そうかと思うと第二世、三世が、政界に進出しとるし――まったく、長い歴史ですわい」

ドクターの言葉を裏書きするように、純日本風の神社や、寺や、割烹店の前を、車が過ぎた。日本瓦の屋根の側に、黄金雨樹《ゴールデン・シャワー》の花が咲き乱れていたり、椰子の葉が垂れていたりするのが、不思議な気持だった。

「ここが、海軍墓地ですよ」

真人達は、そこで、車を止めて貰うように、頼んであった。

広い木柵に囲われて、白い大きな石碑が立っていた。三界万霊という文字が、刻んであった。その古風な撰字でも知れるとおり、由来の遠い墓地だった。明治十六年に、兵学校の練習艦が、この地に寄航した時、数名の脚気《かっけ》死亡者を葬ったのである。海軍医学も、まだ緒《ちょ》につかなかった頃の犠牲者だった。

真人達は、先輩の霊に、謹んで首《こうべ》を垂れた。

なんといっても、ホノルルは、海軍に縁の深い土地だった。勝海舟《かつかいしゅう》が咸臨丸《かんりんまる》に乗って、寄航したのも、ここだった。東郷元帥が浪速《なにわ》艦長として、駆込み者の日本人青年を庇護して、毅然たる軍艦の権威を、土地の官憲に示したのも、ここだった。

そういえば、元帥揮毫《きごう》の文字を刻んだ表忠塔も、遠からぬ場所に建っていた。真人は、ハワイにきて、東郷元帥を憶い出そうとは、予期しなかった。帝国海軍とこの土地の、宿命といっていい因縁は、別な意味で、彼の心に沁み透った。

九

ワイキキの浜の旗亭《イン》で食べたアイス・クリームは、この世のものとも思われぬほど美味かった。

ダイヤモンド岬の登山ドライヴもモアナルア公園の散歩も、日本人農園の素晴らしいパイナップル栽培も、原住民の浪乗りも、悉く、心に残った。

入港の時感じたホノルルの貧弱さは、陸へ上ってから、まったく裏切られた。豪華なアメリカ人経営のホテルに、足を踏み入れるまでもなく、物質的な豊富感が、あらゆる街々に溢れていた。気候と環境と物資に恵まれて、あらゆる人種の住民が、楽天的な、気軽な、暢気な顔で、話したり、歩いたりしていた。

(これで、いいのか)

と真人が思ったほど、彼等は幸福そうだった。

それもこれも、忘れ難いホノルルの断片だったが、遂に、真人や、あらゆる候補生の眼に、最大の印象が焼きつけられる日がきた。

スコフィールドの米国陸軍兵営から、練習艦隊に対して、招待がきたのである。分列式を行って、ガーデン・パーティーが、催されるのだが、その目的が示威《じい》にあるのは、その頃の情勢からいって、勿論のことだった。

艦隊司令官の車を先頭にして、士官や候補生は、米国陸軍から差し回された自動車に、分乗した。長い車の列が、ホノルルの町を出て、オアフ島の裏側へ、走っていった。

途中に、ヌアヌ・パリの奇勝があった。カメハメハ一世の古戦場だというが、断崖絶壁の間を、自動車路が縫って行くと、眼覚めるような、眺望が展けた。チラと、海が見える度に、真人達の心は躍った。その理由は、説明するまでもなかった。やがて、砂糖やパイナップルの畑のある平地へ、降りた。芝生のように青い海と、山とが見えた。大きな鍋に、小さな蓋を浮かべたような、フォード島が見えた。

(真珠湾だ！)

無言のうちに、真人達の眼が、それを認めた。しかし、真珠湾の眺望が展ける途端に、米国兵の運転手は、故意に速力を高めた。椰子や、民家や、丘などに、遮られて、難渋な視界の中を、真人は、一心に、瞳を凝らした。

(エンタープライズがいる！)

青い海に、烏賊《いか》の甲羅《こうら》のような、航空母艦が浮かんでいた。

（インデアナポリスもいる！）

その艦型を、真人は、誦《そらん》じていた。その他に、二、三の駆逐艦がいた。

（索敵艦隊《さくてきかんたい》だな……）

そして彼の凝視が鋭くなればなるほど、武道の試合の時のような気合いが、腹へ充実してきた。

やがて、彼は、非常に愉快になった。自動車の床を、バタバタ踏みたいほど、愉快になってきた——

一〇

出港の日に、磐手は、アット・ホームを催して、在留邦人を招待した。真人も、世話になったドクターと家族を案内して、鮨や団子の模擬店へ連れて行ったり、剣道試合を見せたりした。

だが、彼の心は、笑いさざめく四辺の空気と、調和しなかった。あまりにも陽気で、暢気な、第二世の男女に対する反感ばかりでなかった。真珠湾を一瞥《いちべつ》した日の感慨が、ともすると、心の底に甦ってくるからだった。

三時に、アット・ホームが終ると、招待客は、そのまま見送り人として、岸壁に黒山を築いた。

「アロハ・オエ！　ご機嫌よう！」

ドクターは、またしても、高価な生花《せいか》のレイを、真人の肩に、掛けてくれた。

出港の時間がきて、艦内にラッパが鳴り響いた。候補生達は甲板に列んで、岸壁の歓呼に答えた。やがて、艦隊はハワイ島のヒロを指して、出港した。自動車の屋根へ上って、帽子を振ってるドクターの姿が、次第に小さくなった。港外に出ると、パイロットを降すために、艦が、一時停まった。見送りの漁船とモーター・ボートが、歓送の長旗を翻しながら、本艦の周囲に寄ってきた。

その騒ぎも、耳に入らぬように、真人は、一人離れて、艦尾の甲板に佇んでいた。

また、あの日の感慨が、胸へ浮かんできた。

（いつの日にか、武装して、再びこの地を訪れる時があろう）

それは、恐らく、すべての候補生の胸に潜んだ感慨だったろうが、真人の心は、それに似て、少しちがっていた。

彼は、あの堂々たる索敵艦隊のことを、考えていた。彼が自動車の中で、その姿を凝視した時に、人にはいえない無量の嬉しさを感じたのは、謂わば、気合いに勝ったからだった。柔道二段の彼の直覚が、対手に大きな〝隙《す》き〟を感じたからだった。

（あれならば……）

彼は、そのことを、深く胆に銘じていた。しかし、それを誰にもいわなかった。いうべきことでもなかった。

今、彼は、エメラルド色の海の上に、心秘かに、あの日の感慨を展べているのである。頭は氷のように透明で、心が火のようだった。

ふと彼の眼は、波の中に、黒い幻を見た。また、鱶が泳いでいるのである。二、三間もありそうな巨大な魚は、白い腹を翻して、烈しい回泳をしていた。真人は、その数を眼で追うと、意地悪く、水底へ姿を消すのもいたが、九ツか十ほどの群だった。彼は、何事も忘れたように、鱶の群を眺めた。すると彼の軀が、スルスルと水中へ曳き込まれた。あたりが、エメラルド色の世界になった。青白い海底の砂が見えた。彼は鱶になったのである。鱶が一列になって、音もなく、真珠湾の方へ進んで行く——

ふと、気がつくと、彼の軀は、甲板にあった。幻が消えた海面は、はかない航跡《ウエーキ》の泡《あわ》を浮かべているだけだった。本艦が、いつか動き始めていた。

修羅

一

昭和十三年の秋——つまり、真人がホノルルを訪れた時よりも、ちょうど一年前のことだった。

東京新市域の高円寺駅近くに、キャフェや飲食店の立ち列ぶ路地があるが、その一番外れの汚い暖簾に〝やき鳥〟と書いた店の中で、酒を飲み合っている二人の男があった。

二人とも、酒はあまり強くないとみえて、ニスの剝げた卓の上に、一合徳利が二本列んだきりだが、ヤキトリの皿の中に食い捨てた串は、相当の数に及んでいた。

秋の夜の灯は、冴えるどころか、脂を含んだ薄煙りのために、赤茶けて、省線電車の通る度に、床板がブルブル震えるような、店なのである。

「そりゃア、君、そんなことをいいだしたら、美の本質を、疑うことになるよ」

と、いった男は、そのころ流行《はや》り出した変りパンツに、バンドつきの上着を引っ掛けて、黒シャツなどを着てるから、映画の監督のようだが、実は、二科会あたりで、少しは名を知られた鶴原《つるはら》という画家なのである。

「そうでしょうか。でも、僕は……」

陰鬱な、低い声で、対手を反駁するでもなく、呟きながら、額へ垂れかかる長い髪を、煩そうに掻き上げて、眼鏡の奥から、ジッと、卓の上を瞶《みつ》めてるもう一人の青年は、ズッと年若らしい声だが、顔は、二十四、五にも見えるほど、老け込んでいた。

ヨレヨレになったセルの襟に、暫らく顎を埋めていた彼は、また、弱々しい調子で、

「でも、僕は……林檎を美しくないというんじゃないけれど――セザンヌの林檎は、どこまでも立派だと思うけれど、自分では、林檎なんか描く気がしなくなってきたんです」

「そんな、矛盾した話ッてないよ、君。セザンヌの林檎が立派だと思うのは、君が、静物の美を認めてる証拠じゃないか。それなのに、描く気がしないなんて、どういう理由だね」

鶴原の調子は、明快だった。

「さア、それが、自分でも……」

青年の答えは、曖昧を極めたが、嘘をいってる気色はなかった。

「真逆《まさか》、君、静物というものを、否定するんじゃあるまいね」

鶴原は、少し、感情的になってきた。彼自身が、花や果実や壺なぞを、フランスの流行画家

が描くように描いてる、静物画家なのである。

「否定だなんてそんな……。ただ、自分が、描きたくなくなっただけなんですよ。いえ、静物ばかりじゃないんです。ほんとをいうと、人体も、どうも、面白くないんです。風景だって、それほど、気乗りがしないんです……」

二

「ハッハッハ」

鶴原は声を揚げて笑いだした。

「そいじゃア、君、なんにも、描くものはありアしない……」

といわれて、青年は、ハッと思った。

(そうだ、その通りだ。おれには、なんにも、描くものがなくなったんだ……)

彼は、悄然《しょうぜん》として、黙っていた。

「そりゃ、神経衰弱だよ……。まア、一盃やり給え」

鶴原が、徳利をもったので、青年は、渋々、盃を出した。

「勿論、画家の危機ッてやつは、一生に一度は、われわれを襲うものだ。自分の過去の仕事が、すべて、空虚に見えて、もう、なにをするのも、厭になる……。絵具の匂いを嗅いでも、ムカムカしてくる……。だけれど、そういう経験をするのは、画を始めてから、十年とか、十五年たってからのことだぜ。君が、年齢のわりに、優れた腕をもってるのは、僕もよく知ってるけれど、もう、危機のくるほど、画業を積んでるとは、思われないんだ。すると、君……神経衰弱だよ。単純な神経衰弱だよ」

鶴原は、ハキハキと、推論した。

「そうでしょうか」

低い声で、青年が答えたが、腹の中では、画家の危機だろうが、神経衰弱だろうが、そんなことは、どうでもよかった。ただ、足許の土が、地滑りを起したような不安と焦躁を、早く脱れたいと思うだけだった。

「やっぱり、勤務しながら、画をやってるということが、過労になるかも知れないね」

些か、慰めるように、鶴原がいった。青年は、鶴原などと違って働きながら、画道にいそしんでいるのである。銀座のある化粧品会社の宣伝部が、彼の勤め先きだった。

「そうかも知れません」

彼は、乾いた声で、答えた。

会話が弾まなくなってきたので、鶴原は、煙草をポケットへ入れると、

「君、もっと、食うかね」

「いえ、もう結構です」

「じゃア、ボツボツ出掛けようか」

と、立ち上って、勘定を命じた。

「ご馳走でした」

青年は、店を出ると、礼をいった。

「いや……じゃア、ここで、失敬しよう、また、遊びにき給え。それから、神経衰弱の療治がてら、休暇を貰って、山か海へ描きにいったら、どうだね」

鶴原は、そういい捨てると、サッサと、駅の方へ歩き出した。彼は、駅の南側の住宅地に、小さなアトリエをもっているが、青年の方は、反対の方角の沼袋の、貧しいアパートに住んでいた。

三

その青年が、牟田口隆夫だった。霧島山の温泉から、突然、姿を消してしまった隆夫だった。

天ノ川《あまかわ》のハッキリ見える、暗い裏通りを、彼は、首を垂れて、ひとり歩いていた。

(早く、アパートへ帰ったって、仕様がない……)

三畳敷の彼の部屋に待ってるものは、どれもこれも半出来の、画布や板ばかりではなかった。

汚れたシャツや、靴下や、テレビン油なぞの臭気ばかりではなかった。一歩部屋に入れば、無数の毒虫のように、彼に襲いかかってくる煩悶と焦躁が、待ち構えているのである——

駅からアパートまで、八町あった。その距離を、彼は、わざわざ迂回して、寂しい道を選びながらできるだけ、ゆっくり歩いた。

（ああ、おれは、どうすればいいのだ……）

もう、半年以上も、彼は、そんなことを、呻き続けていた。日夜となく、彼の意識のうちに、解決を待つものが、犇《ひしめ》いていた。彼の顔が、齢よりズッと老けてきたのは、東京の生活苦もあったが、それよりも、この煩悶の影響が、大きかった。

（あんなに、おれは烈しい志をもって、東京へ出てきたのに……）

そうだったのだ。彼が、霧島の硫黄谷《いおうだに》温泉で、上京の荷作りしていた頃は、軀も心も焼きつくすような、強い炎に燃え立っていたのだ。火の球が、空を飛ぶような気持で、彼は、東京へ出てきたのだった。

それは、修羅の火だった。海軍経理学校の体格試験に落第した咄嗟に、彼の軀に燃え移った火だった。怒りと、怨恨と、反抗の凄まじい炎だった。

薩摩の一本気な少年は、運命という漠然たるものに対して、呪うだけでは、気が済まなかった。彼は〝海軍〟を怒り且つ怨んだ。兵科の夢を諦め、主計科士官としてでも、艦上の人となりたいという自分の切ない願望を、あえなくも突き返した〝海軍〟に、万斛《ばんこく》の怒りと怨みを、感じないでいられなかった。

（よし。それほど、おれを嫌うなら……）

彼は〝海軍〟から、嫌われたと思った。子供の時から、あれほど慕った〝海軍〟から絶縁状をつきつけられたように思った。そして、〝海軍〟に対する彼の愛慕と同じ強さと大きさをもって、怒りの火が燃え立ったのである。彼は、自分の方でも、〝海軍〟を嫌いになろうと努めた。

（おれは、〝海軍〟に一番縁の遠い人間に、なってやる……）

まだ、霧島の温泉に行かぬ前から、彼の決意は固まった。そのころは、まだ東京出奔とまでは考えなかったが、とにかく、郷里を飛び出す覚悟は、定めていた。

（軍人組の顔が、見たくない。真人だって――海軍生徒の彼の顔なんか、見たくない）

四

（東京へ出て、画家になろう……）

そこまで、計画ができたのは、山気の冷々と迫ってくる初秋の硫黄谷にいた時だった。

隆夫に画才があって、図画の点がいいのみならず、油絵の道具なども、既に弄んでいたことは、前にも書いたとおりだが、それを一生の職業にしようなぞとは、夢にも考えていなかった。それほど深い愛着を、絵画というものに、感じてはいなかった。

だが、今では、強いても、画が好きにならねばならなかった。画家となる志を、貫かねばならなかった。

なぜといって、それが、〝海軍〟に一番縁の遠い職業だと、思ったからである。〝海軍〟に離れ、背くのに、最も適当な仕事だと思ったからである。

（一所懸命努力すれば、おれだって、画家になれんことはあるまい……）

彼の目的は、ただ、画家になることだった。世間から、画家といわれる人間になりさえすれば、本望だった。それが、運命に対する復讐だと思った。それから先きのことは、考える余裕がなかった。

そんなに、荒れ狂った頭の中でも、遉がに、両親のことは、忘れ兼ねた。自分が失踪なぞしたら、どれほど、両親が心配するかを、想わないではなかった。しかし、自分が画家になることを、父親が許してくれるとは、考えられなかった。たとい、許してくれるにしても、あと数カ月で卒業する中学を、見捨てて上京することに、賛成する筈はないのだ。

が、彼は、到底、二中で学業を続ける勇気がなかった。軍人組の連中と、再び顔を合わすことだけは、想っても気が狂いそうだった。

（三年間、お暇を下さい。きっと、一人前の画家になって、帰郷しますから……）

彼は、心の中で、両親に、そう願った。実際、その時は、東京で三年間、一心不乱に勉強すれば、一人前の画家になれると、確信したのである。

それともう一つ、両親に対する心の重荷を、軽くしてくれたものがあった。妹のエダだった。彼はエダだけには、ソッと、出奔の秘密を語ったのである。彼女が、日曜日に、硫黄谷へ遊びにきた時に、それを語らずにいられなかったのである。

ところが、彼女は、顔色一つ変えなかった。それのみか、兄の出奔を激励するように、

「兄さんも、男じゃッで、鹿児島にゃ居辛《いづろ》うごあんどなア……。そいなら、あたや、二人分孝行しもすで、心配しやはんと、東京イ罷《まか》いやんせ」

その代り、もし隆夫が、東京で非常な困難に遭遇した場合には、彼女の許へ、必ず知らせることを条件として、兄と妹は、密約を結んだのである。

五

東京へ行くのも、万一、帰校する真人と、同車しないように、わざと、日豊線を選ぶような、気の配り方だった。隆夫は、別府から船で大阪へ出て、初めて、東京行と書いた汽車に乗った。

東京駅に着いた時に、彼の懐中には、三百余円の金があった。彼は、旅行案内の広告欄に、

一泊一円半と大きな活字を用いた本郷区の旅館に、宿をとった。そして、翌日に、上野の美術学校へ、入学願書をもっていったが、募集期でないのと、中学未卒業と、二つの理由で断られた。

(なん糞!)

隆夫は、官立美術学校へ入れなくても、問題ではないと思った。東京は広いから、それに匹敵する私立の学校が、いくらでもあると思った。果して、〝東京美術大学院〟という雄大なる校名を、新聞の案内欄で発見した。

東京美術大学院は、谷中《やなか》のゴミゴミした寺町の中にあった。校門もなければ、校舎らしいものもない学校だった。勿論、かの松下村塾《しようかそんじゆく》なぞも、そういうものはなかったようだから、一概に軽蔑することはできぬが、二階建ての棟割《むねわり》長屋で、ガタビシする格子戸の奥に、赤ン坊の啼《なき》声《ごえ》がするのは、よほど、風変りな学校だった。

「ご免下さい」

隆夫は、努めて、標準語を発声した。

最初は、赤ン坊を抱えたお内儀さんが出てきたが、その後から、髯を生やして、ジャンパーを着た主人が、現われた。

「ウチは、直接教授は、やらんですよ」

彼は、隆夫の姿を、ジロジロ眺めながらいった。

「でも、広告に出とりましたから……」

「広告には出とるが、充分に人員が揃わなければ、始めんですよ。それに、特別直接教授を受ける者も、最初は、講義録を読んで、基礎教育を積んで貰う規則ですからな……」

東京美術大学院は、絵画講義録の発行所だったのである。結局、隆夫は、一年分の講義録を、荒縄で縛って、本郷の旅館へ持ち帰ることになった。その代償に、二十余円を支払わされたのは、無論のことであった。また、その講義録の内容を読んで見ると、愚にもつかぬ活字の羅列であったことも、いうまでもなかった。

しかし、隆夫は屈《くっ》しなかった。

（なん糞！）

また、翌日から、新しい美術の学校を探し歩いた。東京見物も、映画も喫茶店も、彼の眼中になかった。彼は、ただ、画家になりたかった。一日も早く、画家になる勉強を始めなければ、心が休まらなかった。

そのうちに、彼は東京という、駄々ッ広い、そして奥行の知れぬ都会の正体に、次第に気づいてきた。

六

（なん糞！）

と、頑張っても、所持金が、朝日にあたった雪達磨のように、消えていくのには、抵抗のしようがなかった。

東京というところは、あらゆるものが、金に換算されることを知って、彼は憤慨するよりも、恐ろしくなった。やがて、一文無しになって、路傍に投げ出される日を想像すると、軀が寒くなった。

彼は、エダのところへ手紙を書こうかと、考えるようになった。着京の時と比べると、彼の気力の弱まりは激しかった。

その頃、江田島の四号生徒だった真人が、

（自殺……）

と、親友の身の上を案じて、戦慄したが、実際、そういう考えが隆夫の胸に浮かばないではなかったのである。

それでも、彼は、帝展《ていてん》が開かれることを知ると、上野の美術館へ足を運ぶ気になった。院展と二科は観たが、帝展はまた、生まれて最初の大きな展覧会だった。

彼は、日本画の前を素通りして洋画の部へ行くと、最初から、丹念に、一つ一つ観て歩いた。彼にはどの画にも興味がもてた。どの画家にも感心した。たとい、自分の気に食わない画があったにしろ、油絵具というものを、自分より巧に使いこなしているから、敬服しないわけにはいかなかった。そして絵を観てる間は、われを忘れ、東京を忘れ、旅館の支払いも忘れた。

(おれも、早く、画が描きたい)

彼の心はただ躍った。

やがて、彼は、明るい大きな部屋へきた。そこには、審査員の出品が多かった。人聚《ひとだか》りのしてる大きな画があった。そういう画の方は、後回しにして、彼は、或る小品の前に立った。それは、とりたてて、どこに新しみも、鋭さも見られない、山岳風景だったが、落ちついた、温雅な色と筆の使い方が、誰をも納得させるというような画だった。そして、それにも、審査員の貼紙があった。

隆夫は、好もしい画だと思って、ふと、画家の名を見た時に、心に叫んだ。

(おや、市来徳次郎《いちきとくじろう》さんだ)

その人の名を、彼は、以前から知っていた。鹿児島二中の昔の出身者で、郷里にも、東京にも、名の知られた山岳画家なのである。一体、二中というところは、武骨な校風に似合わず、彫刻家だの、舞踊家だのを世に出しているが、市来徳次郎の名は、その中でも、尤《ゆう》なるものだった。市来は殆んど郷里へ帰らなかったから、隆夫は、その顔も知らないし、画を観るのも、三色版以外では、この時が初めてだった。

七

一晩、眠ずに考えた挙句、隆夫は、市来徳次郎を訪ねて、身の上の相談をもちかけることに、決心した。恐らく鹿児島人の血が、彼をそうさせたに違いない。郷党《きょうとう》を頼るということは、隆夫のような窮境に立たなくても、鹿児島人の性癖のようなものである。

市来の家は、洗足池から、よほど奥に入ったところにあったが、アトリエの屋根が、遠くから見えたから、すぐに、探し当てた。

「鹿児島の、牟田口ちゅ奴ごあすが……」

久振りで、郷里の人を訪ねたせいか、隆夫の口から、国言葉が滑り出した。取次ぎの女中が、笑いを堪えて、奥へ入っていった。

やがて、彼は、風変りな装飾品の多い応接間へ、通された。支那や南洋の壺なぞがあるかと思うと、農家で使い古した自在鉤《じざいかぎ》や、登山用具なども置いてあった。

だいぶ待たされてから、和服の上に、黒いブルースを着た主人が、現われた。思ったより、小柄の人で、剛《こわ》そうな口髭を生やしていたが、眼つきは優しかった。

「まア、いい。掛け給え」

隆夫が、先輩に対する郷里の習慣で、最大級の儀礼を尽しても、市来氏は、半分も聞いてくれなかった。そういう習慣が、ひどく面倒臭そうな顔つきだった。隆夫は、戸惑いしたように、椅子に腰をおろした。

「僕ア、もう、二十年も、鹿児島に帰らないんだよ。あんな、老人が威張ってるところは、大嫌いでね」

市来画伯の言葉には、郷里の訛りが、少しもなかった。ハキハキした口調で、遠慮会釈もなく、鹿児島の悪口を列べ始めた。隆夫は、そういう同郷人を、生まれて初めて見たので、度胆を抜かれた。

「そうかい、君も、二中にいたのかい。あんな、野蛮な中学はないね」

そういう言葉を聞くと、隆夫は、だんだん心細くなってきた。彼は、同郷の先輩というだけの理由で、市来画伯に今後の指導を頼みにきたのだが、これでは、この人に縋っても無駄なような気がしてきた。

「ところで、何の用できたの?」

隆夫が、泣き出しそうな顔で、黙り込んでるので、画伯の方から、訊いた。隆夫も、意を決して、すべての事情を語った。ただ、家出のことだけは、いわなかった。

「そう早くは、一人前の画家になれないよ。立派な素質があっても、まず十年かかるね」

「そげん長う、かかりもすか」

「今のうちに、諦めた方が、よかアないかね」

「いいや、そや、できもさんですと」

奮然と、隆夫は反抗した。画伯は、クスクス笑って、

「それほど、思い込んでるなら、まあ勉強してみるさ。ただし、僕ア内弟子なぞ置くのは、嫌いだ。書生として、僕の家で働く気があるなら……」

八

その翌日から、隆夫は、市来画伯の家の書生に住み込んだ。庭も掃き、風呂も焚き、使い走りもした。

一カ月も経つと、冷淡なような市来画伯が、案外、親切な人柄であることがわかってきたが、同時に、画伯夫人が、極めて我儘な、ヒステリー的な女性であることも知らずにいなかった。夫人は、子供がないので、派手な洋装をして、よく外出したが、そういう時に、彼女の靴を磨かされるのは、隆夫にとって、最も心外だった。

(女子の靴を、磨かさるッとは……)

鹿児島人の血が、沸き立つのである。だが、その時の彼としては、屈辱と鬱憤を、勉強に紛らせるより、方法がなかった。

彼は、一心に、素描《デッサン》の練習をした。眼に触れるものを、残らず、木炭や鉛筆で、精密に写生した。それが、相当の量に上った時に、画伯のところへ持って行った。

「なによりも、素描だ。シッカリやり給え」

別に批評などしてくれなかったが、市来が隆夫の画才を認めたのは、その顔色でわかった。

その頃から、隆夫は、ほんとに画というものが、面白くなりだした。一個の林檎を見ても、一茎《ひとくき》の草を見ても、画にしたくて、耐らなくなってきた。遂に、彼は、師匠の許しを得ないで、油彩の道具を弄《いじ》り始めた。

最初に描いた静物画を、叱られるのを覚悟の前で、市来の前へ持って行くと、

「うん、いい色が出たね」

と、却って、賞められた。

そのうちに、隆夫は、市来の写生旅行のお供を、仰せつかるようになった。荷物を背負うのは、彼の役目だったが、目的地へ着けば彼も師匠から離れたところで、画架を立てることができた。

「君の画は、古いところが、面白いな。世間では、僕のことを、アカデミックで古いというが、

僕より君の方がもっと古いぜ」

市来は、隆夫の画を見て、好意のある笑いを洩らした。

隆夫としては、古いも新しいもなかった。彼は画の流行なぞを、知る余裕がなかった。ただ、眼に映る美しさをそのままに、描いてるに過ぎなかった。

市来が、本気になって、指導し始めてから隆夫の画はグングン進んで行った。師匠の不在中は、アトリエの使用も許されて、大きな画布《カンヴァス》へ、手を出すこともできた。だが、彼が勉強に熱中すればするほど、市来夫人の機嫌が悪くなった。書生としての用が、足りなくなるからである。

二年目の春に、夫人の発言で、隆夫は、市来の家を出ることになった。夫人は代りの書生を探し、市来画伯は隆夫のために職業を見つけてくれた。

九

隆夫の勤め先きは銀座の巴里《パリ》堂化粧品店の宣伝部だった。化粧品の容器意匠や、広告図案を主任画家の命令どおりに、下塗りしたり埋塗りしたりするのが、彼の仕事だった。仕事としては、なんの興味もないが、同僚は、芸術家気取りの面白い連中ばかりだった。隆夫は、市来の家にいる時よりも、却って、画家気質や、画壇の風潮なぞを、詳しく知ることができた。そして、巴里堂小売部の画廊では度々、洋画の個人展覧会が催されるので、多くの画家と顔馴染みになった。焼鳥をご馳走になった鶴原敬一なぞも、その一人だった。

しかし、隆夫は、いろんな新しい画風や技法を知っても、それに影響されなかった。高円寺の奥のアパートで、日曜や、夜間にも、根気よく、勉強を続けたが、やはり、古風で実直な画しか、描けなかった。それを褒めてくれるのは、市来画伯ぐらいなものだったが、隆夫自身は満足していた。

この春には、彼の画が、初めて、春潮会の展覧会に入選した。郷里へ知れるのを惧《おそ》れて変名で出品したのだが、その慎ましやかな小品が、どういう風の吹き回しか、新聞の美術批評家の眼に留まって、相当の讃辞を受けた。

それに勇気を得て、彼は、秋の文展《ぶんてん》(旧帝展)出品を思い立った。市来画伯も、彼を激励してくれた。もし、文展に入選したら、それを機会にエダのところへ手紙を書いて両親に詫びをして貰い、久々で帰国しようと思った。それに、彼の徴兵適齢が、目前に迫っていた。東京に寄留して、検査を受けるにしても、戸主たる父親の了解を得なければならなかった。

(まだ、一人前の画家とはいえないにしても、とにかく、独力でここまできたのだから、郷里へ帰る面目が立たないことはあるまい。もし、文展へ入選することができたら、父親も、恐らく、画家として立つことを、許してくれるだろう……)

彼は、前途がスッカリ明るくなった気持で、出品作へとりかかろうとしたが、その頃から、彼の心に、赤い腫物《はれもの》のようなものが疼《うず》き出してきたのである。

その動機は、宣伝部の一人が応召した時からであったが、

「僕等は、今までどおりの画を描いていいのか」

という問題が、彼等の仲間の議論の的になってきた。

「こういう際だから、一層僕等は落着いて、自然美を追求しなければならないのだ」

「いや、画家だって、国民じゃないか。銃の代りに、画筆をとる気持に、なるのが、本当だ」

「それなら、この頃、展覧会に出てる時局画が、立派な作品だというのか」

「いや、あれをいいというのじゃない。しかし……」

議論は、涯《はて》なく続いた。

一〇

大きな疑惑が、墨を流したように、隆夫の胸に広がってきた。

北支や上海の戦場に取材した画が、展覧会によく現われたが、どれも、ガサツな、間に合わせの作品で、彼は少しも感心しなかった。

（あんな絵は、駄目だ）

そうは思っても、その隣りに、とり澄ました構図や色で、一つの壺と果物が描いてあったりすると、彼は、腹立たしかった。

(こんな画も、いけない)

広東《カントン》作戦が始まり、新体制という言葉が、国民の耳を打ち始めた頃で、若い、感じ易い隆夫の心が、動揺しないでいなかったのである。

といって、彼は、どういう画を描いたらいいのか、少しも見当がつかなかった。ただ、自分と周囲の現状が、いらだたしく、不満でならなかった。

(一体、画とは、なんだ。美術とは、なんだ)

そんなことを考えだすようになっては、文展出品はもとより、スケッチ帳に手を触れるのさえ気が進まなかった。

その上、彼は、混乱した自分自身に、さらに根本的な疑惑を、掛けねばならなかった。

(おれが、画家を志した動機が、まちがっていたのではないか)

すべての画家は、画が好きで、画家になったのだ。これは、一つの例外も考えられない事実であろう。隆夫と雖《いえど》も、勿論、画が嫌いではなかったが、画家となることは、あの二度目の不合格を見るまでは、夢にも考えなかった。

(おれは、〝海軍〟に反抗するつもりで、画家になったのだ)

その動機を考えてみると、結局、自暴《やけ》に近かったことを、認める外はない。少くとも、美を愛して、画家になったのではないことが、歴然とわかってくるのである。

（動機が、不純だったのだ。その罰を、いま、受けているのだ）

彼は、そういう風に、解釈した。

すると、なにもかも、絶望の水底へ、沈んでいくのである。画家としての将来も、上京以来の必死の努力も、みんな、水の泡のような気がしてくるのである。あらゆる面目も、希望も、悉く、地に委したような気がしてくるのである。

（真人が、羨《うらや》ましい！）

この頃のように、彼は、真人を羨んだことはなかった。真人が、あと一年で卒業することを、彼は自分のことのように、正確に知っていた。真人のことだから、着々として、江田島生活に励んでいるに違いない。やがては海軍士官の輝いた階級が、彼を待っている。それにひきかえて、自分は既に敗残者なのだ。二十歳の敗残者――なんというザマだ。

エダに書く手紙

一

高円寺のやき鳥屋で、画家の鶴原から、

「すると、君は神経衰弱だよ――単純な神経衰弱だよ」

と、いわれてから、数日後のことだった。

隆夫は、思い切って、一週間の休暇を、部長に申し出でた。理由は、ただ、静養ということにして置いた。

実際、隆夫の憂鬱な挙動が、人目を惹いていた時だから、誰もその申し出でを訝《あや》しまなかった。

「田舎から出てきた若い人は、一度は、そういう風になるよ。東京の地方病だね。まあ、ゆっくり休んでくるさ」

部長は、そういって、草鞋銭《わらじせん》のようなものまで呉れたが、同僚の一人は、

「君、どこへ、静養にいくんだ」

「まだ、きめていないんです」

「暢気だね。じゃア、いいところを、教えてやろう——近くって、金が掛からなくて、静養向きな海岸をね」

と、途中の乗物から旅館の添書まで、書いてくれた。

隆夫は、海でも山でも、静かで、安価なところなら、何処でもよかった。一も二もなく、その久里浜《くりはま》という海岸に、行先きをきめた。

翌朝、彼は高円寺から品川まで省線で行って、それから、湘南《しょうなん》電車の浦賀行きへ乗り込んだ。秋の彼岸過ぎの日射しが、広いガラス窓から、流れ込んでいた。隣りの人の読んでいる新聞を覗いたら、雲南《うんなん》初空襲という標題が大きく出ていた。

（やっぱり、店を休んで、よかった……）

隆夫は、座席で眼を閉じながらそう考えた。電車が快速力で進んでいると、なにか、気が休まる感じがした。旅というほどの旅ではないが、市来画伯のお供で、信州あたりへ写生旅行をした時よりも、旅情を感じた。

といって、外の景色は、ゴミゴミした人家が、続いていた。横浜を過ぎて、いくらか、展望が展けてきた。遠くに、青い海が、光って見えた。

（東京湾だな。フン……まるで、河みたいなものだ）

彼は、一向に海らしくない東京湾を、軽蔑した。そして、故郷の広い海と、高い山とが、今更のように、誇らしかった。そして、雨のような郷愁が、心に降ってきた。

（ほんとうに困ったら、エダに手紙を出すと、約束した……。今が、その時機なのではないか）

困憊し、疲労しつくして、意地も、面目も忘れたい気持だった。父母に詫び、郷党には面を伏せても、鹿児島へ逃げ帰るより外に、方法がないように思われた。

いつか、窓の外の景色が、変ってきた。小さな山が、両側に迫ってきた。トンネルが多かった。そして、突然、思いもよらぬ風景が、彼の視線へ跳び込んできた。

二

それは、映画の一齣《ひとこま》のように、短い時間の瞥見《べつけん》だったが、隆夫は胸を突き飛ばされるような衝撃を受けずにいなかった。

（あ、軍艦がいる！）

池のように、狭い海だったが、その青さを、圧えつけるように、ズッシリと、重く、厚く、大きく――灰色の艦姿が、浮かんでいた。それも、一隻や二隻ではなかった。意外な場所に、意外に近く、まるで、陸に浮かんでるように、巨姿が聳《そび》えていた。それだけに、却って凄味があった。威圧があった。

隆夫は、不意打ちに遭った小禽《ことり》のように、抵抗力を喪った。彼の眼は、大きく見開いて、いつまでも、閉じなかった。

（軍艦がいる！　〝海軍〟がいる）

土地不案内の彼は、沿線に、横須賀軍港のあることを、知らなかった。そしてまた、二年余の東京生活の間に、彼は一度も、〝海軍〟の姿を見なかったのだ。東京には海軍省はあるが、〝海軍〟の形も匂いも、市中に求められなかった。

それは、青天の霹靂《へきれき》のような、衝撃だった。隆夫は、電車がトンネルに入ったのも、知らなかった。横須賀中央駅というところへ停まったのも、知らなかった。彼は、大きく眼を開いたまま、何物をも見ていなかった。先刻の一瞥の印象は、いつまでも、網膜に焼きついていたが、それすら彼は、意識的には、見ていなかった。ただ、彼は、口の乾きを知るだけだった。烈しく鼓動する心臓を、知るだけだった。

やがて、彼は、われに帰った。その時は、もう電車が、横須賀の市中を、走り抜けていた。避暑地のような家並《やな》みと、静かな内海の波とが、線路の近くに、眺められた。

彼は、ホッとして、自分が見たものについて、考えようとしたが、その余裕もなく、いい表わしがたい悲しみが、泉のように、湧き出してきた。

もし、必死の恋をかけた男が、その愛人の他へ嫁いだ姿を、図らずも、路上で見かけたとしたら、その時の気持が、隆夫のそれに近いであろう。忘れ難いものを、忘れようと努め、どうやら、心の傷痕が塞がりかけた時に、そんな残酷な遭遇が、待っていたのである。彼の傷痕は、再び、大きな口を開けた。その痛みは、路上の愛人が過ぎ去った後になって、シンシンと身内に沁みてくるのである。

彼は、悲しみを振り払うように、車内を眺めた。しかし、それさえ、強い竹篦返《しっぺいがえ》しを食わずにいなかった。

横須賀から乗り込んだとみえて、海軍軍人が数名いた。兵曹《へいそう》と水兵がいた。そして隆夫の向う側には、眼鏡をかけた士官が本を読んでいた。海軍知識のある隆夫は、帽と襟の識別線を見ないでいられなかった。

(主計少尉だ……)

彼は、もう何物も見まいと、瞼を閉じた。終点の浦賀で、やむをえず、眼を開いた時には、眼鏡の士官は、どこかで下車したとみえて、彼の前にいなかった。

三

（おれは、忘れていなかったのだ……）

浦賀駅から、円太郎型のバス[*60]に揺られて、久里浜まで行く間に、隆夫は、心の中で、そんなことを、呟き続けていた。

途中に、峠道があった。薄《すすき》の穂が、透明な銀色に光って、海からの風に揺れていた。やがて、真ッ青な海が展けた。いかにも、秋日和らしい風景だった。だが、彼には、そのすべてが、眼に入らなかった。

（そうだ。おれは、忘れていなかったのだ。忘れられなかったのだ……）

彼は、涙ぐんでくるのを、ジッと堪えながら、昔の〝恋人〟のことを、想い続けた。

「終点でございます、どうぞ……」

車掌に注意されて、彼は、慌てて、バスを降りた。

ガランとして、人気のない、海水浴休憩所の前だった。〝海の家〟と書いた白布が、半分破れて、葭簾《よしず》の囲いに、ブラ下っていた。海は、すぐ正面に、青紙を貼ったように、凪《な》いでいた。

静かというより、間の抜けた感じの海岸だった。浜沿いの街道にも殆んど、人が歩いていなかった。隆夫は、途方に暮れたように、暫らく、海を眺めて、佇んでいた。

「久里浜館という旅館は、どこですか」

彼は、漸く、浜に遊んでる子供を見出して、訊いた。

「あすこじゃねえか」

夏が去っても、猿又《さるまた》一つの子供は、わかり切ったことを訊くなという調子だった。指した方角に、縦通りがあった。

もう、静養の希望を、失ったかのように、彼は、元気のない足取りで、その町へ入った。角から三軒目に、久里浜館の看板が眼についた。二階建てではあるが、粗末な、荒れ果てた家だった。旅館というよりも、大きな一膳飯屋《いちぜんめしや》のような、体裁だった。

「ご免なさい……」

と、声をかけても、台所から、お内儀さんが姿を出すには、よほど、時間が掛った。漁夫の妻のような風をしたお内儀さんは、胡散臭《うさんくさ》そうに、隆夫を眺めていたが、同僚の添書を読むと、気軽な声で、

「どうぞ、お上りになって……。夏場の外は、まア休みですから、お構いはできませんよ」

と、二階へ案内してくれた。二階の部屋は、唐紙が取り払ってあって、空家のようだった。

「夏に、東京の小学校の生徒さんに、貸切ったままで、跡片づけもしてないんですよ。どれでも、好きな部屋を使って下さい。じきにお午《ひる》の支度をしますよ」

お内儀さんは、一人で、べらべら喋って、下へ降りていった。

隆夫は、疲れ果てた旅人のように、赭茶《あかちゃ》けた畳の上へ、ゴロリと横になった。窓からは、海が見えずに、同じ色の広い空だけが展がっていた。

四

落莫《らくばく》たる隆夫の心を置くのに、荒れ古びた久里浜館の二階は、却って、好適だったかも知れなかった。

彼は、赭茶けて、波を打ってる畳の上に、終日、臥転《ねころ》んでいた。開け放った窓から見える秋の空が、紺青《こんじよう》から浅黄《あさぎ》に変り、橙色《だいだいいろ》に燃え立ってきた。すると、電燈が点いて、呆気なく、日が暮れてしまった。

客がないので、風呂は立てないが、近くに銭湯があるという話だったが、彼は億劫で、その気になれなかった。

「お客さん、臥てばかりいますね」

晩飯の膳を、お内儀さんが持って来た。鯵だの、章魚《たこ》だの、新鮮な土地の魚が列んでいたが、隆夫の箸は進まなかった。饒舌なお内儀さんは、いくら話しかけても、隆夫が黙ってるので、愛想を尽かしたように、寝具をのべて、下へ降りて行った。

まだ、七時にもならないのに、彼は、電燈を消して、寝床に潜り込んだ。といって、眠れるわけもなかった。往来を通る下駄の音や、どこかから聴えるラジオが、耳について、腹立たしかった。

やがて、それも静まる頃には、意外に、ハッキリと、波の音が、枕許に響いてきた。彼の眼はいよいよ、冴えるばかりであった。

昼間見た軍艦の姿が、いくら追い払っても、彼の眼に浮かんできた。眼鏡をかけた主計少尉の顔が、誇らしげに、彼に微笑みかけた。もし体格さえよかったなら、来年は、あの士官と、同じ服を着ていたであろうに――

(今更、そんなことを思って、なんになる……)

彼は、臥返《ねがえ》りを打った。同時に溜っていた涙が、ツルリと、枕へ伝わった。

(海軍士官に、なれなかったばかりじゃない。画家にも、なれなかったのだ……)

彼は、こんなところへ、静養に来なければならなくなった理由を、考え出さずにいられなかった。

(すべて、駄目になったんだ。どっちの道も、失敗だったんだ。もう、いくら強情を張っても、しようがない……)

弓折れ、矢尽きた気持だった。もう、この上は、両親の膝下《しっか》に帰って、不幸を詫び、郷党の嗤《わら》いを甘んじて、市役所にでも勤めよう——

彼は、エダに手紙を書く時機が遂に来たのを知った。

突然、起ち上って、彼は、電燈を点けた。手鞄の中から、万年筆と便箋を出して、汚い餉台《ちやぶだい》に向った。

エダさん、僕は……

冒頭の文句を、一行の半ばほども、書かないうちに、万感が迫って、彼は泣き出した。

五

眠不足のボンヤリした頭で隆夫は、眼を覚ました。朝日が、カンカン、障子に当っていた。

「お客さん、眼が流れやしませんか」

お内儀さんが、箒《ほうき》とハタキを持って廊下に立っていた。彼女が、なにかいったので、眼が覚めたにちがいない——

無言で、跳び起きて、枕許の腕時計を見ると、九時過ぎていた。そして、昨夜、二時過ぎまで起きて、どうしても書ききれなかった手紙が、餉台の上に、散乱していた。彼は、便箋を掻き集めて、鞄に押し込むと、顔を洗いに、座敷を去った。

(今日は、一日かかっても、あの手紙を書く……)

彼はそう思って、朝飯の膳に向った。だが、眠不足の疲れで、食後も、ペンを執る気にならなかった。

今日も美しい秋日和だった。彼は、明るい外光に釣られて散歩に出る気持になった。昨日の午前に着いてから、戸外に出るのはこれが最初だった。

「お散歩ですか。記念碑の方へ、行ってご覧なさい。パノラマもありますよ」

下駄を貸して貰う時に、お内儀さんが、そういった。

「なんの記念碑です？」

隆夫は、些か驚いて、訊いた。こんな、平凡で、寂しい海岸に、記念碑なぞがあるのが、不思議だった。

「知らないんですか——ペルリですよ」

「ペルリ？」

「ええ、ペルリが、黒船に乗ってこの浜へ着いたんですよ」

「ああ、そのペルリですか」

「そのペルリって、他にも、ペルリがいるんですか」

「さア、よく知らんです」

隆夫は、いい加減にして往来へ飛び出した。

それにしてもペルリの来航したのが、この海岸だとは、意外だった。浦賀へきたということは覚えていたが、まさかここだとは思わなかった。

砂浜へ出て、あたりを見回すとバス道路の方に、石垣を回《めぐ》らした記念碑らしいものが見えた。彼はその方へ歩き出した。

（ペルリ来航の目的を、薩英戦争の英艦隊と比較して、河田校長が話してくれたことがあった……）

ふと、そんなことを、憶い出した。

明治の青年とちがって、隆夫達は、ペルリが開国の恩人だなぞとは、思っていなかった。ペルリが、琉球と小笠原島を占領しようとしたことを、知っていた。仮面を脱げば、薩摩を襲った英艦と、なんの変りもないことを、知っていた。

六

記念碑は、二中の中原鉄心斎の碑と比べると、十倍ぐらい大きかった。英文の碑銘が裏面に彫られてあった。隆夫は、半分読みかけて、不愉快を感じた。

（明治時代の日本人だって、本気で、ペルリに感謝していたのではあるまい。きっと、そうしなければ工合の悪い事情があったのだろう）

そう解釈するより外はなかった。

お内儀さんの所謂パノラマが、碑園の外にあった。粗末なバラックの中に、稚拙な黒船艦隊の絵や、当時の見取図や、ペルリの写真なぞが、列んでいた。ペルリの顔は、無鬚で、若々しく、片眼鏡《モノクル》なぞ掛けていた。誰かに似てると思ったら、癖のある眼つきと、広い顎とが、今のルーズヴェルト大統領と、ソックリだった。

隆夫は、再び、砂浜の方へ歩き出した。歩き疲れると、柔かい砂の上に、腰を卸した。

午前の海が、青畳を展《の》べていた。沖は、銀色の魚群が跳ねてるように、日光を反射していた。その彼方に、房総の山々が、青繻子《あおじゅす》の屏風を連ねていた。

（いいなア、海は……）

海を見るのは、ほんとに久振りだった。昨夜の眠不足も、忘れたように、晴れ晴れした気持になってきた。

（なかなか、大きな山が見える。大隅の山ほど高くはないが、形がよく似てる……）

彼は鹿野山《かのうざん》や鋸山《のこぎりやま》の名を知らなかったが、海を限る山々が、故郷と同じ方角にあるのに、気がついた。そこには勿論、桜島の幽婉《ゆうえん》な姿も、匂いのいい松林もなかったが、黒船の襲来を受けた運命は似ていた。そして海の青さと、山の連なりは、真人と遊び暮したあの天保山浜と、変りはなかった。

（いいなア、海は……）

彼は、もう一度、心に呟いた。真人も、海が好きだった。隆夫は、もっと好きだったかも知れなかった。しかし、一人は海の健児となり、もう一人は巷の塵に塗れた絶望の画家なのである。曾てはひとしく海を愛した二人の懸隔《けんかく》は、今となって、あまりにも大きいのである。

（海は、こんなにも美しい。しかし、おれはもう、海を愛したって仕様がない男だ……）

隆夫は、また、昨夜の懊悩《おうのう》に襲われ始めた。せっかく、晴れ晴れした頭が、インクが濡《にじ》んだように、黒くなってきた。

（海岸へなんか来たのが、まちがっていたんだ。早く、久里浜館へ帰って、昨夜の手紙の続きを書こう。そして、午後には、東京へ帰ってしまおう……）

彼は、そう思って立ち上ろうとしたが、ふと、視界へ入ってきたものを認めて、それができなかった。

七

左手の岬が、房総の山影に食い入って、その間が、青い帯のような海になっているが、そこから、不思議なものが、現われてきたのである。それを、浪曼《ロマン》的に形容するなら、ニーベルンゲン物語の竜だった。殺風景に例えるならば、江東区あたりの工場が、洪水に遭って、海へ流れ出したようなものだった。

動いてるから、船には相違ないが、隆夫は、暫らく、判断に迷った。そのうちに、その姿が岬を離れて、正面の海に、白波を蹴立てて、進んできた。その速力の早いこと——

(軍艦らしいぞ)

隆夫は、艦尾に翻る旗の模様を認めた。やがて、日を負った艦姿が、クッキリしてきた。長い鉄橋のような、艦体が見えた。艦檣《マスト》が見えた。主砲の砲塔が見えた。

(重巡だぞ)

隆夫は、小慧しくも、鑑別した。雑誌〝海軍〟や、有終会の軍艦写真帳で獲《え》た知識が、自動的に、浮かび出してくるのだった。

(おや、高雄《たかお》級らしいぞ!)

彼は、胸をつかれたような気がした。手を拍《う》って、雀躍《こおど》りしたい気持になってきた。なぜといって、高雄級の軍艦こそ、彼がまだ軍人組の一人だった頃、夢に通うほど憧れていた艦だったのである。新式な重巡として、また、見るから巌丈な、魁偉《かいい》な外貌が、どの軍艦の写真よりも、彼の心を捉えていたのである。その噸数も、兵装も、速力も、彼は、恋人の齢や顔立ちのように、今でも、心に誦んじているのである。

(高雄級が、おれの眼の前を、走ってる!)

彼は、すべてを忘れて、その幸福に酔い痴《し》れた。鹿児島へ艦隊が入港する度に、眼を皿のようにしても、見当らなかったその艦に、彼は、到頭、遭《めぐ》り合ったのである。

「いいなア……実に、いいなア！」

烈しい感動のために、彼は、口に出して叫んだ。まるで、青黒い鋼《はがね》の鎧を着た荒武者が、悠々として出陣していくようだった。彼は、茫然としてその姿に見惚れていたが、やがて、無意識に、手が、旅館の貸浴衣の懐中を、探り始めた。彼は、いつも身辺を離さないスケッチ帳を、索していたのだ。

だが、画に絶望した彼は、今度の旅に、一本の鉛筆も、持って来なかったのである。もし持ってきたとしても、ここは要塞《ようさい》地帯なので、写生ができないことがわかっていた。

それにも拘らず、彼の手は、いつまでも、懐中を探り続けていた。巨艦の姿が、遠く水平線に浮かんで、右手の岬の蔭に隠れてしまうまで、彼の指尖きは、震えながら、胸のあたりを彷徨《さまよ》っていた。

八

（ああ、描きたい！）

久振りに――そして、想いがけない烈《はげ》しさで、隆夫の胸に、画心が湧いてきた。画筆《ブラッシュ》に感じる画布《カンヴァス》の弾力と、パレットの絵具の匂いとが、限りない魅力で、心に浮かんできた。

(あれを描かないで、どうするんだ——あんなにも、美しいものを!)

絵具函を持っていないのが、地団駄《じだんだ》を踏みたいほど、口惜しかった。

彼は、最早や、船の影もない海面に、縦横無尽に、想像の画筆を、振う外はなかった。像《かたち》のない画が、幾枚も幾枚も、青い波の上に生まれた。

やや、昂奮が鎮まると、彼は、自分で自分に驚いた。

(なんということだ——画道を捨てるつもりで、ここへきたのに、なんということだ)

彼は、昨夜、妹にどういう手紙を書こうとしたかを、憶い出さずにいられなかった。あれほど嫌《いと》わしくなった画の仕事が、たった三十分で、こんなに烈しく——曾て知らないほど烈しく、執着を喚び起したことを、驚かないでいられなかった。

(待てよ……おれは、画を捨てる必要は、ないではないか、描きたいものが、できたではないか、描かずにいられない美を、見たではないか)

彼の行途《ゆくて》を塞いでいた鉄の扉が、急に、開かれたような気持がした。

(おれは、海を描けばいい。軍艦を描けばいい!)

一つの林檎を、いくら眺めても、美を感じなくなった画家は、ほんとの画家ではないかも知れない。しかし、それがなんだというのだ。軍艦ばかり描いてる画家は、幼稚低級で、子供対手の芸術家かも知れない。しかし、それで、結構ではないか。画家の名に値いしなくても、芸術家の仲間入りができなくても、自分で美しいと感じるものを描くのが、天に恥じない仕事ではないか――

（そうだ。画壇なんかは、どうでもいい。画家でなくても、画を描いてればいいのだ）

憖《なま》じ、画で身を立てようと思ったのが、間違いの因《もと》だったのだ。いや、画家になって、世間を見返してやろうという気持が、不純だったのだ。〝海軍〟に背くために、画道に入った動機が、不自然だったのだ。自分は、再び、天保山浜で遊んでいた頃の自分に、立ち帰ればいいのだ――

道が、豁然《かつぜん》と開けた想いで、彼は、双手を天に差し上げたかった。もう、こうなれば、エダに手紙を書く必要もないと思った。

（いや、やはり、書こう。ほんとに腰の据わったこの喜びを、妹を通じて、両親に知らさなければ……）

九

「おや、もう、帰ってきたのかね」

巴里堂の宣伝部長は、一週間の休暇をとりながら、三日目に出勤した隆夫を見て、驚いた顔をした。

「ええ。病気が、癒りましたから……」

隆夫は本気で、そう答えたが、対手は、人をバカにするなというような、表情だった。

「君、僕が紹介した旅館が、気に入らなくて、こんなに、早く帰ってきたんだろう」

添書を書いてくれた同僚も、そんな風に、気を回した。

「いいや、そんなことはないです。旅館も、親切でしたが、久里浜という土地が、気に入ってね。あんた、いいところを、教えてくれましたね」

隆夫は、本気で、礼をいった。

「じゃア、もっと、長くいればいいのに。せっかく休暇を貰いながら、延ばすテはあっても、自分で繰り上げる奴はないよ」

「でも、早く東京へ帰って、勉強がしたくなったんです」

「文展出品かね」

「あんなもの、やめたですよ」

「あんなものは、驚いたね。君……久里浜へいって、名の知れない魚でも、食ってきたんじゃないかい!」

あまり隆夫の変り方が激しいので、対手は、そんな風に揶揄した。

実際、その日から隆夫の態度は、以前とスッカリ変ってきた。店へきて、元気よく仕事をするばかりでなく、あの廃屋のような、アパートの自室へも、寄り道をせずに真っ直ぐに帰った。そして、固くなったパレットの絵具を掃除したり、新しい画布を張ったりした。

これからなすべき仕事が、心を躍らすのだったが、他にも、彼は、心にかけて待つものがあった。

久里浜の最後の晩に、彼は、エダに宛てた手紙を書き終えたのである。それは、両親へ出奔の詫びと、一家の安否を訊ねた長い冒頭から始まって、彼が東京へ出てからの二年間と、現在の安心立命と、そして、今後の研究のため在京することの懇願と、兵役の検査を東京で受けたい希望と——便箋紙十枚にあまる手紙だった。直接、父親にはいい難いことも、対手が、エダなので、スラスラと書けた。最後に、この詫びと願いが、両親に聞き届けられても、聞き届けられなくても、郷里に残した雑誌〝海軍〟全部と、有終会の軍艦写真帳だけは、必ず送ってくれと書き添えるのを、忘れなかった。

その手紙が着いた証拠には、三日目に、エダから電報がきたのである。ミナアンシン、イサイフミ——という電文で、父母も妹も、変りがないことを推測して、彼も、どれだけ喜んだか知れなかったが、肝腎《かんじん》の手紙の返事が、まだ来なかったのである。

一〇

そのうちに、隆夫は、エダの名で出した小包を、受け取った。中から、懐かしい雑誌〝海軍〟と、軍艦写真帳ばかりでなく、冬着の薩摩絣《さつまがすり》一重ねや、メリヤスの襯衣《シャツ》や、名産の菓子カルカンなぞが出てきた。そんな心遣いは、エダにしては、出来過ぎていた。彼は、無言の母の愛を直感して、眼が潤まずにいなかった。

小包はきても、手紙の方は、なかなか、着かなかった。彼は、両親の心を、察しるに苦しんだ。こんなに、エダの返事が遅れるのは、結局、両親が、自分の希望を許してくれない証拠ではあるまいか——

やがて、また、十日ほど経った土曜日に、いつもより晩《おそ》くアパートへ帰った彼は、留守中に届いた速達ハガキを渡された。市来徳次郎画伯から、簡単に、明日曜来訪されたしという文面だった。

隆夫は、日曜に海を描きに、房州へいく予定だったが、世話になった画伯の命令だから、仕方がなかった。

翌日の午前に、彼は久振りで、市来邸を訪れた。

「おい、君は、脱藩人《だつぱんじん》だそうだね」

画伯は、わざと古風な言葉を使って、隆夫に笑いかけた。

「は？」

「秘《かく》したって、駄目だ。こういう手紙がきている」

市来は、分厚な手紙を、封筒のまま、テーブルの上に投げ出したが、その筆蹟を見て、隆夫は、ハッと驚いた。濃い墨で、達筆に書き流された文字は、疑いもなく、父親のそれである。

「脱藩の罪は、重いんだぜ。昔なら、死罪だ。ところが、近頃は、鹿児島も、大いに軟化したらしい。君も、まア、この手紙を、参考に読んでみ給え」

恍《とぼ》けたような顔つきをして、画伯が、そういった。隆夫は、父の手紙を繰り展げた。

父親は、市来画伯のところへ、隆夫が、出入りしてることなぞ、夢にも知らず、ただ、郷里出身の著名画家として、知人の紹介を得て、この手紙を書いたらしかった。それには、隆夫の失踪のことも、今後の懇願のことも、悉く書いてあった。そして、無断家出した息子を、直ちに許すわけに行かぬが、もし画伯が監督と指導の労をとってくれるなら、画伯宛に毎月学費を送り、息子が一人前の画家となった時に、対面しよう——何卒豚児《なにとぞとんじ》を呼びつけて、この由を伝えてくれと、隆夫の住所姓名まで、書き添えてあった。

「ワケのわかった、親爺さんじゃないか、鹿児島には珍らしいよ」

「はア」

隆夫は慚愧《ざんき》と感謝の首を、垂れた。

「ところで、君は、海洋画家になりたいんだって?」

「はア」

「山岳画家が海洋画家を養成するのは、ちとヘンだが、日本には、海洋専門の画家は、一人もいないんだから……」

海軍画家

一

隆夫は、巴里堂宣伝部を退いて、画業に専念することになった。彼としては、自活しながら、目的を貫徹したかったが、勤務してると、日曜以外に海を見に行く時間がないので、結局、そうする外はなかった。

しかし、父から学費を貰うようになってから、彼の気持は、却って緊張した。やがて、母とエダからきた手紙が、なおさら、彼の心を励ました。

——兄さんも男なら、立派な画家になって国へ帰って下さい。

エダの烈しい気性が、文字に溢れていたが、また、彼女らしい生意気さも、露わに書いてあった。

——東京はいいでしょうね。あたしも来年は聖母女学院を卒業しますが、こんな息詰まるような因習の土地で、一生を送るのかと思うと、腹立たしくなります、思い切って郷里を飛び出した兄さんは、人生の戦士として、勇敢であったかも知れません。

隆夫は、それを読んで、妹も十七歳の娘になったことを、考えずにいられなかった。そして、東京生活が決して幸福でないという返事を出したが、そのまた返事には、そんな大人振ったことをいう兄さんを、軽蔑するという意味が、書いてあった。

仕事の目標が立ってから、隆夫は、あれもこれもと、研究の緒《ちょ》が眼につき出して、時間が惜しいほどだった。なによりも、海を知り、海が描けねばならぬので、房州や伊豆に滞在して、写生を始めた。ところが、いざ海という自然と、真正面に取り組んでみると、これはまた、限りなく広い、深い仕事だった。波の姿が、こんなにも種類が多く、こんなにも捉え難いものとは知らなかったが、それと切っても切り離せない、空と雲とが、同じように、千変万化だった。生まれ落ちてから、海に親しんでいたつもりでも、その実、なんにも海を知らなかったことに、気がついた。海を描くということだけでも、一生の仕事だと、思わずにいられなかった。

しかし、それは、海洋画家としての彼の眼が、それだけ開けた徴しでもあった。どの画も、少しだって、彼自身の気には入らなかったが、描くだけは、何枚も描いた。それでも、彼が絶望しなかったのは、海の魅力が、もうガッシリと、彼を捉えて離さなかったからだった。

そのうちに、東京を寄留地として、徴兵検査を受ける日がきた。かつての海軍経理学校の検査が不当でなかった証拠には、彼は丙種に回されたのである。しかし、それを反省するまでもなく、彼の〝海軍〟に対する怨みは、もう久里浜のあの日から、消えていた。

(おれは、元へ戻ったんだ。いや潮に逆らって泳いで、元のところへ、押し戻されたんだ。それで、いいんだ)

彼の心は、天保山浜で遊んでいた頃のように、素直になっていた。

二

(おれは、芸術家でなくても、画家でなくても、関わないんだ)

そう覚悟をきめてから、隆夫の日常生活が、以前よりも、却って芸術家らしくなったことを、当人自身は気がつかなかった。

彼は、よく勉強した。写生に行けない時は、先人の海の画を研究した。しかし、市来画伯のいったとおり、日本に、海洋画家の少いのは、驚くばかりだった。現代には、一人もいないといってよかった。死んだ前田寛治という画家の〝海〟には、彼も感心したが、その人が海洋専門の画家でないことを知って失望した。結局、その名に値いする画家は、東城鉦太郎一人だと思った。そして、東城画伯が軍艦と海戦を、好んで描いたのを、わが意を得たように思った。

そのうちに、彼は、外国に一群の海洋画家のいることを知った。〝海事画家《ザ・マリン・ペインターズ》〟という本を、丸善で探し出したのが、端緒だった。彼は狂喜して、原色版や写真版の頁に食いついた。そこに、英のヘミーとか、ウイリーとか、独のクラウス・ベルゲンとか、多くの画家が集まっていた。そこに、見事に捉えられた波と雲と、ヨットと、商船と、そして軍艦があった。軍艦の艦首《バウ》の膨らみ方、波の切り方、艦尾の波の曳き方なぞ、隆夫が、一番苦心していた問題が、ラクラクと解決されていた。海に対する感受性が豊かで、その上に、船や軍艦の知識が正確でなければ、描けない画ばかりであった。巻末の紹介を読むと、それらの画家は、どれも、普通の画家の経歴をもっていなかった。クラウス・ベルゲンは、潜水艦の艦長だった。ノーマン・ウイルキンソンという画家は、海軍の迷彩《カムフラージユ》の発明家だった。海軍知識がそれだけ豊富だから、例えば最新式の巡洋艦の美を、誰よりも先きに感じ、誰よりも的確に描き得るのに相違なかった。

（これは、大抵の勉強では、駄目だぞ）

隆夫は、いよいよその道の深さがわかったが、いよいよ仕事の甲斐を知った。そして、海洋画家という、漠然とした間口の広さが、心許なくなってきた。そのうちの一つの専門に入らなければ、気が済まなくなってきた。

（そうだ。おれは、軍艦に乗れなかった代りに、軍艦を描くのだ。海軍士官になれなかったから、海戦の画を描くのだ）

最後の臍《はら》が、きまった。彼は、海軍画家たる覚悟を定めた。

それから、彼の横須賀通いが、頻繁になった。あらゆる艦艇の種類と、海軍軍人の気風や動作を、見究《みきわ》めるためだった。また、外国の軍艦を知るために、ゼーンの〝軍艦写真帳《ファイティング・シップス》〟を購《か》い、水雷や砲弾の爆発と水柱を研究するためには、アメリカの海軍示威映画を、繰り返し見物した。そして、近代海戦の本体がわかってくると、潜水艦と飛行機にも、研究の手を伸ばさなければならなかった。

隆夫は、寧日《ねいじつ》なき勉強を続けた。その間に二カ年の歳月が流れた。

三

昭和十五年の夏は、それほど暑くなかったので、隆夫が制作のために、アパートへ引き籠っても、苦痛が少なかった。室料の安い北側の部屋は、光線の変化がなくて都合がよかったが、大きな画布《カンヴァス》を立てると、臥るところもないほど、狭さを感じた。

五十号という画布は、彼にとっては、生まれて最初の大きさだったが、それにも増して、彼の胸を轟かすのは、新しい道を志してから、これが第一の試作であることだった。二年間、彼はスケッチのみを描いていたので、制作の試みは、これが皮切りだった。

画材は、つねに彼の頭を離れなかった、あの久里浜の印象だった。高雄級の重巡が、海の狼のように、海波《かいは》を蹴って進む姿だった。姿というよりも、幻だった。彼は、久里浜という場所を描かずに、水平線のみ見える大洋を描いた。高雄級の重巡の形よりも、あの艦を見た時の圧倒的な感動を——一生の転機を齎《もたら》した感動を、その姿のうちに、描き込もうとした。そして、画題を〝軍艦〟とすることは、素描の木炭を走らす前から、決定していた。

この画が完成した頃には、アパートの窓の外を、秋風が吹いていた。その爽かさを、快い疲労の軀に感じながら、彼は、幾度か、わが画に見入った。描き足りない不満が、到るところに見出されたが、とにかく一つの制作を終った喜びは、彼の心に充ちた。

彼は、その画を、売るつもりも、展覧会へ出品する気もなかった。そんな目的で、描いた画ではなかったが、そんな価値も期待しなかった。描いてしまえば、額縁へ入れるまでもなく、画枠から外して、グルグル巻いて、押入れに納《しま》い込むつもりだった。そうでもしなければ、三畳の部屋では、起臥《おきふ》しに不自由するからだった。

（だが、そうする前に、市来さんに見て貰おう……）

遉がに、彼も、人眼に触れないで、画を押入れへ葬ってしまうのは、惜しかった。ただ、洗足の画伯の家まで、画を運搬するのが問題だった。電車に持ち込むには大き過ぎる荷物だった。結局、彼は運送屋のリヤカーを頼んで、自分は先回りして、市来邸の前で待つことにした。

九月にしては、薄ら寒い日だった。隆夫は、セルの着物に袴をはいて、伸びた髪の毛を、北風に弄《なぶ》らせながら、池上線の洗足駅を出た。

「おい、牟田口君、どこへいくんだ」

後から声をかけられて、振り顧くと画家の鶴原だった。焼鳥屋でご馳走になって以来、度々、顔を合わせていたが、巴里堂を退いてからは、これが最初だった。

「はア、市来さんところへ……」

「僕もだ。一緒にいこう」

隆夫は、ちょっと、不快《いや》な気がした。あの画は、市来画伯だけに、見て貰いたかったのである。

四

「やア、できたね」

アトリエの小卓を囲んで、鶴原と話していた市来画伯は、隆夫が画の掩布《おおい》を除ると、顔を綻ばせてそういった。

隆夫としては、鶴原が帰ってから、市来に見て貰いたかったが、運送屋が意外に早く到着した上は、どうにもならなかった。

「そこに、五十号の額縁がある。それへ入れて、画架《イーゼル》へ載せてご覧」

隆夫は、師匠にいわれるままにした。そして、改めて、わが画を見直すと、額縁と、アトリエの静かな光線のせいか、自室に置いた時よりも、よほど見栄えがする気がした。

「なるほど……。宿望の軍艦を描いたね。浪と雲は、よく研究したね」

画伯は、軍艦には興味がないらしかったが、海景として優れる点を、いろいろ、挙げてくれた。隆夫は、半分失望し、半分嬉しかった。

「とにかく、軍艦の画は珍らしいよ……鶴原君、どうですか、批評は？」

市来は、ニヤニヤして、煙草を燻《くゆ》らしている友人の方を顧みた。

「お説のとおり、珍らしい画ですよ。どこの展覧会へいっても、見当らないという点でね」

鶴原の口調は、冷やかだった。

「それもそうだが、なにか、変った画ですね。そういう気持はしませんか」

「さア……それは、画材にならぬものを、画材にしたということではないでしょうか」

「いや、僕はこの画の感情のことをいってるのだが……。しかし、軍艦は、やっぱり、画材にならんかな」

　市来は、首を捻った。

「そんなこともないでしょう。ただ、扱いよう一つじゃないでしょうか。例えば、超写実主義《シュールレアリズム》の作品で、軍艦を描いたのがありますね。ああいうのは、面白いと思うが、牟田口君のような手法で描くと……」

　鶴原は、そこで、言葉を濁らした。

「関わんですよ。遠慮なく、批評してやって下さい」

　市来が、快活に促した。

「忌憚なくいえば、作品というよりも、ポスターに近くなると思うんですよ」

「ハッハハ、そりゃア、ちと酷評だね。すると僕の画なども、ハイキング奨励のポスターかな」

　と、市来は、遉がに、隆夫を庇うように笑った。

　そういう批評を、隆夫は、歯を食い縛りながら、聞いていた。いいたいことは、山ほどあるが、ジッと、我慢していた。やがて、震える声で、

「先生、運送屋を待たせてあるんですが、もう、持ち帰らせてよろしいでしょうか」

「まア、待ち給え。この画は、暫らく、僕のところへ置いてゆかんか」

市来は、何か思いついたようにいった。

五

市来邸を出た隆夫は、腹がムシャクシャして、われ知らず、下駄を鳴らせながら、洗足駅まで駆け降った。

出札口で、怒鳴るようにいった。

「新橋一枚」

彼は、まっ直ぐにアパートへ帰る気がしなかった。銀座へ出て、巴里堂の昔の同僚を引っ張り出して、ビールでも飲みたくなった。

(ポスターとは、なんだ！)

動き出した電車の中で、心に叫んだ。

(林檎を描けば作品で、軍艦を描けばポスターか。人をバカにするな！)

彼の鬱憤は、五反田で省線に乗換えてからも、一向、消えなかった。

(おれは子供の時から、海軍が好きだから、軍艦の画を描いたのだ。おれの画のマズいのは知ってるが、軍艦を描くことが幼稚で、通俗だという理窟が、どこにある！)

新橋駅の階段を降りる時も、まだ、隆夫は憤慨していた。

（よし。ポスターなら、ポスターでいい。林檎画家が逆立ちしても描けんような、恐ろしい宣伝力をもったポスターを、描いてやる。真の意味の宣伝力をもてば、それが立派に芸術だ。それがほんとの画だ。なん糞！）

カッとなると、自分を抑えることを知らぬ隆夫だった。彼は、一筋に、鶴原敬一が憎くなって、その生胆《いきぎも》を嚙み破っても、慊《あきた》らない気持だった。

新橋を渡る時に、どんより曇った空が、眼に入った。京橋の方から、肌寒い風が吹いてきて、まるで、冬の夕暮れを想わせるような、陰気な風景だった。それでも、銀座の午後五時は、相変らずの雑沓だった。

（ロクな面をした奴はおらん！）

余憤のまだ収まらない隆夫は銀座を歩く男女にまで、反感を起した。気の利いた服装をして、嬉々《きき》として、歩いている群衆が、皆、鶴原敬一の一族のような気がしてならなかった。

彼は、肩を屹《そび》やかして、人波の中を、突っ切って歩いた。この狂人のような、蓬髪《ほうはつ》を靡《なび》かせて、眼鏡の奥に、眼を血走らせてる男に、典雅な銀座の通行人は、誰しも道を譲った。

やがて、彼が、巴里堂の事務所の方へ、道を曲ろうとする時だった。銀座人としては、少しばかり間の抜けた茶の背広と、鼠のソフトを冠った男が、側見《よそみ》をしていたとみえて、ドシンと、隆夫の軀に衝突した。

「気をつけんか！」

「いや、失敬……」

男は、素直に詫びをいったが、その顔を見ると、隆夫は、膝がガクガクして、口が利けなくなった。

六

（確かに……）

と、思っても、あまり意外なので、隆夫は、棒のように佇んで、対手の顔を凝視《みつめ》るだけで、声が出なかった。

すると、対手の男も、同じ気持か、蓬髪の下の隆夫の顔を、穴の明くほど、眺めていたが、やがて、特徴のあるポッタリした唇を開いた。

「もしか、君は……」

途端に、あの可愛い、糸切歯が見えた。もう、疑う余地はなかった。

「真人……」

隆夫の声は、感究まって、嗄れてしまった。

「やはり、そうか――隆夫か！」

真人の手が、ガッシリと、隆夫の肩に置かれた。そして、あの片眼を細めて笑う笑いが、五年振りで、隆夫の視線に入った。

彼は、唇をへの字に、硬ばらして、なんにもいえなかった。

「変ったなア、貴様……そんな髪をしとるから、見違えてしまった」

「君こそ……背広なんか着て、……海軍やめたのか」

泣き笑いの表情で、隆夫が、やっと話しかけた。

「いや、今日は、平服《プレーン》なんじゃ！　艦が、母港へ入ったので、東京へ遊びにきたのだがね。しかし、まさか貴様に逢おうとは……」

「僕だって、君が、銀ブラしとろうなんて……」

「とにかく、逢えてよかったなア」

「よかった。よかったとも」

隆夫の眦《まなじり》に、また、涙がにじんできた。

「こんなところで、立ち話もできんなア。どこかで、飯を食おや」

そういう真人の態度は、いつかすっかり大人びて、落着きが出て、軍人組時代とは、別人のようだった。

「うん……」

隆夫は、親友が、自分の兄であるかのように、大人になったことに気押されながら、鋪道を歩き出した。

「君……いま、なんの位だ？」

「官階《かんかい》か？　今年の五月に少尉になったばかりだよ」

「そうか。おれは大尉ぐらいかと、思った」

「そんなに早く、大尉になれるもんか。去年、江田島を出たばかりだよ。遠航《えんこう》から帰って、霞ケ浦航空隊付を命じられて、この一月まで、入隊しとったのだ。時々、東京へ出てきたのに、どうして、貴様に逢えなかったかなア」

「ほんとにな。で、今は？」

「五十鈴《いすず》に、乗ってる。横須賀が母港なんじゃ」

いつか、真人は銀座裏のビフテキ専門店の前へ、隆夫を導いた。

七

一本注文したビールは、あらかた、隆夫が飲んだが、真人も一杯で、薄紅く、瞼を染めて、

「貴様が、東京へ出て、画家になっちょることは、実は、知っちょった……」

と愉快そうに、フォークを置いた。

「如何《いけん》してな?」

隆夫は、思わず、国訛りを出した。真人も、同じように、

「いや、此間、五十鈴が、鹿児島へ入港してな。そん時に、貴様のお父さんとエダさんが、艦へ訪ねて下さった――そん折りに、聞いたよ。じゃっどん、貴様が、化物のごっ、長か髪をしちょったで、逢《お》うても、すぐには、わからんとじゃった……」

二人は、それから、標準語と鹿児島弁を、チャンポンにして話し出した。

「そって、親父ア、おいが、なんの目的で、画をやっちょるか、君に話したか?」

「うん聞いた――海洋画家が、志望だろう。子供ン時から、貴様は海が好きじゃったなあ」

「いいや、海洋画家は、もう、やめた。今は海軍画家じゃっど」

「海軍画家ちゅうと?」

「軍艦の美を描くんじゃ。海戦も描く……。そのうちには、真人も描く……。そいをポスターだなぞと、なんとん知れん議を吐《ぬか》すやつがおッが……」

唇のビールの泡を拭って、隆夫は、先刻《さつき》の余憤を洩らしたが勿論、真人には通じなかった。

「しかし、親父さんの話では、貴様ア、海軍を嫌って、画家になったと……」

「そいを、いうちくるるな。おいア、顔が赤うなる……」

隆夫は、長い髪の毛を搔き上げて、

「男が一旦想い込んだことァ、容易に、想い切れんもんじゃど。俺《お》や、想い切ったつもりでも、おいの心が承知せん。いや、よくよく、俺や、未練な奴かも知れん……。いけんしてん、俺や、海軍画家になる——そう決心したら、百年の迷夢が覚めた気持になった。こいからァ、一生、海軍を研究するつもりじゃから、真人も、おいを指導してくれ」

「指導なんぞできんが、おれのでくることは、なんでんする……。しかし、よかったなァ——おれは一時、どれだけ心配したか知れん。江田島におる時、貴様のこっを心配して眠られん夜もあった……」

「済まん……。なんちゅうてん、あん時ァ、おいの心が拗《ねじ》けちょった。真人が、あんまい、羨ましゅうて……。手紙書く気がせんのじゃ」

「で……貴様、軀の方は、どうだ」

「そいが、不思議じゃッど。海兵、海経、徴兵にまでハネられたおいが、東京へきてから、一度も、病気をせん。おいの軀ァ、軍人に適さんでも、画家には向いちょるんかなァ」

と、小首を傾ける隆夫に、真人が朗かに、笑いかけた。いつか、五年前の、隔てのない二人が対坐していた。

八

「鹿児島に入港した時、河田校長や緒方先生にも、久しか振いでお目い掛ってなア」

と、真人は、食後の果物を剝き始めた。

「そうか、先生方、お元気じゃったか」

隆夫も、母校のことを憶い出して、感慨が湧いた。

「うん、お変りないぞ。緒方先生は、煙草がお好きじゃッで、ホープを三函《みはこ》お届けしたら、非常にお悦びじゃった――あん煙草は、近頃ないもんな」

「煙草もお好きじゃが、焼酎もお好きじゃったな……」

「そう……あんな、懐かしい先生は、おらんど。そいから、二中の運動場に、忠魂碑が建ったのを、知っちょるか」

「そや、知らん」

「東側の校舎の前に、立派な碑が建った。満州事変から支那事変までの卒業生戦死者の名を、刻んであるぞ――おれの兄貴の名も、入っちょる」

「真一郎さん、戦死されたそうじゃな――鹿児島新聞を読んで、驚いた……」

「うん……兄さんに、先駆けされた」

真人は、静かな、落着いた声でいった。

「君も、軍人じゃッで、いつ、忠魂碑に名が乗らんとも限らんど」

「…………」

伏眼《ふしめ》になって、微笑みながら、真人は、フォークで柿を刺した。

「そけへいくと、おいは、一生軍艦の画を描いても、忠魂碑には、名が乗らん」

「そげんこっ、考えちゃいかん。貴様だって、おれだって、国民ちゅう点に変りないよ。軍人だけが、名誉であるような考えは、おれは好かん」

と、低い声だが、底力があった。隆夫は、黙って、暫らく考えていた。

「さア、とにかく、外へ出ようか」

真人は、勘定を命じた。隆夫は慌てて、それを遮って、東京は自分の領分だからというようなことをいったが、真人は笑って、

「おれは、月俸《げっぽう》を頂いちょるんじゃ。貴様ア、まだ、脛齧《すねかじ》りじゃないか」

そういわれると、隆夫は一言もなくて、頭を掻いた。

二人は、外へ出たが、どちらも、別れたくなかった。といって、梯子酒《はしござけ》なぞのできる二人でもなかった。

「まだ、話したいこと、聞きたいことが、山ほどあるんじゃ。真人は、如何《いけん》しても、横須賀へ

帰らにアならんか」

「いや、そういうこともなかが、この頃は、艦の方が、寝心地がよくてな」

「なア、おいがアパートへ、泊ってくれんか。ほんのこっ、見苦しか部屋じゃが……」

「そんなことは、関わん。じゃア、一晩、厄介になるか」

真人は、欣然として承諾した。

九

「どうだ。あまり狭くて、魂消ったろう……」

と、隆夫が、先きに部屋に入って、電燈をつけると、真人は笑って、

「いいや、一向、驚かん。駆逐艦なら、艦長室でも、こんくらいじゃ」

と、汚れた畳の上に、平気で、胡坐をかきながら、

「おお、画が沢山ある。みんな、貴様が描いたのか」

「どれも、これも、習作ばかりじゃ。真人に見て貰いたい画が、一枚あったが、今日、先生のとけへ持ってったで……」

「おれには、画のことはわからんが、みんな、立派なもんじゃないか。貴様、この潜水艦の画をどこで描いた?」

「この部屋さ。軍艦帳の伊号を見て、航走中のところを、想像で描いたが——やっぱい、想像では駄目じゃ」

「そんなことはない。実際、こんとおりじゃぞ。貴様、ほんとに、立派な腕前になった！」

真人は、賞讃の眼を、円くした。海軍軍人であり、唯一の親友である彼の讃辞は、誰の口からいわれるよりも、隆夫の心を喜ばせた。

「あいがと。おいも、真人に負けんごっ、気張って仕事すッど！」

それから、話題は、海軍のことに移った。兵学校の話、遠洋航海の話、少尉候補生の話——それからそれへと、尽きなかった。隆夫は、貪るように、一言一句に耳を傾けた。

「候補生から少尉になる時ア、嬉しかろうな」

「そりゃア……」

真人は、ニコニコ微笑みながら、語り出した。

候補生から少尉になるのは、袖章の結び蛇の目が太くなって、上着の裾が長くなるばかりではなかった。この時をもって、雛でも若鳥でもなくなって、一人前の士官となるのだから、万事が、ガラリと変るのである。例えば、宴会に出て酒を飲むことなぞも、候補生には正式に許されないが、少尉となれば、もう自由である。水交社[*61]にも、大手を振って出入りできる。海軍隠語も、バリバリ使う。髪の毛を伸ばすことも、勝手である。昔は商人服といい、今は平服《プレーン》という背広も、少尉になれば、私用時に着用して差支えない――

「おれも、任官されると、すぐこの服をこしらえたよ。横須賀の水交社に、山城屋が註文とりにくるのでなア」

「そっでん、少尉の軍服着て歩く方が、嬉しゅはないか」

「そうでもないさ。平服を着ちょれば、水兵が気づかんで、敬礼せんから、気の毒な想いをせんで済むよ」

真人は、もちまえの優しい微笑を洩らした。丸腰の背広姿ではあるが、海軍少尉の誇りと希望は彼の細い眼のなかに、輝いていた。

一〇

時計が十二時を指したのも知らずに、二人は、まだ話し続けた。

「霞ケ浦には、ほんの僅かしかおらなかったが、おれには、飛行機乗りの適性がないそうでね」

と、真人は、べつにそれを苦にするでもない笑顔で、

「航空、砲術、水雷、の術科学校は中尉になるまでに、一順、回って歩く――専攻がきまれば、その後に、高等科学生になるんだがね」

「で、真人の専門は？」

「まだ、そこまでには、いっちょらんよ」

「そッでん、好きな科があッとじゃろう」

「そりゃア……」

真人は、寧ろ、羞らうように微笑んだ。

「なんか？」

「潜水艦乗りだよ。あれは、どうもおれの気性に向いちょる。それに、おれは、江田島時代は、〝どん亀〟という綽名をつけられてなア」

と、笑いながら、真人は、〝どん亀〟の意味と、それから、潜水艦の特性について語り始めた。それによると、潜水艦乗りの任務ほど、世に地味で、その上苦労が多いものはなかった。これほど、人眼に立たない仕事も、ないものだった。航空士官を舞台の花形役者に例えるなら、潜水艦士官は、黒衣を着た後見役者のようなものだった。隠密性ということが、潜水艦の生命であるが、この忍術の戦士が、一発の魚雷を放つまでには、どれだけの忍耐と犠牲が必要だか知れなかった。しかも、帝国の潜水艦は、まだ一発の魚雷も、艦に対しては放ってはいなかった。挙句《あげく》の果には、潜水艦無用論まで、世間の一隅から聴えないでもなかったのだ――

「でも、どういうもんか、おれは、潜水艦が好きなのだ。おれは、頭も良くないし、勇気がある男でもないが、頑張りだけは、どうやら潜水艦に乗っても、人に敗《ま》けん気がするもんなア」

と、別に、昂奮するでもなく、真人は、胸に秘めた希望を語った。子供の時から、真人の地味な性格を知ってる隆夫には、彼の潜水艦志望が、刀が鞘《さや》に納まるように、ピッタリしてることを感じるのである。

一時が打つと、遉がに二人も、話し疲れてきた。いざ、臥ようという時になって、隆夫が突然、額を叩いて、

「こや、いかん——夜具が一つしかなか！」

「関わんど。二中の見学旅行の時のごっ、一緒ン臥よや」

真人は、笑いながら、背広の上着を脱ぎ始めた。

桜と錨

一

翌朝、真人が横須賀へ帰った後で、隆夫はシミジミと思った。

（あいつ、すっかり、人間ができた……）

昔、天保山浜で遊んだ時と、同じ気持で、話し合ったが、時々、閃きのように、真人の鍛錬された心を、覗かされた。高振らない、柔和な態度は、昔と同じことだけれど、その底に、キリリとしたものが潜んでいて、隆夫を驚かせた。昔から、真人の方が、兄貴分のところがあったが、今度のように、彼の重厚さを知ったことはなかった。真人は、なんの隔意もなく、生活の隅々を打ち明けてくれたが、興に乗った隆夫が、

「一体、海軍はアメリカとやる気なのか？」

なぞと、訊けば、彼は急に側を向いて、

「そんなこと、おれなぞは知らん。しかし、貴様の画は……」

と、話題を転じてしまうのである。

（そうだ、あいつは、もう軍人なのだ）

隆夫はわかりきったことを、考えた。そして、五年の歳月が二人の間に生んだ懸隔を考えたが、それは、必ずしも、彼に寂しさを感じさせなかった。

とにかく、真人が隆夫に残した後味は、非常に風味がよかった。

それから、四、五日経って、横須賀から、一度艦に遊びにくるように——と、ハガキがきた。

隆夫は、跳び上るような嬉しさで、その招待に応じた。

港務部の前で待合わせた真人は、もう、背広姿ではなかった。少尉の軍服と、白手袋の挙手の礼とは、銀座で逢った時と別人の面影を、隆夫に示した。

（立派だなア、おれも、ああなりたかった……）

彼は、久振りで、愚痴を滾《こぼ》した。

それから、数分後に、隆夫は、生まれて初めて、艦上の人となった。一時的な、儚《はかな》い〝艦上の人〟ではあったが、昔の宿望とは違った意味で、彼はその運命を喜んだ。海軍画家という意識の下に、彼は艦橋に昇り、甲板を歩き、また、港内のあらゆる艦艇に、眼を注いだ。碇泊中の艦内でも、人々は、忙《せわ》しく働いていた。他の軍艦でも、ラッパが鳴り、手旗信号が動いていた。

隆夫は、咽《む》せかえるような、海軍の匂いに、陶酔した。最後に、士官次室《ガン・ルーム》に案内されて、紅茶と菓子をご馳走になった。海軍のラムネの味も知った。しかし、その味よりも、彼は、紹介された若い士官達の顔つきや言葉つきに、何ともいえない、爽かな味を感じた。士官次室の空気こそ、最も海軍らしい匂いと味とを、もってるのではないかと考えた。

（おれが、〝海軍〟が好きだったのは、ちっとも、まちがっていなかった）

隆夫は、もう、運命に対して、なんの悔いも持たなかった。

二

あの時の味が、忘れ兼ねて、隆夫は、もう一度、五十鈴《いすず》を訪問させて貰おうと、慾張ってるところへ、真人から、手紙がきた。

――今回、小生こと急に長鯨《ちょうげい》乗組みを命ぜられ……

真人は、呉で乗艦するらしく、急いで出発するから、東京に行って隆夫に別れを告げる暇のないのを、残念がった文意であった。

隆夫も、掌の中の珠を失ったように失望した。せっかく、五年振りで逢った親友――そして唯一の知己の海軍士官と、こうも早く別れねばならないのが、口惜しかった。

しかし、二枚の便箋の手紙に、もう一枚、二伸がついていた。それには、画家――ことに海軍画家としての隆夫に対する、激励の文句が満たされていた。呉に行っても、自分にできることは、何でも便宜を計らうから、遠慮なく、いって来いと書いてあった。また次ぎの、明治天皇御製を、よく拝誦《はいしょう》せよとも、書いてあった。そして、ペン字ながら、画《かく》を正した楷書で、

国をおもうみちにふたつはなかりけり軍《いくさ》の場《にわ》にたつもたたぬも

と、書いてあった。

(真人のこころは、昔に変らない……)

隆夫は、人間のできた真人が、友情としては、五年前と同じものを示してくれるのを、深く感謝した。そして、彼の友情も、滾々《こんこん》として、真人に対して、噴き湧かずにいなかった。

(今度の艦《ふね》は、どんな艦か?)

真人の乗る軍艦のことが、自分が乗組むような気持で、知りたくなった。

彼は、早速、軍艦写真帳を、引っ張り出した。あまり新しい艦ではないが、オットリと重厚な形をしているので、ホッとした気分になった。そして、説明の文字に、艦種潜水母艦とあるのを読んで、急に嬉しくなった。

(真人は、志望に近づいている……)

潜水母艦の任務に、隆夫は、委《くわ》しい知識があるわけではないが、母が子に乳房を与えるように、食糧や燃料を潜水艦に供給したり、乗組員を休息させたりするぐらいのことは、知っていた。譬《たと》え潜水艦でなくても、それに一番縁の深い軍艦に乗組みを命じられたのは、きっと、真人の本望に相違ないと嬉しかった。

(真人は、グングン、未来を拓いてゆく。おれも、グズグズしてはおられん)

剣と画筆と、道はちがうが、同じ海軍に生命を見出してることに、変りはないと思った。そして、海軍画家として、一心不乱の勉強をするのに、真人という海軍士官が、常に彼の心の側にいてくれるのが、どれだけ、張合いのあることか、知れないと思った。

（真人は、やっぱり、生涯の親友じゃ……）

三

隆夫は、真人に邂逅《めぐりあ》ってから、何倍かの自信と希望をもって、勉強を始めた。

彼は、更めて、東城鉦太郎の価値を認識した。昭和四年に死んだこの画家に、日本の画壇は冷淡であったが、彼の日本海海戦の連作《シリーズ》は、わが国が生んだ最上の海戦画に相違なかった。海も、軍艦も、砲火も、隆夫のように、その道に入ったものから見れば、実によく研究されていた。しかも、完成した画を、幾度か描き直した良心と情熱が、隆夫を搏《う》った。東城画伯の肖像を見ると、温雅な好紳士に過ぎないが〝画家として賢ならずと雖《いえど》も、一生を海軍画家として献げん〟といった彼の気魄が、どこやらに感じられた。要するに東城鉦太郎は、隆夫にとって、唯一人の先輩であった。

同時に、隆夫は、現代のヘミーやウイリイや、中世オランダの海洋画家の研究も、怠らなかった。索れば索るほど、その道は広く、また深かった。東城鉦太郎以外に、日本に専門家がいなかったのが、不思議なほどだった。

隆夫は、画の研究だけでは、この仕事が全うされぬことに気付いて、一層、海軍知識の吸収に努めた。ちょうど、その年が紀元二千六百年に当ったので、いろいろの海事史文献が出版された。また古本屋漁りで、絶版の海軍書籍も手に入れた。

そしてまた、近代海戦の様相を知ると、飛行機と潜水艦の研究が、欠かされないと思った。殊に潜水艦に対しては、真人の刺戟によって、大きな興味が湧き出していた。日本潜水艦発達の歴史を読むと、真人の言葉でいい尽されなかった、労苦と犠牲の跡を、知った。それを、血と涙の歴史といって、なんの誇張もなかった。

（よし。潜水艦の画は、モノにするぞ……）

彼は、大きな感動のもとに、そう考えた。そして、東城鉦太郎も、潜水艦はまだ描いていなかったことを気付き、新しい海軍画家の道が、そこに展けると思った。

それにつけても、彼は、自分が一介の無名画家であることに、大きな不便と心細さを感じた。東城画伯があれほどの画を描くには、満州丸に乗って旅順に観戦したり、また、日本海海戦図を描くために、わざわざ海軍の船舶で戦跡へ行ったり、多くの便宜を得ているのだが、彼にとっては何等の伝手もなかった。真人は、一少尉の身に過ぎないし、その上、既に遠くへ行ってしまったのだ。海軍の現実に近寄れないことが、イライラするほど、口惜しかった。

それでも、彼は、スパイと誤られる危険を冒しながら、横須賀へ軍艦を観に行った。防空訓練があると、探照燈の光りや、それが水に映る姿を、一心に研究した。

その頃の彼は、新聞に〝海軍〟という活字が出ると、すぐ、眼に入るようになった。桜と錨の図案を見ると、ドキドキ胸が躍るような気持になった。

四

やがてその年も暮れた。昭和十六年がきた。それは、常の新年とは、思われなかった。紀元二千六百年の上に、新しい一の字が加わることが、なにか、大いなる未来への発足を、国民に感じさせた。

真人からは、よく、手紙がきた。太平洋の風雲いよいよ急にして——というようなことが書いてあったが、具体的なことは、何一つ記されていなかった。ただ、軍人の覚悟と希望と、それから、隆夫を激励する文句に、満ちていた。

そして、或る日きた真人の手紙には、今度、乗組艦が変ったが、行動頻繁の艦だから、下宿宛に通信してくれということが、書いてあった。隆夫は、真人の乗組んだ軍艦の姿を、写真帳で知ることができないのを残念に思った。

やがて、東京は初夏に入った。海軍記念日が、明日に迫った日のことだった。隆夫は、奉書封筒の仰々しい手紙を、受け取った。差出人は、海軍関係の或る団体と、海国美術協会との連名であった。

海国美術協会というのは、二、三年前から、海洋画の展覧会を、毎春、デパートなぞで催しているので、隆夫も観に行ったことがあるが、漁村だとか、燈台だとか、つまり、陸から見た海の風景の多いのに、失望した。今年も、観に行くつもりでいて、まだ、足を運んでいなかった。

恐らく、招待状でもくれたのだと思って、隆夫は、封を切った。だが、内容は、印刷物ではなかった、奉書の巻紙に、重々しく、筆墨が用いてあった。

——今回貴殿御出陣《ごしゅっちん》の作品〝軍艦〟は、審査の結果、海軍大臣賞に相当するものとして推薦に決定致し……。

隆夫は、跳び上るほど、驚いた。自分が出品したことのない画が、審査されたり、推薦されたりしては、驚くのが当然である。

(なんということだ、これは……)

彼は、呆然として、暫らく、呼吸をすることも忘れた。

あの画は、市来画伯のアトリエに、預け放しになっていたのである。画を持って行った日に鶴原の酷評と、市来の曖昧な態度に、腹を立てた隆夫は、その後、父の送金を受け取りに市来邸へ行っても、玄関で夫人の手から貰うだけで、アトリエには、足踏みもしなかった。そして、あの画のことは、頑なに、一言も口にしなかった。

五

(これは、先生の計らいだな)

ふと、気づいた隆夫は、烈しい慙愧《ざんき》に駆られると共に、一刻も早く、市来画伯に詫びをいわねばいられなくなった。

彼は、すぐに身支度をして、洗足へ出掛けた。事実は、果して、彼の推測どおりだった。

「いや、僕は、最初、あの画を、文展に出したらと、思ったんだよ。しかし、よく考えてみると、軍艦の画は、ちと、あすこに不向きだし、それに、僕が審査員だから、情実と思われるのも、君の損だし……」

市来画伯は、画を置放しにした隆夫の不遜さなぞ、少しも気にかけた様子はなく、また、わざわざ彼の画を、書生に命じて、出品させた好意を、誇る気色もなかった。

「君が、近頃、一向寄りつかんから、相談せずに、出品したんだよ。まだ、有力な展覧会ではないが、海軍大臣賞という狙いがあったからね。まア、その金星を落して、結構なことだ……」

と、淡々たる言葉を聞くと、隆夫は、却って穴へでも入りたい気持だった。そして、師匠の有難さというものが、シミジミと、身に沁みた。

「君、これを機会に、一度、国へ帰ったら、どうだ。ちっとは、錦を飾ることになるぜ。海軍大臣賞といえば、鹿児島あたりじゃ、文展の特選より、有難がるかも知れんぞ。それに、親父さんも、安心させにアいかん……」

「はア」

隆夫は、嬉しく、その勧告を頷いた。

その日は、久振りに、画伯の家で晩飯のご馳走になって、いい気持で、高円寺に帰った。

翌朝の新聞を見ると、社会面のほんの片隅ではあるが、海国展の受賞者として、彼の名が出ていた。多くの読者が、看過してしまうような記事でも、隆夫の眼には記念塔のように、大きく映った。

(生まれて初めて、人に認められた……)

涙が湧き出してくるのを、手の甲で拭った。

朝飯も食べずに、彼は、会場の日本橋の百貨店へ出掛けた。まだ、観覧人も、二、三名しかいなかった。彼は、自分の画に突き進んで、石像のように、その前に佇立《ちよりつ》した。顔が赧くなって、胸がドキドキして、自分の画を見てる気持がしなかった。やがて、気が静まると、大臣賞の貼紙が眼に入った。もっと、巧く描いたつもりだったのに、多くの欠点が、眼についた。それだけ、半年余前にこの絵を描いてから、自分が進歩した証拠だとは、気がつかなかった。

（今なら、こうは描かん……）

彼は失望の溜息を洩らしたが、額縁が見覚えのある市来画伯の愛用品なのを知ると、また新しい感謝に充たされずにいられなかった。

六

――エイヨヲシユクス」マサト

その電報を受け取った時に、隆夫は、喜びと一緒に、驚きも大きかった。よもや、真人が、あの小さな新聞記事を、読んでいようとは思わなかったのである。

発信局を見ると、呉であった。すると、真人の乗組艦は、目下、母港へ入ってるのであろうか。

（行きたいなア、呉へ。そして、その序に、帰省するか……）

序にといっては、両親に申訳がないが、隆夫は、世に認められたことで、帰省の資格ができると、却って、その気が薄らいできた。市来画伯に勧められた時には、帰省の好機会だと思ったが、展覧会で自分の画を観たら、欠点だらけで、いよいよ勉強の必要を感じると、一人前の画家振って、帰省する気持なぞ、どこかへケシ飛んでしまった。

ところが、真人の電報を見たら、急に、呉へ行きたくなった。真人の顔も見たいし、呉にいる軍艦も見たかった。そして、呉まで行ったら、鹿児島へ帰ることも、当然のような気持になった。

父親も、エダも、海軍大臣賞のことは、知らないとみえて、展覧会が終る頃になっても、何の便りもなかった。帰省の決心がついたので、隆夫は、そのことと、受賞のことを、父親の許へ報じることにした。

展覧会の最終日に、原宿の海防義会本部で、授賞式があった。隆夫の外にも、受賞者があったが、その賞品目録は、モーニングを着た審査員の手から、渡された。

だが、隆夫のそれは、参謀章をつけた、大臣代理の先任副官から、渡された。式後に、午餐《ごさん》会《かい》があったが、その軍人――大佐は、隆夫を顧みて、

「よく、軍艦を研究していますね。海軍にいたことでもあるのですか」

「いいえ……」

隆夫は赧くなって、答えた。真逆《まさか》〝海軍〟を怨んだ末が、海軍画家になったとも、打ち明け

られなかった。

授賞式から、真ッ直ぐにアパートへ帰って、紙包みを明けてみると、賞状の外に、賞金一千円が入っていた。

（こんなに貰って、いいのかなア）

隆夫は、最初の制作に対する酬いが、あまり大きいのを、気味悪く思った。しかし、その金で、両親や妹にも、立派な土産が買い調えられるのと、帰省旅行費を差し引いても、今後の研究費として、大半が残るのを嬉しく思った。

翌日、彼が作品を受け取りに、百貨店へ出掛ける時に、写真屋を連れて行くことを、忘れなかった。作品の写真を、真人と、両親に見せたいからだった。それから、彼は、市来画伯の家へ回った。

額縁を返して、心から礼を述べた後に、隆夫はいった。

「お言葉に従って、ちょっと、国へ帰って参ります」

七

東京を夜の十一時に出ると、乗換えなしに、翌日の午後四時半に、呉へ着く普通急行があった。

隆夫は、それを選んだ。こんな列車は、隙いてるだろうと思ったのに、ギッシリと、鮨詰めだった。

晩い夜汽車なので、動き出すと、じきに、人々は眠り始めた。身動きもできないような座席でも、なんとか工夫して仮眠《まどろ》みだすのが、面白いくらいだった。

隆夫は、どうしても、眠られなかった。列車の音が、上京の時の旅を憶い出させ、また、今度の帰省をするまでの心の転変を、考え及ぼさせるからであった。

(人間の反抗なんて、程度の知れたものだ。そしてまた、人間の願望も、踏んでも消えない野火《のび》のように、頑強なものだ)

彼は、真人よりも先きに、自分の胸に芽ぐんでいた海軍熱のことを、考えずにいられなかった。

短い初夏の夜は、浜松あたりで、白々と明け初《そ》めた。隆夫は、殆んど一睡もしなかった。朝日が、カンカン照ってくると、却って、眠気がさしてきた。名古屋も、京都も、知らないうちに過ぎてしまった。

山陽線へ入ると、真人の顔が、眼前にチラつき出した。昨日の午後に、到着時間の電報が打ってあるが、勤務のある彼が、果して駅へ出迎えてくれるだろうか。もし、出迎えてくれなかったら、十中八、九、彼の乗組艦が出動中と思わなければならない。そうしたら、次ぎの列車で、帰省の旅を続け、帰途にまた呉へ寄ってみよう――

そのうちに、瀬戸内海の入江が、車窓に現われてきた。糸崎《いとざき》から呉までの一時間半は、景色はよかったが、ひどく、長い気持がした。

呉駅へ着くと、フォームは、夥しい人波だった。十六歳の見学旅行の時に、真人達とこの駅へ降りた時には、閑散なところだと思ったのに、今度は、甚だしい混雑だった。その混雑のなかに、幾人も、海軍士官の姿が見えた。隆夫は、人に揉まれながら、その方に近寄ると、悉く人違いだった。

(やっぱり真人は、都合が悪かったのか……)

そう思って、一応、出口の方へ行くと背後から、肩を叩かれた。

「こんなところにおったか……。おれは、前の二等車の方を、探しとった」

懐かしい声だった。そして、銀座で逢った時と同じように、背広の真人だった。

「三等だよ。知れちょる」

嬉しさのあまり、隆夫は、却って、ツッケンドンな口調だった。

「いや、貴様は、もう画伯だから、そう思ったんだ。おれのような貧乏少尉だって、二等に乗るからな……。さア、こっちへ来い。この頃は、混んでやりきれんよ」

真人は、場所慣れた態度で、人波の中を導いた。

八

「呉というところはね、東京とちがって、適当な料理店がないんじゃ。所謂お料理屋か、さもなければ、大衆食堂のようなものばかりでね」

と、説明しながら、真人は、駅からそう遠くない大通りに面した、福田という旅館兼料理店へ、案内した。隆夫は、家の構えが、東京の名ある料亭のようで、気怯《きおく》れを感じたが、真人も、あまり顔の売れてる風でもないようだった。海軍士官の宴会が多い家だといっていたが、彼自身の馴染みは薄いらしく、一流の家へ隆夫を案内したいという気持から、ここを選んだのでもあろう――

「疲れたろう。風呂へ入らんか」

離れ座敷風の八畳へ通されると、真人は、すぐに、そういった。

「いや、風呂よりも、話がしたい」

「そうか。じゃア、少し早いが、膳を出してくれんか」

真人は女中に命じた。

「こんな、立派な家へ案内してくれて、済まんなア」

袴の膝を、胡坐に直しながら、隆夫がいった。

「貴様の祝賀会じゃもん……。今度は、ほんとに、よかったなア。海軍大臣賞といえば、おれまで、鼻が高いぞ。お父さんも、きっと、お喜びじゃろう」

真人は、シンから嬉しそうに、いった。

「ありがとう。そッで、おいも、これを機会に、ちょっと帰省しようと思うてなア」

「そいが、よか。故郷へ錦を着て帰るんじゃね」

「まだ、そこまでは行かん。家出の詫びだけは、してくるつもりじゃ」

「うん。親に心配かけちゃ、済まんからな。おれも秋には、お母はんの顔見てくるつもりじゃ」

そういう言葉も、真人の口から出ると、修身臭くない自然さがあった。

そこへ、女中が、酒肴を運んできた。上方風の、なかなか、凝った料理だった。

「おりゃア、近頃、飲まんよ。貴様やらんか」

真人は、盃を伏せた。

「如何《いけん》してな?」

「いやちょっと……」

真人は、何気なくいい濁したが隆夫は、何か、厳然たるものを感じて、酒を薦めるのをやめた。

「国へ帰ったら、驚くじゃろう――エダさんが、大きくなっちょッで」

真人は、また、優しい調子に返って、微笑した。彼は、五十鈴が鹿児島へ入港した時に、隆夫の父親とエダに逢っているのだが、隆夫自身は、足掛け六年も、家族の顔を見ないのだ。

「そうじゃろう――もう、二十《はたち》じゃッで」

と、感慨深そうに、盃を含んだ隆夫は、急に、

「おお、そうじゃ。真人に、画の写真を見せるのを、悉皆《すっぱい》、忘れちょった……」

九

隆夫は、気持よく酔った。真人が、口を極めて、〝軍艦〟の画を賞めてくれるので、一層、喜びの酔いが回った。

「わしア海軍に手蔓《てづる》を得て、演習なぞ見せて貰えたら、必ず、会心の作がでくると思うちょるがね。大砲の煙とか、魚雷の航跡とか――一度でも、見て置きたい。呉で、そういう機会は、なかかね」

「さア……貴様に、なんか、資格があるといいのだが……」

「その資格じゃ。それを、わしア欲しゅうて……」

酔った紛れに、隆夫は無理なことをいったが、真人は、真面目に耳を傾けていた。

「とにかく、明日は日曜で、おれも休みだから、潜水学校を案内しよう。学校も休日だが、友人が、あすこにおるから……」

「潜水学校? そや、あいがたい。俺《お》や、潜水艦に、非常に興味をもっちょるんじゃ……。だが、真人は、まだ、潜水艦に乗らんのか。いま、乗っちょる艦は、そいとちがうんか」

「いいや……」

今度も、真人は、ハッキリしたことを、いわなかった。

やがて、女中が、飯を持ってきた。飯が済むと、真人は、勘定を命じて、

「今夜は、おれの下宿へ泊れ。まだ、時間が早いから、中通りでも散歩せんか――呉の銀座じゃよ」

二人は、立ち上って、廊下へ出た。隆夫は、荷物を鹿児島へ送ったので、手鞄一つの身軽さだった。

長い廊下から、玄関へ出る時だった。便所の戸が、ガラリと開いて、姿勢のいい、中尉の軍服を着た士官が出てきた。

「おや、谷? 貴様が、福田へくるとは、珍らしいなア」

微醺《びくん》を帯びて、大きな声だった。声と同じく、眼が巨きく、眦に愛嬌のある皺が寄っていた。

「いや、東京からきた友人と、飯を食って、いま帰るところです」

「帰る？　そりゃア、いかん。谷が福田へ現われるとは、前代未聞なのに、もう帰るなんて、そりゃアいかん」

「いや、しかし……」

「まア、おれの座敷へ来い。新田達も、一緒だよ」

「しかし、友人もいますから……」

「関わんじゃないか……。僕、湯浅中尉です。一緒に、飲まんですか」

突然、挨拶されて、隆夫は、狼狽しながら、名を名乗った。

「海軍大臣賞を貰った、海軍画家ですよ」

真人が、側から、紹介した。

「海軍画家？　それなら、いよいよ一緒に飲まなくちゃア……」

一〇

快活な湯浅中尉は、無理に二人を座敷へ連れ込むと、簡単迅速に、隆夫を一座の人に、紹介してしまった。

「さあ、これでいい。一盃、飲み給え」

竹を割ったという形容が、ソックリ嵌る人だと、隆夫は考えた。

紹介された新田少尉は、眼の鋭い、そして、肩の盛り上るような体格の人だった。もう一人の原少尉は、真人のように、温和な沈黙家だった。二人共、真人と懇意とみえて、親しげに目礼を交わして、話し合っていた。

飾台《ちゃぶだい》の上には、二、三本の銚子が列んでいた。どうやら、湯浅中尉が、主に平げたらしかった。

「谷は、相変らず、飲まんのか。おりゃア、土曜日に飲むことにしとるが、先週も先々週も、駄目だった。今夜ア、久振りで、いい気持になった……。おい、新田、白頭山節でも出さんか」

湯浅中尉が愉快そうに叫ぶと、

「まだまだ」

と、手を振った。新田少尉の声が、破鐘《われがね》のようなので、隆夫は思わず笑った。

「新田。明日、この男を潜水学校見学に連れて行くが、日曜で済まんが、適当に頼むぞ」

と、真人が思いついたように、いった。先刻の話の友人とは新田少尉のことらしかった。少尉は、何かの科目を聴講にいってるらしかった。

「了解」

たった一言、新田少尉の蛮声《ばんせい》が、響いた。

隆夫は、そういう海軍軍人の言葉使いを聞いていると、いつか、横須賀で五十鈴の士官次室《ガン・ルーム》を訪れた時の気持が、再び、胸へ甦ってきた。いや、あの時よりも、もっと、この座敷の雰囲気は、快活で、若々しくて、寛闊《かんかつ》で——そしてハメを外さぬ、スッキリしたものがあった。隆夫は、その空気の中にいるのが、この上もなく、幸福だった。自分が、宿望の海軍士官になったような気さえ、起きずにいなかった。

「君、海軍の画を描くなら、僕等の隠語《スラング》ぐらい、知らんといかんですなア」

湯浅中尉が、好機嫌で話しかけた。

「はア、是非……」

「例えば、軍艦ではね、〝お早うございます〟ということを、〝オス〟という……。尤も、上官に対して、そんなことをいえば、叱られますがね」

「ハッハハ、つまり極度に簡単化したのですね」

「そう……。しかし、これは、わからんでしょう——〝コーペル〟というのは？」

「どういう意味ですか」

「令嬢ですよ、令嬢は、ドーターじゃないですか。銅は即ちCopperで、それを、昔流に発音すれば……」

隆夫は、腹を抱えて、笑い出した。なんと、まるで中学生の考えそうな、隠語の由来ではないか――

血と涙の歴史

一

真人と隆夫は、翌朝の九時頃に、下宿を出た。下宿といっても、立派な良家で、そういう家が、好んで海軍士官に座敷を貸すのは、土地の風習でもあった。真人の下宿の女主人は、五十ぐらいの未亡人で、活花の師匠だった。

「帰港した時に、家庭的気分が欲しいから、おれ達は、ああいう家を探して置くのだよ。あの家は、親切で、とてもいいのだが、女の弟子が大勢くるので……」

「結構じゃないか」

隆夫は、揶揄《からか》うように笑った。

「いや、困るよ」

真人の声は、真面目だった。

「なぜ？」

「此間も、おれは、風呂に入っちょったんだ。すると、知らん間に、風呂場の外の部屋で、活花の稽古が始まったんじゃな。大勢、娘が来ちょるのに、裸では出られんじゃないか。おれは稽古の済むまで、風呂場におったが、湯気で逆上せてしもうて——あんな、苦しいことはなかった。潜水艦が赤道直下で、長いこと潜航しちょる時は、きっと、あんな風じゃろうと思うた……」

と、少し、顔を赧らめながら、真人が語るのを、隆夫は、噴笑《ふきだ》さずにいられなかった。今日の真人は軍服姿で、凜然と、往来を闊歩しているのだが、顔を見ると、少年のように初々しかった。隆夫は、久振りで、真人の〝林檎〟という綽名を、憶い出した。血色のいい頰には、軍人組時代と同じように、童貞の匂いが馨《かお》っていた。

（おれは、真人のように、清浄ではない……）

隆夫は、自分の東京生活を、恥じないでいられなかった。

「ここが、中通り！　一番、繁華な街じゃ」

真人が、説明した。鈴蘭燈《すずらんとう》の列んだ、賑やかな一筋町《ひとすじまち》は、電車が通っていないので、銀座よりも、道頓堀《どうとんぼり》に似ていた。日曜のためか、水兵や下士官が、沢山、歩いていた。真人を見ると、赤い臂章《ひじしよう》の手を挙げて、キリリと敬礼した。

四ツ道路というところまで歩くと、真人がいった。

「呉ちゅう町も、見物する場所がないのでね。あすこが、鎮守府で、この上が、水交社じゃが、それより、早く、潜水学校へいってみんか」

「おいも、そいが、望みじゃ」

ちょうど、そこへ通りかかったタクシーを、真人が呼び止めた。

車へ乗ると、真人は、

「潜水学校なぞは、呉の名所の一つかも知れん。市民が、記念品を参観に行くからね。しかし、潜水艦というものを、知ろうとする者は、何人あるかな。況して、潜水艦の忍苦の歴史を、知ろうとする者なぞは……」

と、どこか憤りの籠った声で語った。

二

崖下の細い道を、自動車が走って行くと、間もなく、校門が見えた。門前で真人は、車を帰した。

門を入ると、小砂利が綺麗に清掃してあって、半ば庭園風に、石が置かれ、赤い躑躅が咲いていた。そして、その中心に、二隻の小さな潜水艦——潜航艇と呼ばれていた時代の艦体が、台の上に安置してあった。〝六〟と白字で書いた一隻の前には、小さなお宮が、祀《まつ》ってあった。それが、潜水艦神社だった。

真人は、その前に立って、篤い敬礼をしてから、

「これが、佐久間大尉の六号艇だ。この社は、すべての殉難者をお祀りしてあるのだが、潜水学校の――というよりも、帝国潜水艦の守護神かも知れんよ……。じゃア、ここで、待っちょれ。おれは、新田を呼んでくるから……」

と、正面の建物へ入っていった。

隆夫も、佐久間大尉の壮烈な事蹟は、知ってるので、心を籠めて参拝してから、葉巻型の六号艇の姿を、感慨深く眺めていた。海軍文献を読んだお蔭で、初期潜航艇がホーランド型であるとか、単殻式《たんかくしき》であるとかいうぐらいは、知っていた。やがて、真人が、新田少尉と連れ立って姿を現わした。

「隆夫、貴様は運がいいぞ。日曜なのに、教頭がきておられて、後で、貴様に会って下さるそうじゃ――新田が、海軍画家として貴様のことを、紹介してくれたからだよ」

真人は、自分のことのように、喜んでいた。隆夫も、新田少尉に、礼を述べた。

「いや……じゃア、校内を案内しましょう。休日だから、授業はありませんが……」

と、少尉は、特徴のある太い声でいうと、大股に歩き出した。

作業室は、別棟になって、所々にあった。操舵、機関、水雷――いろいろの作業室があったが、休日で鍵が掛っていたので、硝子戸の外から、覗くだけに過ぎなかった。

「後で、実物を見せますから、ここは、このくらいでいいでしょう」

それから、新田少尉は、校舎を案内した。そこに、練習生の水兵が起臥《きが》し、学科を学ぶのだが、大半は、日曜外出中とみえて、シンと、静かだった。

やがて、練習生の居室へきた。大きな棟木が、何本も室を限っていて、その下に、それぞれ、長い卓《テーブル》と長い腰掛が、列んでいた。そして、小銃銃架も、靴棚も、整然としてはいるが、所狭く、配置されていた。

「帝国の軍艦は、居住性というものを、犠牲にするのですが、潜水艦に於ては、特にそれが烈しいです。だから、練習生の居室も、それに準じて、この部屋は、居室と、食堂と、寝室を兼ねています。ご覧なさい――梁《はり》に鉤が打ってあるでしょう。あれへ、ハンモックを釣って臥るんです……」

三

「今度は、ホンモノですよ……」

と、新田少尉の説明を俟《ま》つまでもなく、構内の桟橋に、一隻の呂号《ろごう》潜水艦が、甲板の踏板を縞のある鯨の背のように見せて、繋留《けいりゆう》されていた。その踏板を歩く時に、隆夫は、今まで、遠くでばかり眺めていた潜水艦の、いよいよ、その胎内《たいない》に入るかと思うと、胸が躍ってならなかった。

艦橋から、ハッチの鉄梯子を伝わって降りると、内部は、ムッとする空気の澱みと、電燈の光りと——永劫の夜であった。

「こんなに狭いとは、思わなかったろう」

真人が、微笑していったが、隆夫は、唖然としたように、返事ができなかった。

狭いばかりではなく、こんな複雑な、混雑といっていいほどの〝鉄細工〟を、曾て見たことがなかった。司令塔の潜望鏡の周囲にさえ、ギッシリと、鉄の輪と管が、取り巻いていた。発令所を見れば、頭が痛くなるくらい、機械の充満だった。

発射管室、ディーゼル機械室、電動機室——と、歩いて行くうちに、隆夫の頭は、まったく混乱してしまった。潜水艦の動力が二基で、水と空気を排注《はいちゆう》するタンクがどうで——というような予備知識は、どこかへ吹き飛ばされてしまった。彼は、自分が小さな塵になって、時計機械の内部へ、忍び込んだような気がした。いや、鯨の腹中に飛び込んだという方が、適切かも知れなかった。

「や、どうも……」

士官室で、テーブルや椅子を見た時、やっと、人心地になって、隆夫がいった。

「なに、慣れれば、自分の家と同じことですよ」

新田少尉も卓の前に坐った。

「ここが、士官の居室兼寝室兼食堂兼全員の通路です。そのカーテンの中が艦長室……」

隆夫は、その中を覗いてみると一畳敷ほどの空間を、殆んど全部寝台が充たしてるのに、驚いたが、その寝台の上を、蛇のように、鉄の管が這い、一つの円輪が突き出してるのには、なお驚いた。艦長が、臥返りを打てば、横ッ腹へ、衝突するにちがいない。

「この艦は、繋留中で、機関が止まっているからこんなに、凌《しの》ぎいいのだよ」

と、真人が、説明した。

「動くと、暑いし、臭いし——相当のものですよ」

新田少尉が、口を添えた。狭い士官室も、彼等三人だけだから、これだけユトリがあるのだろう。

「おや、神棚がありますね」

隆夫が、高い声を出した。

四

「神棚は、どの軍艦でもありますがね。潜水艦乗りは、一層、神様を拝む気持になるから……」

と、新田少尉がいったが、一寸平方の空間の無駄も許されない室内に、高々と、白木の小神殿が、安置されてあった。白い瓶子《へいし》と、真っ青な榊《さかき》の色が、灰色に塗った管や弁の中に冴えていた。

一発の魚雷を放つ前に、魚雷の体に神酒《みき》が注がれ、神符《おふだ》が貼られるというような話を、隆夫も、その道の書物で読んでいた。また、常に危険に曝されてる潜水艦の運命も、そこに、考えられねばならなかった。そして、その神棚の前に、あの複雑な機械力を駆使する乗組員が、ひそかに祈りを献げてる姿を想像すると、

(画になるな)

と、隆夫は、心の中で呟いた。

誰もいない士官室に腰掛けながら、三人の話題は、潜水艦に絡まずにいなかった。

隠密性、航続性、単独性——そういうものが、潜水艦の特長に相違ないが、それが同時に、潜水艦に苦労と危険を齎すことにもなるようだった。潜航して敵に近づく隠密性がなかったら、

あの複雑な機械と人間を一体化する訓練も、忍苦も、狭苦しい艦内生活も、不必要だろう。大洋を往復する長い航続性がなかったら、艦内に雨が降るような湿度や、臭気や、罐詰食糧の不快さも、忍ぶ必要がないだろう。また、他種の艦艇と共に出動するときまっていたら、爆雷の危険も、僚艦が却けてくれるだろう。すべての労苦と危険は、潜水艦が潜水艦であるために、必然に背負うべき運命なのだ。

そして、その任務は、哨戒《しょうかい》だとか、輸送路遮断だとか、陸地砲撃だとか、機雷敷設だとか、いろいろあろうが、本務といえば、身を潜め、身を挺して、敵の巨艦を魚雷で撃沈することにあるのだ。すると、潜水艦というものは、水中の水雷艇のことではないか。威海衛《いかいえい》と旅順と日本海に、帝国海軍独特の戦法を示した水雷艇の伝統が、水中にまで伸びたことではないか――

隆夫は、そんな風に考えた。

「確かに、そうだが、水雷艇と潜水艦とは、根底が同じでも、表われ方が、ちがってくるかも知れん。とにかく、佐久間艇長の精神は、純粋な潜水艦乗りの魂だよ」

と、真人は、彼にしては珍らしく、議論めいたことをいった。

やがて、三人は艦外に出た。日光が、ひどく、眩しかった。

「じゃあ、I大佐のところへ伺って、いろいろ、お話を聞くといいよ」

新田少尉は、校舎の方へ歩き出したが、隆夫は、その途中に、海底調査用の可愛い豆潜航艇

が、記念物として置いてあるのを認めて、

「真人……こんな小さな潜航艇に、魚雷を積んで敵の軍港に忍び入ったら、面白かろうね」

と、冗談をいったが、真人と新田は、急に眼を外らして、何にもいわなかった。

五

教頭室の、青いラシャを掛けた円卓の向うに、デップリしたI大佐の軀が、半身を現わしていた。

「いい機会《おり》でした。日曜だが、ちょっと調べ物があって、出校したところで……」

「お忙がしいのではございませんか」

隆夫が、ひどく遠慮しながら、訊いた。

「いや、三十分ぐらいなら……軍艦を描く画家さんに、潜水艦のことも、知って貰いたいですからね」

新田少尉は、所用で市中へ出掛けたので、対坐するのは、隆夫と真人の二人だけだった。

「唯今、練習艦を見せて戴きました。すべて、驚くことばかりで……」

隆夫が、実感を顔に表わした。

「わたしも、永らく、潜水艦に乗ったが……艦長は、みんな、白髪が生えるですよ。いや、艦内生活の苦しさのためじゃない。あれくらいの辛抱は、軍人として当然です。それよりも、まア、責任ですかな。潜水艦の艦長ぐらい、責任の重さを感じるものはないです」

「ハア」

「勿論、艦長一人が苦労しとるわけじゃない。全員が、緊張しておらなければ、舵手や排注水手の、ほんの少しの不注意で、致命的な事故を招きますからな。だから、全員の呼吸が、ピッタリ合っていなければならない……その代り潜水艦ぐらい、家族気分の艦はないですよ。全員が、一蓮託生の運命にあるためでもあるが……例えば、艦長も士官も兵も、同じ献立の食事をとるような点ですね。こんなことは、他の軍艦にない。それから、艦長以下士官が、実に、兵のことを、想ってやるですな。兵も亦、実によく上官を信頼する……。わたしも、一人の兵の恋仲を纏めてやって、結婚をさせたことがある……」

I大佐は、日に焼けた顔を、綻ばせた。

そういう上下の情味が起きるのは、一つには、恵まれなかった潜水艦の過去が、与ってるのではあるまいかと、隆夫は考えた。例えば人生の日蔭で、長い間、人の知らない苦行と苦闘を続けた一団の人々があるとすれば、そこに生まれる団結と親和は、潜水艦員のそれに近いのではあるまいか。実際、太平洋に嵐の兆しが見え初めた今日になって、多少、新聞雑誌が眼を向け始めたが、それまでに、誰が潜水艦のことを、口にしたであろうか。潜水艦は遭難する時だけに、世人の注目を惹いたのではあるまいか——というようなことを考えた。

「去年の八月の、成瀬《なるせ》兵曹の死なぞも、その顕われですよ。自分の身を棄てて、ハッチの浸水を救ったのは、勿論、大事な軍艦を護る気持にちがいないが、一面には、信頼する上官と、愛する部下に対する最大な情誼《じょうぎ》の発露だと、わたしは思うんですが……」

I大佐の声も潤んでいた。

六

大正十三年の四十三潜水艦、昭和十四年の伊号六十三潜水艦、十五年の伊号六十七潜水艦等、数々の遭難事件は、悉く、日頃の猛訓練を物語るものであるが、そういう場合の乗組員の覚悟と態度が、いかに、立派であったか——

「なかには、沈没したまま、引揚げのできぬものもありますが、それでも、全員の態度が、軍人の亀鑑《きかん》であったろうことを、わたしが確信する理由は、後で話しますが……とにかく、四十三潜水艦の場合の如きは、全部が、ハッキリ知れとるから、参考になりましょう」

と、I大佐は、語り続けた。

四十三潜水艦の遭難は、その年の三月十九日朝、佐世保港外で演習中に、軍艦竜田《たつた》との衝突によって、起ったのである。潜望鏡は打ち折られ、司令塔付近から浸水し、瞬く間に沈没してしまった。沈没と同時に、救命浮標《ブイ》を放ったので、救難隊に艦の所在もわかり、電話で連絡することもできた。即ち、艇内に生存者がいたのである。しかし、それが全部でないことは、すぐ知れた。潜水艦が沈没すれば、各所の障壁を閉すから、艦員は各所に遮断されてしまうのだが、電話から聴える声は穴見兵曹長で、電動機室に小川機関大尉、市村機関中尉以下十七名が、生存してることがわかった。彼等は、遭難と同時に、発令所に艦長心得桑島《くわじま》大尉以下の安否を、電話で問い合わせたが、何の応答もなかった。その時既に、艦長以下は、殉職《じゅんしょく》していたのである。それとも知らずに、

「艦長や先任将校は、無事ですか」

海底からの電話は、艦内の状況を知らせると同時に、その事を、何度も訊ねてきた。浸水が電動機室に及び、呼吸が困難となって、喘ぐ声の下からも、その問いが続いた。

実際、電話という機械が発明されてから、これくらい悲壮な通話が行われたことは、一度もなかったに違いない。刻々に迫る死の影を伝えながら、最後に、

「帝国海軍万歳！」

と、三唱する喘ぎの声が聴えて、電話は絶えてしまったのである。

四十三潜水艦の沈没箇所は、潮流の激しいところで、艦体を引揚げるのに、一ヵ月を要した。

四十四名の死体が収容されたが、電動機室の十八名以外に、水雷室にも、仮りの間の生存者が、

十四名いたことがわかった。それは、各自が遺言を懐中していることで、判明したのである。電動機室の小川大尉以下も、それぞれ、遺書を認《したた》めていた。鬼塚兵曹長の遺書は、愛子に読ませるために、振仮名がついていた。中でも、穴見兵曹長の遺書は長文で、沈没の経過を一切報告した上、妻と子への言葉が書いてあった。妻へ、再縁するも異論なしということも、書いてあった。

——われ家を出れば、既に死を期す。更に思い残すことなし。南無阿弥陀仏《なむあみだぶつ》アーメン。

兵曹長は、諧謔《かいぎゃく》まで弄していたのである。

七

「一口にいえば、帝国潜水艦の歴史は、血と涙の結晶ですな。そして、まだ、一回も、実戦に出ていない。一度も、血と涙が、酬われていない……」

と、I大佐は、沈痛な声でいったが、忽ち、語調を変えて、

「先刻、あなたにお話ししたように、引揚げ不能の沈没潜水艦でも、乗組員の態度が立派だったと、わたしが断定したことが、矛盾か独断のように聴えるでしょうが、決してそうではありません。わたしは、それ相当の理由をもってる。つまり、潜水艦乗りには、潜水艦乗りの魂というものが、あるからですよ。過去でも、現在でも、帝国の潜水艦乗りは、皆、その魂をもっ

てる。では、その魂はどういうものか。いつ、どこで、生まれたものか――それは、今から、三十二年前の四月十五日に、ここからそう遠くない、新湊《しんみなと》の沖で起った最初の遭難事件に、溯らねばならない。第一回の遭難の時に、帝国潜水艦乗りの魂が――潜水艦乗りはかくあるべしということが、不動不抜の礎を、確立したのです……」

それは、いうまでもなく、佐久間艇長のことだった。六号艇乗組員のことだった。

その頃の帝国潜水艦は、まだ草蒙《そうもう》時代で、〝艦〟といわず、〝艇〟と呼んでいたくらいで、形が小さいのみならず、故障が多くて、航続力が短くて、とても、母艦の側を遠く離れられない――謂わば、ヨチヨチ歩きの子供のようなものだった。出動する時も、炊事場の設備がないから、弁当を持って乗り込んだ。その数も、一号から九号までたった九隻で、現在のように、外殻に包まれることもなく、葉巻形の裸身を、直接、波に曝し、水上航走は、ガソリン機関に頼っていた。

その中でも、六号艇は一番小さく、トン数僅かに五十七トンで、艦橋というべきものがなく、航走中に艇長のいるところは、水上僅か二尺で、港内で汽艇が側を通っても、その波を食って、軀を濡らすような始末で、演習や巡航にも、六号艇だけは、除外されるくらいだった。

佐久間大尉が、六号艇長を命じられたのは、明治四十二年の十二月であるが、それまでに一号艇から四号艇までの艇長を歴任し、潜水艦の専門知識が深く、また日露戦争に巡洋艦や水雷艇に乗組み、旅順や日本海で武勲を示して、軍人としての〝仕上げ〟がまったく、できてる人であった。生地は福井県、父は神官で、子供の時から、義務感と断行力の強い人柄だったと、いわれている。

八

大尉が六号艇に乗組んだ時に、恐らく、胸中には、この最も不完全なる潜水艇をして、最大の効率を挙げしめようという決意が、潜んでいたに相違ない。当時の潜水艇は、あらゆることが実験であり、摸索《もさく》であって、多くの研究課題が、山積《さんせき》していたのである。その課題は、乗組員自身が挺身《ていしん》して解決する外に道がなかった。

例えば、ガソリン機関による半潜航ということも、当時の重要な課題の一つだった。六号艇の速力は、水上八ノット、水中四ノットで、僚艇《りょうてい》のそれも大同小異で、〝どん亀〟の綽名がある所以だが、せめて、その隠密性を保ちつつ、水上航走に近い速力と航続力を獲《え》たいということが、当事者の念願だった。

だが、これは、非常に危険な仕事で、日本の煙管《きせる》のような通風筒を、水面に露わしながら、潜航するのだから、波でも被れば、いつ浸水を来たすかもわからない。尤も、通風筒には、スルイス・バルブというものが付いていて、浸水と見れば、すぐ、それを閉じればいいわけだが、うまく間に合うかどうかという点に、大きな冒険が賭けられていた。佐久間大尉は、最も性能の悪い六号艇に於て、敢然と、その可能を試みたのである。

明治四十三年四月十一日に、第一潜水隊は瀬戸内海から別府方面に巡航したのであるが、例によって、六号艇はその行動に加わることができず、四月十五日まで、母艇の歴山丸《れきざん》と共に、内海で作業を行い、新湊沖に差しかかった。時間は、午前九時五十分頃であったが、その時、佐久間大尉は、半潜航の実験を始めたのである。

そのうちに、六号艇は全潜航の状態になったが、歴山丸では、潜航訓練を始めたものと認めて、別に不審を起さなかった。実際、当日は、海底沈坐の実験も、併せて行うことになっていたのである。

ところが、あまりに、潜航時間が長いので、異変を感じ始め、その旨を、呉在泊の母艦韓崎《からさき》に報告したのである。韓崎は直ちに鎮守府に報告したので、多数駆逐艦、水雷艇が、現場へ出動した。上の関にいた母艦豊橋も、馳せ参じて、それから徹宵《てつしょう》、沈没箇所の捜査が、始められた。翌十六日午後三時に至って、富士と伊吹《いぶき》の艦載水雷艇が、沈下した艇体を発見した。しかし、引揚げには、種々の困難が伴なって、浅瀬に曳いて、軽荷状態にしたのは、十七日の午後一時だった。

当時の潜水艇の設備からいってそれだけの時間を経過した後に、生存者があることは、誰も予期できなかった。問題は、帝国海軍初の潜水艦遭難事件に、乗組員がいかにして死んだか、ということであった。実は、その少し以前に、某国海軍に同様の事件があって、乗組員の甚だしい醜状が、世の眉を顰《ひそ》めさせていたからである。

真ッ先きに、六号艇内へ飛び入った吉川中佐と中城大尉の心中は、悲しみのうちにも、相当、複雑な緊張があった筈である。

ところが、狭い艇内を一巡した中佐は、

「よろしいッ！」

と、絶叫したと思うと、大声を揚げて、泣き出してしまったのである。

九

佐久間大尉は、艇長の居所たる司令塔の中に、原山機関中尉は電動機の側に、鈴木上等機関兵曹はガソリン機関の側に、舵手は舵席に、空気手は圧搾空気罐《あつさくくうきかん》の前に、それぞれの部署を、一寸も離れず、見事な最期を遂げていた。

ただ、二人だけが、部署を離れていた。長谷川中尉と門田上等兵曹の二人だった。ところが、二人の死体が横たわっていたのは、ガソリン・パイプの破れた箇所だった。二人が部署を離れたのは、烈しいガソリンの臭気と闘って、最後まで、その噴出を遮ろうとした結果であることが、証拠立てられた。

吉川中佐と中城大尉が、男泣きに泣き崩れたのは、当然のことであった。これ以上に、殉難潜水艦乗りの立派な〝死に方〟は、考えられなかったからである。

「よろしいッ！」

吉川中佐のその一語は、実に、簡にして、あらゆる批判と感動をいい尽したものである。

中佐達の後には、母艦豊橋の軍医長や看護部員が、艇内に入って、規則的な検視をしてから、死体を厚く毛布で包んで、豊橋に収容した。そして、艦員は、泣きながら、十四の遺骸《いがい》に、新しい軍服を着せた。やがて、豊橋が静かに呉へ入港した時には、司令長官の特命によって、すべての在泊艦艇が、登舷《とうげん》礼式をもって、これを迎えた。

しかも、佐久間艇長への尊敬と哀悼は、やがて十倍にも、昂まらねばならなかった。それは艇長の軍服ポケットから、一冊の手帳が発見された時からである。

発見者は、鉛筆の走り書きに過ぎないその手帳を、艇長の私事の備忘ぐらいに思って、さして重要視しなかったが、やがて、熟読してみて、驚いた。

それは、古今を貫く大遺言書だった。あの環境に於て、あの運命に於て、人間がよくもこれだけのことを書き得たと思わせるほど、前例のない意志と義務感の勝利に輝く遺書だった。

沈没と同時に、電燈が消えて、ピイプ・ホールから、わずかに洩れてくる微光の下で、佐久間大尉は、ガソリンの悪ガスに喘ぎながら、それを書き了えたのである。沈没の原因、沈没後のあらゆる経過を報告し、その上、潜水艦の将来を慮《おも》い、また上官として部下への情誼《じょうぎ》、先輩への告別、最後の意識が消える瞬間の時刻まで、洩れなく書き遺している。

超人とは、まさに、大尉のことである。その時、大尉の齢三十一歳、愛妻は前年に没し、二歳の遺女あるのみであった。

一〇

小官ノ不注意ニヨリ、陛下ノ艇ヲ沈メ部下ヲ殺ス、誠ニ申訳無シ、サレド艇員一同死ニ至ルマデ皆ヨクソノ職ヲ守リ沈着ニ事ヲ処セリ、我レ等ハ国家ノ為メ職ニ斃《たお》レシト雖モ唯々《ただただ》遺憾トスル所ハ天下ノ士ハ之ヲ誤リ以テ将来潜水艇ノ発展ニ打撃ヲ与ウルニ至ラザルヤヲ憂ウルニアリ、希《ねが》クハ諸君益々勉励以テ此ノ誤解ナク将来潜水艇ノ発展研究ニ全力ヲ尽クサレンコトヲ、サスレバ我レ等一モ遺憾トスル所ナシ

沈没ノ原因

瓦素林《ガソリン》潜航ノ際過度深入セシタメ「スルイス・バルブ」ヲ締《し》メントセシモ、途中「チエン」キレ、依《よ》テ手ニテ之レヲシメタルモ後《おく》レ、後部ニ満水セリ、約二十五度ノ傾斜ニテ沈没セリ

沈据後ノ状況

一、傾斜約仰角十三度位
一、配電盤ツカリタル為メ電燈消エ、電纜《でんらん》燃エ、悪瓦斯ヲ発生呼吸ニ困難ヲ感ゼリ、十四日午前十時頃沈没ス、此ノ悪瓦斯ノ下ニ、手動ポンプニテ排水ニ力《つと》ム
一、沈下ト共ニ「メン・タンク」ヲ排水セリ、燈消エ「ゲージ」見エザレドモ「メン・タンク」ハ排水シ終レルモノト認ム、電流ハ全ク使用スル能ワズ、電液ハ溢《あふ》ルモ少々、海水ハ入ラズ、「クロリン・ガス」発生セズ、残気ハ五〇〇磅《ポンド》位ナリ、唯々頼ム所ハ手動ポンプアルノミ
(右十一時四十五分司令塔ノ明リニテ記ス)
溢入《いつにゆう》ノ水ニ浸《ひた》サレ乗員大部衣湿《うるお》ウ、寒冷ヲ感ズ、余《よ》ハ常ニ潜水艇員ハ沈着細心ノ注意ヲ要スルト共ニ、大胆ニ行動セザレバソノ発展ヲ望ム可《べ》カラズ、細心ノ余リ畏縮セザランコトヲ戒《いまし》メタリ、世ノ人ハ此ノ失敗ヲ以テ或ワ嘲笑スルモノ有ラン、サレド我レハ前言ノ誤リナキヲ確信ス
一、司令塔ノ深度計ハ五十二ヲ示シ、排水ニ勉メドモ十二時迄《まで》ハ底止シテ動カズ、コノ辺深度ハ十尋《ひろ》位ナレバ正シキモノナラン
一、潜水艇員士卒ハ、抜群中ノ抜群者ヨリ採用スルヲ要ス、カカルトキニ困ル故、幸ニシテ艇員ハ皆ヨク其職ヲ尽セリ、満足ニ思ウ

我レハ常ニ家ヲ出ズレバ死ヲ期ス、サレバ遺言状ハ「カラサキ」引出《ひきだし》ノ中ニアリ（之《こ》レ但《ただ》シ私事ニ関スルコト言ウ必要ナシ、田口浅見兄ヨ之レヲ愚父ニ致サレヨ）

公遺言書

謹ンデ

陛下ニ白《もう》ス

我《わが》部下ノ遺族ヲシテ窮スルモノ無カラシメ給ワンコトヲ、我ガ念頭ニ懸《かか》ルモノ之レアルノミ、

左ノ諸君ニ宜敷《よろしく》（順序不順）

一、斎藤大臣――（筆者注、以上諸先輩の氏名略）気圧高マリ鼓《こ》マク破ラルル如キ感アリ

（再び氏名記しあり）

十二時三十分呼吸非常ニクルシイ

瓦斯林ヲブローアウトセシ積リナレドモ、ガソリンニヨウタ

一、中野大佐（注、氏名の追記ならん）

十二時四十分ナリ

一一

以上が、佐久間大尉の遺書であるが、これを読んで哭《な》かざるは人に非ずという成句を、これ

ほどピッタリ、と感じさせるものはない。また、三十余年前に書かれた文字で、これほど、常に新しい力をもって、心を撃つものはない。

隆夫は、I大佐の話を聴いてから、校内の参考館で、その遺書の精巧な複写版を見た。大尉を中心として、壁面に列んだ乗組員の写真も見た。すべては、口の利けなくなるほどの感動だった。

「佐久間艇長と、広瀬中佐は、兵学校でも、崇拝の的じゃからなア。どちらかを、誰かが、自分の目標として、心の中に置いちょるよ……」

真人が、そういった。そして、遭難の四月十五日が、海軍の暦の一頁を占めていることも語った。

「I大佐のお話に、四十三号艇の穴見兵曹長の遺書――あん中に、佐久間艇長と、ソックリの文句があったな。つまり、佐久間大尉の影響ちゅうか、伝統ちゅうか――それがあるんじゃな。偉いもんじゃ」

隆夫が、歩きながらいった。

「それから、大尉が、部下のことをいってる――あの気持は、軍人でないとわからんか知れんが、頭が下るよ」

真人が、そう答えた。その言葉には、彼が、或る一人の部下のことを考えてるような、実感が籠っていた。

「しかし、潜水艦も、気の毒じゃな。まだ、一度も実戦に出ちょらんとは……。真人も、他の艦を志望した方が、早う手柄が立てられやせんか」

「いいや……」

真人の答えたのは、その一言だけだった。明るい微笑が、言葉の余りを、残りなく、補っていた。

やがて、二人は、校門に近い、潜水艦神社の前まできた。潜水学校の見学も、ここを剰《あま》すだけだった。

改めて、お宮に参拝してから、真人がいった。

「六号艇の中は、普通の参観人でも、入って関わんのじゃ。おれが、案内しようか」

「え？　こん中へか」

隆夫は、胸を躍らせた。

全長七十三呎《フィート》の艇体を回って、背後に出るのは、ワケもないことだった。隆夫は、その小ささに驚いたが、遭難の原因となった通風筒が、風呂場の煙突のような、暢気な形で、艦上に突き出しているのを見ると、傷ましさに、胸が痛くなった。

白木の階段を登ると、恐らく、新しく取付けたらしい出口があった。そこから、一歩、艇内に入ると、薄暗い電燈と、司令塔から射し入る外光の外には、陰々として、土蔵の中のような薄闇が、四辺《あたり》を包んだ。

一二

鉄の匂いのする薄闇の中を一巡すると、先刻の練習潜水艦と比べて、狭さの点でも格段だが、構造の簡単さに、驚かずにいられなかった。魚雷の発射管さえ、ただ一門しかなかった。

「すると、佐久間大尉のおられた場所は……」

隆夫は、中央の発令場から、司令塔を見上げた。それは、下水のマンホールを、下から覗いたのと同じことだった。人間の体が、やっと通れるような、狭い円筒の中で両足を縁《へり》に突っ張りながら、非常に窮屈な姿勢で、大尉は、常に指揮を執り、また、遭難の時も、そこで、あの遺書を認めたのだった。円筒の壁に、Aという記号が、白く描いてあった。

AからNまで、アルファベット十四字が、十四名の艇員の遺骸の発見された場所に、記してあった。I大佐の話のとおりに、各自の部署が、各自の死場所だった。最後まで、遠藤一等水兵が、必死に動かしていた手動ポンプも、そのままに残って、Iという記号が、薄闇の中に、白く浮いていた。

隆夫は、なにか喋ると、声が、艇壁に反響を起すのを、冒瀆のように感じて、黙っていた。

真人も、今日までに五、六回、艇内に入ったということだったが、頭を垂れて、佇立していた。森然たる静寂が、海底に沈坐して、人既《すで》に死した後の、この艇の状態を、想像させた。軍人の節義を最後まで護り通した人々の、安らかな眠りが、今でもこの中に、続けられているような気がした。

外へ出てからも、隆夫は、感動に打ちのめされて、暫らく、口を利かなかった。

真人は、校門を出ると、急に思い出して、いった。

「やア、失敬。午飯を食わせることを、忘れちょった。貴様、腹が減ったろう」

隆夫は、心から、礼をいった。

「いや、関わん……それより、いいところへ案内してくれて、ありがとう」

やがて、二人は、バスのある通りまで出てそれへ乗って、鎮守府前で降りた。そこから、少し歩いて、水交社へ行く坂を昇ろうとすると、反対の道から、一人の下士官が、駆け寄ってきた。二等兵曹の赤い腕章をつけていた。見るから、実直そうな顔立ちで、正しい敬礼を行ってから、真人と立ち話を始めた。なにかの用件とみえて、なかなか長くかかった。

「あの男は、おれの部下なんじゃがね。齢《とし》は、おれより三つ上でも、まるで、弟のように、可愛い男なんじゃ」

水交社の食堂で、遅い午飯を食べた時に、真人がいった。その調子には、シミジミとした感情が籠っていたが、隆夫は気にも留めずに、質素な食堂を見回していた。東城画伯の画を観に、東京の水交社へ行ったことがあったが、あれほど立派でないこの水交社の方が、よほど親しめる感じだった。

宿望のこと

一

隆夫は、その晩の汽車に乗って、呉を発つことにした。それは、真人から、なにか、身辺多忙の印象を受けたので、月曜日まで滞在して、邪魔をする気になれなかったからだった。

「もし、帰りに寄れたら、寄ってみんか。うまく、都合がつけば、軍港のなかを、貴様に見学させたい。艦にだって、乗せて貰えんとも、限らんからなア」

停車場へ送りにきた真人は、気の毒そうに、そういった。

「あいがとう。戻りも、寄るよ。だが、今度だって、どいだけ、有難かったか知れん」

隆夫は、車窓から首を出して、心から礼をいった。

発車の汽笛が鳴る時に、

「まア、しっかい、頑張いやんせや。おいも、やッでな」

と、真人は、どういうわけか、急に、国言葉になって、優しく、隆夫を瞶《みつ》めた。軍帽の庇《ひさし》に、軽く手を挙げたその姿が、隆夫には、不思議に寂しく感じられて、何とも、返事ができなかった。結ばれた視線が、虹の尾のように、空に消えるまで、隆夫は、親友の顔を、見続けていた。

やがて、真人は思い切りよく、もう一度敬礼をしてから、出札口の方へ、歩きだした。

広島で、夜半の列車に乗換えてからも、真人の寂しい顔が、心の中にあった。しかし、彼は、大きな満足で、呉の二日間を、回顧しないでいられなかった。

(真人は、立派な軍人になった。そして、〝福田〟で会った士官達も、なんという、気持いい男ばかりだったろう)

あの空気は、隆夫にとって、天の美禄《びろく》のようなものだった。彼には、その中に住む資格はないが、それに触れ、それを感じて、いつかは、画中のものにしたいという希望だけで、満足であった。

(潜水艦魂というものがわかっただけでも、大きな収穫だった……)

隆夫は、そう考えながら、ウトウトと、眠りに堕ちた。

下関へ着いた時には、もう、朝景色だった。八時の鹿児島行き急行へ乗るのに、悠々と、関門を渡って朝飯を食う時間があった。

九州の土を踏むと、逭がに、隆夫も感慨が起きてきた。出奔以来のことと、いよいよ帰省するのだという気持が、今更のように、胸を躍らせた。そして、海軍大臣賞を貰ったことが、父母の顔を見る気持を、どれだけ、安らかにしたか、知れないと思った。

しかし、出奔の罪は罪だから、鹿児島到着の時間なぞ知らせるのは、遠慮した。寧ろ、不意に、家へ帰って、両親の前に手が突きたかった。

汽車が、川内《せんだい》を過ぎると、心が波立った。桜島が見えた時には、瞼が濡んだ。そして、三時過ぎに、鹿児島へ着くと、意外にも、エダが駅に出迎えていた。

二

「どうして着く時刻がわかった?」

隆夫は、驚いた顔で、妹を眺めたが、六年目に見る彼女の顔と軀が、見違えるように大人びたのに、なお、驚いた。

「真人さんが、電報で、知らせったもしたで……」

「あ、そうか」

朝の急行に乗ることは、真人に話したが、それを家に知らせてくれるのは、いかにも、彼らしい親切だと、隆夫は思った。

「お父《とっ》さんな、怒っておられやせんか」

西駅から、電車に乗り込んだ時に、隆夫は、ソッと、妹に訊いた。

「心配や、要《い》いもはんで……」

エダの声は、優しかった。若い妻が、良人《おっと》を慰める時のような調子さえ、言葉の底にあった。

（変ったなア……）

隆夫は、驚きを感じて、妹の横顔を見た。軽く捲毛《カール》にした髪と、襟足と、白いブラウスの肩とが、東京風な印象を与えたが、伏眼にした瞼の長い睫毛と、高い鼻と、軽く結んだ唇には、土地の女らしい羞らいが、色濃く浮かんでいた。

（樹登《きのぼ》りまでして、母親に叱られた妹が、二十になると、こうも、変るものかなア……）

隆夫は、妹の変化を、年齢のせいと考えるより、外はなかった。

途中で、乗換えをして、二中通りで下車すると、隆夫は、町の家並みや、商店の看板の一つ一つまで、激しい懐旧を感じた。すべては、六年前と、少しも変っていなかった。今にも、小倉服を着た真人や、与平や、万代なぞが、彼方から、歩いてきそうな気がしてきた。

下荒田までくると、天保浜から吹いてくる、海風の匂いがした。桜島がヌッと、巨きく屋根の上へ、顔を出した。やがて、わが家のある横通りが、眼の前に展けた。隆夫の眼は、涙に霞んで、遠くが視られなかった。

門の前までくると、エダが、裏口へ駆け込んで行った。隆夫は、わが家の格子戸を開けるのが、急に、恥かしくなった。

家の中で、ドヤドヤ、足音が聴えた。ガラス入りの格子戸が、激しく、中から開けられた。

「まア、隆夫……」

母親の涙を含んだ声と姿が、同時に、隆夫に迫ってきた。隆夫は、罪人のように、首を垂れたまま、口が利けなかった。

やがて、母親に促されて、彼は、居間へ急いだ。そこに、父親が、膝も崩さず、坐っていた。

「お父さん……申訳ごあはん」

「ないも、ゆわんでんよか」

父親は、両手を突いた息子から、眼を外らして、涙を堪えていた。

三

三日間が、夢のように過ぎた。
故郷はよきかな——故郷の山も、海も、魚も、枇杷の実も、たか菜の漬物まで、隆夫の心と胃を、豊かにしないものはなかった。

父母は、わが子の過去を責めず、朋友は、海軍大臣賞の画家を遇するに、厚かった。

「隆夫……おいも、も、老年じゃっで、市役所勤めをやめて、東京で、皆、一緒ン住もかねえ」

と、父親は、或る朝の、二人きりで対坐した時に、いってくれたのである。

「はア、あいがとごあす」

隆夫は市来画伯のように、故郷を嫌うわけではないが、自分の仕事の性質上、永く東京へ留まりたかった。そして、自分が一人息子であることを考えると、父母に仕えるために、一家が東京へ移住してくれたら、どれほど嬉しいことかと、思った。ただ、その時機は、もっと、自分の地位が築かれてから後の方が、いいと思った。

「もう、五、六年もしもしたら……」

「そや、そうじゃ。ないも、急ぐこたア、なかどん……」

と、父親は、静かに、煙草の灰を落して、

「じゃッどん、エダん方《ほ》は、そげん、悠長にもしちょられんでねえ。あいも、最早《もへ》、二十にもなッでや」

「結婚ごあすか」

「うん……わいが、戻っちょる間に、そん相談をせんならんと思っちょッが、実は……おいに、

「エダか……エダは……」

「どんから、エダは、如何《いけん》おもうちょすか」

「あん人なら、過誤《まつげ》はなかで……ただ、真人さんの内意を、早う、わいから、訊《た》んねッてくれんか」

隆夫は、父親が驚くような、大きな声を出した。

「絶対に、賛成ごあす。絶対に……」

いうよりも、隆夫が真人に対して、まだ、少年時代の気持が抜け切らなかったためだろう——

を敬愛してるのではないか。この恰好な二人を、結び合わすことを考えなかったのは、迂闊と

人の家の質素な家風を、常に推賞してるのだし、そして、隆夫自身は生涯の親友として、真人

けがなかった。真人も、エダも、子供の時から知り合っているし、父親も母親も、真人と、真

彼は、自分の頭を、叩いてやりたいほどだった。こんな、素晴らしい良縁が、二つとあるわ

（なぜ、今まで、そこへ気がつかなかったろう！）

それを聴くと、隆夫は思わず、アッと、嘆声を発した。

「谷の真人さんよ」

「誰《だい》ごあすか」

心当りの婿どんが、あッとじゃがねえ」

父親は、どういうわけか、カラカラと笑い出した。

四

その話を、隆夫は、また母からも、聞かされた。母親は、息子の海軍志望に、最初、反対したくらいだから、真人をいくら好いていても、この縁談に、躊躇《ちゅうちょ》の色を見せたそうだが、

「そいでん、エダが、真人さんこっ想込《おめこ》んじょって、しょんなかこっよ」

「エダが、真人を？」

隆夫は、またもや、驚かされた。彼が国を出奔する頃には、妹は、真人を敵視していたではないか。その前に、真人が兵学校入学に出発する時も、車窓に向って、唾を吐くような悪口をいったではないか――

「そや、一体、いつんこっごあすか」

隆夫は、不審に堪えないという顔で、訊いた。

「良《ゆ》うは知らんどん――なんでん、お父はんが、エダと真人さァの軍艦イおじゃった時――去年の十月じゃったかな――あん頃からじゃったかも知れん……」

とにかく、エダの様子が、ガラリと、変ってきたのだそうである。それまでは、鹿児島にいるのを嫌って、東京で洋裁を習いたいとか、女子大に入りたいとかいっていたのが、急に、そ

んなことを、卯《う》の毛ほども口に出さず、女らしく――土地の女らしくなってきたそうである。

「なるほど……どんから、エダが真人んこっ想込んじょッこたア、如何して、おわかいやしたか」

「そや、女子ンこっは、女子いな、良うわかるもんごあんで……」

母親は、クスリと、笑いを洩らしたが、また、真面目になって、

「エダは、子供んときから、真人さアを好いちょったじゃなかろか」

「いいや、そげんこたごあはん。真人なんどは、生好かんごっ、いっちょいもしたど」

「そこじゃちを。女子ン心ちゅは、そげんもんごあんでなア――好いたこっを好かんごっゆたり、好かんことを好いたごっゆたり……」

そういう微妙なことになると、海軍画家の頭には、苦手だったが、ふと自分が〝海軍〟に対した気持を考えると、男だって同じことだと、心に肯くこともできた。

とにかく、隆夫は、絶対賛成のこの縁談を、一日も早く、纏めたかった。父母は、慎重に構えて、真人自身の内意を確かめる前には、谷家へ申入れることを、控える様子なので、

「良《ゆ》うごあす。あたや、どっちしてん、東京へ戻りに、呉い寄って、真人と会《え》もすで……」

隆夫は、欣然として、直接談判の役を買って出た。

しかし、彼は、妹に一ぱい食わされたような気持で、なんとか揶揄《からか》ってやらねば、気が済ま

なかった。ところが、エダは、気を察すること、女狐の如く鋭敏で、兄妹差し向いになると、逸早《いちはや》く、逃げ出すのである。やっと、機会を捉えて話しかけると、

「あんねえ、呉で、真人に会うたら……」

「知らん」

半分聴かぬうちに、彼女の姿は消えてしまった。

五

一週間目に、隆夫は、再び行李を整えて、帰京することになった。

「二、三年もしたや、一家揃っせえ、東京イ移ってね……」

別れ際に、父親のいった言葉は、愉しい期待が充ちていた。

停車場へ送りにきた母と妹の顔にも、別離の悲しい色は、漂わなかった。ことに、エダの表情は、何気なさを装いながら、期待の明るさに輝いていた。ただ、非常に口寡《すく》なになった彼女は、汽車が動き出した時に、やっと、

「皆《みんな》せえ、よろしゅ仰有《ぎあ》ったもし」

と、顔を紅らめながら、いっただけだった。

その時は、なんとも思わなかったが、汽車が熊本を過ぎる頃になって、彼は、妹の言葉の訝《あや》

しさに気付いた。〝皆様へよろしく〟というのは、誰のことなのか。未知の市来画伯夫妻のことではあるまい。すると、真人のことになるが、単数を複数の形でいい表わした苦心を考えて、可笑しくも、可愛らしくも思った。

(豹《ひょう》が、猫になってしまった……)

あんなにも、女というものは、変るものかと、隆夫は微笑した。

しかし、事実は、母親の観察どおりかも知れなかった。妹が真人に、何の関心も持たないとしたら、少女の頃に、あんな不思議な敵意を、示すこともないわけだった。つまり、あの敵意は、強情な好意だったのだ。強情は、自分達兄妹の共通の性格なのであろう——

隆夫は、五十鈴の士官次室《ガン・ルーム》を訪れた父と妹を想像した。その時、真人は曾て隆夫にそうしたとおり、紅茶と菓子を水兵に命じたそうだが、その態度が、大いに颯爽としていたと、父が語っていた。

(実際、士官次室の空気は、いいからなア)

エダの強情の角が、ポキリと折れるだけの、強い感情の嵐が、吹き募ったのも、当然のように思われた。

その時、真人は、錦の袋に包んだ一刀を、父とエダに見せたそうだ。それは、谷家に昔から伝わった刀だそうだが、鹿児島に入港して、生家に寄った時に、母親から貰い受けたので、やがてそれを軍刀に仕立てる喜びを、満面に表わして、語ったそうだ。

(画になるな)

隆夫は、その光景を想像して、そう思った。そして、画になる若い士官に、妹が心を奪われたのが、いよいよ当然に思った。

(エダの奴、眼が高いよ)

隆夫は、妹が他の男でなく、真人を選んだことを、心から祝福した。また、やがては、真人の義兄として、永久に縁が結ばれるだろう自分をも、祝福した。

そんなことを、考え続けていたので、門司に着くまで、隆夫は、なんの退屈も知らなかった。

六

呉へ着いたのは、早朝だったが、隆夫は、却ってそれを都合がいいと、思った。真人の出勤前に会って、滞在中の打合せができるからだった。妹の縁談申込みという大役があるのは、無論だが、それ以外にも、往途《ゆき》に真人が約束してくれた軍港見学のことが、心に残っていた。隆夫は、なるべく、真人の軍務の邪魔をしないで、それらの念願を果したかった。

(寝込みを襲うことになるが、真人なら、宥《ゆる》してくれるだろう)

隆夫は、心覚えのバスに乗った。初夏の早い日の出もまだだった。呉名物の工員の下駄音も、まだ路上に響かなかった。

山手の或る停留場で降りると、隆夫は朝霧の立ってる河に沿って、歩き出した。彼の心が、踊ってきた。それは、真人に会う喜びでもあり、また恥かしさでもあった。

(外の話はいいが、縁談は、どう切り出したものかなア、妹を貰ってくれ――なんていえば、真人はきっと顔を赧くするだろう。おれだって、そうだ。妹が君を好《す》いちょる――そんなことは、とてもいえん)

易々と、引き受けたものの、隆夫は、その役目が大抵でないと、気がついた。こんな話は、母からでも、手紙でいって貰うのだったと、彼は、頭を掻きたいような、恐縮を感じた。

やがて、真人の下宿の前まできた。二階の真人の居間は、まだ、雨戸が閉っていた。

(眠ているらしい。起すのは、気の毒だな)

しかし、近所を一回りしてくるほど、遠慮のある仲でもなかった。

彼は、玄関の格子戸に手をかけたが、内から鍵がかかっていた。裏口へ回って、台所を覗くと、起きたばかりらしい女主人が、ビックリした顔で、隆夫を眺めた。

「谷君は、まだ、起きんですか」

「ほう、此間のお友達さん……こんなに、早うから、ようこそ……」

女主人は髪や衣服の乱れを直しながら、丁寧に挨拶をした。

「東京へ戻りに、またお邪魔しました。汽車の都合で、大変、早う着きまして……」

隆夫は、台所からでも、二階へ上らして貰おうかと思って、土間へ入った。

「まア、どうしまほ――谷さんは、もう、ここへはおられんのですが……」

女主人は、気の毒そうにいった。

「は？」

「ご任務の都合で、急に、一昨日、宅を引き払われやんして……」

「すると、出港ですか」

「さア、そういうことは、なんにも仰有《おつしや》らんのじゃんす。谷さんに限らず、海軍の軍人さんは、お口が堅《かと》うじゃんしてなア……」

七

呉という市ほど、防諜《ぼうちよう》意識の普及してるところはないので、女主人のいうことも、いくらか包み隠しがあったかも知れないが、真人が、その下宿にいないことは、事実のようだった。

隆夫は、一週間前に真人に会った時に、彼が多忙らしい印象を受けてるので、こういう成り行きになったのを、それほど驚きもしなかったが、エダの縁談申込みのことだけは、出鼻を挫かれたようで、なんとなく、暗い気持がした。

しかし、老人染みた縁起担ぎは、彼の心から、振り落された。

（なアに、手紙で書いてもいいし、また出直してもいいんだ。呉なら、何度きても、損をせんから……）

彼は、再び、駅前へきて、朝飯を食べてから、尾道行きの汽車に乗った。そして、瀬戸内の古い港を散歩して、平和な海洋画の材料になる風景を眺めながら、二時半の東京急行が出るまでの時を消した。

その列車も、相変らず、混んでいたが、神戸で、やっと座席にありついた。前夜の汽車疲れもあるので、グッスリ眠込んでしまった。

東京へ着いたのは、朝の七時近くだった。アパート暮しの悲しさは、家へ帰っても、食事の準備があるわけもなく、東京駅の食堂で、朝飯を済ませた。

食事をしながら、彼は、ふと、思いついて、市来画伯の家へ、父から依頼の土産物を届ける気になった。薩摩焼の花瓶なので、壊れぬように、それだけは、手提函《てさげばこ》の中へ入れてきたのである。

彼は、また改札口へ引き返して、山の手線へ乗り込んだ。そして、五反田駅から、池上電車に乗換えた。

洗足の画伯の家へ着く頃には、初夏の朝日が、汗ばむほど、照りつけてきた。それなのに、画伯は、やっと起きて、顔を洗ったところだった。

「父から、くれぐれも、よろしく申上げました。先生にカルカンをお届けしたいと、父が方々探しましたが、此頃は、材料が払底《ふってい》で、鹿児島でもできんそうです」

そういいながら、隆夫は、花瓶の函を差し出した。

「あんな菓子は、好かんよ。それより、鹿児島は、どうだった——相変らず、士族が跋扈《ばっこ》しとるかい?」

「いや、それほどでもありません」

と隆夫は答えたが、市来画伯の例の調子を聞いて、はじめて、東京へ帰った気分を味わった。

それから、画の話になって、彼が辞去したのは、十時過ぎだった。遉《さす》がに、疲れてきたので、昼寝でもしようと、沼袋のアパートへ、真ッ直ぐに帰った。

「おや、お帰んなさい。わり方、お早かったですね。お留守中に、手紙が……」

管理人の細君が、四、五通の郵便物を渡してくれたが、その中に真人の筆蹟で、厚い封書が混っていた。

八

久しく閉じ籠めて、ムッとする自室の窓を、悉く開け放つと、隆夫は、立ちながら、真人の手紙の封を切った。旅疲れも、忽ち忘れるほど、心の勇躍を感じて、一字一句に、眼を注いだ。

手紙は、真人が下宿を去る前夜に書いたらしかった。

任務の都合で、暫らく、呉を去ることになったが、その旨を、鹿児島へ電報することを避けたい事情があるので、君に無駄足をさせるかも知れないのを、頗る残念におもう――ということが、冒頭だった。

――しかし、隆夫、喜べよ、君が帰ってから数日後に、偶然、僕は水交社で、飛田中佐の知遇を得たのだ。飛田中佐といっても、君は、すぐには憶い出せないであろう。部内の僕すら、やっと、その時にその人が飛田中佐であることが、わかったのだからね。

隆夫――僕等が二中の三年生だった時に、菊池陸軍少佐に率いられて、江田島を見学したことを覚えているだろう。そして、あの時、白服を着た当直将校が、僕等に講演をしてくれたのを、覚えているだろう。あの講演には、君も僕も、頗る感激して、後になっても、度々、語り合ったね。あの、士官が、飛田中佐だったのだよ。あの時は、大尉だったそうだが。

僕は、中佐のお顔を見て、すぐ憶い出して、あの時のことを、申上げたのだ。すると、中佐も覚えていられて、あの時の中学生の中から、八名も海軍士官が出たということを申上げると、非常に喜んでいられた。

それから、僕は中佐の現職をお訊ねすると、名刺を下さった。それを見ると、海軍報道部と書いてあるのだ。本省勤めで、何かの用務で、呉へ来られたらしいのだ。

僕は、咄嗟に君の宿望のことを憶い出して、これは絶好の機会だと思った。そして、君があの時の中学生の一人だったこと、誰よりも旺盛な海軍志望者だったこと、不幸だった体格検査のこと、海軍を忘れ兼ねて海軍画家となったことを、一切、お話ししたのだ。

中佐は、非常に君に同情されたのみならず、海軍大臣賞を頂いたことを話したら、あの人かと、君の名を知っておられたよ。

そこで、僕は君が海軍知識を得る必要から、どういう希望をもってるかを、お話ししたのだ。すると、中佐は、とにかく、一度会ってみようといって下さった。それを聞いて、僕は跳び立つほど嬉しかったよ。軍人は、なかなか、そこまでいわぬものなのだよ。

隆夫——こんないい機会はないぞ。同封した僕の紹介状をもって、是非、中佐を本省へお訪ねし給え。

それから、僕の乗ってる艦は、まだ出入頻繁だ。いずれ、時がきたら、宛名先きを知らせるよ。では元気で——

九

翌日の午前十時頃に、隆夫は、霞ケ関で市電を降りて、海軍省の方へ向いた。その、明治時代の煉瓦建築を、電車の中から、横眼に眺めたことはあっても、構内へ足を踏み入れるのは、初めてだった。郷里の海軍先輩の銅像が、建ってる筈だと思ったが、それを物色する心の遑《いとま》もなかった。

表玄関の前で、よほど躊躇した挙句、中へ入ろうとすると、守衛に、用向きを訊かれた。

「そういう用なら、あっちへ回りなさい」

と、指された方角へいくと、横手に薄暗い受付があった。窓口でオズオズ、用件をいうと、小使のような男が黙って用紙を出した。

面会する人の名、訪問者の名、用件、前約の有無なぞ、それぞれの欄に、隆夫は、鉛筆で記入した。それを、差し出した後で、彼は不安に襲われた。飛田中佐のような多忙な人が、すぐ会ってくれるかどうか、第一、自分の名を覚えてくれてるかどうか――

だが、暫くして、再び現われた小使さんは、簡単にいった。

「こっちへ」

古びた、薄暗い階段を登って、二階の通路へ出ると、

「あの、つきあたり」

そのまま、小使さんは、引き返した。

つきあたりの灰色の扉は、ピッタリ閉じていた。隆夫は、マゴマゴして、外に佇んだ。なにしろ、ここは海軍省である。迂闊に、扉を開けて、重大会議の部屋だったりしたら、大変なことになる――

だが、いい按配に、ドアが、中から開いた。背広の上着を脱《ぬ》いだ人が、出てきた。

「ここは、報道部でしょうか」

「ええ、そう」

隆夫は、やっと安心して、中へ入った。ギッシリ、卓の列んだ室内に、執務してる人の姿が見え、電話の声が聴えた。誰も忙がしそうで、取次ぎなぞしてくれそうもなかった。

だが、奥の卓の前に坐った、無髭の軍人が、ふと顔を挙げて、隆夫の方を見ると、手で合図してくれた。その顔に、見覚えがあった。

「飛田さんでございますか」

念のため、隆夫は、その人に訊いた。

「そうです」

中佐は、差し出した真人の紹介状を、半分読んだだけで、隆夫の方に向き直った。

「少尉から、君のことは、聞いています。君の画も、海国展で観ています。で……とにかく、履歴書と戸籍謄本とを、僕の手許へ送って下さい。現住所を、書き忘れんように……。それから、小型の写真を一枚……」

眉目清秀《びもくせいしゅう》な飛田中佐は、顔に似合わぬドラ声で、そういうと、もう席を立ち上った。面会時間、僅かに三分だった。

一〇

あまり、飛田中佐の面会時間が短かったので、隆夫は呆気にとられ、且つ悲観した。真人の親切は、身に沁みて嬉しかったが、それが、期待するほどの効果を、挙げ得ないのではないかと、僻《ひが》み根性を起した。

実際、海軍報道部に、文筆関係の人達が嘱託となっていても、画家が働いてるという点は、嘗て聞かなかった。考えてみれば、画家の必要があるとも、思われなかった。それに、隆夫の希望は、謂わば、自分勝手だった。自分の画業を完うしたいために、軍艦に乗せて貰ったり、実弾射撃を見たりする手蔓《てづる》を、求めてるに過ぎないのだから、それを、飛田中佐に看破されたのではないかと、臆測も湧いてくるのだった。

とにかく、飛田中佐からは、その後、十日以上経っても、何の音沙汰もなかった。

そのうちに、或る日、アパートの管理人が、胡散臭い顔つきをして、隆夫の部屋へ入ってきた。

「牟田口さん、あなたのことを、警察から調べにきたが、なにか、心当りはありませんか」

べつに、罪を犯した覚えはなかった。

(そうだ。きっと、海軍省で身許調べをしてるのだ)

隆夫は、そう感づくと、一層、悲観の度を高めた。罪は犯していないが、焼鳥屋で夜更しをしたり、撞球場《どうきゅう》へ出入りしたり、決して、品行方正といえない自分だからである。

それと、もう一つ、隆夫の気懸りとなっているのは、エダの縁談のことだった。呉で真人に会えなかったことは、両親に、とりあえず、報告して置いたが、その後、真人から一通のハガキも来ないので、手紙で交渉することもできなかった。そんな風に、縁談は延び延びになることを、両親はそれほどに思わなくても、あの神経の鋭いエダが、どういう風に気を回すかと考えると、隆夫は、苛々せずにいられないのである。

二つの焦悶《しょうもん》に、日を送ってるうちに、六月が暮れようとしていた。東京の暑さも、日毎に加わってきた。そして、三十日の朝のことだった。海軍省の封筒に、公用のゴム印を捺《お》した手紙が、彼の許に届いた。

海軍省軍務局第四課ニ於ケル事務ヲ嘱託ス

その辞令を持って、彼は、三畳の部屋を、兎のように、跳んで歩いた。

翌日の朝に、彼は、巴里堂に勤めた時代の背広を着用して、報道部へ出仕した。

「すぐに、忙がしい仕事はないかも知れんが、明日から、出勤してくれ給え、そのうちには、艦隊へいける機会もあるだろう。もう、君は、その資格ができたのだからね」

此間とは、打って変って、飛田中佐は朗かな調子だった。

一一

もう、受付の窓から、面会用紙を貰う必要はなかった。隆夫の胸のボタン穴には、紫色のバッジが、挿してあった。彼は大手を振って、薄暗い階段を昇ることができた。

課長のH大佐はデップリ肥って冗談の好きな、明るい性格だった。飛田中佐の同僚のD中佐や、B少佐も、快活で、ハキハキした軍人だった。〝娑婆〟と最も接近した一角ではあるが、海軍の匂いは、テーブルや紙の上にも、漾《ただよ》っていないこともなかった。

嘱託には、退役軍人や通信関係出身の人達も多かったが、二十三歳の隆夫は、最も年少なので、皆から可愛がられた。彼も、出仕と同時に、画家の蓬髪《ほうはつ》を短く刈り上げたので、顔つきが、よほど若くなって、ウカウカすれば、給仕にまちがえられそうだった。

彼は、課内の明るい空気のなかで、仕事ができるのを、喜んだ。だが、その明るさは、画家同士の集まりの時なぞとは、稍《や》や、違っていた。忙がしい中で、冗談が交わされるようなことがあっても、図に乗ることは慎まれた。隆夫は、やがて、それがひとつの海軍気質だと知って、自分の油断を慎もうと努めた。

飛田中佐のいったとおり、彼に与えられた仕事は、至って簡単だった。狭い別室の卓の上で、伝単《でんたん》*62のようなものを描くぐらいが関の山だった。だが、易しいと思って、高を括ることは、もう彼の良心が許さなかった。彼は、部内の空気が身に沁みてくるにつけ、報道部の一員という意識が、湧いてきた。海軍を知るための手蔓というような考えは、いつか彼の胸から、消え失せてしまった。

ところが、思わぬ時になって、思わぬ吉報が彼の耳を撃ったのである。

「牟田口君……君と、写真班のT君と、今度の小演習に、出て貰いたいのだが……」

飛田中佐から、命令があったのである。

隆夫は〝わッ〟と叫んで、中佐に笑われた。

小演習といっても、決して、小さい演習のことではないのである。基本演習なぞとちがって、各種の艦艇が参加して、大規模な作戦と戦闘行動を行うのである。

隆夫とT部員は、或る要港から、旗艦に乗組んだ。初めて、〃艦上の人〃となった彼の喜びは、天にも登るばかりだった。しかも、遠い、広い海上で、いよいよ演習が始まる時には、戦艦から軽巡に乗換えたり、また駆逐艦に移されたり、あらゆる角度から戦闘を眺めることができた。彼は、八方から戦艦に集中される、アイス・キャンディのような、魚雷の航跡を、眼に収めた。主力艦の主砲が、どんな閃光と、どんな色の煙を吐くかと、シッカリと、見究めた。それは、映画では想像もつかなかった、意外な光りと色だった。そして、伊号潜水艦が浮上する時の雄姿は、わけても彼の心に焼きついたのである。

一二

その演習から帰って、間もない頃だったが、隆夫は、待ちに待った真人の手紙を受け取った。

(どこから、寄越した?)

まず、そのことが気になって、裏を見ると、鹿児島の自宅の番地が書いてあった。

文面によると、真人は、呉で彼がいったとおりに母の顔を見るために、帰省したのである。母や、四ノ吉兄や、二中の諸先生に会って、非常に満足したと書いてあった。それから隆夫が報道部に入ったことを、風の便りに聞いて喜んでいるということや、自分も、最近中尉に昇進したことや、お互いに、邦家《ほうか》のために粉骨砕身しようということが、書いてあった。

だが、松茸を土産に持って帰ったら、母が喜んだとか、間もなく帰任するとか等のことは、書き添えてあっても、どこへ帰任するのかは、書き忘れたのであろうか、なんとも書いてなかった。

隆夫は、その手紙を読み終ると同時に、大通りの郵便局へ駆けつけて、父親に、電報を打った。

——マサトキセイシテイル

短い電文に、彼は、長い意味を籠めたつもりだった。彼自身が、手紙で、真人に縁談のことをいう術《すべ》がないから、彼の帰省を幸い、父親が真人に逢って、直接に話せ——場合によっては、エダも共々に——とにかく、この好機を逃すなということを、書き籠めたつもりだった。

数日後に、父親から、返書がきた。父親とエダは、隆夫の電報を見る前に、真人に会ったそうだった。真人は、中尉の軍服の凜々《りり》しい姿を、家の玄関に現わしたが、その時は、帰任出発の一時間前だった。彼の帰省は、ただ一泊だった。父親は、隆夫の就職について礼をいうのが関の山で、〝例の件〟を持ち出す暇などは、到底なかった。駅へ見送りをしたいといっても、自分の母親さえ断ったほどだからと、堅く辞退をされた。しかし、エダは、一口も話をしなくても、数分間、玄関でお目に掛ったから、満足ならん——ということが、書いてあった。

隆夫は、地団駄踏んで、口惜しがった。

（せめて、一口でも、話し出せばいいのに……）

そして、彼は、妹が不憫で堪らなくなった。男を男と思わなかった彼女が、あれほど激変したことが、愛おしくてならなかった。真人は、知らずして、彼女を伝統的な薩摩の女に変えたのだと思った。しかし、飽くまでも従順で、おのれを主張しない薩摩の女が、同時に一図な必死な心の火を燃やすことも、隆夫は、よく知っていた。

彼は、自分が、此間、演習で、見たいものを見尽し、また身を〝海軍〟の一部に置いて、長い間の宿望を果した幸福を、シミジミと感じるにつけても、妹のことを、考えないでいられなかった。エダの宿望は、いつ果されるのだろうか――

霹靂

一

昭和十五年から翌年にかけて、極東危機説なるものが、少くとも、三度謡われた。敢えて謡われたというのは、結果的に、どうやら、事なく過ぎたからである。しかし、三度目の妖しい雲が、十六年の夏空を過ぎてからは、ムシムシする濛気《もうき》が、いつまでも、地上に残った。人々は、天候の予測に迷った。それを、台風の前兆として、率直に受け取ったのは、寧ろ、地方の人々だった。中央では、気象の学者が、あまり多過ぎるために、諸説が紛々《ふんぷん》だった。朝霧は晴天の徴しというものさえあった。

十月になって、近衛第三次内閣*[63]が辞職し、直ちに東条内閣*[64]が成立した時には、なにか、ハッとしたものを感じさせた。しかし、それも束《つか》の間《ま》で、人々は、また深い濛気の中で、鈍い眼つきをし始めた。十一月一日の煙草大幅値上げの方が、音もなく迫ってくるＡＢＣＤ包囲陣*[65]の輪縄よりも、刺戟的だったかも知れなかった。

十一月十四日に、ルーズヴェルト*[66]が記者団との会見に、太平洋の危機重大を言明したが、そのころ、わが来栖《くるす》大使は、チャイナ・クリッパー機に乗って、ミッド・ウェイ島から、桑港《サンフランシスコ》あたりの空を、飛んでいた。いうまでもなく、外交官は平和の使である。大使自身も、出迎えの米記者に、野村大使とスクラム組んで、見事、タッチ・ダウンをするのだと、蹴球用語で、朗かな応答をした。

やがて、感謝祭旅行を取り止めたル大統領とハル長官と、野村・来栖両大使の第一回会談が行われた。会談は、二次三次と続けられたが、困難という印象は与えられても、絶望の見通しを立てる者は少なかった。それなのに、十一月二十七日に、上海の米国陸戦隊が引き揚げた。

フィリッピンの戦備が、増強された。英側でも、ビルマに増兵し、マレーに多数の印度《インド》兵を配し、シンガポール東方水域を機雷で埋め、十二月一日には、新鋭戦艦プリンス・オブ・ウェールズを旗艦とする艦隊が、そこに入港した。

「いよいよ〝嵐〟がきたんじゃないでしょうか」

濛気の中から、迫った声が聞えた。

「さア、まだなんともいえんですね。困難な外交交渉ほど、却って真際になって、急に、好転するものでね。それに、かりに会談が決裂したところで、直ちに、衝突を意味しませんからね」

気象通の声は、長暢《のどか》だった。

第八次日米会談で、帝国政府の回答が手交されたのが、十二月五日。

七日の新聞は、交渉停滞のことを掲げていたが、その日にル大統領は、米海軍に出動命令を発していた。

そして、十二月八日の朝がきたのである。朝まだきの霹靂《へきれき》は、日本全国民を驚かした。漠々たる濛気は、悉《ことごと》く吹き払われ、風なく陽麗《ひうら》らかな、あの日の大空を、ああ、誰が忘れ得よう。

二

その朝、隆夫は、珍らしく早起きをして、洗面所で、口を漱《すす》いでる時に、あのラジオの声を聴いたのである。

「む……」

彼は、衝撃のために、アルミのコップを、叩土《たたき》の上に落した。それが、跳ね返って、したたか足袋《たび》を濡らしたことなぞ、まるで、気がつかなかった。

(やったア……やったア)

彼が意識するのは、ただ、そのことだけだった。そのうちに、軀がガタガタ震えてきた。万感胸に迫って、心も軀も、躍り出すのだった。やがて、彼は首を垂れた。われ知らず、天へ祈る心が起きた。大粒な涙が、ポタポタと、床へ落ちた。

それにしても、彼は海軍省というところへ勤めながら、昨日の退出まで、卯の毛ほども、戦いの気配を知らなかったことを、憶い出した。勿論一介の軍属に過ぎない彼が、国の運命を賭ける大機密を洩れ知ろう筈もないが、人間には、直覚力という霊妙なものが、恵まれているのだ。今になって、あれがそうかと、思い当ることがありそうなものなのに、昨日も一昨日も、課内の空気は、いつに変らず、明るく、朗かだった。

（えらいもんだ……）

隆夫は、自分が軍属である悲しさを喞《かこ》つよりも、海軍の統制力をシミジミと感じた。〝沈黙の海軍《サイレント・ネーヴィ》〟なるものの実体を、マザマザと、見た気持だった。

彼は、急いで、顔を洗うと、部屋へ帰って、洋服を着始めた。画家の仕事の性質上、いつもは、午近くなって、出勤するのだが、今日は、とても、部屋に愚図々々していられなかった。

下駄函から、靴を出してると、

「やりましたなア」

管理人が、褞袍姿《どてらすがた》のままで、出てきた。常には、金のことばかりいって、卑しい男だが、この日の顔は、清潔な感動を浮かべていた。

「やった……やった」

隆夫は、靴を履くと、外へ跳び出した。

いつも、朝の食事をする食堂の前までいったが、胸が一杯で、とても、食う気持にならなかった。軍人なら、こういう場合、そんな気持は恥ずべきかも知れないが、自分は食わなくても差支えないと思った。

省線電車の乗客も、昨日とは、まるで、違った表情だった。誰も新聞を読む者がなかった。この日の朝刊ぐらい、間の抜けた新聞は、曾てないことだった。

隆夫は、大きな忘れ物をしたように、真人のことを、憶い出した。

（真人は喜んでいるだろうな。そして、どこにいるだろうな。飛行将校なら、第一線に出ているかも知れないが、真人は……）

電車が、四谷駅に駐まった。彼はバスに乗るために、階段を駆け登った。

三

夢のような、数日間だった。

宣戦の大詔《たいしょう》を、八日の午近く読んだ時には、軀じゅうが熱くなって、また大粒な涙が、隆夫の眼から零《こぼ》れた。やがて、ハワイ空襲の大戦果が、部分的に発表された。彼は、自分の仕事机に、腰が据えられないほど、昂奮を感じたが、

（やはり、おれの想像どおりだった。真人に、航空の適性があれば、この戦いに出られたのかも知れんになア）

と、彼の武運の拙さを、気の毒に思った。

そんなことを、考えてるところへ、珍らしく、飛田中佐の姿が、彼の部屋へ現われた。

「おめでとうございます」

隆夫は、立ち上って、大戦果を祝した。

「おめでとう。しかし、君自身にとっても、おめでたい話があるぞ」

中佐は、白皙《はくせき》の顔に、微笑を浮かべた。

「わたくしに?」

「うん、いよいよ、君に、仕事をさせる時期がきたからさ。課長が、新聞雑誌発表用に、ハワイ空襲の画を、君に描かせろといわれたよ」

隆夫は、グッと、喉が塞がって、中佐の顔を瞬めるだけだった。

「最初の仕事だ。シッカリ、やってくれ給え。但し、午後六時までに、仕上げて貰いたい」

と、同時に、中佐の姿は、ドアの外へ消えた。

(さア、時がきた……)

隆夫は身震いしながら、寸刻を争う準備にかかった。新聞の写真版用原画だから、黒と白で描けばいいのだが、いやしくも、報道部嘱託画家として、軍事的な誤りを、描いては申訳がなかった。ワットマン紙の水張りを済ませると、それの乾く間に、ゼーンの写真帳で、カリホルニア型その他の艦型が、既に頭にあるのを、もう一度確かめたり、帝国海軍の雷撃機と爆撃機を、いろんな角度から撮影した写真を揃えたり、最後に、原図より小さな紙に向って、構図を練った。

急いだせいか、水張りした画紙に、少し凹凸《おうとつ》があった。しかし、時間が切迫してるので、そんなことを顧慮する遑《いとま》がなかった。彼は、鉛筆で素描を始めた。それは、真珠湾《しんじゆわん》の奥の山から、海の荒鷲《あらわし》が、暁の猛襲を加えてる現状を、俯瞰《ふかん》する構図だった。雷撃を受けて、水柱と共に傾く敵艦と、急降下し、また急反転するわが荒鷲の乱舞の姿だった。

予定より、二十分前に、彼は最初の仕事を終った。

（なんて、まずいんだ！）

わが画を見て、彼は、自分の頭を叩いた。

四

隆夫は、オズオズと、できあがった画をもっていくと、

「いいね」

と、飛田中佐は、簡単に通過させてくれた。その画は、じきに、海軍省記者団の黒潮会の写真班へ回された。

（あれで、いい筈はない……）

隆夫は、赧い顔をして、自分の仕事室へ引き下った。

準備が足りなかったのも、失敗の原因の一つに違いないので、彼は、いつ命令があってもいいように、ワットマン紙の水張りを始めた。

それでも、彼の心は、安まらなかった。

（そうだ、昂奮し過ぎたから、いけなかったんだ。画を忘れたから、いけなかったんだ）

と、彼が、根本的な欠陥に気づいた頃には、二度目の作画の命令が、下されることになった。

今度は、英国の番だった。十二月十日に、クワンタン沖[*67]で、沈む筈がない戦艦プリンス・オブ・ウェールズが、やはり戦艦のレパルスと共に、沈められたのである。世界を驚倒させたこの戦果は、またしても、わが海鷲の働きだった。

隆夫は、プリンス・オブ・ウェールズが、対空防備に於て、いかなる軍艦だかを知っていただけに、奇蹟を見たような気がした。

（おれは、奇蹟を描くんだ。おれは現代において、イタリア中世画家の仕事をするんだ）

彼は、画紙の一番高いところへ大きな雷撃機を描いた。その回りに、輪光を描きたいのを、報道画の職分を考えて、やっと、思い止まった。

しかし、今度の画の出来栄えも、彼を満足させなかった。第一回より、いくらか調子が出たと思う程度だった。

そして、十二月十八日午後三時に、真珠湾攻撃の詳報が、発表された。その大戦果は、ちょうど雲間に隠見していた竜が、全身を顕わしたような、印象を与えた。カリホルニア型もやられていた。メリーランド型も、アリゾナ型も、ユタ型も、ネバダ型も――修理可能と認められるのは戦艦一、乙巡二に過ぎなかった。アメリカ太平洋艦隊は、殆んど全滅だった。そして、敵航空兵力に与えた損害が、また甚大だった。

(飛行機の力は、大きいなア)

隆夫は、もう一度、その感慨を繰り返した。

ただ、発表の二に、同海戦に於て、特別攻撃隊は――という字句があった。また、その三には、我方損害、飛行機二九機、未だ帰還せざる特殊潜航艇《とくしゅせんこうてい》五隻――ということも、書いてあった。

(特殊潜航艇――なんだろう? どんな、艦だろう?)

発表が簡単なので、悲壮な感動に衝たれつつも、小首を傾けたのは、隆夫一人ではなかった。

五

それは、人間魚雷のことであろうか。いやいや、そんなことはない。そんな無謀な、絶望的な方法を、海軍はやらないだろう。旅順閉塞《りよじゆんへいそく》の挙を、東郷司令長官が許可したのも、水雷艇で、隊員を収容する道が立ったからだ。すると――

特別攻撃隊というものが、あまりに、頭にコビリついて、離れないので、隆夫は、不遜だとは思ったが、飛田中佐のいる部屋へ行った。

「画にさせて、頂けんでしょうか。そして、詳細を、話して頂けんでしょうか」

彼は、空襲のみの真珠湾攻撃図を描いたのが、特別攻撃隊の勇士に、済まないように思ったのだ。

「まだ、その時機でないね」

飛田中佐は、キッパリとそういって、軀を横に向けると、忙しげに、卓上電話のダイヤルを回し始めた。

隆夫は、スゴスゴと部屋に帰った。

やがて、日本歴史に長く残るだろう昭和十六年が、暮れた。

そして、雄大な希望を胎《はら》んだ新年が明けた。

元旦は、よく晴れて、非常に寒かった。隆夫は、アパートの部屋で、郷里から送ってきた餅を、火鉢で焼きながら、二十四歳の春を祝った。

卒然として、真人のことが、頭へ浮かんだ。

(真人は、どこで、餅を食ってるだろう――どこで、二十四歳の新年を迎えたろう)

同い齢、同じ郷土、同じ志望――そして、別れ別れとなった現在を、今更のように、考えずにいられなかった。そして、大東亜戦以来も、彼からは、一本のハガキさえ来なかった。隆夫は、妹の縁談のことなぞ、疾《とう》に忘れた気持で、ただ、親友の現在が知りたかった。

初登省《はっとうしょう》の日がきて、また毎日の勤務が、始まった。

彼は、廊下なぞで、飛田中佐の姿を見る度に、

「谷中尉は、どこにいるのでしょうか。艦の名まで知りたいとは、申しませんが、ただ、第一線に出ているかどうか……」

という質問を、発したくてならなかった。しかし、それは、訊いてはならぬことだった。自分の任務以外のことに立ち入ることは、海軍の反則者だった。命令もないのに、特別攻撃隊の画を描きたいといって、失敗したことを、憶い出さねばならなかった。

そのうちに、隆夫は、真人のことを、忘れるともなしに、忘れることを、余儀なくされた。なぜなら、一月の下旬にエンダウ沖海戦の図を、二月中旬にバリ島沖海戦を、それぞれ、作画の命令を受けたのである。

隆夫は、心に余裕をもって、両海戦図を仕上げた。出来栄《ばえ》も、悪くなかった。

六

やがて、月が変って、三月になった。

木炭の不足を、天が補ってくれるように、ポカポカと、暖かい日和が続いた。雛の節句は曇ったが、早咲きの桃の花に、明らかな春が感じられた。

「君、近く、特別攻撃隊の大きな発表があるのだが、その画の準備にかかって貰いたい」

飛田中佐から、そう命じられると、隆夫は、いいようのない喜びを感じた。二カ月前の念願が、やっと、届いたからだ。

だが、飛田中佐の声も、顔色も、どこか、沈み勝ちだった。昂奮してる隆夫は、それに気付かなかった。急いで、自分の部屋に戻ろうとすると、

「君……」

飛田中佐が、後ろから、呼び留めた。

「は？」

隆夫が、振顧《ふりむ》くと、潤んだ中佐の眼が、ジッと、彼を瞬めていた。

「いや、用ではない……」

中佐は、急に、横を向いて、仕事を始めた。

隆夫は、そのまま、部屋に戻った。

さて、構図を考えてみると、材料の不足に気がついた。特殊潜航艇は機密事項だから、全部を知ることは許されないが、多少の暗示を与えて貰うために、軍令部員の話を聞き、構図の打合せをする必要があった。

軍令部から帰ってくると、彼は、発表の草案を貰ってきて、熟読し始めた。

——斯《か》くて、御稜威《みいず》の下《もと》、天佑《てんゆう》神助を確信せる特別攻撃隊は、某月《ぼうげつ》某日枚《まい》を銜《ふく》んで壮途に就き、真珠湾目指して突進し、沈着機敏なる操縦により、厳重なる敵警戒網並《ならび》に複雑なる水路を突破、全艇予定の部署により港内に進入、或は白昼強襲を決行、史上空前の壮挙を敢行、任務を完遂せる後、艇と共に運命を共にせり。就中《なかんずく》夜襲に依《よ》る「アリゾナ」型戦艦の轟沈《ごうちん》は、遠く港外にありし友軍部隊よりも明瞭に認められ十二月八日午後四時三十一分（布哇《ハワイ》時間七日午後九時一分）即ち布哇における月出《つきので》二分後、真珠湾内に大爆発起り、火炎《かえん》天に冲《ちゅう》し、灼熱《しゃくねつ》せる鉄片は空中高く飛散、須臾《しゅゆ》にして火炎消滅、之《これ》と同時に敵は航空部隊の攻撃と誤認せるものか熾《し》烈《れつ》なる対空射撃を開始せるを確認せり。又《また》同日午後六時十一分（布哇時間午後十時四十一分）特別攻撃隊の一艇より襲撃成功を放送午後七時十四分以後放送杜絶《とぜつ》、同時刻自爆若《もし》くは撃沈せられたるものと認めらるるものありたり。（中略）出発に際し、攻撃終了せば帰還すべき命を受けありしも、（中略）全隊員生死を超越して、攻撃効果発揚に専念し、帰還の如きは敢《あえ》て其の念頭に無かりしものと断ずる外なし——

「壮烈だなア」

隆夫は、声を揚げて、唸った。そして、彼は呉の潜水学校を憶い出した。この偉勲といい、レキシントン撃沈といい、雌伏四十年の帝国潜水艦が、初めて爛漫たる開花の春を迎えたのを考えると、涙が滲まずにはいなかった。

七

白昼強襲図を、五時間。

月出夜襲図《つきのでやしゅうず》を、六時間半。

隆夫は、殆んど夢中で、二枚の画を描き上げた。予定時間よりも、早く描き上げた。

第一図は、魚雷の航跡と、爆破瞬間の敵艦を描いて、特殊潜航艇そのものは、描かなかった。

第二図の方は、特潜艇が半潜航の状態で、至近距離に迫り、一人の士官が、大胆不敵にも、ハッチから半身を露わし、望遠鏡を以て、自艇の放った魚雷が、アリゾナ型の後半部に、高い水柱を揚げて命中したのを、確認してる光景を描いた。

隆夫は、その若い一士官が、同時に、四十年隠忍したわが潜水艦が、敵艦に放った最初の魚雷の成果を確認する意味を含めて、描いたのである。使命は報道画であっても、内容は歴史画のつもりだった。そして、この画材こそは、やがて、時間の制限と、黒と白の写真版原画の約束を放れて、彼の生涯を飾る油彩の大作にしようと、心秘かに、誓っていた。

彼が、その二図を、黒潮会の写真班に渡したのは、三月六日の午後三時五分前だった。三時から、H課長がいつも、大きな発表がある時のように、各社記者の面前で、原稿を読み上げることになっていた。

隆夫は、混雑を避けて、廊下に立っていた。既に、午後二時に、特別攻撃隊の偉勲は、大本営発表になっていて、三時からは、海軍省発表の分なのだった。

時計が、三時を指すと、機械のように正確に、大佐の肥った軀や、参謀章をつけた飛田中佐以下の姿が、記者室に現われた。

叢《くさむら》に風の渡るような、動揺が聴えた。

「昭和十七年三月六日午後三時、海軍省発表……」

重みと渋みのあるH大佐の声が、廊下まで響いてきた。

特別攻撃隊に対し、連合艦隊司令長官から下された、感状の全文が読み上げられた。

（実際、感状ものだ。こんな、壮烈な武勲はない……）

隆夫は、心の中で、頷いた。

やがて、H大佐は、声を更めて、次ぎの文章を読み上げた。

「……特別攻撃隊員中の戦死者に対し、昭和十六年十二月八日付特に左の通り、二階級を進級せしめられたり」

（え、二階級進級？）

隆夫の驚きと共に、記者達の嘆声も、幽《かす》かに聴えた。進級制度が改正されて、初の二段跳びだったからである。隆夫は、大きな喜びをもって、それを頷いた。

「任海軍中佐湯浅尚士……任海軍少佐谷真人……」

隆夫は、呆然として、わが耳を疑った。

八

「君に知らせると、画が描けなくなると思って、わざと、秘《かく》していたんだ」

報道部の部屋に帰った時、飛田中佐が、シミジミとした声でいった。

隆夫は、眼よりも、喉の中から、涙が籠み上げてくるような気持で、一言もいえなかった。

「谷は、立派な軍人だったな……立派な死にかたをした……」

突然、飛田中佐の静かな声が乱れて、首が下を俯《む》いた。

堪らなくなった隆夫は、声を揚げて泣き出した。子供のように、いつまでも、咽《むせ》び声が止まらなかった。

「どうしたんだ、君?」

同僚のT嘱託が、隆夫の側へ飛んできた。飛田中佐は目顔で、合図をした。Tは、隆夫を懐《だ》き抱えるようにして、彼の狭い仕事室へ連れて行った。

「そうか……君は、谷少佐の親友だったのか」

他の嘱託も、続いて隆夫の部屋に見舞いにきたが、彼は、絵具皿の散らばった卓《テーブル》の上に、突ッ伏したまま、背に波打たしていた。

真人の死が、ただ悲しいのではなかった。あの温和しい真人が、火のような激しい武勲を建てた感動と、真人がそれほどの男とも知らず、狎《な》れ親しんでいたことの悔いと、また、それほどの男を親友にもった喜びと——万感が胸の中に激して、彼を泣かしめるのだった。

あまり、彼の泣き方が烈しいので、同室の二人の嘱託も、座を外した。一人になった彼は、心ゆくまで、泣き続けた。

(おれを、飛田中佐に頼んで、報道部へ入れてくれたのも、真人が生別の餞《はなむ》けだったかも知れないのだ)

と、考えると、また、新しい涙が湧いてきた。そして、呉駅で別れた時の、真人の顔の寂しい印象が、再び、眼の前へ返って来た。

やがて、彼は、エダのことを考えた。あの発表が、ラジオで全国に知らされる時、妹がどういう衝撃を受けるか、想像するまでもなかった。

(妹の望みは、永久に葬られた。しかし、そんなことは、極く、小さなことだ)

彼は、涙を拭きながら、そう思った。

やっと、心が鎮まると、彼は急に自室を飛び出して、黒潮会の部屋へ出かけた。写真複写は、もう済んでいた。隆夫は、自分の描いた夜襲の画を、ジッと眸めた。やがて彼は、驚きの声を発した。ハッチから半身を露わしている士官の軀つきが、真人ソックリだった。しかも、その姿は、潜水学校の六号艇のハッチから、真人が軀を乗り出した時の印象にちがいないのだ。隆夫は、知らずして、真人を描いていたのである。

九

隆夫は、その晩、真人の夢を見た。

六号艇の中に、真人と、下畑兵曹と、隆夫が乗っているのである。不思議なことは、潜水学校校庭に安置されている筈の六号艇が、ガーッと、電動機の音を立てて、水中を走ってるのである。

「おや?」

と、隆夫が、思わず、声を揚げた。すると、真人が、クルリと眼の玉が飛び出るほど、真剣な表情で、此方《こっち》を向いた。

「貴様、この艇内に、乗っちょったのか」

あまり、真人の声が烈しいので、隆夫は、体が竦《すく》んで、返事ができなかった。だが、やがて真人は、仕方がないという風に、常の優しい顔になって、

「作業の妨害せんように、隅へ引っ込んどれよ。非常に、危険だからな」

「一体、ここはどこな?」

「黙っちょれ。今に、わかる」

真人は、それきり、口を利かなかった。キッと、唇を結んで、なにかの機械を、覗いていた。

そのうちに、頭上の海面に、桜島爆発の熔岩《ようがん》が、雨下《うか》するような音が、相次いで起った。その響きが、艇殻《ていかく》を、ビンビン震わせた。隆夫は腕時計を見た。

「友軍の飛行機だな。僚艇《りょうてい》も、始めたようだ」

真人は、そう呟いたが、またしても熔岩が落下するような音が、激しくなった。

「逸《はや》ってはいけない……」

下唇を噛んだ真人の顔に、水のように冷静な表情が、現われた。そして、下畑兵曹に何か命令を伝えると、艇が、グングン降下して、遂に動かなくなった。

「真人……何をしちょッか」

隆夫は、時機に遅れるような焦躁を感じて大声に叫んだが、真人は、例の微笑を浮かべて、悠々と、兵曹を対手に、将棋をさし始めた。

何時間経ったか知れない。

ふと、気がつくと、真人が、スックと立ち上っていた。

「よし、時間だ」

彼と兵曹の姿が、消え失せた。また、機関の音が起って、艇が上部に向けて、傾いた。

隆夫は、身の縮むような危機を感じて、生唾を呑んだ。

やがて、甲高い、烈しい声が聴えた。

「てーッ！」

〝撃て〟という、真人の号令だった。その後に、一、二秒の沈黙が続いた。突然、水中が渦巻くような、轟音が起った。また、一発……。

やがて、真人が、満面に喜色を浮かべて現われた。

「隆夫、喜べよ――アリゾナ型をやった」

「ちぇすと！」

隆夫が、躍り上って跳びつこうとすると、

「待て。軍人は、報告を済まさんと、任務が完了せんでなア」

真人は、静かに、無電台の前に坐った――

近頃の若い者

一

翌日の新聞は、一面も、社会面も軍神九勇士の記事以外に、何物もなかった。

隆夫は、昨夜の夢を憶い出して、真人の写真を、食い入るように眺めた。真人が二中時代に、試験などある時に、よく、そうしたように、ポッタリと、柔かく唇を結んで、真正面を視ていた。こういう表情の後で、真人は、あの可愛い糸切歯を見せて、ニッと笑うのだったが——

やがて、彼は、他の軍神の写真に、眼を走らせた。

(おや、この顔は?)

彼は、福田という旅館兼料理屋で、逢った人々のことを、憶い出した。広い海軍のことだから、似た顔も、似た名も多いであろうが、湯浅中佐、新田少佐——確か、あの時の快活な中尉は、湯浅という姓だと思った。潜水学校を案内してくれた少尉は、新田と呼んだと思った。そして、ただ一度の面会で、顔をハッキリ記憶しないが、どこか、その面影があるような気がして、ならなかった。

（もしも、あの時の士官が、この人達だったとすると……）

隆夫は、胴震《どうぶる》いがするような、感激に打たれた。そして、なぜ、あの時に名刺でも貰って、姓ばかりでなく、名まで確実に知って置かなかったのかと、残念でならなかった。

（いや、たとえ、あの人達でなくても、真人と壮挙を倶にした人なら、おれにとっても、縁があるのだ）

彼は、H大佐のラジオ放送再録を読んで、九勇士が、門出において、従容《しょうよう》たる明るさに溢れていたことを知って、感激を新たにした。サイダーやチョコレートを持って、まるで、ハイキングに行くようだ——といった若い士官は誰のことかわからないが、九軍神の若々しい、そして、揺ぎない、澄み渡った気持を、代表してるように、思われた。

（瞬間の勇気ではない。長い長い、決死の覚悟が、持続した後でなければ、こういう心境は生まれぬものだ）

隆夫は、多分、母艦の一室であろう部屋に、出発準備を終った人々の、明るい笑顔を想像した。静かに、墨を下して、四人の士官が寄せ書をした姿も、眼に浮かんだ。

断じて行えば鬼神も之を避く

海軍中尉　谷真人

隆夫は、新聞に出てる親友の墨痕《ぼっこん》を、いつまでも、睜めていた。

（この文句を、二中時代から、真人は愛誦していたのだ。菊池配属将校が、口癖にいっていた言葉だった……）

霜降りの小倉服を着た、真人の中学生姿が、アリアリと、眼前に見えた。天保山浜で、歯を食い縛りながら、甲羅干《こうらぼ》しをしてる姿も、見えた。いや、それより前に、八幡小学校の鉄棒に、必死になって獅噛《しが》みついてる姿も、瞼に浮かんできた。小さな魂が、こんなにも大きく、生きとおす——

二

皇国非常の秋《とき》に際し死処を得たる小官の栄誉之に過ぐるものなし

謹《つつし》んで

天皇陛下の万歳を奉唱し奉《たてまつ》る

二十有三年の間、亡《なき》父上母上様始め家族御一同様の御恩、小学校中学校の諸先生、並《ならび》に海軍に於て御指導を賜《たまわ》りたる教官上官先輩の御高恩に対して衷心《ちゅうしん》より御礼申上候

同乗の下畑兵曹の遺族に対しては気の毒に堪《た》えず
最後に、皇恩の万分の一にも酬《むく》ゆる事なく死する身を愧《は》ずるものに有之《これあり》候――

(まったく、真人らしい気持だ。真人らしい遺書だ……)

隆夫は、新聞に縮写されてる筆蹟を幾度か、読み返した。

聖恩のことはいうまでもなく、親の恩、師の恩を、深く心に体することは、郷里の風であったが、真人の場合は、一語々々が、あの静かな、優しい声となって、隆夫の耳に聴えるほど、真実を含んでいた。

部下の下畑兵曹に対する心遣いにも、彼は、真人らしい匂いを感じた。八幡校や二中時代に、真人は、兄貴振るといっていいくらいの少年だった。隆夫自身が、同級生でありながら、遂に、一生を通じて、弟分だった。実弟の末雄を可愛がることも、一通りではなかった。そして、そうだ――呉の水交社で、食事をした時、坂の下で会った部下のことを、真人は眼を細めながら、語ったではないか。

(ことによると、あの下士官が、下畑兵曹ではなかったか)

隆夫は、そんな妄想を起したが、もとより、それを証拠立てる理由は、ひとつもなかった。

やがて、隆夫は、佐久間艇長の公遺書の一部分を、ハッキリと、思い起した。

我部下ノ遺族ヲシテ、窮スルモノナカラシメ給ワランコトヲ――と、艇長が嘆願した文意が、脈々として真人の遺書のうちに、伝わっているではないか。

真人は、恐らく、遺書を書く時に、佐久間艇長のことを、意識してはいなかったろう。しかし、三十二年の歳月を隔てて、同じ心が、同じ水底《みなそこ》の軍人に通っていることを、単なる符合といえるかどうか――

（これが、伝統というものだろう）

隆夫は、粛然《しゆくぜん》として、そう考えた。海軍軍人の手から手へ、渡し伝え、受け嗣《つ》がれてゆく、無形のバトンを、眼に描かずにいられなかった。

三

勇士が全国に与えた感動の波は、海嘯《つなみ》にもひとしかった。新聞雑誌記者は、先きを争ってその生地を訪ね、名ある歌人、俳人、詩人、漢詩人が、連日、頌唱《じゆしよう》を発表した。わけても、連合艦隊司令長官[*68]が、東京在住の某少将へ送った私信の一節に、〝兵学校卒業前後の若武者どもを加うるこの決死隊が、敵港に突入して、この成果を挙げたるを思えば、近頃の若い者はなぞと、口はばったきことを申すまじきと、しかと教えられ、これ亦感泣に堪えざることに御座候〟とあることが、世間に知られて、一層の感動を、喚《よ》び起した。青年は時局を弁《わきま》えぬという叱言が、習慣のようにいわれていた際に、この大事を成し遂げた人々が、悉く、青年であったことを、人々は、今更のように気付いたのである。

隆夫は、自分も亦、青年の一人であることを考えた。恥と誇りが、同時に、烈しく彼の心を揺《ゆさぶ》った。

(おれだって……おれだって……)

彼は、徒《いたず》らに、真人の前に忸怩《じくじ》としている時ではないと思った。

その頃、彼は、郷里の父から、長い手紙を受け取った。

急いで、封を切ったが、彼女のことは、殆んど書かれてなかった。長い巻紙は、全部、真人に関することで、埋められていた。

(エダのことだな)

下荒田の真人の家は、もう米商をやめて、雑貨煙草屋を営んでいるのだが、その商売が、全然できないほど、いつも、黒山の礼拝者だそうだ。県や市や旧藩主や、その他各方面から贈られた花環《はなわ》と供物《くもつ》で、店の上り口の六畳は、足を踏む場所もなく、自分も、お見舞いに行ったが、母堂にも、四ノ吉さんにも、ロクロク、ご挨拶ができなかった——

町内では、寄ると触ると、真人さんの話ばかりで、いろいろ噂を聴くが、全国から谷家へ寄せられる電報や手紙が、毎日何百通とかいうことである。鹿児島の女学生が、数名集まって、血書した感謝状を、谷家へ持参した。谷少佐顕彰会《けんしょうかい》が、早くも、市の有力者間に、発起されてる。河田二中校長や緒方先生は、東京からきた記者達の訪問で忙殺されている——

三月六日夜にH大佐の放送があった時、谷のお母さんは、涙ひとつ滾さず、聴いていた。真人さんの同期生が、軍服姿でお見舞いにきた時に、初めて泣いた——

父親の手紙は、明らかに昂奮して、息子の親友の栄誉を伝えているが、その感動のために、娘の縁談なぞは、まるで、念頭にないような調子だった。

隆夫は、それを、いかにも父親らしく、また鹿児島人らしいことと微笑したが、二伸《にしん》のところに、ただ一行、書き添えがあった。

——エダの縁談も一場の夢と化し候が、当人も別に悲観の様子は無之《これなく》候。

四

「畜生め！」

隆夫は、思わず、そう口走って、歯軋《はぎし》りをした。

エダが、真人の戦死を知って、〝別に悲観の様子も無之〟ということが、ひどく、腹立たしかったのである。

（かりにも、意中の人だったではないか。真人自身は知らぬにせよ、両親も同意したほどの……）

その人が、幽明を隔てたというのに、一滴の涙もこぼさないとはなんという冷淡な女だろう。エダは、また昔のように身勝手な軽佻《けいちょう》な女に返ったのであろうか――

隆夫は、わが妹ながら、見下げ果てた女のような気がして、その後、一本の手紙も、彼女に与えなかった。

エダの方でも、同様だった。どちらかといえば、筆達者の方で、月に二、三度は手紙を寄越したのに、真人の戦死が知れて以来、ウンともスンとも、音信がなかった。

或る日、彼は、同じ嘱託の一人から、質問を受けた。その男は、九軍神の正確な伝記を書こうと、企てていた。

「君、谷少佐に、許嫁のようなものはなかったのか」

「さア、知らんね」

「許嫁があったが、少佐が死を決した後に、破談にしたとかいう噂があるが……」

「そんなことはないよ」

「じゃア、少佐自身は知らないでも、秘かに、少佐に想いを寄せていたというような女性は、いないかね。郷里の幼友達かなんかに……」

「いないよ——一人もいない！」

隆夫は、対手がビックリするほど、大きな声を出した。

しかし、隆夫が、稍《や》や冷静になって考えると、彼が真人と義兄弟になる望みは、所詮、空想に過ぎなかったことを、気付かないでいられなかった。許嫁があったのを、破談にしたという噂は、根のないことであっても、真人の性格と精神を考えれば、そういう場合に、そうしたに違いないと思った。

（エダがどう想ってるか——そんなことを、真人が知らないで、却って、よかった）

真人は、もう軍神なのだ。永遠に、二十三歳の海軍少佐であり、また、童貞の英雄なのだ。あらゆるものが、美しいのだ。真人を形づくるすべてが、美しくなければならない——

隆夫は、そういう風に考えると、なにもかも、それでよかった、という気になった。

五

昭和十七年の春は、驟雨《しゆうう》のように、足速やに、駆けつけてきた。三月の末には、海軍省構内の桜が、満開だった。

隆夫は、ある朝、清々しい気持で、花の下を通り抜けながら、建物へ入ろうとすると、バッタリ、飛田中佐にめぐりあった。

「君、軍神の合同海軍葬の日取りが、きまったぞ。四月八日の命日、場所は、日比谷公園――海軍大臣が、葬喪《そうそう》管理者だ。広瀬中佐以来、曾てないことだ」

飛田中佐は、わがことのように、喜色を浮かべていた。

「はア、それは……」

隆夫の顔も、桜花に栄えるように、明るくなった。

「君は、谷少佐の親友だから、面《つら》の皮を厚くして、家族席へ藻繰《もぐ》り込んだらよかろう」

「はア、ありがとうございます」

隆夫は、笑いながら、頷いた。

(日比谷で海軍葬とは、素晴らしいなア)

その盛儀を想像して、隆夫の胸が熱くなった。真人が、それほどにまで酬いられるのが、嬉しくて堪らなかった。そして真人が、講道館から、二段跳びの昇段を贈られたことも、思い合わされた。それと同時に、

「いいや、おれは、困るよ。そいほどのこっは、ないも、しちょらんのに……」

と、真人が林檎のように、顔を赧らめて、手を振っている様子が、春の大空に、浮かんで見

えた。

（そうだ、真人は、晴れがましいことが、嫌いだったな……）

それにしても、この爛漫《らんまん》たる桜花を、なんとかして、海軍葬の日まで咲かせて置きたかった。日本の花であり、また海軍の花でもある桜が、美しい九柱《はしら》の魂を送る日まで、咲き誇っていてくれたなら——

しかし、四月一日には、既に、雪のような落花が、始まった。隆夫は、残念だったが、繽紛《ひんぷん》として散る花を見ていると、軍神の士官達の辞世に、〝散る若桜〟という字句があるのを憶い出して、自分の愛着が、無用だとも思った。

四月八日には、桜の梢《こずえ》に、もう瑞々しい若葉が萌えて、残花が、白い蝶のように、留まっていた。

その日の朝に、隆夫は、冷水で体を拭って父親から送って貰ったモーニングに、姿を更めた。そして、喪章を左の腕に、巻いているところへ、

「牟田口さん、お客様ですよ」

と、管理人の細君の声がして、扉《ドア》が開いた。

「汝《わ》や？」

隆夫は、われともなく、叫んだ。廊下に、春のオーヴァーを着て、鞄を提《さ》げたエダの姿が、

立っていた。

六

「家な、無断で、出ッきもした」

という、エダの言葉を聞いて、隆夫は、ハッと思った。

（こいつも、おれの二代目をやってる。しようのない奴だ）

「洋裁学校か、女子大へ入りたいんじゃろう。そいを、お父さんもお母さんも、頷《き》ッたもはんからじゃろう」

隆夫は、吸鳴りつけるようにいったが、エダは、なんとも答えずに、寂しい微笑を洩らした。

両親の心配を考えると、一刻も、捨てては置けないので、隆夫は、モーニングに下駄を突ッ掛けて、通りの郵便局へ、電報を打ちに行った。

帰ってくると、エダはいつか、瀟洒《しょうしゃ》な黒いドレスに、着替えていた。

「俺《お》や、こいから軍神の合同葬に、いっとこいじゃ。一時《いっとき》、ここで、待っちょれ」

鰾膠《にべ》もなく、隆夫がいい放つと、エダは、静かに答えた。

「あたいも、罷《まか》んそ」

「お前も？」

「はい」

エダの声は、押し返すことのできない強さと、力があった。

(弱ったな)

隆夫は、真人の親友として、家族席に入って式に列する心算だったのに、エダを同道しては、そうはいかない。といって、妹一人を、勝手知らぬ東京の街へ、追い放すこともできなかった。

「しょんなか奴じゃ……そいなあ、おいも、一般奉葬者の席い行ッで、早う、支度せ」

隆夫は、腹立ち紛れに、ツケツケと、いった。

「はい、支度はいつでん、でけッおんで……」

エダは、落着き払って、黒いドレスの襞《ひだ》を直した。

二人は、すぐに、外へ出た。一般奉葬者席となれば、混雑するにきまってるので、一刻も早く、日比谷へいかねばならなかった。エダは、持ってきた手鞄を軽々と提げて、大股に、兄の後に蹤《つ》いた。遠い鹿児島から出てきた娘とも思われぬように、彼女の洋装は、身についていた。

隆夫は、それがまた、癪《しゃく》の種だった。

彼はプンプンして、省線の中でもバスに乗っても、一口も、エダに言葉をかけなかった。

日比谷へいくと、果して、もう、人が出始めていた。

隆夫は、省内で、葬列の順路を聞き知っているので、内幸町に面した幸門口に近く、場所を探した。そこから、葬列が、公園内の葬場へ入ることになっていた。エダは、固い鋪道のコンクリートの上に、キチンと、土下座をした。隆夫は、その背後に、佇立《つった》っていた。

風のない日で、暖かな日光が、刻一刻に殖える群衆を、照し出していた。

七

一時間ほど、佇立っていると、隆夫の脚は、棒のようになった。その上、腹も減ってきた。彼は、まだ朝飯を食っていないことを、憶い出した。午飯も、とても食べられる見込みがなかった。席を外せば、すぐ、他の人に占領されるからだった。

「汝《わ》や、朝飯は？」

遉がに、妹が少し可哀そうになって、隆夫が訊いた。

エダは、見顧りもせず、首を振った。頸足《えりあし》が、蒼白く、透きとおっていた。

だが、遂に、一時二十分がくると、隆夫は、疲労も空腹も忘れた。その時刻に、柩車《きゅうしゃ》が海軍省を発引することを、知っていたからだ。

やがて、警戒の巡査が、霞ケ関の方へ視線を向けて、姿勢を正した。隆夫は、葬列が近付いたことを覚って、足を爪立てた。

先導将校の姿が見えた。神官の白い衣服が見えた。それが、徐《しず》かに正面にきた時に、なにか、血の喞《すだ》くような、悲しい声が聴えた。

（ああ、柩車だ……）

瞬間に、隆夫は、黒い砲車の上に載せられた、白い柩を見た。白絹に包まれた柩を、十八人の士官が、護っていたことなぞ、彼の眼に入らなかった。彼は、すぐ眼を閉じ、頭を垂れて、柩車の軋む音だけを、聴いた。

（真人が行く……真人が……）

閉じた瞼のなかに、砲車の上から、真人が、ニッコリ笑って、此方を見たような、幻像が映った。途端に、隆夫は堪え切れなくなって、大声で、嗚咽を始めた。それが、伝染したように、此処彼処《ここかしこ》に歔欷《すすりなき》の声が起った。ただ、エダだけは、泣かなかった。彼女は、土下座の膝をキチンと揃えて、微動もせずに、合掌していた。噛んだ唇は、震えていても、声も、涙も出さなかった。

公園の中で、海軍軍楽隊の〝いのちをすてて〟の奏楽が起った。

隆夫が、再び、眼を開いた時は、遺族代表の列は、既に通り過ぎて、家族の葬列が、すぐ前を歩いていた。

（おお、真人のお母さんだ……）

彼は、黒い喪服の列の中に、小柄な、痩せた軀を俯けた老人の姿を、眼敏く、発見した。その側に、真人にソックリな四ノ吉さんが、国民服を着て、付き添っていた。

（おや、緒方先生まで……）

恐らく、恩師の代表としてであろう――フロック・コートの緒方先生が、小肥りの短軀《たんく》を、運んでいった。

隆夫は、郷里の匂いを、強く嗅ぎ、真人に対する感動を、それらの人々に呼びかけたいのを、ジッと我慢した。

葬列がまったく通過すると、群衆が動き出した。隆夫は、葬儀が終るまで、その付近を去るに忍びなかった。

やがて、エダが、ヨロヨロして立ち上った。ふと、隆夫は、妹の絹靴下の膝頭が、長い土下座のために擦り切れて、血が滲んでいるのを見た。

八

葬儀が終って、一般の礼拝が許されたのは、三時過ぎだった。隆夫もエダも、人波に揉まれながら祭壇の前へ進んだ。あまり人が多いので、心のままに、礼拝もできなかった。二人は、また、人波に押されて、自然に、日比谷の交叉点の方へ出た。

隆夫は、今日はまだ省へ顔出しをしてないのに、気づいて、

「俺《お》や、ちょっと、役所へいたッくッで、汝《わ》や、ひといで、アパートへ戻っちょれ」

と、腕時計を見ながらいった。

「いいえ、あたや、こいから、停車場イ罷んそ……」

エダは、静かに答えた。

「停車場?」

「はい。晩の八時の汽車で、鹿児島イ戻《もど》いもんで……」

「ないや?」

隆夫は、わが耳を疑うように、妹の顔を眺めた。エダが、洋裁学校や女子大へ入学するために、上京したのではないことが、あまりに、ハッキリわかったからである。

「そいなあ……そいなあ、汝《わ》や、真人の葬式を拝むためい、わざわざ、出ッきたっとか」

ハッと、妹の真意を直覚した気持で、隆夫は、声を弾ませた。

「いいえ、あたや……」

エダは、羞恥のために、いい澱んで、下を俯いたが、やがて、キッと、兄の顔を正視した。

彼女の眉は、明るかった。

「あたや、御遺髪と御遺爪《ごいそう》を、お迎えいきたとごあしと。今夜、八時四十分の汽車で、郷里へ

隆夫は、再び、エダの言葉に驚かされた。

「そいでん、そげんもんな、真人のお母はんやら、四ノ吉さんが護っせえ、戻いやらせんとか?」

「大事ごあはんと。あたや、あたいの気持で、お供しッせえ戻いもんで……」

エダは、寂しく、微笑んだ。もう、なんの羞らいも、感傷も、彼女の面上になかった。キッパリした意志と覚悟が、眼と唇に見えるだけで、あとは真空の表情だった。そういう表情を、古い鹿児島の女は、良人の死に際して、いつも示すのである。例えば、真人の母が、良人を亡くした時が、そのとおりだった——

隆夫は、悉く、妹の心を——妹の一生を支配するだろう覚悟を読み取った。涙を浮かべたのは、彼の方で、エダは、ただ一筋の道を歩く人のように、東京駅の方角を兄に訊いた。

勿論、隆夫は、役所へ顔を出すことを、思い止まった。といって、妹を銀座へ案内する気なぞ、毛頭起らなかった。彼は、エダの意志のとおり真ッ直ぐに、東京駅に向って歩くほかはなかった。

駅へ着くと、発車時刻まで、四時間ほどあった。食堂で、空腹を充たした後は、二人とも、三等待合室で、ジッと、時のくるのを待った。エダが三等を選んだのは、軍神の遺族達が二等車へ乗ることを、知っていたからだった。

八時頃になると待合室の人々が、総立ちになって、出入口へ折り重なった。

「軍神の英霊ですよ」

群衆は、皆、低く頭を下げた。白い函を捧げた紋服の人々が、チラリと見えた。隆夫は、無意識に、妹の手を引っ張って、座席を立ち上った。だがその手は、堅く、抑《おさ》えられた。

「兄《あん》さん、ここで、よろしゅごあんど」

待合室の片隅に佇んだ彼女は、黒山の人の背《せな》に向って、合掌した。


〔昭和十七年七月一日〜十二月二十四日「朝日新聞」初出〕

戦時随筆

（単行本未収録分）

水雷神

一

雷神《らいじん》という語はあるが、水雷神というのはない。しかし、佐藤康夫《やすお》中将の生前を偲ぶ時、ほかに適当の形容を知らぬのである。

それは中将が水雷科出身で、水雷長、駆逐艦長、駆逐隊司令として、二十余年を海上に送り、わ生粋な所謂水雷屋であったことのみをいうのではない。また、中将がワシントン条約以後、わが水雷戦隊の必死の研究と訓練から生まれた、戦術と指揮の惜しい至宝の一人であったことのみをいうのでもない。そしてまた、大東亜戦始まって以来、中将が常に駆逐艦上にあって、歴戦実に二十七回、感状下ること洵《まこと》に三度、竟《つい》にニューギニア方面海戦[*69]において、壮烈とも壮絶とも譬《たと》えようのない戦死を遂げたことのみを、特にいうのでもない。私は中将の人となりにおいて、既に典型的なる水雷科軍人を見るのである。中将ほど〝駆逐艦乗り〟らしい軍人も、少いのではあるまいか。水雷科といえば、帽章が塩に青錆び、軍服が赤く灼けて、豪放磊落、最も"汐気"の強い軍人を想像させるが、そして中将も辺幅を飾らぬことで有名だったが、そんなことよりも、中将の行蔵に顕われた黙々たる挺身《ていしん》精神に於て、それを感ずるのである。

佐藤中将がいかなる人であるかを、中将の先輩や同期生に訊《ただ》してみたら、

「理窟をいわぬ男でね」

「黙っていて、グヮンといく……」

「人の嫌がるところへ、進んで飛び込む人間……」

と、答えは一つだった。

黙々たる挺身精神なぞといえば犠牲ということが聯想され、なにか宗教臭いことにもなるが、意味はおよそ反対で、犠牲を犠牲とせざる一向《ひたすら》の闘志をいうのである。挺身ということを除けて、水雷戦は考えられない。威海衛夜襲の遠きに遡らずとも、現下の戦いに於《の》て、水雷戦隊の行動は常に挺身である。魚雷攻撃という点に見るも、最近の進歩が昔時と比較にならぬ遠距離発射を許すにもせよ、必中の効果は肉薄にまさることはない。現に、佐藤中将の戦法は、常にそれであった。挺身の伝統は、少しも変っていない。横須賀田浦の水雷学校にいくと、古びた本部の廊下に、東郷元帥筆〝一発必中〟の大額が掛っているが、魚雷攻撃のみに限らず、わが水雷戦隊の精神はそこにあろう。その根本から、挺身、果敢、そして深慮の要綱が生まれるのであろう。

その精神と要綱が、佐藤中将の一身に具顕されたのである。水雷精神が中将か、中将が水雷精神かということは、決して過言ではない。それのみか、外観的には似てもつかない中将の肥《ひ》軀《く》短身が、一本の魚雷であるかの如き感さえも懐《いだ》かしむるのである。

二

中将の生家は、もと井上氏であって、代々、医を業とされたと聞く。父君また刀圭《とうけい》の人であったが、近親の佐藤氏を継ぎ、故郷神奈川県津久井郡牧野村から、静岡へ出たのである。しかし、中将が小学時代を東京で送ったのは、母方祖父の森氏が小石川の細川家に在勤していて、その膝下《しっか》に育てられたからである。森氏は家柄の武家で、祖父が中将に対する愛情も、当時の文明開化流ではなかったらしい。中将がこの祖父から受けた薫陶が、尋常でなかったと察せられる節がないでもない。なぜなら、今回、基地から送られた中将の遺品のうちに、軍装用短剣があった。その刀身は、中将が兵学校入学の時に、祖父から賜わったものと聞く。長い海軍生活の最後まで、中将はそれを身辺から離さなかったのである。

中学時代は静岡である。生家に帰った中将は、家からそう遠からぬ静岡中学に学んだ。静中という学校、甲子園の野球で些か鳴らしたが、今や佐藤中将を出し、ブ島沖第二次航空戦の野阪大尉を生み、天下に名を知らるることになった。同校の名誉もさることながら、中将が神奈川県で生まれ、東京で育ち、静岡で人となったこと――つまり関東の産であることに意味を求めたい。九州か東北でなければ、武勇の誉《ほま》れが揚らぬわけではない。

中将は四四期生として、江田島に入った。同期生および上級生の記憶によれば、その当時から中将は、なんとなく、異彩を放っていたとのことである。なんとなくというのは、中将がムッツリと黙って、青春の血に沸く議論の座に加わらず、しかも充分に存在を明らかにしたとの意味らしい。その上に、中将の体格は、当時から横幅が広く、歩行の時に特徴があったと聞く。それは、中将が俗にいうガニ股であったために、腰を落して歩く癖が、人眼を惹いたのであろう。

そういう体軀の人は柔道が強いが、中将もその例に洩れなかった。佐藤といえば柔道を思い出すというほどに、強かったと、同期の方の話だった。また、佐藤といえば、水泳を思い出すほどに、下手だったたと、同じ人が笑った。

柔道の外に、棒倒しが強かった。真ッ先きに突貫していく気魄が、凄いものだったと聞くが、その頃から中将の口癖であったという「よし、おれがやろう!」の一語と思い合わせて、どうしても、将来は水雷科にいくべき天資をもたれたのではあるまいか。水雷の人の気分は、そういう風のものだからである。

三

江田島へいってみると、数多い生徒が同じ服装で同じ容姿で、見わけがつかぬが、そのうちに、謂わば、錐型《きりかた》と鉈型《なたかた》ともいうべき二系統があるのを気づくのである。といって、錐型が紅顔で細面《ほそおもて》で、鉈型が円顔で色が黒いとも、一概にきめられず、ましてや、錐が秀才で、鉈が鈍物と思ったら、誤解の甚だしきものだが、気質体質の齎す印象が、大別そういうことになるのである。その両型がおのおの所を得て、海軍の必要とする任務を生かすので、どちらを武人型ときめるのも、不穏当なことになる。

しかし、両型後者のうちに、佐藤中将や軍神古野少佐が含まれるのは、争われぬところだろう。そして、その系統を遡れば、広瀬中佐があることも、明らかなことであろう。

広瀬中佐が兵学校当時、古鷹山へ三百回登ったことは、江田島の語り草であるが、古野少佐も受験の際に、蚊帳《かや》なしに一夏を過ごした。身を責め、行をもって自己を完成する道において、佐藤中将も同じだった。兵学校の厳冬期が始まると、中将はつねに毛布を撤し、シーツ一枚を掩《おお》うのみで眠った。むつかしくいえば、これは規則違反になる。軍神横山少佐は温和の性格だったから、夏の生徒館で規定の毛布を掛け、その暑苦しさを手紙で友人に伝えているが、剛毅《ごうき》の中将は、少しは規則を破っても、実質的に江田島精神に副《そ》わんとしたのであろう。

そして、例の頑張りの精神――それが特に中将に旺《さか》んだったことを同期生の追憶に聞いた。

「まったく、佐藤はよく頑張ったね」

総短艇の時、棒倒しの時、弥山《みせん》登りの時、黙り屋の中将の面目が、最もよく顕われ、体格の聯想からいって、どうしても、ブルドッグと呼ばざるを得なかったとのことだった。

不撓不屈《ふとうふくつ》といえば、抽象的な言葉になるが、江田島における中将の素志が、今度の戦争でどんな姿で伸ばされたかは、まったく涙の下るおもいがある。中将ほど苦しい、長い戦闘を、平然として続けられた人も少いであろう。広瀬中佐の〝七生報国〟を、行動から見れば、二回の閉塞行《へいそくこう》となる。中将のガ島九回の戦歴も、同じ不撓不屈の火が燃えたのだ。

中将在学当時の兵学校校長は、山下源太郎大将だった。大将揮毫《きごう》の石版刷扁額《へんがく》は、私も見たことがあるが、それは中将の乗艦が変る度に、必ず荷物の中にあった。今度の戦争になっても、司令駆逐艦の私室に、必ずその額が掲げられた。恐らく、中将と運命を共にしたに違いないその額――そこに中将の性格の一面を、シカと私は感ずるのである。

四

佐藤中将は上海事変、支那事変にも出陣したが、公表にもあったように、大東亜戦の歴戦二十七回ということが、何人の眼をも瞠《みは》らさせるのである。

この二十七回を山脈に譬《たと》えるならば、就中《なかんずく》、連峰を抜く高岳が三つあると思う。第一がスラバヤ沖海戦であり、第二が第三次ソロモン海戦を含むガダルカナル作戦[*70]であり、第三が最後の戦場となったニューギニア方面海戦である。

この三海戦を通観すると、それぞれ顕著なる特色があるが、それに応じて中将の面目も亦、躍如たる三面を語ってるのである。故に、その三海戦を知ることは、中将の戦歴と人格を併せ知ることになるのである。

そのうちで、第一のスラバヤ沖海戦は攻略戦であり、戦いそのものが明るく、勇ましく、中将の豪快なる武者振りが、遺憾なく浮き出している。

十七年二月二十七日のこの戦いは、白昼から夕暮れにかけて行われた。中将の指揮する第×駆逐隊は、輸送船団を護衛して目的地に向ううちに、巡洋艦駆逐艦をもって成る英蘭聯合の艦隊を発見したのである。中将は直ちに輸送船団を避退せしめ、自ら乗れる一番艦と二番艦をして、突撃態勢に移らしめた。敵は巡洋艦が二隻もいるのに、その勢いに驚いて、煙幕を張って逃走を始めた。尤も、あながち敵を臆病とも罵れぬのは、わが両艦の行動があまりにも大胆だったからである。なかでも、中将の乗艦××は、常識で考えられない至近距離に迫ったのである。敵の巡洋艦と駆逐艦の間に突入し、どちらを見ても、煙幕ばかりというところまで行った。その時、上空を飛んでいた味方の偵察機が、呆れた駆逐艦もあったものだと、報告したということと、敵弾よりも味方の魚雷が艦側を掠《かす》めて、危険だったということから推して、いかに肉薄戦であったかを察するに足る。

中将は艦橋にあって、右側に位置し(中将はいつも右側を好んだ)、防暑服に鉄兜《てつかぶと》をかぶり、喜色満面ともいうべき表情をもって、敵を窺っていたという。露出部の多い防暑服を着て、頭だけ鉄兜をかぶるというのは、矛盾のようではあるが、砲弾の破片なんかで死ぬのは、真っ平だよというのが、中将の持論だったそうだ。破片を軽蔑するところが、いかにも中将らしいのである。

その時、水雷長はかなり逸《はや》って、

「司令、もう撃ちましょう」

と、何遍も催促したそうだが、

「もうちっと、もうちっと……」

中将は一メートルでも、敵に接近することを望んだ。そして、遂に許された最初の魚雷は、ホバート型と覚しき敵巡に必中したのである。

五

「あんな忙がしい戦さはなかった……」

と、笑いながら、スラバヤ海戦のことを、中将の部下が語ったが、駆逐艦同士の近距離砲戦となり、それ右砲戦だ、それ左砲戦だと眼が回るようだったという。舷々相摩《げんげんあいま》すというのは、日露戦の秋山参謀の名文句で、あんなことはもう現代海戦にあるまいと考えられたのに、スラバヤ沖でそれが起ったのである。接近した艦と艦とが、機銃まで撃ち合うなんて、恐らく、今度の戦争でも、二度と繰り返されぬかも知れない。

それだけの獅子奮迅をやったのだから、中将の乗艦も、被害がないはずはなかった。機関部に受けた一弾は、艦の運転ばかりか、砲の操作に故障を起した。電気が止まったからである。しかし、××の主砲は依然として火を吐いた。重い砲を人力で動かして、撃ち続けたのである。操舵また人力に頼って闘い続けたのである。そして、追撃また追撃、敵駆逐艦三隻をほふり他を遁走《とんそう》せしめたのである。食いついたら放さない中将の闘志、まったくその綽名に背かざるを見る。

しかし、同時にそれがわが水雷軍人の気魄でもあることは、日本海海戦の三十五号水雷艇の事蹟に徴して明らかである。三十五号艇も敵前に迫り、被弾のために進退を失い、固定発射管では撃てなくなると、その魚雷を艇員が手に手で、旋回発射管まで運んで、最後の発射をなし、自らも海底の藻屑《もくず》となったのである。爾来《じらい》四十年を隔てて、伝統は少しも変っていない。

三十五号艇の所属部隊に東郷司令長官の感状が下った如く、中将の第×駆逐隊にも、行動見事なりという山本長官の感状が授けられた。

「どんなもんだい！」

その時、中将は部下を顧みて、日本晴れの顔色だったという。そこにも、中将の面目がある。肚《はら》からの軍人というのか、中将はまったく子供のような一面があったようだ。酒好きの癖に、菓子でも栄養口糧でも、そこに置いてあれば、ボリボリ平げてしまうようなこともそれだが、戦いというものに対し、帰するが如き自若さは、豪胆を通り越して、〝愉しむ〟という境地に至っていたという。敵の母艦や潜艦出現の電報でも入ると、

「来たぞッ」

と、独得の歓声を揚げるところは、まったく、子供が客来を喜ぶのと、ちっとも変らなかったという。敵も死も、まるで眼中にない態度で、部下からいえばこれほど頼もしいことはなく、中将一度《ひとたび》艦に乗れば、その艦の士気は必ず揚ったという。

六

私の手許に中将の近影があるが、未亡人も、これが一番よく似てますといわれた。大佐の襟章が傾くほど太い頸《くび》、巨きな眉、眼、鼻、口、耳——そして西瓜のような大円頂と、一粒の大きな黒子《ほくろ》を見ていると、どうしても、和尚という印象を受ける。事実、中将は兵学校時代に休

暇となると、鎌倉の円覚寺に参禅され、また士官となってからも、艦隊出港の前には、自宅でよく坐禅を組まれたそうであるが、理窟が嫌いで、名にも富にもまったく無慾で、なにかにつけて、

「おれは、バカだからね」

と、自我を放下した中将のような人こそ、最も道に入り易く、中将にならなければ、一山の管長にでもなったのではないかと思われる。しかし、写真を穴の明くほど見ていれば、瞳の鋭さが、やはり剣の人であって、和尚の印象と割切れず、結局、水滸伝の魯智深《ろちしん》を思い浮かべる外はなかった。実際、中将の風格は日本的ではあるが、更に東洋的といった方が適切なのではあるまいか。

怒り出すと手がつけられず、「このバカタレ!」の大声は、雷の如く艦内に響き渡って、ある若い士官の如きはマストの上まで逃げ出したという話だが、それが一過すれば、春風駘蕩《たいとう》、好きな将棋を始めて「負けたア」と大円頂を叩《たた》くというような人であったらしい。だから、部下も怖いことは怖いが、恨みなぞは懐くにも懐けなかったという。

斗酒なお辞せずを文字どおりに、三人で四斗樽を明けたという噂も聞いた。尤も、任務終って基地に帰った時のことだそうだが、酔余、便々たる巨腹を出して眠る癖を、マラリアの蚊が螫《さ》しはしないかと、軍医長がずいぶん心配したという。

酒は強豪揃いの水雷科士官の間に、珍らしからぬとしても、煙草の方が、音に響いていた。〝佐藤の大煙草〟といって、同僚に知らぬ者なしとのことだった。中将が煙草を命じられると、従兵も心得たもので、チェリー二百本入り大函を持参するを常としたが、それが一日で足りぬことがあり、指先きは染めたように黄色かった由である。

それでいて、中将の健康は巌のようだった。あのように肥満されて、血圧や糖尿の患いもなく、いくら不養生をしても、故障のない内臓の強さに、乗組みの軍医が驚いたという。病気といえば、足の水虫ぐらいで、これは、水雷屋の持病というか、長い艦上生活の誇りのようなものである。しかも、中将は決して所謂東洋豪傑ではなかった。艦内で各種の予防注射など、率先して受けられるのは、中将だったそうである。これは、中将の操艦法が極めて慎重だったこととと思い合わされる。

七

「自分のやることを、いいと思うなよ。人の注意を、素直に受けろよ――と、私は、よく司令から、訓戒されました」

と、旧部下の士官が、私に語ったが、それも中将が、軍人として磨いた徳の一つであろう。

スラバヤ沖海戦に撃沈した敵艦を、最初はホバート型巡洋艦と思って報告し、それが訝《あや》しいとなって取消し、やがて駆逐艦だとわかって訂正するまで、三度も電報を打ったということは、ちょっと真似のできない態度だそうである。誰しも、自分の功は大きな幻影を伴ない、それに拘泥しがちなものだが、中将の心事において流れる水の如きを見る。

理窟嫌いの弁解嫌い——家に在って子女に叱言をいわぬ慈父ではあったが、一度、令息がい逃れでもしようなら、烈火の如き態度に変ったという。

とにかく、己《おのれ》を虚《むな》しゅうする軍人の徳を、キッカリ五十年の生涯を賭けて、磨かれたと思う外なく、また、その徳が、中将戦歴の第二巨峰たるガ島戦において、惜しみなき発揮を見せたのである。

豪快なスラバヤ沖海戦に対し、これは、誰も知る如き忍苦の戦いだった。中将の出撃九回を日数に直してみれば、ザッとその数倍になる長い戦いで、しかも連続不休、苦しい上に危険極まりない任務だった。つまり、最も割りの悪い仕事だった。

水雷屋といえば華々しい魚雷戦がもちまえで、護衛ならまだしも、輸送となっては、有難いわけはないが、江田島以来の中将の口癖は、この時にも、聞かれるのである。

「よし、おれがやろう!」

或いは、

「よし、やッつけえ!」

そこに、なんの躊躇もなく、渋滞もない。パッと、火の中へ飛び込んでいくような気合いである。このことは、あらゆる中将の戦友が口を極めて讃嘆する一点である。

——難局に男冥加《みようが》と突入す、なるもならぬも神に任せて。

その一首が、その時できた。

「歌なんてついぞ、詠《よ》む人ではありませんでしたが……」

と、未亡人も語られたが、その珍らしい歌が、日記の一節に書き込まれた当時の中将の心境を、尊ばずにいられない。

私はその日記帳を拝見した。小型の当用日記で、大部分は白頁である。ただ、ガ島戦の前後になると、時々、記入があることを、忘れてはならない。〝男冥加〟の歌は、九月十五日の欄に記されてあった。赤と青の色鉛筆を使用されたらしく、さまざまな海軍記号が赤で書かれ、歌の方は、太い青文字で、グイグイと雄勁《ゆうけい》な達筆だった。

八

今度の戦争で水雷戦隊が、どれだけ苦闘を重ねてるか、どれだけ犠牲を献げてるかを、世人は充分には知っていない。それは知るに充分な機会や材料を欠いてるという点もある。しかし、少くとも抽象的にそれを知って置かなければ水雷戦隊に済まないように思うのである。

飛行機という厄介なものができて、水雷戦隊の戦さを、すっかり苦しくしてしまったのである。飛行機が水雷艦艇のお株を奪った上に、曾て知らなかった苦役まで背負わせたのである。尤も、飛行機からいえば、小さくて、速くて、行動自由な駆逐艦が、最も苦手であるから、双方で遺恨が重なるであろう。

南太平洋作戦の特殊性として、駆逐艦に必然的な困苦の任務が課せられた。護衛をやり、輸送をやり、戦闘をやり、またその三者を同時にやらねばならなかった。ガ島戦の時には、朝、基地を出て、夜半頃に目的地に着いて、二時間の間に荷物を卸して、すぐ帰途に就いて、基地に帰ればすぐ次ぎの命令が待っている。また荷を積んで出港――連日連夜同じことを繰り返す。それも、ただの輸送ではない。敵の基地に迫るのだから、飛行機がくる。魚雷艇がくる。昼にもくる。夜にもくる。戦いながら輸送し、輸送しながら戦うのである。艦の動いてるうちはまだいいが、目的地に着いて荷揚げしてる間の空襲は、なんともいえない気持のものだそうである。敵機の急降下を告げる見張兵の声が聴えて、爆音がするまで、一秒か半秒か知らないが、それが一年にも二年にも、長く感ずるそうである。

ガ島往復を二、三回やると、たいていのものが神経衰弱になる。その上、肉体の苦労が大変である。司令や艦長は、艦の動いてる間は艦橋に立ち続けである。

基地に帰れば、体が明くかというと、積荷の指揮や、作戦の会議で、一層多忙になる。長い期間、入浴はおろか、食事も艦橋で立ち食いが多くなる。勿論、睡眠の時間は極めて短い。あまり眠らないと、終いには、却って眠気を忘れてしまうような状態が、起ってくるそうである。そうなると、誰の顔も眼が窪み、頬が尖って、異相を呈してくる。体重が減り、尿の色が変ってくる。

「ところが、佐藤ばかりは、不思議でしたな。顔色ひとつ、変っておらんのです。以前より肥ったのではないかと思うほど、ブクブクしとるのです」

その時、基地にいたという中将の同僚が、そう語った。しかし、それは中将の頑健無比な体力の所為ばかりだったろうか。

積荷が多いと苦情が出るなかに、中将は、

「おい、もっと、積むものはないか」

と、自分から催促されたという。そこに示された精神を、看《み》なければならない。

九

ガ島深夜二時間の碇泊中でも、そうだ。荷役の間に、敵機は必ず来襲する。その時、真ッ先きに探照燈をつけるのは、中将の乗艦なのである。

探照燈をつければ、敵機の目標となる。他艦が照射した敵機を撃墜するのが、最も悧巧な方法である。しかし、中将はそれをやらなかった。いつも、真ッ先きに、照射を始めた。

この闘志と自己滅却が、中将の本領というべきものであって、鉈《なた》型の兵学校生徒であった以来、この時四十九歳の大佐として、渾熟《こんじゅく》の域に入っていた。闘志といい、自己滅却といって、中将においては、常に根が一つだった。中将のうちにある鬼と神とを二分することは、まったく不必要である。挺身という一語がすべてを尽す。水雷の道がそれであり、中将はその権化なのである。

しかし、中将の本領が鬼の形で暴れ出す日が、長い忍苦の輸送戦の間に訪れた。

「来たぞッ」

と、独得の歓声をあげる機会が十七年十一月十二日と十四日と、再度に亘って巡りきた。即ち、第三次ソロモン海戦である。

十二日の戦いでは、輸送船団を護衛して、ソロモン海域目ざして北上する有力な敵艦隊を、わが海鷲が散々な目に遭わせた後で、水上艦艇が猛烈な夜襲を敢行した。中将の指揮する駆逐隊も、これに加わって、駆逐艦一隻、防空巡洋艦と呼ばれる新鋭艦一隻を撃沈したのである。この戦いで、わが方も開戦以来最初の戦艦喪失という悲報もあったが、戦果は当時の発表にある如く、偉大なものだった。そして、中将の駆逐隊は、またしても、長官の感状を下されたのである。

しかも、感状は超えて十四日の戦いに於ても、第×駆逐隊の上に輝いた。感状行動が二日おきに繰り返されるなど、洵《まこと》に稀有といっていい。

この日の戦いは、十二日とは反対に、わが護衛艦隊が敵機の襲撃を受け、それを排除して輸送上陸を強行し、さらに攻撃してきた敵戦艦四隻を含む強力な艦隊と、サボ島付近において遭遇、傾いた五日の月の下に、凄壮な夜戦となったのである。

この戦闘で〝黒豹〟と呼ばれるほど、目覚しい活躍をしたのは××駆逐艦だったが、中将の乗艦もそれに劣らず、例の肉薄戦法をもって、新型戦艦を撃沈した。

十

第三次ソロモン海戦の後で、中将の身に小閑が訪れた。あの激戦と、長い輸送戦とに対する慰労《いろう》だったかも知れぬが、極く短い期間ではあっても、内地の土を踏むことができた。押し詰まった年の暮れから新年初頭まで、中将は静岡の自宅で過ごした。それが、最後の帰宅であったことはいうまでもない。

自宅の玄関を入られる時に、いつもになく、中将の面上に感情が溢れていた。夫人は不審に思われたが、やがて中将の口からその理由が説かれた。

静岡駅へ中将が降りた時に、偶然、待合室に部下の水兵数名がいた。艦内で見慣れた顔を、暖かい初冬の静岡駅で発見した時に、中将の胸に、なにか知らぬ衝動が起きて、涙が止まらなくなった——

「よく、ここまで帰ってきたもんだ、と思うよ」

そういって、中将は暫時、無言だったという。夫人はその言葉で戦場の烈しさを偲んだが、同時に曾てそんな感慨を洩らす主人ではないのにと、奇異に感じられたという。

久振りで、中将は、わが家の畳の上に心身を憩《やす》めた。ガ島輸送戦の時には、物資が乏しくて、数日目にコップ一杯のビールという有様だったから、帰宅された中将は、さぞ痛飲淋漓《りんり》だったろうと思うと、そうでなかった。精々、一、二本の徳利を、それも独酌をもって静かに傾け、子供達が食事するのを、愉しく見ておられたという。

家には、七十八歳の母堂多寿刀自《たずとじ》が、病臥していた。中将が母堂に対する孝心は、特別のものだった。また、愛子夫人に対しては、あの剛勇な中将が、優しいというよりも、一目置いた形だった。至って小柄な、温淑《おんしゆく》そのものの夫人のことを、魯智深のような中将が、

「どうも、細君は怖いよ」

と、部下に洩らされたのは、一奇である。

子供さんは、長女の道子さんを初め、武夫、文夫、忠行の三君があった。この命名は、自から中将の素懐《そかい》を語っている。左に、開戦翌春、現地から子供さんに与えられた手紙を掲げて、

父としての中将を窺いたい。

みんなしっかり勉強しなさい。小さい時に苦しまざれば、決して成功せず。(忠行は小さすぎるからのぞく)

御父様ははじめから第一線の先頭に在り、敵地の攻略に奮闘している。いよいよ明日出発、敵の本拠をつく。

死生命あり。

君国に捧げて邁進す。みんなもしっかり勉強し、立派なお役にたつ人間になるべし。

×月×日　佐藤　康夫

道子どの

武夫どの

文夫どの

忠行どの

十一

その元日の朝、中将は四時に起きた。暁闇《ぎょうあん》のうちに身を潔め、衣服を更めて、病臥中の母堂を除く全家族と共に、皇居と伊勢の神宮の遙拝をされた。尤も、これはこの年に限ったことではない。中将が家に在って新年を迎えれば、必ずこのことがあった。

中将の遺蔵書目のうちに〝皇居〟〝勤皇志〟〝尊皇論〟等の題名が見られる。しかし、中将の忠心は、観念や知識によって培《つちか》われたものとは考えられない。所謂精神家とか古道主義者とかの匂いは、まったくなかったようだ。中将がそういう問題で人に説教したり議論したという話を、絶えて聞かない。

しかし、中将は、御下賜品《ごかしひん》を特に謹製した桐箱に収めて、ことある毎に押し戴く人であった。また、小学四年以来、聖影が新聞雑誌に掲げられれば、粗略に扱わるるのを惧れ、悉く小函に保存して置く人であった。

艦内生活でも、同じことであった。中将の私室には、大きな神棚が飾ってあった。また艦員に訓示の時なぞに、一度、皇室のことに及ぶと、中将の態度は屹然として変った。それらのことが、平常の無頓着振りを見慣れてる部下の眼に不思議の感を与えたという。

なにごとも、中将の行蔵には、端倪を許さざるところがあった。磊落かと思えば、几帳面なところがあり、粗暴の如くして細心であり、淡々たるようで、なかなか記憶がよく、摑えどころがなかった。しかし、それは性格の複雑さではなく、振幅の大きさであろう。一端を眺めて中将を理解することは、無理であった。

曾て中将の部下だった人の談に、最初は、このくらい行儀の悪い司令はないと、思ったそうだ。絶えず喫煙されるので、士官室でも甲板でも、灰だらけになってしまう。また、中将は鼻唄を好んだ。そして、話といえば、東京のどこのビフテキがうまい、鮨がうまいと、食物のことばかり出てくる。これは、ウチの司令はよほど暢気な人だと、彼は考えていたそうである。

ところが、大東亜戦勃発して、中将の率いる駆逐隊が、真ッ先きに出動することになった。出撃に際し、中将は准士官以上を士官室に集めて、開戦を告げ、訓示を読まれた。

「……武人として最新最鋭の本艦にあり、艦隊の最先頭部隊としてこの機に会う。本懐これに過ぐるものなし……」

実に、凜然として、身の引き緊るような訓示だったという。声まで平素と違って朗々と響き渡り（中将は少し嗄《しやが》れ声だった）、忽然として現われた司令の真骨頂を、仰ぎ見ずにいられなかったという。

十二

中将は、再び戦線に帰った。そして、そこにあの苦難なガ島撤収戦が待っていた。

しかし、この撤収戦に限らず、あのガ島の戦いというものが、苦しいうちに美しい意味をもっていたことを、考えずにいられない。それは陸海両軍の綯《な》える縄の如き協力をいうのである。

もとより、上陸作戦あるところ、必ずこの協力があるのは、日清役の仁川《じんせん》上陸以来珍らしからぬことだが、ガ島の戦いほどに、緊密といおうか、血が通うといおうか、共に戦苦を頒ち合った戦《いく》さも、稀であろう。そこに陸軍もなければ海軍もなく、皇軍本来の面目が見られるのみである。

佐藤中将がどれだけの辛苦を忍んで、護衛と輸送に尽したかは、前にも書いたが、その間にあって、中将は例の日記帳に、次ぎの如く書いているのである。

孤島ガダルカナル。
敵機の威力下に勇戦する陸軍を想えば、胸が痛む。

これは〝情の人〟佐藤中将の情であり、また当時の海軍の情でもあったろう。

そして、同じ日の記入に、左の文句があった。

川口部隊長ハ生キテルダローカ

私はそれを読んだ時、単に海軍の部隊長が、陸軍の部隊長の身を想う美しさと解釈していたが、未亡人の言葉によって、ある暗示を受けた。それは、この二人の部隊長が、どうやら幼友達らしいということである。

それから、私は然るべき筋に頼んで、調査をして貰うと、果してそうだった。こんな奇《く》しい縁というものがあるであろうか。近頃は小説よりも事実の方が小説的であるが、この場合も同じことだった。

中将と川口部隊長は、静岡城趾の二ノ丸にあった小学校で、同級だった。中将が東京小石川の小学校に学んだことは、前に書いたが、後には静岡へ転校されたのである。当時の小学校高等科二年まで在学して静中へ入学されたのである。

その小学校は濠《ほり》を隔てて、静岡聯隊があった。中将も川口部隊長も、毎日、勇ましい練兵を目撃して、いつとは知らず、軍人志望の芽を萌したということである。また、中将の居宅の近くに、家康の隠居所という建物があって、後に旅館葵ホテルになったが、経営不振で廃業後は、その荒れ果てた庭園が、中将や川口部隊長の遊び場になった。そこで、戦争ごっこをやり、また、ベイ独楽《ごま》を闘わせた。独楽は中将に独得の腕があって、いつも勝った。ある時はまた、お濠の鰻の生簀に石を投げ、籠を破って夥しい鰻を逃がし、鰻屋の主人に大眼玉を食らった。

十三

この二人の幼友達が、再び顔を合わせたのは、大東亜戦もまだ始まらぬ十六年一月のことだった。その頃、南支に在った川口部隊長は、援蔣《えんしょう》ルート遮断の行動を起し、海軍これに協力したが、駆逐隊を率いて掩護《えんご》にきた大佐こそ、佐藤中将だったのである。その昔、ベイ独楽を闘わし合った二人は、駆逐隊司令として、兵団長として、戦塵のうちに邂逅《かいこう》したのだった。勿論、海軍と陸軍に志したことぐらいは、お互いに知り合っていたろうが、それまでに再会の機はなかったとみえる。両将相顧みて、いかなる感慨に耽ったか、想像にあまるのである。

やがて、そのうちに、第二回のバイヤス湾上陸があって、この時も、両将の協力の機会が生まれた。この上陸作戦は、非常にうまく行って、犠牲は殆んどなく、しかも戦果は大きかった。そして、陸と海との部隊長は互いにその労を犒《ねぎら》い、酒を酌んで懐旧談をなす一刻をもった。両将は朝夕見慣れた富士山に想いを馳せ、小学校時代の恩師中谷孝太郎先生に、寄せ書きの手紙を送った。蓋《けだ》し中谷先生は、中将を愛すること最も深かった人だからである。

やがて、大東亜戦が始まって一年経たぬうちに、川口部隊は海軍陸戦隊の守っていたガ島に進出することになった。そこでまた、尽きざる奇縁と友情とが結ばれた。或る日川口部隊長は一壜のウイスキーの陣中見舞いを受けた。その贈り主が佐藤中将なることはいうまでもない。

部隊長はそれによって、佐藤司令が付近の海上に健在するを知った。

それから間もなく、ガ島の総攻撃が行われた。〝川口部隊長ハ生キテルダローカ〟と青鉛筆で書かれた文字は、その日の日記にあるのである。中将の胸中、陸軍を想い、旧友を想い、無量のものがあったのだろう。

だが、やがて陸上部隊転進の日がきた。闇の中に敵機の唸りと、爆弾の響きを聞きながら、中将の駆逐隊が決死の作業を始めた。中将は掃射の弾雨のうちに身を曝し声が嗄れるほど烈しい号令をかけて、撤収処置を指揮していたが、偶々《たまたま》、暗中に無事だった旧友の面影を発見したのである。その時の感慨亦量るべからざるものであったろう。

中将はその後も撤収戦に従い、最も危険だった最後の戦いまで、任務を完うした。最後の撤収戦はまったく死地に飛び入る底のものだったが、その行動は実に従容を極めた。陸軍側から最後の一兵が上船したとの報告があっても、なお、陸上を確かめることを忘れず、隻影なきを認めて後、初めて出港の命令を出されたとのことである。

しかし、ベイ独楽の幼友の奇しい因縁は、その時が最後だった。幼友の身を気遣った中将自身が、その後一カ月にして戦死したからである。

十四

まことに佐藤中将は情の人であって、その顕われは〝川口部隊長ハ生キテルダローカ〟のことのみではなかった。

曾ての級友が病んで郷里に帰り、生活不如意と聞いて、多からぬ俸給のうちから百五十円を割いて贈ったが、偶々、級友の家人が厚意を謝するのみで、金円を返送してきた時、

「おれのしたことは、悪かったのかなア」

と、非常に煩悶された如き、いうべからざる真情の深さを感ずるのである。

また、部下の中尉がある過失を犯した時、身をもってそれを庇い、且つ軍人として死所を得せしむるよう、さまざまな尽力をされた。

また或る時、中将の乗艦がオランダの魚雷艇を拿捕したところ、艇長以下士官とその家族を満載していた。中将の闘志から推して、敵人に対する峻厳さを予期していた部下は、あまりにも優しい待遇を与えられるのに驚かされたという。

しかし、それらの例証を超えて、中将の〝情〟の大きな発露があった。それは普通の意味の情ではないかも知れぬが、私にいわせれば、それこそ情なのである。

中将は、戦死される二週間前に、別な駆逐隊の司令に着任された。前任司令が病気をして、

それに代られたのであるが、必ずしも中将が任を受けられずともいい事情だったと聞いている。中将は内地の風に当ってもよかったのだと聞いている。

しかし、中将の〝情〟が、この時も動かずにいなかったのである。

「よし、おれがやる」

或いは、

「よし、やッつけえ!」

敢えて中将は、新しい司令駆逐艦の人となった。そして、その艦が日ならずして、ニューギニア方面の海戦に殉ずることとなったのである。実に、中将五十年の生涯を彩るものは〝情〟であり、中将戦死の端をなすものも亦〝情〟であった。

その日、中将の率いる駆逐隊は、数隻の輸送船を護衛しつつ、特務艦××と共に、基地を出発した。その夜は何事もなかったが、翌日の午後に、敵のB17の影を認め、発見された形跡があった。果して、翌日は同機約十機の襲撃を受け、輸送船一隻の損害を出したが、屈せずして奮戦、逆波《さかなみ》に向う水泳者のように、一路目的地に邁進した。

明くれば、雛の節句だった。十八年の節句には、内地でも白酒や菱餅の姿は見られなかったが、南海の三月三日は、いいようもない悽愴な様相をもって、明け放れた。午前四時というように、もう敵の爆撃が始まったのである。

十五

この日、雲多く、スコール亦《また》多かった。風はなかったが、時々伏勢《ふせぜい》のように吹き出して熄《や》んだ。既にクレヂン岬を望んで、目的地が近づいた時に、頻々《ひんぴん》たる敵機の来襲が始まったのだから、無念は想像にあまった。

一艦は至近弾を浴びた。かくなれば、敵機の眼を昏《くら》ます外なしと、佐藤司令は反転を命じた。だが、転針後、間もないことであった。遠い空に、スコール雲と紛うような、敵機の大群が現われた。それが見る間に、頭上に掩い被さってきた。

「まるで、分列式のようでしたね」

その戦いに加わった或る駆逐艦長が、敵機の数と編隊を、そう形容した。数は一五〇機を降らなかった。上が戦闘機、中がB17、下がB25と覚しき双発――三段になった大編隊群が、押し潰すように襲いかかってきたのである。

夜来、数回の空襲で創痍を受けてる輸送船団にとって、それはあまりにも大きな暴圧だった。海トラの如きは、一瞬にして吹き飛んだ。必死に防戦する護衛駆逐艦が忽ち数機を射落したといっても自艦の損害は避けられなかった。忽ち、一艦が燃え出した。その艦には輸送される部隊の幹部が乗っていた。

その中にあって、司令駆逐艦の働きは、阿修羅《あしゅら》というより外に語はなかった。全艦の対空火器をもって縦横に戦いながら、僚艦の急を救うべく反転速航した。途中、特務艦××も亦火を発して、救助の信号を掲げるのが見えた。その艦の艦長は中将の親友であって、中将の性格としては断腸の想いがあったかも知れぬが、かの駆逐艦の救助の方を先きにした。なぜならば、そこに友軍の幹部が乗っているからである。

敵機下の救助作業ほど、危険なものはないが、司令駆逐艦は敢えてそれを完遂した。そして、直ちにとって返して、特務艦××の救援に駆けつけた。親友の艦長を始め全員が収容された。

その頃、味方の戦闘機十数機が飛来して、群がる敵機を追い散らし、小康を得たので、司令駆逐艦は、速力を増し、南下を始めた。実に、単艦四時間に亘る救援の後のことだった。

烈しい戦いで、司令駆逐艦にも多少の被害はあったが、戦闘航海になんの障りもなかった。

「おれの艦には、弾はあたらん」

中将が、平素よく語った言葉を、裏書きするような事実だった。実際、半月以前の中将の乗艦は、二十六回の合戦を経ても、無事だったほど、武運の強い艦だった。だが、中将にとって二十七回目の戦いの乗艦は、もうその艦ではなかった。

やがて、見張兵がまたしても現われた敵機を発見した。二十機、三十機の群れをもってする新手の敵だった。

十六

今度は、武運も悲しかった。

いかに必死に防戦するとも、数十機に対するただ一隻の戦いは、帰趨が知れていた。相次ぐ至近弾に蹌《よろ》めいた艦を、八裂するが如き直撃弾の震動が起った。

時に午後一時半――払暁から戦い続け、僚艦を救い、なおも戦わんとする司令駆逐艦も、艦長以下死傷夥しく、今やまったく刀折れ矢尽きたのである。

この時、さきに救われて海図室に臥していた特務艦××の艦長は、佐藤司令の悲壮の号令を聞き、外へ飛び出した。

「総員退去……総員退去！」

傾いた前甲板に巌《いわお》の如く突っ立っていた中将は、親友の××艦長を見ると、声を励ました。

「貴様、降りろ！」

××艦長は、咄嗟に中将の胸に潜む決意を知った。

「貴様も、降りろ！」

「おれは、よろしい。貴様、降りろ！」

押問答の間に、艦は急激に傾斜を始めた。××艦長外二、三名の体が、鞠のように海上に投げ出された。

一度水に没した××艦長は、やがて波間に顔を揚げた。その時、艦長の眼前に、一瞬の尊い映像が過ぎた。艫《とも》から水に呑まれゆく艦の前甲板に、全員を退去させてただ一人、ボラード・ヘッドに腰を卸し、脚を交え、腕を組み、悠然と空を仰ぐ人の姿だった——

すべては、××艦長の一瞬で永劫の記憶によるものだった。艦長は漂流三日間の後、僚艦に救われ、この水雷の神ともいうべき武人の最期を、泣いて人に伝えたのである。

某日某所に、私は中将最後の乗艦とほぼ同型の駆逐艦を訪問した。中将が最後に腰を卸したボラード・ヘッドなるものを、せめて、わが眼に偲びたかったからである。

それは鉄の菌《きのこ》のように甲板に生えてる金具に過ぎなかった。双繫柱とも呼ぶ如く、艦のロープや鎖を巻きつける道具のことだった。だが、私は剃刀のように狭い前甲板に立って、自然と眼を瞑《つぶ》らずにいられなかった。

——死生命あり、論ずるに足らず。

中将が子供さんに与えられた手紙の文句が頭に浮かんできた。

「よし、やッつけえ！」

聞いたことのない中将の声が、耳に聞えてくるのも、不思議だった。

そして、中将が、屢々《しばしば》、夫人に語られたという言葉が、軍港の潮風に乗って、どこからともなく、運ばれてくる気がしたのである。

「水雷ほどいいものはない――おれは、水雷に入って、よかったよ」

〔昭和十九年二月十五日―三月五日「朝日新聞」初出〕

連環私記

この戦争のはげしさは、聯合艦隊長官が二人も戦死しただけでも、知れることで、今更、苛烈のなんのというにも及ばぬが、新聞で戦局を見渡してそう感じる外に、各戸各人のじかの経験というものがある。私の経験は、身内の誰が戦死したということではなく、自分が徴用されたということでもないが――寧ろ私自身には縁が遠く、眼に見たことも幽《かす》かであるが、この戦争ははげしく、大きいと感じる点で、変りはない。

○

私は昭和十七年の四月に、呉の潜水学校へ行った。海軍のことを小説に書くので、下調べをする必要があったのである。

その前日に、私は兵学校へも行ったが、兵学校よりも潜水学校へ行く方が、多少、気分がラクな点があった。それは学校の大小というようなことではなく、こっちの方には、公的の許可の外に、私の遠縁にあたるT中将の紹介があったからだ。T中将は、私より年長ではあるが、江田島時代の休暇に一緒に旅行したり、浅草へ活動写真を観に行ったりしたこともあるので、気の置けぬ関係であった。そして、中将は潜水学校の校長を勤めたこともあった。

とにかく、潜水学校では、いろいろの便宜を計って貰うことができた。校内の見学はもとよりだが、水交社で催された真珠湾軍神の期友座談会なぞ、まったく有難かった。ちょうどその時、校長は軍神の海軍葬に上京されて、そんな配慮をして下すったのは、教頭の加藤（仮名）大佐だった。

加藤大佐は赭ら顔のデップリした人で、黒々した口髭の持主だったが、声も態度も優しかった。話好きとも見えなかったが、質問の答えには口数を惜しまなかった。しかし、なかなか慎重な話し振りで、どこかに講義風といっていい調子も感じられた。教育のことに携わる軍人はちがうと、私は思った。でも私は構わずに、いろいろのことを伺った。

今でもあまり知識はないが、その時はまったく海軍のことを知らず、ずいぶん無茶な質問もした。

「潜水艦のなかは、臭いそうですね」

「いや、臭いことはありません」

加藤大佐は微笑しながらパンを裂《さ》いた。私は食事時間に飛び込んで、士官食堂で午飯の馳走になり乍ら、愚問を連発したのである。

食後に、校内見学を許された。案内に立たれた某少佐は、愉快な人だった。

「教頭はああいわれましたがね、ほんとは、臭いですよ」

校庭へ出ると、少佐がいった。少佐は潜水艦に長く乗っていた人だった。

「やっぱり、臭いですか」

私はなんだかおかしくなって、笑った。それから、校内桟橋に繋留してある潜水艦に案内されたが、内部は臭くもなければ暑くもなかった。機関をとめて碇泊中の練習潜水艦は、清潔で快適、加藤大佐のいうとおりだった。そしてまた、出動数十日の潜水艦の空気が、高い湿度と温度のために、ひどく濁ってくることも、(映画「轟沈」にハッキリ出てるが)某少佐のいうとおりだった。あの時は加藤さんにずいぶん娑婆人扱いにされたものだということが、後になっても、おかしかったのである。

私は呉から帰京して小説の準備にかかったが、どうもわからないことだらけで、閉口した。自分で歩いたところは、どうやら見当がつくが、江田島卒業後の練習艦隊生活というものは、雲を摑むようだった。そのうちに、世の中は初夏になって、或る日のこと、T中将から電話が掛ってきた。

「加藤大佐が、いま東京へきてるんだがね、会わないか」

私は呉でお世話になり放しを苦に病んでいたところなので、好機を悦んだ。そして、大佐と

T中将と共に築地で飯を食う事にした。

梅雨空の蒸し暑い夕方だったが、料亭へ行くと、大佐は先着して、庭を眺めていた。恐らく一日の用務に忙殺されたからであろう――軍服の背に、疲労の表情があった。

ご挨拶をしているうちに、T中将の姿も現われた。もう簾《すだれ》なぞ出てる料亭の夏座敷で、打ち解けてお話をしてみれば、加藤大佐も、潜水艦無臭説なぞはもち出されなかった。しかし、それにしても、談論風発でもなければ、痛飲淋漓でもなかった。尤も、既に制限きびしき世の中ではあったが、盃もおそく、話の応答《うけこた》えも重厚で、私は決して大佐が陽発性の人でないことを知った。

「できれば、六十七期がいいのですが、遠洋航海の艦内新聞を手に入れる道はないでしょうか」

私は大佐にそんなお願いをした。潜水学校の学生のうちに、軍神クラスの士官がいはしないかと思ったからだった。

「そうですな」

大佐はそう返事をされただけだった。これは大佐に限らぬ海軍士官の一つの癖かも知れなかったが、安請合いをしない――安請合いどころか、随分ウンとその場でいえそうな事も、一応口を慎しむというような処がある。

とにかく、その話はそれぎりで、やがて飯が出る頃には、怪しかった空が、とうとう雨になった。雨脚が灯に光って見えるほど、強い降りになってきた。帰りがけに、雨具の用意もないので、私は大佐を新橋まで車でお送りした。お宅の目蒲《めかま》線の駅までは、燃料の関係で、どうしても運転手が承知しなかった。

「駅からが、大変でしょう」

私は雨を気遣ったが、

「いや、じきですから……」

白手袋で礼をされて、大佐の姿は改札口の人混みのなかに消えた。

それから暫らくして私は呉からの大佐の手紙を頂いた。御依頼の艦内新聞の件は――とあるので、私の方が驚いたくらいだった。私は大佐は恐らくそんなことは、忘れられたろうと思っていたからである。そして、数日後には、重い小包が届いて、艦内新聞の厚い綴りと、ホノルル出版の布哇《ハワイ》日本人史が入っていた。私はどれだけ嬉しかったか知れなかった。同時に、それが海軍気質というものだなと、発見をした気持だった。艦内新聞は私の探した六十七期生乗組みのものではなかったが、それで大凡見当はつくし、また布哇日本人史の方は、私の予期もしなかった参考書で、大佐が練習艦隊の副長として布哇へ行った時に、著者から寄贈されたものだそうだが、見も知らぬその土地を書くのに、私には非常に役に立った。なによりも、お願いしないものまで送って下さった大佐の心遣いが身に沁みた。

○

それから、また一カ月も経ってからであろうか——私は見知らぬ女性から、重い小包を受け取った。差出人の住所は東京で、名は橘花子《たちばな》（仮名）と書いてある。どうも艶っぽい名で、山妻なぞ妙な顔をしたくらいである。

ところが、包みを開けてみると、待望の六十七期遠航艦内新聞の合冊が出てきた。私の目的の「磐手《いわて》」の方ではなく「八雲《やくも》」の艦内新聞であったにしろ、江田島出港から内国航海、布哇から南洋に至るまでの毎日が、紙上に窺われる。これはいい資料が手に入ったと、狂喜したものの、わからぬのは差出人の橘花子さんだった。いかなる理由でこの艶っぽい女性が私の希望と住所を知って、それを送ってくれたのか、思案に余ったのである。

といって、私がそんなものを探してることは、加藤大佐より外に知る人もないので、どうしてもこれは大佐の計らいと考えられた。潜水学校の学生士官のうちに兵学校六十七期生がいた——その人が大佐の命を受けて、東京の自宅に置いてあった艦内新聞を、細君の手によって、私の許に送らせてくれた——と、想像する外はなかった。私は加藤大佐の厚意が、愈々《いよいよ》、身に沁みた。私の望んだ資料を、遂に全部揃えて下さったのだし、即座に確答なぞされないで、それだけのことをして下さったのが、床《ゆか》しかった。そして私は手数を煩わした橘花子さんと、その主人にも感謝した。その人が六十七期生ならばその頃はまず中尉で二十四、五だから、橘花子さんも初々しい新妻だろうなぞとも考えた。

私は大佐に礼状を出した。それについて、大佐から返書はなかったが、返書がないことが、大佐の好意である事実を裏書きした。その後、執筆を始めてからも、度々、大佐に書信で質疑を煩わした。そして、小説も終りに近づいた頃であったが、私は大佐の筆墨で巻紙に書いた御挨拶状に接した。今度、潜水学校を去って、軍艦××の艦長に補せられたという御通知だった。私はすぐ艦宛にお祝い状を差し上げたが、その後は御無沙汰に過ぎていた。

私はやがて小説を書き上げたが、それが機縁となって、六十七期会の幹事S中尉（当時）と交際するようになった。その頃S中尉は土浦航空隊の教官を勤めていて、例の「ハワイ・マレー沖海戦」の映画撮影の時には、東宝の役者を訓練した人で、元気な青年士官だった。この人から聞いた級友横山古野両軍神の事は、小説終了後と雖《いえど》も私の参考になった。そのうちにS中尉は本省へ転任となって、一層交際が増したが、或る時、話の間にふと私はあの艦内新聞の差出人の事を憶い出した。

「あなたのクラスで、橘という人はいませんか」

「ええ、いますよ。学習院からきた男で、子爵の息子です」

やはり同期生だったかと思ったが、華族さんとは意外だった。聞いてみると、朝鮮事件で有名な橘公使はその人の祖父にあたり、父親も名を聞いたことのある海軍少将だった。

「あの橘家の息子さんですか」

「ええ、大尉で、潜水艦乗りです」

その時橘中尉は一階級進んでいたらしい。

「ところで、僕は奥さんの名を知ってますよ。××区に住んでるでしょう?」

私はS中尉を驚かせる心算だったが、中尉は怪訝な顔をして、

「いいえ、彼はまだ独身者《チョンガー》ですよ」

「しかし、花子さんというのは……」

「ああ、それは、お母さんですよ——もう六十ぐらいになられますかな」

S中尉は、大いに笑った。

とにかく、その滑稽な勘ちがいのために、私は橘大尉のことを一層印象づけられた。

「ハアトのいい男ですよ。今度、東京へ出てきたら、Tなぞと一緒に会いましょう」

S中尉は横浜の生まれで、従って、級友中の東京ッ子である橘大尉や、海軍大将令息のT大尉とは、親しいらしかった。私は橘大尉に会って、艦内新聞の礼もいいたかったし、また、若い士官の快活な話も聞きたく、その機を待っていた。

だが、その頃からして、戦雲の徂徠《そらい》は険しくなった。山本長官の戦死があり、アッツ島の玉砕があった。秋になって、ブ島沖の勝報を聞くまでに、胸の塞がる期間があった。その時分の或る日に、私はS中尉に会うと、

「橘が死にました」

と、最初に知らされた。

無論、戦死だった。いつか潜水学校を出て前線に在った橘大尉は、北の海で、壮烈極まる最期を遂げたのだった。戦死の状況は、潜水艦乗りとして異例なものと洩れ聞いた。

私はシンとした気持になった。その人を知って面識なく、私にとっては流星のような印象であったが、却ってそのために沈痛な気持に打たれた。遂に艦内新聞のお礼もいえなかったということが、私の感傷の種になった。

○

だが、光栄ある六十七期は、二軍神や橘大尉の外にまだ多くの戦死者を出していた。期会雑誌「若桜」に載せられた黒枠の写真は、どれだけの数になるだろうか。その写真の主は、逞しい顔、優しい顔、悠然たる顔、いろいろであったが、皆、若々しかった。陰翳がなかった。死の匂いなぞ、どこにも感じられない、黒枠なぞ嘘のような、熾烈な生命感に溢れていた。戦死

ということがいかに尊いものであるかは、それを見ても考えずにいられなかった。そして、今度の戦争が、ちょうど六十七期生ほどの若々しい士官の数を、どれだけ必要としたかということも、考えずにいられなかった。

橘大尉は戦死と共に少佐に任ぜられたことを、私は聞いた。そして、令兄も亦、幹部候補生から陸軍中尉となり、ノモンハンで戦死された事実を、聞き及んだ。私の頭に、橘花子さんの名は、まったく別な印象を築くようになった。その頃、S中尉も一階級進んだと記憶するが、新大尉は私に神嘗祭《かんなめさい》に行われる期会のことを、知らせてくれた。

それは、普通の期会とちがって、期友ばかりでなく、その遺族や家族をも加えた期会で、滅多にないとの由だった。海軍の同期生の交わりの濃さは、周知のことであるが、期友のことを兄弟と呼び、その家族のことを親類といって、近親関係が世間と逆になるのも面白かった。

「あなたも親類並みに招びますよ」

S大尉の冗談かと思ったが、神嘗祭が近づくと私は通知状を貰った。そして、横山のお母さんも多分上京しますからと、添え書きがあった。

横山のお母さんとは、無論、軍神の母堂のことだった。神嘗祭の前に、靖国神社の臨時大祭があって、真珠湾の軍神の霊が合祀されるので、それを機としてこの期会が開かれることが、推察できた。私は前年鹿児島で横山家をお邪魔したので、母堂にお目に掛って、御挨拶ができればよいと思った。

神嘗祭の正午に、私は会場の水交社へ行った。広い待合室が一ぱいになるほど、多人数の集会なのに驚いた。その多くは東京付近の家族や遺族で、女性が半数以上を占めていた。期友の父母、妻、兄弟、姉妹という人々らしかった。

S大尉は幹事として、汗を掻くほど多忙に見えた。だが、事務を処理する手際が、まるで世間の同じ場合と異っていた。それは一々指揮であり、号令であった。

「会員は、家族を二階食堂へ案内して、所定の席に着かせる!」

そんなことをS大尉は大声で吼鳴った。私達にはどうも異様だが、軍人同士には極めて普通のことらしかった。誰も、幹事威張ってやがるなぞとは思わぬらしかった。同じ位階の間柄でも、一団が行動するには、指揮者と被指揮者の関係に立つのが当然らしかった。

二階の大食堂に、私達は導かれた。

「では、食事始め!」

S大尉の号令で、私達はナイフとフォークを執った。

私の席は、古野少佐御両親と横山少佐母堂の間だったのは、恐縮に堪えなかった。尤も横山母堂は遅刻されて、空席だった。私は古野少佐とよく似ておられる国民服の厳父と、よもやまのお話をしながら、食事をした。厳父も母堂も、非常に古撲《こぼく》なよい方だった。

食事が終って、再び幹事指揮の下に、階下のもとの室に戻ると、横山母堂が少佐の令姉と共にきておられた。道がわからなくて、遅刻をしたといわれたが、質素此上《このうえ》もない母堂の服装を見て、心ない道の教え方をした者があったのではないかと、私は秘かに傷ましく思った。全く母堂の姿は、集まったどの女性よりも、質素で謙虚だった。セルの着物に紺色の上ッパリを着ておられるだけだった。誰にも小柄な体の腰を低めて挨拶をされた。その態度が一座の尊敬を帯びた注視を集めた。私は一年半ぶりにお目に掛って、横山母堂は特別だという感を深くした。そして後で古野厳父が遺族を代表して挨拶されたが、みな同じように国家に命を献げたのに、自分の子だけが特に褒め囃されるのが心苦しいという言葉があった。横山母堂の物腰にも、同じものが無言で表わされていたのを、私は見た。

やがてS大尉が、これから期会を始めますと叫んだ。まず、江田島健児の歌の合唱だった。無論、遺家族は聴手の方で、澎湃《ほうはい》寄する海原の——と謡ったのは、起立した軍服の人達のみだった。大尉中尉の襟章をつけていても、江田島を出てまだ四年で、その歌声は若々しく気力充満して、よく調子が揃った。私の隣りにおられた遺族の母親は、ソッと眼を拭っておられた。それから期友と遺家族を、一人一人、幹事が指名紹介をした。遺族の場合は、一座が声を呑《の》む気配があった。期友の場合は、幹事が遠慮のないことをいった。

「××大尉——目下××勤務中ですが、明日相思の令嬢と結婚することになっています」

すると、ご当人が一向悪るびれもせず、起立して、鄭重なお辞儀をした。湿りがちだった一座が、ドッと笑った。

そのうちに指名の順が、私の向う側まで行った時に、耳を欹《そばだ》てずにいられなくなった。

「××で散った橘少佐のお母さんです……」

やや肥った東京の上流らしい身嗜みの婦人が、礼をされた。この人が橘花子さんかと思って、私は他所ながら礼を返した。そして今まで襖を隔てていた人に、遂にお目に掛った気持がして、私は暫らく母堂から眼が放せなかった。指名が終ると、期友の戦場談だの、遺家族の追憶談だのがあった。巡航節や白頭山節を吟ずる士官もあった。シンミリした空気と、快活な元気な調子とが綯い交ぜられて、それが一向不思議に感じられない会合だった。こんなにピッタリと呼吸の合った会合も珍らしかった。

散会になった時に、私はS大尉から橘母堂に紹介された。私は弔辞を述べ、そして初めて艦内新聞のお礼を果すことができた。

「お役に立ちましたですかどうですか……静夫（少佐の名）から申してきましたものですから……」

気丈そうな母堂はキチンとした挨拶をされたが、溢れそうに湛えられた涙の眼に、ふと気づいて、私は辞儀の返しようがなかった。

その時橘母堂は、私に頼みごとがあるが、一度訪ねてよいかといわれたので、無論、快諾のお返事をして置いた。

そのうちに秋も暮れ、初冬を迎えた。或る朝何心なく新聞を開いて、私は愕然として眼を瞠った。海軍戦死者発表の筆頭に、少将加藤道太郎の名と写真を見出したのである。

あの加藤さんが——と、私は茫然たる気持だった。艦長として前線に出られた以上、そういうことがあるのは不思議でないかも知れぬが、私にはなにか非常に不意な驚きを伝えた。恐らく教頭としてお目に掛った印象が、いつまでも頭に残っていたからであろう。私には、あのもの静かな、重厚な加藤さんは、艦上の人となっても、やはり、どこかで教育の仕事に携われていたような気がしたのかも知れない。

後になって、同期の人から聞いたところによると、加藤少将（戦死と共に一階級陞進）の最期は、実に壮烈なものだったという。それは、一世を哭《な》かしめた佐藤中将や加来少将と同じ態度、同じ最期だった。総員を退去せしめて一人艦橋に残り、艦と運命を共にする艦長の伝統を果されたのだった。そして、加藤さんが潜水艦の生え抜きで、いかに惜しい至宝だったかということも、また、もの静かで重厚で、俳句や墨絵まで嗜んだ性行の奥に、極めて軍人らしい気魄を蔵していたことも、その時に聞き知った。

「強がったり大きなことをいったりする連中と、まるで、肌合いがちがっとったですよ」

と、同期の某少将は、惜しくて堪らぬという口調だった。

やがて年が変って、加藤さんの合同葬があり、自宅の告別式があった。私は風邪をひき込んで参列できなかったが、お宅が大岡山と聞いて、あの雨の夜の新橋駅でお別れした時のことを、憶い出さずにいられなかった。

それと前後して、私は橘母堂の訪問を受けた。故少佐の追悼録を編むことについてのご相談だった。その時の母堂は、水交社の時とちがって、眼に一滴の涙も見せられず、テキパキと用談を語られた。私は母堂が愛息の武運を祈るために、茶と香の物を断たれたことを知っているから、寧ろ自分の方が感傷的になって困った。母堂は故少佐の自啓録や、その他の手記を残して行かれた。特に私の心を惹いたのは、学習院初等科時代に故少佐達の手になった「帝国海軍」という雑誌だった。少年らしい筆蹟で、謄写板の文字が書かれ、軍艦や軍人の絵が描かれてあった。発行所は橘邸で、海国社といい、故少佐が〝社長〟だった。父上が海軍将官だったせいもあろうが、そんな幼時から海軍が好きで、志望の海軍士官となり、遂に海軍に殉じられたことは、偶然といえぬのである。

私は自分の小説の一資料を求めるために、二人の人を煩わし、その二人ともうこの世におられぬことを憶って、感慨を抑えることはできない。おのずから人生の連環ということを考え今度の戦争の大きさとはげしさを考えずにいられない。一冊の艦内新聞についても、これだけの因縁が生ずるのである。

〔昭和十九年八月「文藝春秋」初出〕

二十五歳以下

　私はいま神奈川県の田舎へきているが、田圃道なぞで行き会う青少年の顔つきを見て、あまり感服できないことがある。また、一番列車で上京する時なぞ、京浜の工場へ勤労に出る若い人達と乗り合わすが、帽子を横ッちょに被ったりなにかする風態が、ちと不良染みた連中を散見しないでもない。そういう場合、私はすぐ東京の青少年——といっても、私の社会的周囲に限られてるかも知れぬが——のことを思い出す。それらの青少年の顔つきや眼つきや風つきは、あんなものではない。今年になってからも、うちの親類の一高生が日立《ひたち》の方へ勤奉隊《きんぽうたい》に出て、それが済むとすぐ予備学生になったが、暇乞いにきた時の態度がサッパリして上出来だった。学徒としていうだけの理窟はいい、それから飄然《ひょうぜん》とサヨナラをいった。また、演劇の旧友関口次郎の長男が海兵に入ったが、赤ン坊の時からおよそ軍人気分と縁の遠い、味噌ッ歯を出して、ニコニコ笑っていたような少年が江田島の烈しい訓練を、われから望んで飛び込んで行くのである。同じ時に、摂津茂和の一人息子も江田島へ入った。それらの少年の顔を思い浮かべると、明治の豪傑少年や大正の硬派青年とまるでちがった、新しい人相を感ぜざるをえない。肉体的にはみんな非力で、性格もどっちかといえば柔和で、私が田圃道で行き会う青少年と比べれば、優れたところは、頭脳ぐらいとしか踏めない。すると、彼等の熾烈なそして傲《おご》らざる武勇心の出どころは、畢竟《ひっきょう》、頭のなかとも考えられるが、ともかく、都会のインテリといわれる家庭の子弟が、スッカリ相貌を変えてしまったことを、誰しも気づかずにいられない。五、六年前までの彼等は、実に無気力で生きてるのか死んでるのかと罵っても、ニヤニヤしていた。戦争が始まってから、急に豪傑になったのでなしに相変らず柔和な顔をしながら、いつとなく、立派な覚悟を身につけているというのは、寧ろ薄気味の悪い気さえする。壮行会なぞでも、彼等が腕まくりしたり、悲壮なことを叫んだりするのを、ついぞ見たことはない。皆、音なしく、ニコニコ笑って出て行く。そういう青少年の正体を今この場でスッカリ摑むのは至難の業で、また無から有は飛び出さぬので、あの無気力時代がなかなか研究を要すると思うけれど、眼の前にある彼等の立派さは、異論の余地がない。都会というものは随分悪くいわれ、インテリというものも散々に罵られたが、戦争が長く続く間に、いろいろのことが変ってきたように思われる。戦時下では大都会ほど多く苦しんだが、自業自得といわれる時期もやがて経過し、苦しみが生んだ強い芽が萌え出したとすれば、あの青少年達ではないかということを、都会を離れて却《かえ》って私は考える機会が多かった。

○

そんなような時に、私は神風特別攻撃隊敷島隊の発表を知ったのである。私にとっては真珠湾の特別攻撃隊に次いでの感動であり、またしても若い軍人の勲《いさおし》に頭を垂れる外はなかった。日清戦争のことはよく知らないが、私の幼時の語草《かたりぐさ》に伝えられた松崎大尉とか原田重吉とかいう人も、みな相当の年輩ではなかったか。日露戦争の広瀬中佐、橘大隊長の年齢は、誰しも見当がつく。だが、今度の戦争では緒戦以来、二十代の軍人の働きが、実に眼覚ましい。これはどういうものであろうか。某将軍の著書にあるように、近代戦では戦闘単位が変ってきて、下級の――つまり若い将兵の任務が増大してきたということもあろうが、それのみではあるまい。日清日露両役に出た若い将兵も、忠誠の念に燃えていたであろうが、人生二十五歳説というようなつきつめた考えは、多分持っていなかったろう。

横山少佐が最後に帰省した時に、大将になる気はないという意味のことを叔父君に語ったのを知り、当時私は感動したが、その後、江田島で教えた軍人に聞くところでは、軍神クラス前後の各級が、皆そういう気分であり、今の在校生には平常化している覚悟であると知って、感動を新たにした。

敷島隊の発表を見た時、即座に真珠湾の軍神を思い浮かべたが、それから後はあの時と著しくちがっていた。

○

あの時は空谷の跫音で、いってみれば大きな不思議に打たれた気がした。そしてそういう特別の人達を生んだ海軍とか、郷土とか、家庭とかを、是非知りたかった。そういう方法で幾分、不思議が解き明されると思った。

しかし、今度の発表によって、同じ大きな感動を受けながら、例えば関中佐の郷里愛媛県宇摩郡松柏村へ赴いて、母堂や旧師にお目に掛ったり、郷土の特性を調べたりする気が殆んど起らなかった。

また、中野飛行兵曹長以下の人柄を知るために、その頃の土浦の教官を訪ねるとか、当時の倶楽部のおばさんにでも会えば、いろいろ話題があるだろうと、わかってはいるが、進んでそれを行う気がなかった。われながらそれを不思議に思った。

だが、よく考えてみると、私のそういう探索は、決して見当ちがいではないが、重要な全部ではないのだ。立派な人達を生んだ家庭や、学校や、恩師や、郷土の伝統や、自然などは、みな重要な関係をもっているにちがいないが、決定的なものは外にある気がするのだ。私はいろいろの輝いた実例を見て、ある特殊な家庭や郷土でなければ、そういう人達を生めないという原理を摑めなくなった。実にあらゆる地方と都会、あらゆる家庭から若い立派な人が生まれている。必ずしも、優れた藩風や家風のせいばかりではない。新興都市の雑然たる商街からも、立派な若い軍人が生まれている。

では、決定的な、そして一番大きな不思議はなんだと問われても、私は明らかにそれに答える術を知らない。それは、若い時代自身の中にある何物かであるという外はない。ことによったら、それは、若い立派な軍人を表象とする若い人達の思想であろうか。否思想というものは、従来の考え方をもってすればいやにハッキリしたものだ。そして行動といやに区別される。

人生二十五歳説は、説ではなくて算《かぞ》うるに遑《いとま》ない実践によって、私達は知り得たのだ。しかし、それはやっぱり〝思想〟であろう。思想の外にかかる澎湃《ほうはい》たるものを生み出すことはできない。とにかく、そのうちには、すべてが固成の形をとるだろう。

○

話は変るが、私は田舎へきてから、三十年振りに或る和尚に会った。三十年前には彼はまだ青坊主だったが、今では白隠禅師で有名な海辺の寺の住職となっているので、私は或る日好晴に乗じて訪ねたのである。富士のよく見える古駅で降りて、山門を叩くと、なにぶん久振りのことで、互いに顔がわからぬのが笑草となった。本堂の方で、東京の疎開児童の遊ぶ声を聞きながら、私達は懐旧談に暮れた。

話の合間に、私は方丈《ほうじよう》のなかを見回すと、白隠和尚の自画讃や天竜寺の老師の筆蹟に交って、禅寺に似合わしからぬ軍用機の写真を見出した。例の有名な片翼帰還機らしかった。写真の隅に生々しい墨痕で、S少将の全名《フルネーム》と贈り主として和尚の名が書いてあった。

「あんたSさんを知ってるの？」

私は驚いて訊いた。S少将は寧ろS大佐として海軍航空に名の響いている人である。霞ケ浦時代によほど隊員に深い印象を与えたと見えて、今でも旧部下の人から私はよく噂を聞くのである。そういう人がこの松林の中の禅寺の和尚と、因縁があるのが不思議だった。

「うん、ここへもよく見えるよ」

和尚の話では、S少将は以前から禅道に心を寄せている人らしかった。和尚も少将に頼まれて、霞ケ浦航空隊へ禅話をしに行ったことがあると語った。軍人には禅に参じようとする人が多いから、私にはその因縁がすぐ理解できたが、和尚の語るS少将の修禅心は、必ずしも自己の死生観の確立というようなものばかりではないらしかった。それよりも、もっと宗教的なものが蔵されているようだった。私の伝え聞くS少将の磊落な一面と、不似合いな気もした。

「Sさんは、戦死した部下の名を、沢山書いた手帳を持っとってね……」

その部下の家の近くへ来た場合は、必ず寄って、冥福を祈るそうだった。また、どうしても行かれぬ場合は、和尚に、済まぬがちょっと経を読んでくれと、頼むということだった。

「わしも、その時は、きっと出掛けることにしてるがね……Sさんは、手を振って自爆してゆく人の気持が堪らん、というのだ。それは、そうだろうな」

と、和尚も、寒巌枯木にあるまじき顔つきをした。私も、自爆だの体当りだのといって、ただ壮烈に思うだけでは、心の足りぬことだと深く考えざるを得なかった。

○

それから間もなく、私は敷島隊の発表を読んだのであった。注意して新聞記事を読んで行けば、神風特攻隊の行動はまったくなんともいいようのないものだった。一機必中の意味するところのものは、あまりにも烈しいものだった。旅順閉塞隊には水雷艇が出動して救援の道があった。特殊潜航艇さえも、万死に一生の方策が必ずしもないではなかったので山本長官もあの攻撃を許されたというようなことが、伝えられている。しかし、今度はそれともちがう。どこがちがうか更めていうまでもない。敵がV・1号がきたと思ったということが、すべてを語っている。これはまったく言語を絶したことなのである。私達がどう想像しても、及ばぬことなのである。

私達は戦局ここに至るということを、教えられるばかりである。

○

それから数日して、私は敷島隊員出撃の新聞写真を見た。あんなに感動を受けた写真は戦争以来二回目だった。（一回目は盲目の白衣勇士が、恩賜の菊花を撫ぜている写真）これがあの人々かと、輪になって命令を聞いている隊員に、眼を離し難かったが、更に、副長に支えられ、膝だけしかない片脚を松葉杖に托した司令の後姿が、なんともいえなかった。

司令も亦、前線で傷ついたことは、容易に想像される。しかし、私の想像が、傷ましさに堪えられなくなったのは、司令のその時の胸中であった。若い隊員は、恐らく練習航空隊にいた時の出発のように、淡々たるものだったかも知れぬ。しかし、司令はそうはいかぬ。また、どれだけのことを思っても司令はその感情を顔や声に出すわけにいかぬものなのである。腸《はらわた》を断つというのは、その瞬間のことだったろう。いや、瞬間で済むことではない。それは必ず司令の一生を支配する感情となるであろう。私はS少将が和尚にいった言葉を考えた。それから、二階級特進の佐藤中将が、無事で帰ったらおれは百姓になるよといった事実も考えた。

○

関中佐は二十四歳、部下の隊員は二十一歳、二十歳——悉く二十五歳以下であった。大和、朝日、山桜、菊水、天兵、梅花以下の隊長も隊員も、同じように、二十五歳以下と考えられる。そして、各方面の無数の二十五歳以下の日本人が、これから輝かしいことを成し遂げるだろう。新聞に出るような何事をしなくても若桜の名に相当する人も多いであろう。

私は人生二十五歳説の出どころを少しはつきとめるつもりで筆を執ったのだが、あの写真に出ている司令の半分も、その真実に触れ得ぬと考えるばかりである。

軍神や神鷲を含めまたそれを表象とする若い時代を把握しようとしても、感情の方が先立ち、非常に朗かなものと、限りなく哀切なものが心に渦巻いて、細々《くだくだ》しくいうところを知らない。

〔昭和十九年十二月「文藝春秋」初出〕

ある自爆指揮官
――野阪大尉のこと――

一

　私が、野阪通夫《のざかみちお》大尉の名を知ったのは、昨年十一月十七日の朝刊に、第二次ブーゲンビル島沖航空戦の詳報が発表された時だった。その前に〝流星の如く天降《あまくだ》った〞納富《のうとみ》健次郎大尉以下、壮烈な隊長機の自爆があった朝の戦いのことは、知っていたが、月光とスコールとに染め分けられた薄暮の雷撃が、いかに凄絶だったかは、その詳報で、初めて明らかにしたのである。そして、火を噴いて沈む敵戦艦四隻の姿を背景として、野阪大尉の乗機の尾燈《びとう》が、螢火《ほたるび》のように消えた瞬間を、なんともいえない気持で、想像せずにいられなかったのである。

　あの報道を、読み落した人のために繰り返すが――野阪大尉は、第二次雷撃隊の指揮官だった。先発隊と入れ交って、戦場に達したのだから、敵の防禦砲火の最も熾烈な時だった。時刻は四時半頃だが、南の海は暮れ易い上に、積乱雲が蟠って、非常に暗かった。こういう状態は、雷撃には最も不利なのである。暗くて、目測や照準を誤りがちだからである。

そこで、どういうことが起ったかというと、先登《せんとう》の野阪指揮官機が、アカアカと、尾燈を点けたのである。私達が、東京の夜空を通る飛行機を見る時に、よく経験することだが、尾燈が点いてると、実にハッキリと、所在がわかる。反対の場合は、発動機の音だけ聞えて、まったく姿が知れない。

野阪機は、戦場の空で、敢然と尾燈を点けたのである。それは、後続機に雷撃進路を誤らしめず、困難な薄暮の戦いに、必勝を期したからである。勿論、自機が敵弾の標的になるのは、覚悟の前である。既に、基地出発の時に、大尉は部下に訓示していた。

「一番機だから、おれが先登だ。防禦砲火は、全部引き受ける。その隙に、ゆっくり照準して、雷撃せよ」

尾燈を消さなかった野阪大尉の心境は、その言葉のうちに仄見《ほのみ》える。なんという、美しく、悲愴な、澄み渡った心境であろう。なんという、士官らしい、指揮官らしい行動であろう。そして、尾燈を点けた野阪機は、魚雷発射の瞬間の映像を、生還した部下の眼に残したまま、永遠に姿を没したのである。同時に、螢火の如く消えたであろう尾燈の光りを、いつまでも、私は心に想ってみたのである。

二

私は、野阪大尉の印象を、心に懐いて、二十日ほどの日を送った。そのうちに、私は二度目の霞ケ浦航空隊訪問の機会をもち、曾てはそこに勤務したかも知れぬ大尉のことを偲んで帰京したが、その翌日のことだった。初冬の冷たい雨が、朝から庭石を濡らしている時に、私は意外な客を受けた。私の遠縁にあたるK老人が、何年振りかで訪ねてきたのである。

K老人は日露戦に出た砲兵大尉で、軍を退いてから、長いこと、静岡に隠栖していた。平常《ふだん》、私とはあまり往来のない人で、どういう用向きで、訪ねてきたかと思ってると、

「あなたは、この頃、海軍のことを書いてるが、なにかの参考になるだろうと思って、こういうものを持ってきた」

と、風呂敷包みを解き始めた。中から出てきたものは、野阪大尉の写真、日記、自啓録、その他の品々なのである。

私は、少なからず驚いて、訊いた。

「どうして、野阪大尉をご存じなのです?」

「いや、あたしの家内の姪の息子でね」

もう一度、私は驚いた。野阪大尉が、あのK老人の親戚だったとは——

聞いてみると、野阪家もK老人一家と同じ静岡に住んで、最も親しい仲であり、通夫大尉のことも、子供の時から知ってるという話だった。

「どっちかというと、温和しい、優しい子だったんですがね。あんな、勇敢なことをやろうとは、思わなかった……」

K老人は、実感に充ちた声でいった。

K老人が帰ってから、私は更めて、大尉の写真や遺墨を、手にとった。小学生時代、兵学校時代、少尉時代――わけても、大尉になってから、静岡に帰省した時に、両親と撮影をした写真は、最もその面影を伝えてると、K老人もいっていたが、黒々と分けた頭髪と、瓜実顔の秀でた眉と、優しい瞳と唇と――これが軍人かと思われるほどの、美青年だった。この人が、あの大胆不敵な尾燈を点けたまま、敵戦艦に突っ込んだのかと、暫らくは、私も思案に迷うほどだった。

それから、私は、大尉の容貌と同じように、端正なペン字で記された、江田島時代の作業簿や、休暇記録や、自啓録（兵学校から生徒に与える記念的な立派な帳面）や、作文なぞを、読み始めた。どれも、努力と反省の江田島精神の漲《みなぎ》った、文字ならざるはなかった。私は曾て熟読した軍神横山少佐の兵学校日記を、憶い出さないでいられなかった。そのうちでも、〝行幸〃という題の感想文は、深く私の心を打った。

聖上《せいじよう》が、昭和十一年に、江田島に、行幸された時の感動を、洋罫紙《けいし》約二十枚に、書き綴ったものである。行幸の光栄は、江田島に於ても、珍らしいことなので、生徒だった大尉の心は、天にも昇るものがあったらしい。しかも、大尉は相撲を、天覧に供する栄を担ったので、もう、当日の朝から、大歓喜の気もそぞろだったらしい。

――夢じゃないかしら。朝食はやはりいつものパンと味噌汁だったが、腹一杯食うのがいけないような気がして、随分残した。

と、感想の一節にあるが、なんという敬虔な、純真な気持であろうか。その他、最後の結びに至るまで、かくまでに、兵学校生徒は忠誠の情に溢るるかと、襟を正さずにいられぬことのみ書いてあるのである。しかも、それが美文でなく、名文でなく、切々たる実感を盛った、長い長い文章なのである。

私は写真と文字を通じて大尉を知り、いよいよ感銘を深くすると共に、大尉その人には、最早、接する術もないが、せめて、御両親や生家を知りたい念を、抑え難くなった。

三

年暮《くれ》も押し詰まった二十九日に、やっと、私は静岡行きの機会を見出した。駅にK老人と土地の新聞社の人が、出迎えてくれた。案内された野阪家は、市の東郊の住宅地にあって、大尉の学んだ静岡中学の近くだった。二階建ての野阪家の屋根に、薄靄に沈んだ富士山が、幻のように、新雪を輝かしていた。

「やア、これは……」

と、隔意のない微笑をもって、父君の通俊《みちとし》氏が出て来られた。K老人を通じて、私という人間を知っておられるから、母堂の輝枝《てるえ》さんも、令妹の富士子さんも、相次いで応接間に現われて、親しみのある待遇《もてなし》をして下さった。

だが、その応接間は、大尉の霊を祀る部屋でもあった。白布に掩われた壇に、大尉の写真と、軍帽と軍服と、花や供物が飾られてあった。私は、まず、霊前に額《ぬかず》いてから、椅子に戻り、御両親と対坐した。しかし、私は、咄嗟にいうべき言葉を、知らなかったのである。横山少佐の生家をお訪ねした時も、やはりそうだった。徒《いたず》らな慰めや、悔みの言葉を、名誉ある喪の家に対して、発していいものだろうか――

「ここは、寒いです。取り散らしていますが、二階の座敷へ……」

父君に導かれて、私は、明るい客間に通された。そこで、私は初めて、ホッとして、御両親と対談するようになったのである。

「そうなんです――私も、海軍にいて、中佐でやめて、静岡へ引ッ込んだんです。同期生で、現役に残ってるのは、古賀《こが》司令長官だけですよ」

父君通俊氏が、やはり海軍の出で、曾ては、わが国最初の航空母艦若宮の副長を勤められたことを、私も知っていた。そして、大尉が父君の任地であった横須賀で生まれ、佐世保で育ったことは、いかにも海軍士官の息子らしい経歴だった。やがて、大尉が海軍に志すようになったのも、頷かれることであるが、更に、父君のお話によって、海軍と野阪家との深い因縁《いんねん》に、私は驚かされた。

「悴《せがれ》は、二代目というところですが、実は、三代目なんです……」

通俊氏の父君が、芸州《げいしゅう》浅野藩の御船方《おふなかた》で、後に、官軍の海軍に入り、函館海戦に武勲をたてられたそうである。三代海軍に仕えたということは、世間にも、珍らしい例であろう。まさに、〝海軍の家〟と呼ぶべきである。

私は、野阪家の空気に、注意し始めた。なにか、世間の家と違うものがありはしないかと、思ったのである。だが、無髯《むぜん》の通俊氏の顔は、いつもニコニコと、好々爺《こうこうや》そのものであり、母堂も尋常な中流婦人で、べつに烈婦型というわけでもなく、座敷を見回しても、錨や大砲の置物があるわけでもなかった。

「私は、通夫に海軍に入れといったことは、一度もなかったですよ。ただ、軍艦にだけは、よく連れて行きましたが……」

と、父君は、淡々として語られる。

「私も、べつに、特別な教育なぞ、致したことはございません。ただ、どの子供にも、御飯を頂く前に、東の方を拝ませることは、忘れませんでしたが……」

と、母堂も、同じような口調だった。しかし、東の方とは、無論、宮城を意味した。私は、そこに初めて、軍人の家庭を見たような気がして、次いで語られた母堂の言葉を、傾聴した。

母堂は、十八年の正月に出京されて、二重橋前へ行かれたそうである。その時、宮城に向って頭を下げると、万感迫って、つい大声を揚げて、泣かれたそうである。

「通夫を、差し上げます……通夫を、差し上げます……」

心に念じていたことが、大きな声の言葉になって迸《ほとばし》ったのを、夫人自身は知らず、同行の人に、後で教えられたということだった。

四

やがて、母堂が、紅茶を運んで来られた。時節柄珍らしい角砂糖が、二つ、皿に載っていた。

「女なんてケチなもので、この角砂糖は、通夫が遠洋航海の時の土産なんですが、まだ大切に保存しとるですよ」

と、父君は笑われたが、私は母堂の深い愛情と、その貴重なものを私に供された厚意を、強く感じた。

大尉が江田島を出て、練習艦隊に乗組んだのは、昭和十三年であるが、その時の航路に、今度、大尉の乗機を呑んだ水面が、当っていたかも知れないのである。その時の遠航は、南太平洋までだったのである。そして、練習艦八雲と磐手に乗組んだ同期生のうちには、横山少佐が遺書を託した中馬《ちゆうまん》中佐もいたのである。同じ第二次特別攻撃隊の秋枝中佐も、松尾中佐もいたのである。私は、五年前の角砂糖を眺めながら、いろいろのことを想った――

「ほんとに、手のかからない子供でございました――もっと手をかけさせてくれればよいと、思ったくらいに……」

母堂が、静かに、大尉の追懐を始められた。

偉軀《いく》というわけでもないのに、生まれつき丈夫で、病気を知らず、そのせいか、気質も至って素直で、そこに坐っておいでと命じれば、ハイといって、いつまでも坐っているような――その癖、気サクで、冗談をいって笑わせるのが好きで、帰ってくると、家の中が明るくなるから、皆、休暇を待ち兼ねていた――というようなお話。

「いや、あれで、なかなか、利かん気のところがあったのだよ」

と、父君のいわれるには、大尉が静中だったか、静岡小学校だかの在学時代に、学校の窓ガラスを割って、先生に叱られ、もう一枚、目の前で割ってみろといわれて、もう一枚割ったということ。それで、罰として、プールの水中に浸され、濡れた校服のまま教場に出たので、先生が着替えに家に帰れと命じたが、遂に終業まで頑張ったということ。

水泳、柔道、テニス、ピンポン、射撃――なんでも得意で、しかも、平常は無口の方でありながら、中学では弁論部員で、学校の雑誌に残ってる演説の題を見ると、曰く〝青年よ、傍若無人なれ〟、曰く〝憂鬱病患者に与う〟なぞ。

「そういえば、大尉は、読書がお好きだったそうですね」

私は、K老人から聞いたことを、憶い出した。中学から兵学校時代にかけて、大尉は、静岡の書店の主人と懇意になるほど、書籍が好きだったらしく、また、戦争になって、現地へ赴任してからも、母堂に最後のオネダリは、本を送れということであった由。

「どんな本が、お好きでしたか」

私は、あのような壮烈な最期を遂げた若い海軍士官の、読書の内容が知りたくなった。倖い、自宅に残された大尉の愛読書が、整理されて、その座敷の地袋に納められてあった。

それらの書籍の背文字を見て、私は、少なからず驚いた。西田博士の「哲学の根本問題」と「自覚に於ける直観と反省」。出《い》博士の「哲学以前」。それから、岩波の「倫理学」十五巻――一冊の小説もなく、また、一冊の軍事図書もなかった。ドイツ語の飛行機関係の原書が、一冊あるだけだった。

(西田哲学を読む海軍士官――その人が、あんな戦死をしたのだ)

私は、それが意外なような、また当然のような気持がした。そして、私の頭には、自然と、瞑想型の青年の面影が、浮かんでくるのだったが、父君の言葉が、それを打ち消した。

「通夫は、私とちがって、音楽好きで、アッコーデオン、ハモニカ――なんでもやったですな」

その側から、母堂も、口を添えられた。

「それから、宅の娘が、お稽古をしますので、三味線がございますが、それで、春雨ぐらいは……」

「へえ、三味線もお弾きになる……」

私は驚いて、微笑した。

「一体、手先きが、器用だったんでしょうな――こんなものが、あります」

父君は、異様な、黒い物体を示された。よく見ると、光沢のある硬い地肌に、丹念な刃物の痕が加えられて、パイプの形をなしている。

「細長いですが、それでも、椰子の実の一種だそうです。珊瑚海の戦いに偵察に出て、油が尽きて、無人島に着陸して、数日間生活してる間に、退屈凌ぎに、そんなものを、拵えたらしいですな」

それは、大尉の遺品のうちでも、特に、家族の憶い出を唆《そそ》るものにちがいなかった。そういう危急の場合に、悠々として、パイプなぞ造った心境は、吸口のあたりの素人らしい細工の痕と共に、どれだけ、亡き人を偲ばせることであろうか。このパイプは、昨年、大尉が軍務で一時帰還した時に、齎されたものだそうだが、まだ戦死が公報で発表されていないので、基地にある遺品は届いていないということだった。祭壇に飾られた軍帽や軍服も、以前に着古したそれで、やがて、英霊と共に帰ってくる最後の遺品が、家人の心に待たれているであろう。

話は、大尉が現地から帰った時のことに移った。すると、それまで黙っていた令妹の富士子さんが、柔和な円顔を綻ばせた。

「あの時、兄さんは、お茶の道具を買っておいでになりましたわね」

その言葉が、私の注意を喚び起した。

「いや、どこでそんなことを習ったのか、近頃、抹茶を始めたらしいのですね。話を聴くと、飛行機の上で、茶を立てるというのです。お湯は、魔法壜に詰めていって……」

父君の説明によって、私はまた驚きを重ねた。出陣にあたって、兜に銘香を焚きしめたのは、昔の武士の風流だったが、大尉は、爆撃行の機上で、しずかに茶を立て、部下に供するのだそうである。こういうことこそ、アメリカの軍人や国民に聞かしてやりたいのである。

私はその話を伺って、確かに、野阪大尉の一面に触れた気持がした。そして、尾燈を点けたまま、薄暮の水上に消えた野阪機の中に、一碗の抹茶茶碗があったかも知れぬと、限りなく、悲しい、美しい想像をしたのである。

五

安倍川堤《あべがわづつみ》の方に、夕日が沈むまで、私は野阪家に長座し、大尉について、まだその外に多くの——到底ここに書ききれない多くのことを、知り得た。それらの材料と、私の手許にある大尉の遺筆とは、今後に於《おい》て、私の胸に、大尉の確乎たる映像を築いてくれるだろう。

私はその夜、静岡に一泊し、翌朝は早くから、旅館の寝床の中で、眼覚めていた。私は昨日のことを、いろいろ回想したが、そのうちから、これだけのことを付記したい。それは、父君が大尉の戦死について、何も所感を述べられなかったが、ただ一言、

「古賀が、喜んでくれたでしょう……」

と、いわれたことだ。古賀司令長官が、父君の旧友にあたるのは、前に述べたとおりだが、私はこの言葉のうちに、〝軍人の父たる軍人〟の無量な気持を、感じるのである。

それから、母堂はまた、こういわれた。

「あの子は、父より出世がしたくない——中佐で終りたいと、よく、いっていました」

私はこの言葉にも、深い感銘を受けた。そして、心の中で、ふと考えた——もし、大尉が、二階級躍進の恩命を拝する日でも来たら、大尉の優しい望みのとおり、永久に、中佐で終るこ

とになりはせぬかと。

私は、やはり、静岡へきてよかったと思った。そして、そろそろ、寝床を離れようとしてると、K老人が、襖を開けて、飛び込んできた。

「昨夜晩《ゆうべおそ》く、戦死の公報が入ったんですよ――あなたのきた日に、電報がくるなんて、なんかの因縁だね」

野阪家の志として、わざわざ、K老人がその電報を持ってきてくれたのだった。私はすぐ起き上って、謹んで、その電文を読んだ。

〔昭和十九年三月「主婦の友」初出〕

戦争の曲線

(一)おおいなる瞬間

山本元帥が戦死して、やがて、一年になる。もう一年になるかと思い、まだ一年にしかならぬかとも思う。あの頃から、われわれの緊張は烈しくなっているから、元帥の戦死を回顧する遑《いとま》すら、充分でなかったのであろう。あの薄曇りの国葬の日と、祭場のありさまなぞ思い出すと、ハッとして、感情の奔騰《ほんとう》するのを禁じ得ない。とにかく「帝国海軍は微動だにもせず」は、厳然たる事実であるが、聯合艦隊司令長官が戦死したということも、それと同じ重大さをもつのである。

とはいっても、われわれの緊張はいよいよきつく、元帥の人格や生涯を、ジックリと知り究めようなぞとは、後に譲りたい気持であるが、あの輝かしい緒戦の開かれる寸前——元帥がどこで、どういう風に、開戦の大命を伝えられたかということは、元帥伝のずいぶん重要な頁であるのみならず、この大きな戦争の歴史に、大切なところになるので、ちょっとでも、窺知《きち》したい気持を、抑えがたい。

ところが、これぱかりは、手のつけようがない。誰だって、少しだって、そんなことを語っていない。その場のことを、知ってる人も非常に限られてるだろうし、たとえ、その少数の人に会ったところで、今は、洩らさるべきこととも思われない。

まず、今のところ、われわれの知り得る範囲は、映画「ハワイ・マレー沖海戦」の航空母艦上の訓示ぐらいのところであろう。あれは、勿論、長官ではなく、航空戦隊司令に大河内伝次郎が扮したのであって、芝居臭いのは免れないが、それでも、あの映画のうちで、胸打たれる場面である。爽昧《そうまい》の太平洋上の空気が、ほんのチョンビリではあっても、画面を流れている感がある。

しかし、あれは、私のいう重大な瞬間よりも、ずっと後のことであるのは、勿論である。そのおおいなる瞬間が、どこで、どう迎えられたか、知る由もないとしても、せめて想像の緒《いとぐち》なりとも得られぬかと思って、ふと、私は日露戦のことを考えた。日露戦の時には、その瞬間が、どう迎えられたかということである。せめて、それをもって、ことを偲ぶほかはない。

ところが、日露戦に於ても、その種の記録は、至って稀である。非常に大切なことだから、大いに書かれ、大いに残っていそうなものだが、案外であった。恐らく、歴史として重要であっても、戦史や戦記では、空気だの情景だのというものを、重んぜぬからであろう。今度の戦争で生まれる戦史には、その辺の注意も払われると思われる。

さて、私は昨日、有終会編の懐旧録第二輯を読んでるうちに、図らずも、心に求めていた資料に逢着《ほうちゃく》した。懐旧録とは、日清戦から前世界大戦に至るまで、海軍が参加した戦いを、それぞれ当時の実戦者が口述し、その速記を四巻に纏めたもので、謂わば海戦の側面史であり、戦史と併せ読まるべきだが、個々の事実の輝きは、寧ろこの方に多いかも知れない。なかでも、日露戦の巻が興味深く、そして、短いながらも、日露戦の「大いなる瞬間」について、述べられた箇所がある。森山慶三郎中将の仁川の役についての談話のうちに、その問題に触れてある。これは頗る貴重な資料であって、私はまだ他にこのようなものを、知らぬのである。

森山中将は当時中佐で、第二艦隊第四戦隊参謀として、旗艦浪速にあり、佐世保軍港に於て、その瞬間を迎えられたのである。

明治三十六年二月六日午前一時――この日付けと時間が大切であるが、聯合艦隊旗艦三笠から、「各隊指揮官艦長、旗艦に集まれ」という信号があったのである。その時、軍港の町は、沈々として眠っていたであろう。軍艦の中も、当直の外は、起きてる者もない筈である。そして、夜はどのように暗かったか。今度の真珠湾攻撃に等しい、二月九日の旅順夜襲には、午前一時半に月の出の記録があるから、この時も、佐世保の山の端が明るんでいたかも知れぬが、軍人の談話はそういうことに触れてくれない。

(各艦の小蒸気は、闇を衝いて、三笠に集まりました。暫らくすると、ケビンにお出で下さいということで、私共も将官室に集まりました)

と、談話筆記が始まる。以上によって、時と場所がわかった。すなわち、二月六日午前一時の三笠の将官室——横須賀にある三笠を訪れる場合に、私はこの将官室を注意しようと思ってる。

次ぎは、人である。

(とにかく、三、四十人も集まったのでありますから、三笠の将官室を二重三重に取巻いて、ギッシリ詰めました。そこに、なんでも、シャンパンの盃が、ずっと列んでいたように思います)

昔の海軍はなにかの祝いに、よくシャンパンを抜いたようだが、今日では、そうではないようだ。山本元帥の趣味からいっても今度の「大いなる瞬間」を寿《ことほ》ぐ盃には、冷たい日本酒が満たされたであろう。

(すると、東郷長官が、将官室後方の小室の、右舷入口よりお出でになり、例により、荘重に答礼の後、何か紙を出され、

「大命が降りました。謹んで、各位に伝達する」

と、仰有って、大命を拝読され、次いで、

「今日まで、多年の間、昼となく夜となく、各位と共に、訓練に訓練を重ね来ったのも、実に、今日に応ぜんが為めであった。切に、諸君の奮闘努力を希う。ここに、諸君と共に、盃をあげて、前途の成功を期す」

といわれ、そこで、もとの室へ帰られたように、記憶します。

私は後列よりそれを伺っていまして、その時の感じを申しますと、頭をガンと打たれ、冷水を頭から浴せられたように感じて、ただ、熱涙が眼を湿したのであります。その前までは、どうしても戦わねばならぬ——なぜ、愚図々々しているのだろうと、思っていたのであるから、いよいよ、大命降下と承わり、嬉しかるべき筈なのに、落涙したのである。当時、他の方も同様だったと存じますが、いよいよ露西亜《ロシア》と戦うことになった——二千五百年来のこの国も、或いは、これで終りとなるのではないか——こう思ったために、思わず、涙が出たのでした。しかし、それは一瞬であって、直ちに、非常に愉快なる場面と変ったのであります。恰《あたか》も、芝居で、悲劇の後に賑やかなお祭り騒ぎとなるが如く、あちらでも、こちらでも、歓声が湧き、自分自身も、非常に愉快でありました。そうして、島村参謀長と秋山参謀が、参謀長室で、総作戦命令の起案中であることを、認めました。私が、行き過ぎんとした時、秋山参謀がちょっと出てきて、

「君の方は、仁川に行くのだから、浅間をつけることになっている」

と、私にいわれた。

その時、八代浅間艦長も見えて、

「僕も、君の隊と一緒に行くのだから、うまくやってくれよ」

と、いわれ、万事が非常に活気を帯び出してきたのである)

まず、そういった情景であったらしい。

それを読んで、まず感ずるのは、東郷長官の態度が、実にアッサリしてることである。大事中の大事を告げられるとも思えぬほど、サッサとことが運ばれてる。事務的という感すらある。しかし、よく考えてみると、そこに、いい知れぬ味わいがあって、却って、大いなる瞬間を感知せしめる。これが反対であったら、森山参謀も泣くことができなかったろう。

東郷さんは、やはり、将に将たる人だったと思うにつけても、山本元帥のことが偲ばれる。山本元帥も亦、かかる場合に、大声疾呼《しっこ》するような提督ではないのは、わかってる。それにしても、どんな風に、そして、いつどこで——と、知りたいのは山々である。

㈡戦争の曲線

すこし長い戦争になれば、どんな戦争でも、戦運の山と谷ができるのは、きまったことである。しかし、日露海戦史の明治三十七年の四月と五月ほど、高低の甚だしかった例も稀であろう。

四月十二日の夜に、わが方で旅順口外に仕掛けた機雷に、翌朝既に、敵の旗艦ペトロパウロスクが触れ、二分間で轟沈したのである。しかも、その艦には露西亜海軍の希望である新任提督マカロフが乗っていた。一挙にして、敵の旗艦と司令長官を、葬り去ったのである。私も子供心に憶えているが、実に一大快報だった。

こんなに計画が図に当るということも、滅多にないので、国民が狂喜したばかりでなく、軍人とても、多少はわれを忘れざるを得なかったであろう。

その当時、あの名参謀秋山中佐は、敵に対してマカロフ戦死の弔電を発してはどうかと、東郷長官に、進言したそうである。それは、いかにも立派なことである。しかし、戦いつつある軍人の心理として、行為として、無用な余裕を含まぬとはいえない。

東郷長官は、苦い顔色で、いつになく強く、参謀の言を斥けられたという。こういう点の東郷さんが、割合い世に知られていない。神の東郷さんが知られて、鬼の東郷さんが知られていない。

もう一人、戦果の歓喜に酔わぬ人があった。時の海軍大臣山本権兵衛が、かくいった事実がある。

「こっちも用心せんと、同じ手を食うぞ」

果して、五月十五日に、替けがえのない主力艦の初瀬と八島が、触雷沈没したのである。僅か一ヵ月後のことである。しかも、前後して衝突、擱坐《かくざ》等の事件が起り、吉野、竜田、宮古、大島を喪った。歓喜の絶頂から、戦力三割余減の谷底へ突き落されたのである。主力艦補充の道はもとよりなく、敵の東洋艦隊の勢力とも劣り目になった上に、露西亜本国では所謂バルチック艦隊[*71]の第二太平洋艦隊が編成され、東航必至の形勢である。どんなにわが海軍が苦境に立ったか、いうまでもない。私は、此間、末次大将と対談会の時に、当時と今日との比較を、お訊ねしたら、

「どうして、こんなもんじゃなかったね。あの時は、まったく暗かった」

と、いわれた。

こういう場合、兵力量減少も恐るべきだが、士気の問題が更に重要になってくる。天われに与《くみ》せずとか、魔がついたとか思ったら、もう戦いは半分失われている。わが艦隊の士気は、決

して沮喪《そそう》したのではなかったろうが、全艦隊の眼が旗艦三笠に集まり、三笠全艦の眼が東郷さんの一身に集まるという時機があったことは想像できる。その時の東郷さんがどうであったかということは、誰も知るとおりで、以前となんの変りもなく、三笠の後甲板を悠々として散歩される姿が、全軍を救ったのである。

しかし、東郷さんがいかに偉大であっても、この頽勢を一挙にして挽回はできないのである。そんなことは、人間業に及ぶべくもない。東郷さんは覚悟と成算をもって、ジリジリと、必死に、運命を押して行かれたと、考えられる。その努力こそ、眼に見えない烈しい闘いであったろう。そして、四月と五月の激しい波の高低の後に、どんな戦争の曲線が生まれてたか。

六月二十三日の海戦というものがある。修理成った旅順敵艦隊が、浦塩に入るべく出動したが、失敗して、また旅順へ舞い戻った。表面的には敵の失敗だが、実質的にはわが方の手落ちだった。わが艦隊としては、その好機に、どうしても敵を破砕して、兵力の均衡を恢復せねばならぬ羽目にあった。その機を失ったのみならず、敵の速力の推定を誤って遭遇が遅れ、もし敵にして闘志あらば、浦塩に入ることもできた怖るべき瞬間を、経験したのである。実にヒヤリとする、そして後味の悪い戦いである。要するに、戦争の曲線には、なんら上昇の気配はなかった。

その次ぎが、有名な八月十日の海戦である。敵は前回と同じ目的で出動してきた。わが方は前回の失に鑑みて、慎重に行動したが、今度はその裏を掻かれ、敵は一路浦塩に逸走を始めたのである。六月二十三日の不吉な可能性が、遂に現実となったのである。私は素人であるが、この時の艦隊司令部の空気を想像できないことはない。死んでも食いつくという追撃の気魄は、その暗い空気のなかから生まれたのかも知れぬ。とにかく完全に失敗した第一次合戦から、二時間にして、第二の戦機漸く熟したのである。この機を逸したら、日露戦争の曲線は、長い長い下降線を辿ったかも知れない。しかし、一発のわが十二吋《インチ》砲弾が敵旗艦に命中して、例の死の舵手の操舵という奇蹟（わが方にとり）を起したのである。時に午後六時半——その瞬間に、初めて運命がニコリとわが方に微笑みかけたのである。或いは、東郷長官の必勝の信念が、遂に運命を押し返したといっても、同じことである。旗艦の混乱が全艦隊の潰乱を呼んで、遂に敵は起つ能わざる戦敗を喫するに到った。

そこに再び頭を擡げた戦争の曲線は、上昇の一途を辿った。同月十四日に蔚山《うるさん》沖で浦塩艦隊が破られ、一方、旅順に逃げ戻った残存艦隊は、陸上よりする砲撃によって悉く撃沈され、所期の各個撃破が成って、東洋の敵海軍勢力は一掃された。後は均衡した兵力と、寧ろ恵まれた諸条件のもとに、バルチック艦隊を迎えればよいことになった。そして、日本海海戦の戦果は、誰も知るとおりである。

日本海海戦は全戦局の決戦であり、上昇曲線の最頂点になったのではあるけれど、われわれがいま注視しなければならぬのは、八月十日の海戦の第一合戦と第二合戦の境目であろう。そこに微妙なる戦争の曲線の含みがある。更に、マカロフを奪った海戦から、曲線を読んで行けば、戦争というものの本態も略《ほぼ》わかり、目前のことを悲観したり、楽観したりしないでも済む。

〔昭和十九年五月「改造」初出〕

中馬中佐のこと

私が中馬《ちゆうまん》中佐の名を知ったのは、まだシドニー特別攻撃隊の壮挙も行われぬ前のことであった。昭和十七年の四月に、私は小説「海軍」の材料を集めるために、鹿児島にいったがその時に、山形屋という百貨店で、軍神横山少佐の顕彰展覧会があって、陳列品のなかに中馬中尉という人の横山母堂にあてた長い手紙があった。

その手紙は、私にとって重要なものだった。それによってある期間の横山少佐の居所や、遺髪や金を託された径路がわかったからだ。そして手紙の主中馬中尉が、少佐と同じ鹿児島県人で、同じ下宿にいて、遺書や遺品を託されるような親しい間柄であったこともわかった。

そういうわけで、中馬という珍らしい姓が、私の頭に残ったのであるが、翌年の三月に第二次特別攻撃隊の発表があった時、二階級特進の十勇士のうちに、中馬兼四と書かれたのを見て茫然と驚いてしまった。あの人もまた特殊潜航艇に乗って——と、なんともいえぬ感動を受けたのである。あの手紙の筆蹟や文句が、アリアリと憶い出され、遺品を託された人も同じ行動と死所をえらんだことが、悲壮の限りだと思われた。

それから、私は中馬中佐のことが知りたくなった。鹿児島の知友から聞いたり、世に出た事蹟を調べたりして、少しは中佐の人となりを知ることができた。

○

中佐の故郷は、鹿児島市から汽車で一時間ほどの川内市から、また三里ほど入った上東郷村というところである。川内市は静かな古い町で、川内川という水量のゆたかな大河が流れている。上東郷村はその川上らしいが、いったい、この付近は神代の古蹟が非常に多い。天孫瓊々《にに》杵尊《ぎのみこと》の可愛山陵《えのさんりょう》がある。尊《みこと》はこの地方を平げる時に、軍船を用いたので、海軍の最も古い由《ゆか》りの土地と考えることもできる。また東郷元帥は鹿児島城下で生まれられたのであるが、祖先は東郷村から出たので、生家が西南戦争で焼かれた時には、元帥の母堂はここへ避難したこともある。そして、薩摩藩の水軍も付近の久見崎を基地としたのであるから、いよいよ海軍に縁の深い土地ではあるが、中馬中佐も横山少佐と同じように、江田島にも陸軍士官学校にも願書を出したところを見ると、結局、軍人になることが志望だったのだろう。

中佐は子供の時に、秀才でもなければ悪戯児《いたずらこ》でもなかった。学校の成績も、よくもなければ悪くもなかった。この点は、横山少佐とよく似ている。無口で、ニコニコした子供だったという点も、似ている。ただ、中馬中佐の方が、幾分、九州人らしいオットリした性格だったと思われる節がある。

中佐がまだ幼かった時代に、こんな話がある。伯父《おじ》の東氏の家にあずけられたころの話だが、一日、伯母さんが用事で外出するので、眠っている赤ン坊の番を頼まれた。帰ってくるまで、赤ン坊の枕もとを離れないでくれと、命令された。中佐は一所懸命に番をしているうちに、小便をもよおしてきたのである。しかし、便所に立っては、枕もとを離れることになるから、無理にそれをこらえたのである。ところが、伯母さんは途中で寄道ができて、非常に帰りが遅れた。兼四少年が必死の我慢も、ついに限度がきた。といって、枕もとは離れられないので、坐ったまま、用を足してしまった。

そういう生真面目さは、人からみると、一つの愛嬌になるから、中佐が川内中学に入学してからも、担任の先生の概評には、〝滑稽味あり〟とか、〝幾分、茶目気あり〟と記されてあった。もっともそれは二年生までのことで、それからは〝堅実〟とか〝真摯〟とか評されているところを見ると、青年期に近づくにつれて、本来の性格が発揮されてきたと思われる。

中学卒業の時には平均点八十一というから、決して飛びぬけた成績ではなかったが、それでも一回で合格した。江田島時代も学科成績は中位で武技や体技の方面でも、目に立つ生徒ではなかった。しかも(それは兵学校生徒のつねではあるが)、反省や克己が著しく昂まり、心を練った跡がさまざまに日記にしるされてある。

中佐が兵学校を出たのは昭和十三年九月で、翌年六月に少尉、翌々年に中尉になった。江田島で植えつけられた魂が、三年の艦上生活でりっぱに育ち、一人前の海軍士官ができあがると、中佐の言動には、再び子供の時のような、ノンビリした余裕が生まれたようである。そして、ユーモアと含蓄に富んだ言葉が、いろいろ残されている。例えば、帰省の時に、村の人々が世界や国内の情勢を論じて、中佐に質問すると、

「いや、あなたがたの方が、よほどお詳しいです」

と、答えたこともあった。

また、軍人は汽車賃が半額割引きで羨ましいといわれると、

「しかし、生命の方も半額ですから……」

と、対手を黙らせたこともあった。

そういう落ちついた、綽々《しやくしやく》たる気持で、中佐は、あの困難で危険な、特殊潜航艇の訓練を始める時期に入ったのである。

○

中佐と横山少佐が一緒の下宿にいたのは、長い期間ではなかったが、同県の生まれであることと、同じ重大な任務に服することとが、忽ちにして親交を結ばせた理由であろう。

中佐は横山少佐よりも一級さきの六十六期生であるが、この級はいわゆる軍神クラスの六十七期と列んで、今度の戦争にどれだけ抜群の勇士を送ったかわからない。第二次特別攻撃隊の

秋枝、松尾中佐もこのクラスであり、そのほか、南の空で散った航空隊の勇士に多くの同期生をもっている。とにかく横山少佐にとって中馬中佐は、二歳の年長者であり、一期だけ先輩でもあるから、海軍の慣例からいっても、中佐に対して弟の礼をとったにちがいない。

――正治君（横山少佐）出征の朝、私に向い「もし私が戦死したら、これを開いて下さい」と、いつもの如くニコニコ笑いながら、私に一本の封書を渡されました。

と、中佐が横山母堂に宛てた手紙の一節にあるが、実際、少佐は中佐に対して、そのような丁寧な言葉使いをされたと思われる。

そして、中佐がほどなく、少佐が真珠湾で戦死の報を知った時の気持は、まったく想像にあまる。また少佐の最後の報告〝われ奇襲に成功せり〟はどんなに中佐の胸を動かしたことであろう。その下宿には、やがて横山少佐の引伸し写真が飾られたそうだが、中佐自身がいよいよ征途につく日がきた時、その肖像の前に首を垂れて礼拝されたことを、私は下宿の女主人の談話として、聞き伝えている。

〔昭和十九年五月　筆〕

太秦見物

舞鶴へ行って帰りに、京都に寄ったので、太秦《うずまさ》撮影所を見ることになった。といって、太秦なんて字からしてむつかしいところへ、一人では行けないから宿まで迎えにきて貰った。

おそろしく暑い日で、京都の街は燃え立っていた。しかし、瞬く間に郊外へ出てしまうからありがたい。都会は小さい方が、なにかにつけて便利だ。迎えの人が途中で、あれがなんとか神社で、これがなんとか寺と指さしてくれたが、みんな忘れてしまった。

私は撮影所へ見物に行くような気軽るな気持だった。撮影所はどこでも郊外にあるから、出かける時に、気がノビノビするのかも知れない。今までも、何度も、自作の撮影を見に行ったが、一度だって、原作者という気持になったことがない。いつも見物気分だ。原作者なぞと重苦しい気分を懐いては、撮影所の門を潜る気になれるものではない。

細い露路《ろじ》みたいなところを入って行くと、つきあたりに撮影所があった。一向、見栄を張らない表構えだった。尤も、内部もあまり見栄を張っていない。芦田《あしだ》所長のいる部屋も、門衛詰所の大きいぐらいのところだ。

所長に案内されて、セットを見に行く。セットを見ると、やはり他人の書いたものではないから、それが霧島の硫黄谷温泉の宿屋だな、というくらいの見当がつく。エダの女優と、隆夫の役者とが、なんか一くさりやってる。下の温泉浴場から、湯気が立ち騰る。湯気にしてはいやに濃くて、咳が出そうだが、写真に映ればあれがちょうどいいのかも知れない。

田坂君がセットの上から降りてきた。農村の助役さんが、防空訓練から帰ってきたような扮《いで》立《た》ちであり、顔つきである。

「岩田さん、これあ、えらい仕事だよ」

と、万斛《ばんこく》の愚痴だか、自信だか知れないものを洩らした。私はちょっと返事に困って、

「なにも、お国のためだよ」

と、答えて置いたが、原作者というものは、その場合、なんとか外にいいようがありそうに思った。

それから、隣りのスタジオへ案内された。装置の吉田君も一緒に加わった。そこはまだ撮影をしていないから、ライトがなくて涼しくてよかった。鹿児島の真人の家のセットだが、これはまったく「実物」のとおりで、真人の家の人が見にきたら、ヘンな気持になるだろうと思った。

それから、皆で、プールの方へ行った。プールとは私の仮称で、真珠湾その他に用いるため

に、今度掘った池のことだった。誰か、私に海水帽を、貸してくれたので、どうもプールへ行くような気持になった。

二千坪ほどの池を掘って、それで足りないので、隣りにもう一つ掘ったと、所長が語った。そのまわりに、ホリゾントをめぐらせたが、この間の風で顚覆《てんぷく》したという話だった。

今どき、こんな工事をしては、人手も物資も、大変だろうと思った。私は小心だから、こういう時には原作者意識が起きて、小説なぞ書かなかったら、こんな騒ぎをかけなくて済むだろうにと思った。

だが、池の中に、アリゾナが浮かんでいて、ひどく世帯染みた京都のオッサンが五、六人で、あっちへ押したり、こっちへ引ッ張ったりしてるのを見ると、大人が水遊びしてるようでおかしくなった。

その池のふちに列んで、記念撮影をした。エダの女優も、隆夫の役者も駆けつけてきた。エダの女優は、スチールで見ると、きつい顔だが、近くで見ると、可愛いお嬢さんだった。私は可愛いお嬢さんの彼女が、画面に現われてくれることを望んだ。それから、隆夫の役者は、坊主刈りにして、短い絣の単衣を着ている様子を見ると、ずいぶん、私の頭の中の映像と一致していた。スチールの髪を伸ばした後年の隆夫は、少しちがっていた。

それから、軍艦なぞをこしらえる工場も見て歩いた。さしずめ、海軍工廠であるが、鉄のかわりに、石膏や寒天を使ってるから平和なものだった。
とにかく、いろんな手数をかける作品なので、原作者的恐縮が増すばかりだった。それだから、所長や田坂君と、近くの嵐山へ行くために、撮影所の門を出た時には、ホッとした感じだった。

〔昭和十八年秋　筆〕

常磐行

私達の降りた常磐線の高萩駅《たかはぎ》は屋並みの古い町で、奥の細道だったかも知れぬ街道が、まっ直ぐに通っていた。その街道を暮色が罩《こ》め、絵のような新月が懸っていた。その下を盛装した花嫁と母親らしいのが、たった二人きりで、黙々と歩いてくるのに出合った。これは天理教にも炭礦にも関係のないことだが、忘れ難く眼に残っている。

その翌朝から四日間に亘って、五カ所の炭礦を訪ねて歩いた。考えて見ると、天理教に何の縁もない私が、そんな行脚をするのは、おかしな話であるが、実は天理教を知らないから、この依頼を引き受けたのである。炭礦の中がどんなだとか、どんな風に人が働いてるかということは、近頃、多くの文士が報告しているから、私が改めて知らなくてもいい。天理教の方が、私にとっては珍らしいのである。勤労報国隊のことを、いざ・ひのきしん隊というそうだが、なにが「いざ」なのか、「ひのきしん」なのか、檜の普請なのかサッパリわからないところに、魅力があったのである。一身を抛《なげう》って働いてる人々に対し、申訳のない量見であるが、もともと何の縁故のない私を引っ張り出した人の側にも一半の責任なしとしない。

生まれて初めて炭車というものに乗って、炭礦というところへきて最初の訪問をするのだが、私には礦山の風景よりもひのきしん隊の宿舎のなかの方が興味があった。

＊

人々が非常に行儀のいいことに私は驚いた。それから祭壇の中央に、日章旗が掲げてあるのにも驚いた。国旗が御神体なのである。国旗をこういう風に扱っていいかどうかは知らぬが、とにかく、外の宗教では見られぬことだと思った。

そこの隊長は水戸付近の教会長で、また翼壮[*72]の分団長であることが名刺に書いてあったが、その人柄も質実で同時に知識的だった。この隊は水害の時に流木と闘って礦の危急を救ったそうだが、そういう緊張と熱情を、私もこの宿舎の空気に感じないことはなかった。

人々は悉く天理教と書いた法被《はっぴ》を着ていた。誰が考えたか知らぬが、この昔ながらの労働着を採用したことは、非常に独創的な智慧《ちえ》だと思った。「ひのきしん」ということの説明を聞くにつけ、この法被ぐらいふさわしい着物はないと思った。謙遜で、堅実で、また美しくさえもあった。これに反し、後で教会に一泊した時に見た裁判官の着るような祭服は、非独創極まるものだと思った。あんなコケ威しの服装は、場末の売卜者《ばいぼくしゃ》にやってしまう方がいい。

＊

この隊に十四歳の少女が加わってると聞いて、なにか傷々しい想いした私は、彼女の働いている現場を見るに及んで、思い過ごしを愧《は》じた。彼女は炭車の石炭を卸す作業をしていたが、身長と等しい最大型スコップを揮《ふる》い、反動をつけて軀を回転させる度に、真っ赤に上気した顔が輝き、お河童の髪がサッと躍り、その甲斐々々しさは遂に私を落涙させた。もし彼女が傷々しい姿をしていたら、私は泣く代りに憤ったろう。幸いにして彼女は婦人部隊の誰よりも溌剌としていた。最大型スコップも、彼女自身の選択だといった。大型の方が反動がついて却って仕事がラクだと答えた彼女には、なんの奉仕意識のいやらしさもない、歓喜力行の姿そのものだった。彼女は母親が病気で、その代りに参加してるといっていた。

「先生、子供ばかりに感心しないで、老人の方も見て下さい」

と、一人の隊員が冗談をいったが、指示された方向を見ると、これはまた、高砂《たかさご》の姥《うば》ともいいたいような上品な、鶴の如く痩せたお婆さんが、ニコニコ笑っていた。このひとも、親類の引越しでも手伝いにきたような、屈託のない明るい顔をしていた。その点を私は非常に好もしく、また尊敬を感じた。

婦人部隊は最後の日の炭礦でもお目に掛った。ここの山は婦人ばかりで、なかなか雄弁家が揃っていた。ことに眼鏡をかけた隊長などは実によく喋った。私は無口の女の方が好きだが、彼女等を多弁ならしめたのは、私にも責任がある。実は何か話をと頼まれたが、私は講演嫌いだから、座談会にして貰ったのである。

しかしただ一つの例外が、彼女等の雄弁を金ならしめた。千葉県の方からきてる農村型の女性だったが、嬰児を家に残して隊に加わった動機を語るうちに、彼女自身が情に激し、声涙共に下った。満座の隊員はもとより、陪席した鬚面の炭礦所長も、駐在所巡査も悉く泣いてしまったのである。

といって、少しも悲しい話ではなかった。彼女は敵国少女がわが兵士の髑髏《どくろ》を眺めて微笑んでいるあの写真を見て、憤激したというのである。あの写真を見て憤激しない者は一人もないが、彼女はそれによって乳呑児を捨ててこの隊に加わったという大きな相違点がある。

「石炭掘れば敵が負けるというから……」

彼女は訥々《とつとつ》として叫んだ。真情流露というのはこういう場合のことだろう。彼女のいうことに一点のウソもオマケも無いことを、誰も直覚した。またこんな烈しい敵愾心の燃え方を、私は曾て見たことはなかった。日本の女は怖ろしいということを、私は眼《ま》のあたりに見た。これだけ烈しく敵を憎み得る男が、東京あたりに何人いるだろうか。

*

婦人部隊に対し、老人部隊があった。七十歳以上の老人まで、参加してるのである。老人が役に立つまいと思うのは、大なる謬見《びゆうけん》で、欠勤率が最も少く、仕事が着々として捗《はかど》る実例を、至るところの山で聞いた。それは何故であろう。

「老人は食慾が少いので、山の配給量で充分足りるから、働けるのですよ」

と、語った人があった。ちょっと冷酷な観察のようだが、これ亦、一説であろう。しかし、私はその外にも理由があると思った。それは老人がもってる人生の智慧が役立つのではないか。彼等は無理をしない。感情に逸《はや》らない。自分のできる仕事の限界を知り、それ以上を求めず、またそれ以下を怠らない。これは継続的な仕事をする上に、大切な智慧である。

ある山の老人部隊に関《せき》さんという老人がいた。七十三になるそうだが、無欠勤で礦外作業を励んでいるのみならず、休憩時間に草履をつくって、人に与えるのである。その藁も道端から拾ってきたものだそうである。

私は午休みに、宿舎の空地に蹈みながら、一心に藁を打ってる老人の姿を見た。そのまま彫刻にして取って置きたいような、立派な姿だった。私は五分ばかり遠くからその姿に見惚れていたが、遂にその傍へ行って話しかけないでいられなかった。

私も些か感傷的になったらしく、この老人の超人的な努力に対して、なにか崇高な信仰談でも期待したに相違なかった。しかし、事実としては前に述べたような感想を抱くに過ぎなかった。極めて日本人的な小軀と典型的に見事な獅子鼻をもった老人は、彼の人生に対する自信を多く述べた。尤も、そうした人生の智慧自身が、信仰から生み出されたと考えることは、寧ろ当然であろう。

*

所謂小礦山《こやま》で一回と、大会社の大きな礦山で一回と、私は地下に降りてみたが、その経験を仰々しく列べて、一魂の石炭も無駄にできないという如きことを、今更、語る気はない。それよりも、採炭の方法が、早くあんな原始状態を脱して、ひのきしん隊のような人々が働きにいっても生命の脅威を感じさせない程度になって欲しいと祈るばかりである。それほど危険な仕事であることを、あまりにもハッキリと見せられる機会が多かった。

それはそれとして、私にはカンテラを灯して礦山へ入るような小礦山の方が、親しみがもてた。そういう山には勤報隊《きんぽうたい》宿舎というものがなく、ひのきしん隊も独立した家屋に住み、団欒の空気が感じられた。

○○礦もその一つだった。仲秋のよく晴れた日に、私は野道を歩いて、そこの宿舎に着いた。

新築だが粗末な部屋の囲炉裏に、お手のものの石炭が燃え、外に渓流の音が聴えた。私はそこで一宿することになったが、隊長も炊事をする中年の女の教会長の方も、心から私を待遇してくれた。山の中で御馳走がある道理はないが、すべてに心が籠り、温かい栗飯も、たった一本のビールも、私には嬉しく、旅行中一番愉快な宿だった。

晩食後に私の希望で、隊員の夜のお勤めを見せて貰うことになった。男子隊員の宿舎へ行くのに、外へ出ると山気は冷々と肌に迫り、半弦の月が皎々《こうこう》と輝いていた。

私はそこで生まれて初めて、天理教のお勤めというもの、お神楽《かぐら》というものに接した。それは最初のうち、私にとって極めて異様な印象だった。だが、次第に慣れてくると、薄暗い電燈の下で、法被姿の男女が、声を揃え、手を揃えて踊ってる姿が、なにか羨ましいような幸福な絵図に見えてきた。

山の上のことで、楽器なぞは拍子木だけで、その音律につれて、素朴で単調な歌と手振りが縷々として続くのだが、人々はまったくそのなかに没入し、陶酔しているように見えた。生命を脅やかす礦内作業のことも、残してきた家族のことも、恐らくその瞬間には人々の頭になく、私達がどんなに酒を飲んでも獲られないような忘我が、そこに行われてるように見えた。同時に私が強かに天理教の匂いを嗅いだことも事実だった。

前にも述べたように、私には炭礦よりも天理教の方が珍らしくて、この行脚に出てきたのだが、山の中の小屋で、図らずも多少の目的を達した。そして、この勤行のある限り、同じ勤労報国隊のうちでも、ひのきしん隊の強味は絶大なものと感じたのである。

〔昭和二十年一月一日「天理時報」初出〕

唯一人の声

昨年の今頃のことを考えると、なにごとも隔世の感がある。苛烈云々《かれつうんぬん》という語も、今から考えれば作文に過ぎなかった。「なにがなんでもカボチャをつくれ」なぞとは、ずいぶんおかしなことをいったものである。しかし、カボチャをつくる必要は、今年に於て一層甚だしいのである。

恐らく今年は誰もカボチャをつくるであろう。即ち、標語の必要はなくなった。その他、敵《てき》愾心《がいしん》昂揚というのも去年の問題で、今年は標語や指導の主題にする必要はなくなった。敵が硫黄島へきているのに、「お可哀そうネ」という令嬢の存在は考えられまい。

＊

昨年と今年とを比べて、最も大きな差異は、皆の考えが似てきたということである。政界なぞには、どんなヤッサモッサがあるかは知らぬが、国民全体の腹は、コンクリートのように、一緒に固まりつつある。もうこうなったら、考えることは一つ、いうことも一つ、することも一つ――というところに、自から帰趨しつつある。即ち国論既に定まれりといえるが、それはヤッサモッサの所謂国論ではなくて、もっと根元的なところで定まりつつあるのである。

それを標語でいい表わせば「なにがなんでも、頑張りとおせ」である。カボチャとはよほど差異がある。そして、同じく標語の命令形であっても、啓発や勧奨の意味はない。外に何一つの形容も許されない絶対的なそして現実的なものである。しかし、去年この標語が出たら、人はまた例の理念標語かと思ったであろう。

＊

もう今年は標語の要らぬ時かも知れない。少くとも、一つの標語以上に必要を認められぬ時といえる。考えるべきこと、なすべきことが一つになったのだから、宣伝啓発の用はなくなったといえる。

しかし、今ほど号令の必要な時も亦ないであろう。今は、いうことが一つしかない。しかも、その内容は誰も知ってる。こうなれば、欲しいものは号令か合図――一人の人間の大きな声である。二人も三人もの声ではない。ラジオや演説会で聞かれる声でもない。唯一人の腹へ響きわたる肉声が聞きたいのである。

*

指導の道にあたる人達は、今まで声というものの価値を軽視し過ぎたのではなかったか。私達は演劇に携わったことによって、人間の声の力がどれほどのものかを知っている。セリフなぞどうでもいい、原作さえよければなぞという考えは、演劇の世界に於て、いかなる阿呆にも通用しない。

西郷隆盛がどんな声をもっていたかということを、屢々、私は考える。またいかなる役者も西郷隆盛に扮して、声の点で失敗した事実にも考え及ぶ。

〔昭和二十年春　筆〕

軍神

私は、戦争中の自分を、忘れたいと、思わない。私は、日本の勝利を熱願し、そのために、どんな文章を書くことも、辞さなかった。しかし、そういう文章の中に、「八紘一宇《はっこういちう》」と、「聖戦」という言葉は、一度も用いなかった。ヒマな人は、図書館へでも行って、当時の私の書いたものを調べて下さい。

よその国と戦争しながら、八紘一宇も、おかしな話だし、聖戦というのは、十字軍みたいで、バカバカしい。そんな、見え透いたウソの言葉を、使わなくたって、銃後文士の文章は書けると思っていた。また、その二語の濫用に、反感もあった。

もう一つ、あまり、気に入らない言葉があった。「軍神」である。人が死んで神になるという思想は、日本にあるけれど、特別な軍人だけに、その名を与えるのは、不公平になる。それに、日露戦争の時には、軍神も、広瀬中佐一人で、唯一ということが、権威あったが、この間の戦争は、軍神の濫造だった。

しかし、私は「軍神」という語を、何回も、用いざるを得なかった。真珠湾九軍神の一人を、主人公として、小説を書いた関係上、その後も、その人のことを書くのに、軍神の冠詞を付せざるを得なかった。「聖戦」や「八紘一宇」なら、使わなくても済むのだが、横山少佐の名を書くのに、冠詞なしでは、通らなかった。ほんとは、横山軍神よりも、横山君と呼びたかった。それほど、愛すべく、親しむべき純良の青年であることを、取材調査中に、私は知っていたからだった。戦争が終っても、この人の名は、いつも、私の頭の中にあった。

昨年末、雨の降る日曜日だった。私は、久し振りに、横山少佐の事蹟を、真珠湾攻撃の潜水艦隊長官だった人から、聞かされた。未知の人だったが、私に、横山少佐の隠れた事蹟を、聞かしたいというので、お目にかかったのである。当時秘密だった軍機上の話を、いろいろ聞いて、なるほど、そうかと思ったが、横山少佐の人間ということになると、長官よりも、私の方が、具体的な知識が多いように思った。

少佐の郷里鹿児島に、私は十日間しかいなかったが、あの頃は精力まだ旺盛で、実家、学校、知友を、連日訪ね歩いて、倦まなかった。少佐の生家は、小さな米屋で、タバコ屋も兼業していたが、表に、軍神の家というようなことを書いた標杭が立ち、青年団みたいな連中が立ち番をし、県や市のエラ方が、絶えず参拝に現われ、写真を飾った店頭の祭壇には、全国から送られた供物が、旗や花環と共に、山のように飾られ、戦死発表四カ月後なのに、まるで、毎日が、葬式のようなものだった。

少佐が、二十代の若者だったせいか、全国の乙女から、血書の手紙が、実に沢山きていた。私もその二、三を見せられたが、黒くなった血痕は、清潔な感じから遠かった。

私が感心したのは、そんなことではなかった。少佐の母親と、すぐ上の兄という人が、その「人気」の波の渦を、少しオドオドしながらも、まことに、謙虚に、自然に、受け止めてる姿だった。

——皆さんは、お騒ぎになるけれど、セガレは、そんなに偉かったんでしょうか。

少佐の母親は、腹の中で、そう考えてるかのように、オゴリがなかった。混雑の中でも、私は別室で、このお母さんと二人きりになり、暫らく話してる間に、これは滅多にない、いい人だと、直感した。

軍神の母なんて意識は、ミジンもなく、田舎の米屋のオカミさんそのものの態度の母親も、よかったが、すぐ上の兄という人が、また、立派な人物だった。この人が、店をやってるのだが、まだ若いのに、母親と同じように、少しも調子に乗っていなかった。見るから実直で、礼儀正しく、庶民らしい分別を、備えていた。私は、その人が、自分を犠牲にして、弟の兵学校入学に尽力したことを、知っていた。

私が鹿児島で調べたところでは、横山少佐という人に、英邁《えいまい》とか、勇猛とかいう答えは、少しも出てこなかった。天才的なところもなかった。むしろ、実直で、温和で、勤勉な一青年の面影しか、浮かんでこなかった。それが、私の魅力になった。そして、あの母親と兄のいる家風が、そういう青年をつくり出したのだと、思った。

その母と兄のよい印象を、私は小説に書き込んだつもりだった。そして、その二人は、いつまでも、鹿児島市民に護られて、安らかな生活を送るだろうと、考えていた。

ところが、戦争末期の空襲で、防空壕にはいっていた二人が、二人共、無残な最後をとげたのである。壕が役に立たぬ、猛火だったらしい。新聞は、一行も報道しなかったが、私は、土地の人から、そのことを聞き、何ともいえない、残酷な気持になった。横山家とは、何と戦争に呪われた一家であったか。軍神という名は、何と空虚であったか――

〔昭和三十六年三月十七日「週刊朝日」初出〕

注解

「海軍」

＊1　ヴェルサイユ条約　一九一九（大正八）年六月、第一次世界大戦の終結にあたって、連合国側とドイツとの間に結ばれた平和条約。ヴェルサイユはパリの西南十六キロにある都市で、ここの宮殿で講和会議が行われた。

＊2　コンフェッチ　祝祭日や婚礼、カーニバルのお祝いに投げ合う石こう製の玉。現在では細く切った色紙片や紙玉をいう。イタリー語のconfettiが英語・フランス語などにはいったもの。

＊3　近衛騎兵上等兵　もと皇居を守り、警備・儀仗《ぎじょう》などに従った近衛師団の騎兵上等兵。

＊4　日清日露の両役　明治時代に大勝利をあげた日清戦争と日露戦争の両方。日清戦争は明治二十七、八年、日本と清国（いまの中国）との間に行われ、戦勝国日本は、韓国を独立させ、遼東半島・台湾澎湖島などを得た（ただし三国干渉の結果、遼東半島は放棄）。日

露戦争は明治三十七、八年に、ロシアとの間に行われ、この結果、日本は樺太の南半分を得、韓国や満州で政治・経済・軍事上の優越権などを持つことになった。

＊5　**唐芋**　さつまいも。もと琉球から渡って来たというので、「唐芋《からいも》」「唐芋《とういも》」「琉球芋」などともいわれる。

＊6　**島津十五代の貴久**　薩摩（いまの鹿児島県の一部）を中心に南九州で勢力のあった島津家の十五代目の領主（一五一四—七一）。戦国時代の大名で、一族の内紛をおさめて薩摩・大隅《おおすみ》を統一し、また一五四九（天文十八）年、スペイン人宣教師フランシスコ・ザビエルがはじめて鹿児島に来た時は、家臣にキリシタンとなる自由を与えるなど、キリスト教に深い理解を示した。

＊7　**長虫**　蛇のこと。

＊8　**関東の大震災**　大正十二（一九二三）年九月一日、関東地方に起った大地震の災害。被害区域は東京市と神奈川県が最もひどかったほか、静岡・千葉・茨城・埼玉・栃木・長野・山梨の各県に及んだ。東京市の死者五万八千人。火災で焼けた戸数三十万戸に達した。交通・通信・電気などすべてが停止し、大混乱を生じた。

＊9　**ラジオ**　大正十三（一九二四）年十一月に、社団法人東京放送局が設立され、翌大正十四年三月二十二日、東京芝浦の仮放送所から、初放送が行われた（八〇〇ＫＣ、二二〇Ｗ

で、受信契約数は五、四五五だった)。この日が「放送記念日」の起り。

＊10 **陸奥と長門** 当時の日本海軍が世界に誇る戦艦で、完成当時世界最大、最強力艦であった。両方とも同型であるが「長門型」と称された。それぞれ大正九年と十年に完成。世界最初の四〇・六cm砲を搭載した。完成時の基準排水量は共に三二、七二〇トン。

＊11 **南洲翁** 「南洲」は西郷隆盛の号。

＊12 **島津斉彬** 斉彬《なりあきら》(一八〇九—五八)は、江戸末期の薩摩藩主で、心の大きなすぐれた人だった。開国の意見を抱き、産業をおこし、造船業のさきがけとなった。鹿児島では「斉彬公《せいひんこう》」と呼ばれ、あがめられている。

＊13 **麑商** 鹿児島商業学校の略称。「鹿商《かしょう》」または「麑商《げいしょう》」と呼んだ。現在の鹿児島商業高校。「麑」は鹿の子、または獅子の意。

＊14 **高校・海兵・陸士** (旧制の)高等学校や海軍兵学校や陸軍士官学校。いずれも中学校(旧制の五年制中学校)の四年終了で受験できた。

＊15 **上海事変** 満州事変の延長として、昭和七年一月二十八日以後の上海とその郊外にわたる日華両軍の衝突事件。これが日中戦争の導火線となった。

＊16 **満州事変** 昭和六年九月十八日、奉天(現在の瀋陽)北方の柳条溝で起った鉄道爆破事件から戦闘状態にはいり、日本が中国大陸に軍事侵略をおこなう最初のきっかけとなった

事件。日中戦争の事実上の起点。

＊17　**明国**　一三六八年から一六四四年まで続いた中国の国号。

＊18　**鶏林八道**　鶏林は、古い時代の朝鮮の別の呼び名で、朝鮮全土を鶏林八道と称した。

＊19　**全羅慶尚の二道**　朝鮮半島南部の慶尚北道、慶尚南道と、全羅北道、全羅南道をひとまとめに呼んだもの。

＊20　**満州国建設**　日本が満州事変の処理をつうじ、中国から切り離した東北四省をもって、昭和七年に国家を作りあげた。国名は「満州帝国」、首都は新京（現在の長春）、皇帝は溥《ふ》儀《ぎ》。

＊21　**五・一五事件**　昭和七年五月十五日、一部の現役海軍青年士官や陸軍将校生徒らが、首相犬養《いぬかい》毅を殺害した事件。政党の腐敗や農村の疲弊、ロンドン条約による海軍力の低下などに悲憤慷慨して決起したもの。

＊22　**舎密学**　化学のこと。Chemistryの音訳。一八三七（天保八）年、イギリス人ウィリアム・ヘンリーの"Elements of Experimental Chemistry"を宇田川榕庵が訳して刊行したわが国最初の化学書に『舎密開宗《セイミかいそう》』がある。

＊23　**江川太郎左衛門**　江戸後期の砲術家・軍制建設者。伊豆韮山《にらやま》の代官で、西洋砲術を学び、のちに洋式鉄砲方となって教授した。

＊24 **安井息軒** 江戸末期の儒者。日向《ひゅうが》の人で、のちに江戸の学問所、昌平黌《しょうへいこう》の教授となった。

＊25 **幼年学校** 陸軍幼年学校。中学一年終了で受験できた。幼年学校を終えると、士官学校へ進んだ。

＊26 **三国干渉** 日清戦争が日本の勝利におわり、明治二十八（一八九五）年四月十七日に講和条約が調印されたが、そのわずか六日後に、ロシア・フランス・ドイツの三国が、日本の得た遼東半島を放棄するよう干渉してきた。これがやがて起こる日露戦争の種ともなった。

＊27 **生麦事件** 一八六二（文久二）年、薩摩藩主島津久光の行列が、いまの横浜市生麦町にさしかかった際、イギリス人四人が騎馬のまま行列の前を通ろうとしたため、怒った従士が殺傷した事件。

＊28 **大山元帥** 大山巌《いわお》（一八四二―一九一六）陸軍大将・元帥・公爵。旧鹿児島藩士。維新後国事に奔走。陸軍大臣・参謀総長・内大臣などを歴任した。

＊29 **西郷従道元帥** 西郷従道（一八四三―一九〇二）陸軍中将・海軍大将・元帥・侯爵。旧鹿児島藩士。隆盛の弟。明治の功臣で、のちに海相・内相・陸相。

＊30 **東郷元帥** 東郷平八郎（一八四七―一九三四）海軍大将・元帥、侯爵。鹿児島の人。日露戦争当時、連合艦隊司令長官として日本海海戦に大勝利をおさめ、陸軍の乃木希典《のぎまれすけ》とと

もにその名をうたわれた。

＊31　**アームストロング砲**　イギリスの技師アームストロング（一八一〇―一九〇〇）の発明した大砲。従来の大砲が先込め式（砲弾を筒先きから入れる方式）であったのに対して、元込め式は砲弾を火門のところから装塡《そうてん》する方式で、砲弾の飛距離が飛躍的に増加した。

＊32　**天文館通り**　鹿児島市内随一の目抜きの繁華街。

＊33　**十六弁菊花の御紋章**　花びらが十六枚の菊の紋章は天皇家の御紋章。

＊34　**紀元節**　もと、神武天皇が即位したといわれる二月十一日を祝って定めた祝日。現在、「建国記念の日」として国民の祝日になっている。

＊35　**七高生**　旧制の官立第七高等学校生徒のこと。鹿児島市にあった。

＊36　**二月二十六日**　昭和十一年二月二十六日、旧陸軍の一部青年将校等が、急激な国粋的変革をめざして叛乱を起し、斎藤実内大臣・高橋是清蔵相らが暗殺された。この事件を「二・二六事件」という。

＊37　**第二次ロンドン会議**　一九三五（昭和十）年十二月から開かれた日・英・米・仏・伊五カ国の海軍軍縮会議。日本は主張が容れられなかったため、翌昭和十一年一月十五日、会議脱退を通告し、軍艦の無制限建造競争が始まることになった。

＊38　**山本五十六中将**　のち海軍大将・元帥。新潟県生まれ（一八八四―一九四三）。太平洋

戦争時、連合艦隊司令長官として活躍中に乗機が米空軍に撃墜されて戦死した。

＊39　**ワシントン条約**　第一次世界大戦後の大正十年十一月、ワシントンで、日・英・米・仏・伊の五大国が開いた会議できめられた、海軍の軍備縮小に関する条約。

＊40　**御真影**　天皇・皇后両陛下のお写真をいう。

＊41　**広瀬中佐**　広瀬武夫（一八六八―一九〇四）。海軍中佐。大分県の人。日露戦争で、旅順港の入口を閉鎖する指揮にあたり、福井丸の船上で壮烈な死をとげ、「軍神」とうたわれた。

＊42　**佐久間艇長**　佐久間勉（一八七九―一九一〇）。海軍大尉。福井県の人。明治四十三（一九一〇）年、第六潜水艇長として山口県新湊沖で訓練中に遭難殉職したが、海底で死ぬまで報告を書きつづけて賞讃された。

＊43　**高陞号事件**　明治二十七（一八九四）年七月、清国軍隊をのせて、イギリス国旗をかかげた運送船「高陞号」を、日本の軍艦が撃沈した事件。

＊44　**日本海海戦**　明治三十七、八年の日露戦争での両国海軍の決戦。明治三十八年五月二十七日から翌日にかけて、対馬沖で、司令長官東郷平八郎のひきいる連合艦隊が、ロシアのバルチック艦隊を全滅させた海戦。

＊45　**文覚上人**　平安末期・鎌倉初期の真言宗の僧。もと武士。誤って袈裟御前を殺して出家

し、熊野山で苦行をした。のち源頼朝の挙兵を助け、いちじ権勢をふるったが、罪を得て佐渡と対馬に流された。

＊46 **熊谷が敦盛を** 源平時代、一谷《いちのたに》の戦いで、熊谷直実《くまがいなおざね》が、平家の若き武将 平敦盛《たいらのあつもり》を斬った。

＊47 **蘆溝橋事件** 昭和十二年七月七日、北京郊外の蘆溝橋で日本軍と中国軍が衝突し、これが口火となって、日中戦争が起った。

＊48 **通州の惨劇** 昭和十二年七月二十九日に、中国の通州で起った冀東《きとう》政権保安隊の日本人殺害事件。「通州事件」ともいう。非武装地帯の通州で中国軍と日本軍守備隊とが交戦、在留邦人二六〇名が殺された。この事件は、中国側の正式謝罪、慰藉《いしゃ》金の支払い、慰霊塔の建設という三条件で、年内に解決した。

＊49 **大山大尉の虐殺** 昭和十二年八月九日、上海で、大山海軍中尉と斎藤一等水兵が国民軍正規兵に射殺され、第二次上海事変のきっかけとなった。

＊50 **渡洋爆撃** 昭和十二年八月十五日、日本海軍の飛行機が、はじめて海を越えて南京と南昌の爆撃をおこなった。

＊51 **ヒットラー・ユーゲント** 一九二〇年代、ドイツの超国家主義右翼政党ナチスの付属組織として、独裁者ヒットラーが作った少年団のこと。

＊52　**ノモンハン**　旧満州国の西北、モンゴルとの境に近いハルハ河畔の地。昭和十四年五月から九月にかけて、日本とソビエト両軍が国境紛争から交戦し、日本・満州軍が敗れた。

＊53　**半舷陸泊**　もと海軍で、入港・寄港の際、軍艦の乗組員を半数ずつ上陸させた。「半舷上陸」ともいう。

＊54　**鎮海・旅順・馬公・高雄**　「鎮海」は朝鮮半島の南端、釜山の西、「旅順」は遼東半島の先端、「馬公」は台湾海峡の澎湖島、「高雄」は台湾の南西部にそれぞれ位置する港市。いずれも、もと日本領土の、重要な港だった。

＊55　**平沼内閣**　昭和十四年一月四日、第一次近衛内閣総辞職のあとを受けて成立した平沼騏《き》一郎内閣。八カ月足らずののち、八月二十八日に総辞職した。

＊56　**廈門**　台湾の対岸、中国福建省南部にある港。

＊57　**マジノ・ライン**　ドイツとフランスの国境にしかれたフランスの要塞線。近代築城に一時期を画したといわれたが、第二次大戦中の航空機の発達のため、効果はなかった。

＊58　**複雑怪奇**　昭和十四年八月末、平沼内閣が総辞職したが、その際平沼首相は、数日前にモスクワで調印された「独ソ不可侵条約」は「複雑怪奇である」という言葉を残し、これが当時の流行語となった。

＊59　**衝角**　軍艦の艦首の尖端をいう。

＊60　**円太郎型のバス**　「円太郎馬車」のような型の旧式のバス。円太郎馬車は乗合馬車の俗称で、明治のはじめ、こっけいな音曲噺《ばなし》で高座の人気を博していた橘家《たちばなや》円太郎（四代目）が、当時市中を走っていた鉄道馬車のラッパを吹いて客の前に出、俗に「ラッパの円太郎」と呼ばれたことから生まれた呼び名。

＊61　**水交社**　海軍士官および士官候補生らを会員とする財団法人で、海軍部内でただ一つの公認団体。東京水交社を初め海軍鎮守府所在地などの各地にあって、会員の社交・親睦と相互扶助の機関であった。創設は明治九（一八七六）年。

＊62　**伝単**　（中国語から）宣伝用のビラ。

＊63　**近衛第三次内閣**　昭和十六年七月十八日成立、同年十月十六日に総辞職。

＊64　**東条内閣**　昭和十六年十月十八日成立。現役の陸軍大将東条英機が首相・陸相・内相を兼任した軍部内閣。同十九年七月十八日、戦局が悪化し閣内不統一のため総辞職。

＊65　**ＡＢＣＤ包囲陣**　太平洋戦争開戦直前、日本の南方侵攻策に対抗して、アメリカ（Ａ）・イギリス（Ｂ）・中国（Ｃ）・オランダ（Ｄ）四カ国のとった共同戦線をいう。昭和十六年七月の日本の南部仏領インドシナ進駐など、南下政策への牽制策としてとられたＡＢＣＤ四カ国の、日本資産凍結、対日石油・鉄鋼輸出禁止等が、日本の対英米蘭開戦の口実ともなった。

＊66　**ルーズヴェルト**　当時の米大統領、フランクリン・ルーズヴェルトをさす。一九三二年、三十二代の大統領となり、連続四期選出されたが、第二次世界大戦の終結を前にして急逝。

＊67　**クワンタン沖**　マレー半島にある都市クワンタンの沖をいう。十二月十日のこの海戦は、後に「マレー沖海戦」といわれる。

＊68　**連合艦隊司令長官**　山本五十六元帥をさす。海軍航空隊育ての親といわれた。前出の「山本五十六中将」参照。

「戦時随筆」

＊69　**ニューギニア方面海戦**　昭和十八年三月から展開されたニューギニア諸島の基地をめぐっての攻防戦。連合軍側の激しい攻撃がしつようにくりかえされ、やがて日本は主要基地であったラバウルを失うにいたる。

＊70　**ガダルカナル作戦**　ガダルカナル島はソロモン群島にある。太平洋戦争中の激戦地の一つで、昭和十七年六月以来数カ月にわたって日米の上陸・攻防戦が行われ、日本軍は同十八年二月、ガ島から撤退した。

＊71　**バルチック艦隊**　日露戦争開戦時、バルチック海（バルト海）にあった旧ロシアの主力艦隊。ロゼストウェンスキーに率いられた同艦隊は遠く日本海に回航出撃し、明治三十八

（一九〇五）年五月、東郷元帥指揮の連合艦隊のために日本海で撃破された。ロシアはこの敗北のため、戦争終結の意を固めた。

＊72　翼壮　翼賛壮年団の略。「大政翼賛会」の下部機構として、壮年を対象として結成された組織。

P+D BOOKS ラインアップ

東京セブンローズ（上） 井上ひさし ●戦時下の市井の人々の暮らしを日記風に綴る

東京セブンローズ（下） 井上ひさし ●占領軍による日本語ローマ字化計画があった

天上の花・蕁麻の家 萩原葉子 ●萩原朔太郎の娘が描く鮮烈なる代表作2篇

私生活 神吉拓郎 ●都会生活者の哀愁を切り取った傑作短篇集

子育てごっこ 三好京三 ●未就学児の「子育て」に翻弄される教師夫婦

喪神・柳生連也斎 五味康祐 ●剣豪小説の名手の芥川賞受賞作「喪神」ほか

P+D BOOKS ラインアップ

居酒屋兆治　山口　瞳　●高倉健主演映画原作。居酒屋に集う人間愛憎劇

血族　山口　瞳　●亡き母が隠し続けた私の「出生秘密」

家族　山口　瞳　●父の実像を凝視する『血族』の続編的長編

父・山口瞳自身　山口正介　●作家・山口瞳の息子が語る「父の実像」

単純な生活　阿部　昭　●静かに淡々と綴られる〝自然と人生〟の日々

十字街　久生十蘭　●鬼才・久生十蘭が描く傑作冒険小説

P+D BOOKS ラインアップ

四十八歳の抵抗	石川達三	●中年の危機を描き流行語にもなった佳品
強力伝	新田次郎	●「強力伝」ほか4篇、新田次郎山岳小説傑作選
ア・ルース・ボーイ	佐伯一麦	●〝私小説の書き手〟佐伯一麦が描く青春小説
マリリン・モンロー・ノー・リターン	野坂昭如	●多面的な世界観に満ちたオリジナル短編集
時代屋の女房	村松友視	●骨董店を舞台に男女の静謐な愛の持続を描く
北の河	高井有一	●抑制された筆致で「死」を描く芥川賞受賞作

P+D BOOKS ラインアップ

海軍　獅子文六　●「軍神」をモデルに描いた海軍青春群像劇

海市　福永武彦　●親友の妻に溺れる画家の退廃と絶望を描く

宣告(上)　加賀乙彦　●死刑囚の実態に迫る現代の〝死の家の記録〟

宣告(中)　加賀乙彦　●死刑確定後独房で過ごす青年の魂の劇を描く

宣告(下)　加賀乙彦　●遂に〝その日〟を迎えた青年の精神の軌跡

フランドルの冬　加賀乙彦　●仏北部の精神病院で繰り広げられる心理劇

P+D BOOKS ラインアップ

時の扉（上） 辻 邦生 ● 自己制裁の旅を続ける男が砂漠で見たものは

時の扉（下） 辻 邦生 ● 愛のエゴイズムを問い続けた長篇完結へ

ばれてもともと 色川武大 ● 色川武大からの〝最後の贈り物〟エッセイ集

エイヴォン記 庄野潤三 ● 小さな孫娘が運んでくれるよろこびを綴る

鉛筆印のトレーナー 庄野潤三 ● 庄野家の「山の上」での穏やかな日々を綴る

さくらんぼジャム 庄野潤三 ● 小学生になったフーちゃん。三部作最終章

P+D BOOKS ラインアップ

女誡扇綺譚・田園の憂鬱　佐藤春夫　●廃墟に「荒廃の美」を見出す幻想小説等5篇

サムライの末裔　芹沢光治良　●被爆者の人生を辿り仏訳もされた〝魂の告発〟

津田梅子　大庭みな子　●女子教育の先駆者を描いた〝傑作評伝〟

四季　中村真一郎　●失われた青春を探しに懐かしの地へ向かう男

白く塗りたる墓・もう一つの絆　高橋和巳　●高橋和巳晩年の未完作品2篇カップリング

誘惑者　高橋たか子　●自殺幇助女性の心理ドラマを描く著者代表作

（お断り）

本書は1968年に朝日新聞社より発刊された『獅子文六全集第十六巻』と1969年に発刊された『獅子文六全集第十四巻』を底本としております。

あきらかに間違いと思われるものについては訂正いたしましたが、基本的には底本にしたがっております。また、一部の固有名詞や難読漢字には編集部で振り仮名を振っています。

本文中には平民、農民、船頭、水手、船大工、不具、中風、女中、士族、黒ン坊、給仕人、ビッコ、英奴、啞、酋長、書生、百姓、狂人、売卜者などの言葉や人種・身分・職業・身体等に関する表現で、現在からみれば、不当、不適切と思われる箇所がありますが、著者に差別的意図のないこと、時代背景と作品価値とを鑑み、著者が故人でもあるため、原文のままにしております。

差別や侮蔑の助長、温存を意図するものでないことをご理解ください。

獅子 文六（しし ぶんろく）
1893年（明治26年）7月1日—1969年（昭和44年）12月13日、享年76。神奈川県出身。本名・岩田豊雄。新聞、雑誌に多くのユーモア小説を戦前～戦後と連載し、好評を博す。代表作に『悦ちゃん』『自由学校』『大番』など。

P+D BOOKS

ピー プラス ディー ブックス

P+Dとはペーパーバックとデジタルの略称です。
後世に受け継がれるべき名作でありながら、現在入手困難となっている作品を、
B6判ペーパーバック書籍と電子書籍で、同時かつ同価格にて発売・配信する、
小学館のまったく新しいスタイルのブックレーベルです。

海軍

2020年8月17日　初版第1刷発行

著者　獅子文六
発行人　飯田昌宏
発行所　株式会社　小学館
〒101-8001
東京都千代田区一ツ橋2-3-1
電話　編集　03-3230-9355
販売　03-5281-3555
印刷所　昭和図書株式会社
製本所　昭和図書株式会社
装丁　おおうちおさむ（ナノナノグラフィックス）

ISBN978-4-09-352398-1

P+D BOOKS